Roda Roda
Der Ritt auf dem Doppeladler

RODA RODA

Der Ritt auf dem Doppeladler

Erzählungen

Herausgegeben und mit einem Nachwort
von Reinhard Deutsch

Zsolnay

Umschlagentwurf und -gestaltung: Graupner & Partner, München
Umschlagfoto: ORF, Wien
Satz: MPM, Wasserburg
Druck und Bindung: Wiener Verlag
Printed in Austria 1993

CIP-Titelaufnahme der Deutschen Bibliothek
Roda Roda, Alexander:
Der Ritt auf dem Doppeladler/Roda Roda. Hrsg. u. m. e. Nachw. von Reinhard Deutsch. – Wien; Zsolnay, 1993
ISBN 3-552-04511-2

INHALT

PAPHNUTIUS

Eine Hitze zum Erbarmen. Selbst die Steine klafften. Übers Wehr am Flusse rieselte ein armseliges Strähnchen Wasser.

Da war gewaltiger Zulauf nach der Mühle. Die Mahlgäste legten sich in das Endchen Schatten unters Vordach, drängten sich ans Rad, wo der Gischt aufspritzt und sie ein wenig kühlte.

Am Bach standen die Esel. Sie hatten die Halfter abgestreift, die Sättel waren ihnen auf die Bäuche gerutscht. Malzumal wälzten sie sich im Sand, streckten alle vier von sich. Wieviel Schläge wird es kosten, die Esel aufzurichten, zu beladen!

Auf der Straße aber näherte sich ein Wandrer – ermüdet und so abgerissen, wie der Sturm des Lebens ein Wesen nur zerschleißen kann. Er schritt hinab zur Mühle und fragte die Mahlgäste, wo die Brücke über den Fluß führt. – Sie wandten sich nicht einmal um.

Der Wandrer ging an den Bach und befragte die Esel. – Sie blieben gleichmütig liegen. Nur der letzte klappte ein wenig sein Ohr auf.

Da bat der Wandrer gerade diesen letzten – er mußte ja der höflichste sein – und erhielt endlich verdrießliche Auskunft:

„Es gibt keine Brücke. Du mußt durchfurten."

„Um des Himmels willen", rief der Wandrer, „ich darf um keinen Preis ins Wasser."

Der Esel dachte nach, klappte auch das zweite Ohr auf – dann erhob er sich faul und bot dem Wandrer seinen Rücken dar.

Diese Seelengröße überraschte den Wandrer höchlich.

Auf dem andern Ufer stieg der Wandrer ab und sprach: „Du Esel hast mir eine Wohltat zugedacht und dir sie selbst erwiesen, gutes Tier. Höre: Ich bin kein gewöhnlicher Wandrer, sondern der Herr des Schicksals bin ich in eigner Person, und ich reise durch die Welt, um den Geschöpfen Lohn und Strafe nach ihren Verdiensten zuzumessen. Hast du einen Wunsch?"

Der Esel leckte sich die Lefzen. Endlich besann er sich auf einen Wunsch, wie ihn eben nur ein Esel hegen kann:

„Ich hab es satt, ein Esel zu sein. Wenn du kannst, mach einen Menschen aus mir."

Der Wandrer murmelte einen Spruch, strich dem Esel dreimal über den Kopf und rief: „Verwandle dich!"

Und der Esel ward zum Menschen und hieß Paphnutius. – –

Paphnutius trabte in die Stadt – ängstlich bemüht, zu verbergen, daß er bis gestern noch ein Esel gewesen war. An einer Straßenecke blieb er stehen.

Viele Leute kamen da vorüber – einer geschäftig, der andre sorgenlos; einer schwieg, der andre schrie – schob was vor sich her oder zerrte was hinter sich drein ... was sollte Paphnutius beginnen?

Er spähte in die Läden. Da saß ein Kaufmann über Bücher gebeugt, die Lippen lispelten Ziffern und Zahlen, und die Stirn war gefaltet.

„Kopfzerbrechen ist nichts für mich", dachte Paphnutius.

In der Werkstatt schwang der Meister einen zentnerschweren Hammer. Meisters Hände waren schwarzzerrissen, das Hemd naß von Schweiß.

„Nein", sagte sich Paphnutius. „Da wär ja besser gewesen, ein Esel zu bleiben."

Dann aber blinzelte er durchs Fenster in ein großes Haus. Sah einen Mann am Tisch sitzen, und auf dem Tisch lag Papier. Eine Tasse Kaffee daneben. Der Mann nippte vom Kaffee, blies Rauchringe in die Luft, verfolgte sie, bis sie zur Decke stiegen, und lächelte, wenn einer besonders gelungen war.

„Was tut der Mann hier?" fragte Paphnutius entzückt. „Welches Gewerbe treibt er, wie nennt man diese Leute?" – Denn alles, was er hier gesehen hatte, gefiel dem Esel ungemein.

„Der Mann?" sagten die Städter. „Ist ein Beamter."

„Wunderschöner Beruf", rief Paphnutius. „Der Mann tut ja gar nichts." Und Paphnutius betrat das große Haus (man sagte ihm, es sei ein Regierungsgebäude) und wollte zum Amtsvorstand.

Er wartete gar manchen Morgen, manchen Nachmittag – jedesmal volle sieben Stunden, mit wahrer Eselsgeduld. Schließlich dauerte er die Amtsdiener. Sie führten ihn wahrhaftig zum Vorstand.

Paphnutius bat um eine kleine, eine winzige Stelle.

Der Herr Vorstand maß ihn über die Brille weg mit einem erstaunten Blick.

Paphnutius flehte; flehte inbrünstig. Tränen traten ihm in die Augen, er griff nach der Hand des Herrn Vorstands und bedeckte sie mit Küssen. – Das rührte den Vorstand.

„Er scheint zwar kein Kirchenlicht zu sein", sagte sich der Herr Vorstand, „sogar ein ausgemachter Esel – denn er meint, ohne Protektion hier unterzukommen – doch er ist gutgesinnt, gehorsam – folglich brauchbar."

Und er gab ihm in Gottes Namen eine Stelle. – –

Paphnutius ist der eifrigste Beamte. Wenn der Herr Vorstand klingelt, trampelt Paphnutius mit wahren Galoppsprüngen herbei – so laut, als habe er beschlagene Hufe.

Im Amt freilich gibt es immerzu Verwirrung. Da

hat eine Witwe jemand wegen Beleidigung verklagt – gleichzeitig reguliert man eine Straße – und ein leichtfertiges Frauenzimmer soll des Landes verwiesen werden. Als die Dinge – unter Mitwirkung von Paphnutius – ihren Lauf nahmen, hatte die Witwe eine Hypothek stehen auf ihrer Frauenehre – die Regulierung der Straße unterblieb, denn der Lebenswandel der Anrainer war leichtfertig gewesen – und was die Person anbelangt, die man ausweisen wollte, so ordnete das Amt eine Besichtigung des Tatorts an.

Der Herr Vorstand brüllte: „Hören Sie, Paphnutius, Sie Ausbund von einem Esel ..."

Doch schon hielt der Herr Vorstand inne – er wurde sich bewußt, daß die Anrede nicht genau in jenem Ton gehalten war, der für den Verkehr mit Unterbeamten vorgeschrieben ist.

Paphnutius kam ins Weinen. Zufällig stand die Frau des Vorstands im Büro mit einem Körbchen in der Hand. Paphnutius entwand ihr bescheiden das Körbchen und bat, es ihr nach Haus bringen zu dürfen.

Immer machte sich Paphnutius im Haus des Vorstands nützlich; führte die Kinder spazieren; half in der Küche aus, leimte zerbrochene Stühle – und als die Familie des Vorstands übersiedelte, trug Paphnutius die Lampen quer durch die Stadt in die neue Wohnung.

Zu Neujahr stieg Paphnutius in die nächste Rangklasse auf.

Alljährlich stieg er um einen Grad höher, und seine Führungsliste lautete: „Nicht besonders gebildet, aber ehrenhaft und treu, dem Staat ungemein ergeben und gegen seine Vorgesetzten gehorsam."

Blieb die Beförderung einmal aus – Paphnutius murrte nicht. Geduldig wartete er – er wußte, daß er an die Reihe kommt. – –

Eines Tages blickte er durchs Fenster und sah, wie draußen ein Bauer unbarmherzig auf seinen Esel losschlug; Paphnutius sagte leis für sich:

„Kann man denn nichts tun für die armen Tiere?"

Ein höherer Beamter, der es noch nie zu einer Ehrenstelle in einem Verein gebracht hatte, griff die Anregung begeistert auf. Paphnutius wurde nicht müde, ihm Mitglieder zu werben. Mit leidenschaftlicher Barmherzigkeit schilderte er die Qualen der Tiere – als hätte er alles selbst erduldet.

Paphnutius kam in den Ruf, ein gewaltiger Redner zu sein. Wenn aber einer im Verein es ihm halbwegs gleichtat, herzbeweglich für die Tiere wirkte, da sah ihn Paphnutius argwöhnisch an: Hat am Ende auch der einmal den Herrn des Schicksals übers Wasser getragen ...?

Als Paphnutius sich eines Tages wieder also für das liebe Vieh ereiferte, da traten der geschiedenen Fabrikantin Zähren der Rührung in die Augen. Vorlängst hatte sie seine kräftigen Schultern bewundert. Am Abend verlobte sie sich mit ihm.

So wurde Paphnutius ein hoher, einflußreicher Beamter – beliebt in der Öffentlichkeit und reich durch das Vermögen seiner Frau.

Eines Tages war die Regierung in Verlegenheit: man brauchte einen Mann, der redegewandt genug war, das Programm des Ministerpräsidenten zu vertreten; ein sehr verzwicktes Programm.

Paphnutius wurde Justizminister. – –

Der Herr des Schicksals hatte nichts Besseres zu tun – da fiel ihm jener Esel ein, den er damals zum Menschen gemacht hatte. Wollen doch sehen, was aus ihm geworden ist!

Der Herr des Schicksals schritt durch die Stadt und musterte die Leute: Arbeiter, Handwerker, niedere Beamte. In keinem erkannte er den ehemaligen Esel.

„Sollte das gute Tier gar schon Amtsvorstand geworden sein?" – Als er auch unter den Vorständen seinen Paphnutius nicht fand, suchte er unter den Regierungsräten, zuletzt den Sektionschefs. Nirgends eine Spur.

Endlich schlich der Herr des Schicksals in die Ministerzimmer. Er spähte durch den Türspalt. Eben war Sitzung.

„Himmel", sprach der Herr des Schicksals, „die sehen ja alle aus, als wären sie einmal ... Aber welcher von ihnen ist der richtige?"

Endlich erblickte er Paphnutius. Mit dem Hut in der Hand trat der Herr des Schicksals ein und fragte:

„Verzeihen, Exzellenz – nicht wahr? – Sie sind doch eigentlich ein Esel?"

„Was?" schrie Seine Exzellenz – so laut, wie er seit seinen Jugendjahren nicht mehr geschrien hatte. Im Augenblick faßten acht Fäuste – die Geheimpolizisten – den armen Schicksalsherrn am Kragen und schleiften ihn hinaus.

Zum Glück konnte er sich unsichtbar machen. Denn sonst – wer weiß, wie es ihm ergangen wäre ... in der Zeit der Notverordnungen ...

(Aus dem Serbischen nach Branislaw Nuschitsch)

TYRRHENISCHE GESCHÄFTE

In Sorrent macht man schöne Holzintarsien.

Als ich vor ein paar Jahren dort war, wollt ich mir etwas dergleichen kaufen. Es war unvorsichtig von mir, es so spät am Tag zu tun, im Zwielicht.

Denn was bot mir Pomodoro an, der Händler? Eine schundige Nachahmung, auf die ich um ein Haar hineingefallen wäre. Zum Glück sah ich in der letzten Sekunde nochmals hin – und nun überschüttete ich Signor Pomodoro mit meinem welschen Wortschatz:

„Cosa credi, ladro? Brigante! Assassino! Borsaiuolo! Se matto, sei proprio matto – pezzo di mascalzone! Canaglia! Figlio d'un cane! Svergognato! Porco maledetto, puzzolente!"

– was ungefähr dem Lexikon ‚Auswürfling, Betrüger, Coyot ...' bis ‚Zuhälter' entspricht.

Pomodoro lächelte verbindlich und erfreut und sprach:

„Ma Lei si conosce?" „Ah – Sie sind sachverständig?"– und kramte nun seine besten Stücke aus. – Meine Wahl fiel auf ein Kästchen.

Signor Pomodoro verlangte zweitausend Lire.

Ich bot einhundert.

Da lief er auf die Straße und schrie um Hilfe.

Ich – stumm davon.

Worauf mir Pomodoro nacheilte, mich an der Schulter packte und vorwurfsvoll sprach:

„Nun, man wird doch noch darüber reden können?"

Während wir aber noch „darüber redeten" und sich der klaffende Zwist von Angebot und Forderung allmählich schloß – ich war von hundert Lire auf hunderteine Lira gestiegen. Pomodoro wich in großen Sprüngen von 2000 Lire auf 1500, auf 120, auf 110 – während also der Handel sich zu vollenden schien, traten Engländer in den Laden und begehrten Holzintarsien.

Pomodoro verstand nicht. – Ich machte den Dolmetsch.

„Holzintarsien?" rief Pomodoro. Und ... schleppte sofort wieder jene abscheulichen Nachahmungen herbei, womit er vorhin mich hatte foppen wollen ...

Eh er sie aber den Engländern anbot, packte er mir mein schönes Kästchen ein und sprach nur ein Wort:

„Cinquanta." – „Fünfzig."

DAS GEHEIMNIS

Oberst Steininger kam aus Bosnien nach Wien auf Urlaub. „Was kost's –", dachte er sich, „ich geh zu meinem Freund Bukowatz ins Arsenal – vielleicht zeigt er mir das neue Gebirgsgeschütz."

„Lieber Bruudär", sagte Bukowatz, „wie viele Herrän – tschak von der Generalität – habän sich schon dafür interessiert – aber das neue Geschütz ist tiefstes Geheimnis. Das kennen überhaupt nur die ausländischän Attachés."

MARTIN DER SCHLAUE

In Grabowo lebte ein gewisser Auermann, ein Deutscher, seines Zeichens Agent. Er hatte ein Mundwerk wie eine Spieluhr. Wer eine Nähmaschine von ihm kaufte, kriegte nebenher noch ein Konversationslexikon angehängt, ein Dombaulos auf Raten und ein Ölgemälde von der Schlacht bei Plewna.

Eines Tages hieß es: Sofia, Martins Frau, wollte ins Bad nach Daruwar. Sofort stellte sich Auermann bei Herrn Martin ein und versuchte, die Frau gegen Reiseunfälle zu versichern.

„Martin", sagte er, „wie leicht geschieht nicht ein Unglück! Unsre Gesellschaft, bekanntlich die solideste und billigste von allen, zahlt nach Tabelle A für jeden Unfall sofort nach Bekanntgabe fünf Gulden täglich während der gesamten Heildauer, die Kosten von Doktor und Apotheker – und sieben Tausender bar auf den Tisch im Fall einer dauernden Erwerbsunfähigkeit."

Martin lachte.

„Ich bitte Sie, Auermann! Meine Sofia ist ohnehin erwerbsunfähig. Saudumm, wie sie ist..."

„Martin, dann müssen Sie sie erst recht versichern. In ihrer Dummheit – wie leicht kann sie mit dem Hals vor die Lokomotive geraten, oder sie fällt auf der Kurpromenade in den Brunnen. Ich rate Ihnen, sie auf Ableben zu versichern. Unsre Gesellschaft zahlt nach Tabelle G zehntausend Gulden für den Todesfall, sofort nach Bekanntgabe. Wenn die Police drei Jahre alt ist, gelten sogar Scheintod, Selbstmord und Duell."

Martin lachte.

„Duell!"

„Glauben Sie, einer dummen Frau ist nicht alles zuzutrauen? Sie bleiben allein da mit Ihren verlassenen Würmern..."

„Wir haben gar keine Würmer."

„Oh, die können noch kommen. Daruwar ist ein sehr besuchtes Bad. Ich empfehle Ihnen dringend, die Würmer zu versichern. Unsre Gesellschaft, bekanntlich die solideste und billigste von allen, mit andern ähnlichen Schwindelgesellschaften nicht zu verwechseln, zahlt nach Tabelle Q ungebornen Kindern, wenn sie das 24. Lebensjahr erreicht haben, fünftausend Gulden bar – auf Wunsch vom 40. Lebensjahr an eine Leibrente von tausend Gulden – oder das ganze Leben hindurch für jedes verhagelte Joch Getreide drei Gulden Ersatz – oder aber, wenn die Kinder gar nicht zur Welt kommen, nach Tabelle D den vollen Schaden für alle Glastafeln, die Sie je zerbrechen werden."

Martin wurde ungeduldig.

„Hören Sie, Auermann, versichern werde ich weder mich noch irgend jemand andern. Aber ich habe da einen Plan... Wissen Sie: ich möchte meine Frau gern abhalten, nach Daruwar zu fahren. So eine Reise kostet Geld und ist mir unbequem. Ich allein kann nichts dagegen tun – Sofia kennt nämlich meine Schrift ... Sie sollen mir helfen. Wenn Sie bereit und verschwiegen sind, kaufe ich Ihnen gern zwei Schlachten bei Plewna ab."

Auermann horchte auf.

„Die Sache ist nämlich die", sprach Martin, „daß meine Frau sehr eifersüchtig ist. Wenn man ihr nun anonym schriebe, daß ich hier so ... so eine Art ... Sie verstehen? Sagen wir: ... daß ich ein Rendezvous mit Berta Dingler hätte oder mit Therese Barna ..."

„Dann würde Sofia nicht ins Bad fahren, meinen Sie?"

„Ganz richtig – sie bliebe hier. Denn sie gönnt mir kein Vergnügen."

Auermann war einverstanden.

„M. w.", sagte er – das heißt: „Machen wir."

Tags darauf bekam Sofia den bewußten Brief.

> Gnädige Frau!
> Bezugnehmend auf meine Verehrung für Sie, gestatte ich mir, mit blutendem Herzen ergebenst die Feder zu ergreifen, um Ihr wertes Gemüt durch diese Zeilen zu beunruhigen. Unter einem versichere ich Sie, nein, Ihnen, daß Ihr Mann Sie betrügt, und stelle ich gern anheim, falls nähere Daten erwünscht, Ihrem Freunde unter „Warnung" postlagernd mitzuteilen, wo er Sie sprechen könnte.
>
> Hochachtungsvoll!
> A.

Sofia las den Brief dreimal, sechsmal, siebzehnmal, besah den Umschlag von allen Seiten, ging im Geist die Liste aller durch, die ihn geschrieben haben könnten – dann setzte sie sich an Herrn Martins Schreibtisch und antwortete:

Werter Unbekannter!
Das kente jeder sagen das mein Man untreu ist aber glauben wil ich das nicht bis ich nicht etwas Neheres weis über dise niederträchtige Person was mir ihn abspenstig gemacht hat die sol sich anschaun dise Bestie und ich kom Dinstag fünf Uhr nachmittag in die Alee.

S.

Ferbrenen sie diesen Brif und sie wird Jesum Christum kenen lernen.

Herrn Martin ging es arg. Frau Sofia fing täglich zehnmal Streit mit ihm an – kochte grundsätzlich nur Speckkohl – er blieb immer guter Laune.

Er hatte so seine kleinen Ursachen: die Hausnäherin war schon bestellt gewesen – Frau Sofia sagte ab; eine Hutsendung der Modistin ging unberührt zurück; und die angedrohte große Wäsche kam nicht zustande.

Dienstag nachmittag schritt Sofia durch die Allee, bebend vor Neugierde. Gott, wenn nur kein Bekannter das Stelldichein mit dem Unbekannten stören kommt!

Da schritt ihr Auermann entgegen. Unmutig erwiderte sie seinen Gruß und ging an ihm vorüber. Am Ende der Allee trat dieser Auermann auf Sofia zu und küßte ihr sehr umständlich die Hand.

„Wie? Sie haben . . .?" rief Frau Sofia.

„Ja, ich."

„Das hätte ich nie gedacht von meinem Martin. Überhaupt: ich hab ihn gar nicht heiraten wollen. Aber meine Mutter sagte immer: ‚Nimm ihn nur – er ist dumm; dumme Männer sind gut und treu.' Ja, geschossen habens'! Dazu ist er nicht zu dumm, der Kerl."

„Beruhigen Sie sich, teuerste Frau!"

Sie sah ihn dankbar an.

Herr Auermann pfiff kurz durch die Zähne.

„Gehen wir weiter, Soferl – gegen das Wäldchen zu – hier könnt uns jemand sehen. Ihr Ruf aber, teuerste Frau, ist mir heiliger als der meine."

Und sie gingen.

Herr Auermann hat nie ausdauernder geredet.

Frau Sofia fuhr auf und davon – mit ihm nach Daruwar.

Sechs Wochen später kam sie zurück.

Und hatte ihrem Martin ein süßes Geheimnis zu sagen.

Und hatte alles, alles versichert, so weit das Auge reicht: Martin, das Scheusal, auf zehntausend Gulden – das Kind gegen Reiseunfälle, die Schlacht bei Plewna gegen Feuer, das Dombaulos gegen Kursverlust und zwei Lexika gegen Hagelschlag.

PROPHEZEIUNG

Zu Radautz in der Bukowina lebte ein Mann namens Maucksch, seines Zeichens Agent für Schrotmühlen, ein überaus geriebener Kerl. Der verkaufte an einem Tag zehn und zwanzig Mühlen an die Bauern.

Doch es nutzte nichts, er richtete immer neue Gaunereien an; schließlich mußte man ihn entlassen.

Von Stund an wie abgeschnitten: keiner seiner Nachfolger konnte auch nur eine Mühle loswerden. Bis sich der Fabriksdirektor entschloß, nach Radautz zu fahren und Maucksch ins Gebet zu nehmen.

„Maucksch, wie haben Sie es immer gemacht? Und warum geht es jetzt nicht mehr?"

Für zweihundert Lei gab er sein Geheimnis preis.

„Man muß wieder die Jelena engagieren."

„Jelena? Wer ist das?"

„Das wissen Sie nicht, Herr Direktor? Jelena, die Zigeunerin. Sie geht von Dorf zu Dorf und prophezeit den Leuten."

„Was prophezeit sie denn?"

„Nun, sie sagt den Bauern: Es wird ein fremder Mann zu euch kommen, der bringt euch Glück und Segen mit Schrotmühlen. Und der Zigeunerin nach reist dann der Agent."

BOJO ERTAPPT ENDLICH SEINE FRAU MIT ANDOR

Bojo
Dana, seine Frau
Andor Nevery
Tadia, Bojos Pandur
Luba, Tadias Frau
Der Arzt

Im Schlafzimmer Danas. Sie sitzt mit Andor, ihrem Freund, an einem Tischchen. Andor ist von der Jagd gekommen, hungrig wie ein Wolf, und ißt zu Abend.

Heute kann man ja sicher sein. Bojo pirscht weit draußen in den Sümpfen.

Plötzlich springt die Tür auf. Frau Dana hat sie doch eben erst versperrt?

Und im Rahmen der Tür steht der kleine bucklige Bojo, eine Zigarette im Mund.

Andor erbleicht und läßt das Besteck fallen.

Bojo mustert die beiden scharf, blinzelt dann im Zimmer umher. Als er Andors Gewehr erblickt, sieht er rasch weg. Er schreitet, so gut er kann, dem

Tisch zu (denn er lahmt, der Arme). Auf halbem Weg bleibt er stehen.

„Nun", sagt er, „macht ihr schon Feierabend mit dem Essen, daß ihr euer Werkzeug hinwerft? Schluck deinen Bissen, Andor, damit du mir einen guten Abend bieten kannst. Wenn mich nicht alles trügt, bin ich hier so was wie der Hausherr." – Er nähert sich dem Tisch, erfaßt die Lehne des freien Stuhles und sieht die beiden an. – „Guten Abend! Willkommen im Schlafzimmer meiner Frau! – Nun?"

Andor: „Gu-ten Abend!"

Bojo: „Grüß Gott, lieber Freund! Seid ihr gar so überrascht?" – Er setzt sich. „Hast du etwa geglaubt, die Tür von mir zum Schlafzimmer meiner Frau wäre eingerostet? – Warum seid ihr denn so bleich? Ihr habt doch nicht am Ende was Unrechtes getan?" Und als die beiden beharrlich schweigen: „He – soll ich keine Antwort haben?" Andor hat sich einigermaßen gefaßt.

„Gewiß nicht –", sagt er, „keine Spur von Unrecht." Zu Dana: „Ich bitte, gnädige Frau ..." – Dann wieder zu Bojo: „Ich bin nämlich ein alter Bekannter von Frau Dana ..." Er ist nun vollkommen sicher und erzählt redselig: „... ein alter Bekannter von Frau Dana, und da dachte ich mir, Frau Dana hat meinen Freund Petrowitsch geheiratet – da sollt ich doch einmal sehen, wie's die beiden halten. Ja. Zufällig kam ich gerade heute – ich hatte in den letzten Tagen so viel zu tun – und fand dich leider nicht zu Haus."

Bojo – höflich –: „Schön, schön. Ich bin sehr erfreut."

Andor bleibt unbefangen. – „Ja. Ich wollte wieder gehen, aber Frau Dana hielt mich zurück und meinte: ich sollte nur warten, du würdest schon kommen."

Bojo: „Und da bin ich." – Zu Dana, mit leiser Ironie:

„Vorzeitig wie Oktoberfest. – Ist euch das Warten nicht zu lang geworden?"

Andor: „O nein. Ich habe unterdessen der gnädigen Frau allerlei erzählt –."

Bojo: „Besten Dank, daß du meine Frau amüsiert hast. Sie verdient's, die Arme. Ich habe so wenig Gelegenheit, mit ihr zu sprechen, daß sie sich wohl nach dem Umgang mit einem guten alten Freund sehnen mag. Wie, Dana?"

Dana, bleich und zitternd: „Ja."

Bojo – zu Andor: „Du bist doch ein guter, alter Freund – oder nicht? Irr ich mich etwa in dir?"

Andor ist betroffen, faßt sich aber wieder.

„Es hat" – beginnt er – „früher Mißverständnisse zwischen uns gegeben..."

Bojo unterbricht ihn. – „Lächerlich, Liebster! Vielleicht hab ich dich eine Zeitlang mißverstanden. Aber das ist jetzt vorbei. Glaub mir, heute mißverstehe ich dich nicht mehr. Kannst du dich beklagen? Ich empfang dich wie der Bischof unsern König – im Heiligtum." – Er steht auf und blickt rundum. – „Hier ist doch mein Heiligtum, nicht wahr?"

Andor: „Du redest so – so – rätselhaft, Bojo. Ich weiß nicht, was du denkst."

Bojo: „Ich – rätselhaft? Ich rede klar – wie ein Springquell. Du bist mir ein lieber Gast – aber ein recht unbescheidener, muß ich sagen. Bewirte ich dich nicht mit dem Besten, was ich habe? Da – sieh – meinen köstlichen Wein – meinen zartesten Braten. Und dieses feine Obst! Es ist frisch vom Baum gepflückt, lieber Freund. Wie selten gibt es solche Früchte! Die meisten sind schon durch allerlei Hände gegangen, ehe man sie angeboten bekommt." – Anzüglich: „Nicht wahr, Dana? – Bei uns ist's nicht so. Iß! Küche und Keller stehen dir offen. – Nun? Schmeckt es dir bei mir nicht? Bin ich nicht liebenswürdig gegen dich?"

Andor: „Gewiß, gewiß – ich hab mich ja nicht beklagt –"

Bojo: „Oh, ich kann sehr liebenswürdig sein." – Er zieht sein Etui hervor, bietet Andor eine Zigarette an und gibt ihm auch Feuer.

Andor: „So wollen wir denn die Friedenspfeife rauchen."

Bojo: „Ah, sehr treffend bemerkt. Ein ausgezeichneter Witz." – Zu Dana: „Werdet ihr mir keinen Wein geben? Habe ich hier nicht die Rechte des Gastes?"

Dana bringt ein Glas.

Andor schenkt ein.

Bojo: „Nur mit meiner Liebenswürdigkeit habe ich dieses herrliche Geschöpf erringen können. Sieh dir sie an! Und sieh mich an: ein Fraß, um den die Schakale des Taygetos heulen. Mein freudeloses Körperchen. Man sollte meinen, ich könnte kein Weib begeistern. Und doch hat mir diese adelige Seele, Dana, ewigen Gehorsam geschworen. Einen ewigen Gehorsam, der die erste, zweite und vielleicht sogar die dritte Gelegenheit überdauert." – Zu Dana: „Sag, hast du mir je die Treue gebrochen?"

Dana – zitternd: „Bojo!"

Bojo – zu Andor: „Da – wie sie über solch eine Zumutung errötet! So lieb hat sie mich. – Ja – du mit deiner Bärenstärke hast's leicht, einem Weib zu gefallen. Bist du denn noch immer so kräftig?"

Andor ist bei seinem liebsten Thema. „Will's meinen", ruft er eifrig.

Bojo: „Ich höre, du kannst ein Hufeisen geradebiegen."

Andor: „Meiner Seel – ja, das kann ich. Schade, daß wir keins hier haben." – Er streckt den Arm aus. – „Ich halte eine dreizöllige Latte so waagrecht, so lang du willst." – Und lächelnd: „Ich glaube fast, ich könnte dich auch so halten."

Bojo: „Sieh nur an! Was es doch für Helden gibt!

Wenn du einmal ins Wirtshaus gehst und dir Courage antrinkst..."

Andor: „Meiner Seel – wenn ich das tu, dann bin ich so stark – so stark..."

Bojo: „Und stark betrunken. – Was bin ich gegen dich? Ich trag meinen eigenen Schatten leibhaft angewachsen. Liegt nicht ein göttlicher Humor in meinem Buckel?"

Andor: „Ah – du bist doch nicht bucklig? Wie, Frau Dana? Ist er bucklig?"

Dana: „Nein –."

Bojo – zu Dana: „Kannst du wegleugnen, was mir gehört? Schmeichelst du meinem Buckel und gibst ihm Kosenamen – schiefe Schulter – stilisiertes Rückgrat –, der nächste Gassenjunge wird ihn doch als Buckel aus der Taufe heben. Und das Beinchen? Es gibt kürzere und auch längere Beinchen. Ich hab von beiden Sorten. Man sollte meinen, andere, die gleiche Beine haben, könnten damit geradere Wege gehen."

Andor: „Du bist guter Laune."

Bojo: „Mir ist schon seit dem Morgen so, als sollt ich heut was sonderbar Schönes erleben. Und auf dem Anstand hab ich Pflaumenbranntwein getrunken. – Da fällt mir just ein: Hast du nicht am Ende in meinem Revier gewildert?"

Andor ist beleidigt. „Ich?" sagt er. „Gewildert?"

Bojo: „Du kommst doch mit reinen Händen? Aber wie solltest du auch anders? Ein Nevery, Ehrenmann an Sonn- und Werkeltagen? Von hoher Abkunft wie ein Adlerjunges." – Zu Dana: „Du redest ja gar nichts. Was ist dir denn? Bist du auch früher so schweigsam gewesen? Hat dich Nevery so schlecht unterhalten?" – Zu Andor: „Du mußt freundlicher zu ihr sein, Nevery! Sie verdient's, bei Gott. Sie ist treu wie Gold, und wer sollte besser ihre Treue lohnen als ein Ehrenmann wie du? Ihr seid ein würdiges

Paar. Ihr schönen, edlen Menschen! Wie hübsch ihr da gesessen habt!"

Dana schreit gequält auf: „Bojo!"

Bojo beachtet sie nicht und fährt langsam fort: „Ein anderer an meiner Stelle hätte vielleicht an Untreue geglaubt und schon die Hörner auf dem Kopf gespürt. Es gibt so dumme Männer auf der Welt."

Andor lacht. „Was du für drollige Ideen hast!" sagt er.

Bojo: „Nicht wahr? Du lieber Himmel! Der eine trägt den Doktorhut, der andere die Schellenkappe – ein dritter gar noch ein Ärgeres auf dem Kopf. Ein wenig Wein, und lustig bin ich wie ein Glitzerstein. Trinken wir!" – Er befiehlt Dana: „Trink!"

Dana will trinken.

Bojo aber hält sie am Arm fest und greift in die Tasche. Er zieht ein Pulver hervor, das schüttet er zur Hälfte in Danas Glas, zur Hälfte in seins. – „Warte, Liebchen", sagt er, „der saure Trank taugt nicht für solch ein süßes Weibchen. Du hast leckere Sachen genascht, dazu gehört ein würdiger Dessertwein. Ich will dir ihn verzuckern, Liebchen – so süß, wie verbotene Liebe."

Dana starrt ihn entsetzt an. „Bojo – Bojo!"

Bojo bleibt unbeirrt. „Da hab ich von einem reisenden Wunderdoktor ein Pulver gekauft – so – so von der allerfeinsten Güte, es wird nur in Italien echt erzeugt." – Er erhebt das Glas.

Dana: „Bojo – Bojo!"

Andor hat Bojo mit wachsendem Entsetzen zugesehen. Nun endlich springt er auf, weicht hinter das Sofa zurück, nähert sich Dana und zischt ihr zu: „Trink nicht, Frau Dana!"

Bojo setzt das Glas nieder. Zu Andor: „Andor Nevery, duz nicht meine Frau. Das ist mir zu traulich. Ich könnte eifersüchtig werden."

Er lächelt Frau Dana zu, erhebt wieder das Glas

und sagt: „So, mein treues Weib, stoß an! Die Wahrheit soll leben!"

Dana ist totenblaß.

Bojo: „Nun? – Du willst nicht –? Du möchtest am Ende, ich sollte die Lüge am Leben lassen?"

Dana steht auf und ruft schweratmend – mutig: „Bojo, mein einziger Lieber! Der Wahrheit gilt's!"

Sie nimmt das eigene Glas mit der linken Hand, Bojos Glas mit der rechten und reicht es Andor.

„Da! Trinken Sie, kommen Sie nach, Andor Nevery! – Wie? – Trinken Sie! Sie wollen nicht, wenn ich es Ihnen biete?"

Bojo sucht sein Glas zurückzunehmen.

Dana aber zerschellt es.

„Bojo, mein einziger Lieber! Dir, der Wahrheit!"

Und leert ihr Glas.

Bojo tritt vom Tisch weg.

Andor blickt Dana und Bojo leblos an.

Bojo holt ein zweites Pulver aus der Tasche, schüttet es ins Glas und trinkt die Hälfte.

Dana ist weinend vor Bojo niedergekniet.

„Bojo, mein einziger lieber Buz", ruft sie und will seine Hand küssen.

Bojo wehrt sie ab. „Laß sein, Liebchen! Das wäre zu viel Dank für ein wenig Wein. Steh auf!"

Da erhebt sich Dana, um Bojo zu umarmen.

Bojo barsch. „Nichts da! Ich würdige deine Talente."

Andor: „Bojo, was hast du getan?"

Bojo: „Ich –? Nichts."

Andor: „Der Wein ist vergiftet gewesen."

Bojo: „O du großer Chemiker! Der Wein ist vergiftet gewesen? Er hat hier auf dem Tisch gestanden – vorhin, als ihr beide Gespräche führtet – harmlos, wie nur je, seit die Affen sprechen gelernt haben. Hab ich nicht auch von dem Wein getrunken? Und meinst du, ich sehnte mich nach den Jagdgründen des großen Geistes, so lang du noch sterbliches Wild belauerst?"

Andor: „Du hast ein Pulver hineingemischt."

Dana wankt stöhnend auf das Bett zu und wirft sich darauf nieder.

Bojo: „Ein Pulver – unschuldig wie dein Gespräch mit Dana. – Nun – was stehst du da, Andor, hilflos wie ein Fragezeichen mitten im Satz? Ich setzte mich schließlich an deine Stelle, wie's einem rechtschaffenem Fragezeichen geziemt."

Andor sieht Bojo mit weitaufgerissenen Augen an, dann macht er einige Schritte vorwärts gegen die Mitte des Zimmers.

Bojo weicht rückwärts schreitend vor ihm zurück. So kommt er bis an den Kamin. Dort lehnt Andors Flinte.

Er nimmt sie auf.

Andor zuckt unwillkürlich zurück.

Bojo: „Darauf wollt ich eben zu reden kommen, Nachbar. Schönes Gewehr. Was kostet das Gewehr? – Nun? Kannst du nicht antworten?"

Er spannt die Hämmer.

Andor: „... Dreißig Gulden."

Bojo: „Nur dreißig Gulden?"

Er zielt nach Andor.

Andor schreit auf und weicht zurück. „Bojo! Spiel nicht!"

Bojo: „Nur dreißig Gulden. Sieh! Ich könnte mich in das Gewehrchen fast verlieben. Ein guter Diener, solch ein Gewehr gehorcht dem Wink des Zeigefingers und steht für seinen Herrn ein. Dreißig Gulden. Und ist doch einen ganzen Menschen wert. Deine ganze Kraft."

Er öffnet den Verschluß und besieht die Patronen.

Andor springt vor: die letzte Hoff –

Doch schon hat Bojo das Gewehr geschlossen.

Dana seufzt.

Bojo: „Was seufzt du, mein Lieb?"

Dana: „Bojo, mir ist so feurig vor den Augen. Ich sehe Funken, lauter Funken."

Bojo: „Es ist nichts, es ist nichts, mein treues Weib. Geliebt – betrübt – ein garstiger Reim – nichts weiter."

Andor: „Bojo!"

Bojo schnuppert an der Gewehrmündung.

„Pfui, die Flinte riecht diebisch nach Schurkenpulver. He, Nachbar, hast du mir nicht mein Wild geraubt? He, Nachbar, wo bleibt deine Kraft? Was ist Kraft? Und was ist Leben? Zähl aus, wer von uns beiden schwächer ist: Ich und du, Müllers Kuh, Müllers Esel, der bist du. Ich aber, der kleine bucklige Bojo, bin jetzt obenan und mir zur Seite steht der Löwin Rache." Ruhig: „Denn, angenommen, du machst noch einen Schritt vorwärts, so kann ich dich niederknallen wie einen Hund – nicht wahr?"

Andor: „Bojo – spiel nicht – Bojo – Gnade –"

Bojo: „Was Gnade! Gnade ist im Himmel. Auf Erden ist Vergeltung. Wir sind doch auf Erden – wie? Festes Aug und eisernes Herz, lieber Freund, das muß man haben. Die Kraft, die kauft man sich dazu für dreißig Silberlinge. Was kann man nicht für dreißig Silberlinge kaufen! Kraft – und Liebe – und sogar Apostel."

Dana seufzt lauter. „Bojo, ich werde sterben."

Bojo – weich: „Das müssen wir alle, Liebchen – jeder an seinem Tag."

Dana: „Schick nach einem Popen, Bojo – laß mich's nicht hinübernehmen. O Gott, du mein gütiger Gott! Ich hab dir doch nichts getan, Bojo! Bojo, sei doch kein Tier."

Bojo – zu Andor: „He, Nachbar, glaubst du, daß ich auf die Entfernung, wie zwischen mir und dir, deine linke Kniescheibe zu Holz schießen kann? Hast du Courage, deine schönen Augen auf den ersten Schuß zu wetten?"

Andor: „Gnade, Bojo – Gnade –"
Er will zurück.
Bojo legt an. „Rühr dich nicht, Andor Nevery!"
Dana: „Bojo, du bist so gut gewesen – Bojo, so gut –"
Bojo setzt ab: „Und du nicht, mein Herzchen?"
Dana: „Nein, Bojo – nein, Bojo – ich – ich habe dich betrogen."
Bojo: „Ich weiß, mein Liebchen. Darum hab ich dich ja vergiftet."
Und zu Andor, grimmig: „Hörst du es, Hühnerdieb? Ja, zum Stehlen bist du frech genug gewesen. Laß sehn, ob dein Mut zum Sterben reicht!"
Andor springt mit einem Satz auf Bojo zu.
Bojo gibt Feuer.
Andor: „Hilfe!"
Er stürzt rücklings zu Boden. Das linke, getroffene Bein hat er ausgestreckt, das rechte gebeugt, er stützt sich auf einen Ellenbogen und hält mit der anderen Hand das linke, blutende Knie. Mit immer schwächeren Schreien wälzt er sich hin und her, endlich stöhnt er nur mehr.
Bojo: „Kamerad aus dem feuchten Quartier – wo bleibt jetzt deine Weincourage? Pfui, Andor, Hilfe! Das ist des Feiglings Lieblingshymne. Ein nettes Heldentum! Wenn du dreißig Jahre Lebemann warst, sei eine Viertelstunde in Ehren ein Sterbemann."
Dana: „Bojo, Bojo!"
Bojo eilt ans Bett und beugt sich über Dana.
„So hab ich dich geliebt, du Herrliche! So hast du mir's gelohnt, du Elende!"
Man hört erregtes Schreien draußen, ein Hin und Her von Schritten. Heftiges Pochen an der Tür.
Bojo: „Wer ist da?"
Es ist Tadia, Bojos Pandur, und Luba, des Panduren Frau.
Tadia – draußen: „Ich, Herr. Öffnen Sie! Um Him-

mels willen, was ist geschehen? Sind Sie heil, Euer Gnaden? Sind Sie heil?"

Luba – draußen, zugleich: „Jesus, Maria, Josef! Was ist geschehen? Jesus, Maria, Josef – was ist geschehen?"

Bojo: „Schert euch zum Teufel, nichts ist geschehen. Ein Ziegelstein ist aus der Stubendecke gefallen und hat des Nachbars Hund beim Stehlen ertappt. Holt einen Totenbeschauer, wenn's euch gefällt – und einen Maurer, damit sie den Schaden besehen."

Er tritt zu Andor – mit der Flinte – und sagt: „He, Nachbar! Ist das nicht ein Gaudium? Ich bin bucklig, du bist krumm."

Andor: „Gnade, Bojo, Gnade! Sie ist schuld. Sie ist schuld. Sie allein."

Bojo: „Es steckt noch eine Kugel drin. Aber, Kerl, es wär Entehrung eines wackeren Büchsenlaufes, ihn an deiner Stirn abzubrennen."

Luba draußen: „Herr, Tadia ist hinüber um den Arzt gerannt. Jesus, Maria, Josef, dieses Unglück!"

Sie läuft weg und schreit noch im Laufen: „Dieses Unglück, dieses Unglück!"

Bojo: „Heiß ihn sich sputen, sonst werden des Doktors Beine den flinken Reiter Tod nicht einholen."

Er wankt zum Tisch, trinkt das Glas vollends aus, dann tritt er zu Dana.

Dana: „Bojo!"

Bojo – leidenschaftlich: „Stirb nicht, meine blühende Rose, du mein Eigentum!"

Er küßt und umarmt sie. „Dana! Dana! Sieh mich an mit deinen mondschönen Augen! Sieh mich an! Wie damals, als du mich liebtest. Sprich ein Wort zu mir, mein scheues Reh!"

Dana erhebt sich, sieht Bojo an; hastig, indem sie alle Kraft zusammennimmt: „Buz ... mein Lieber ... Glaub mir, Buz!" – Sterbend: „Glaub mir, Buz ..."

Bojo in rasendem Schmerz: „Mit Ge – meine Taube! Meine weiße Taube! Bleib bei mir! Flieg nicht weg!" Er schluchzt. – „Mein Stern, Dana! Steig auf zum Himmel, mein Stern, Dana! Wenn's einen Himmel gibt, so wirst du mich dort finden."

Er rüttelt sie.

„Tot, tot, um dieses Feiglings willen."

Er tritt an den Tisch – wankend – nimmt in furchtbarer Wut eine Gabel, kniet an Andors Seite nieder.

„Kerl, du hast deine sündigen Augen zu diesem Weib erhoben, zu meinem Weib? Das hättest du nicht sollen."

Er sticht zweimal nach seinem Kopf.

Andor – abgewendet – brüllt: „Unhold!"

Tadia – draußen – weit: „Geschwind, Herr Doktor! Geschwind, um alles in der Welt – eilen Sie doch!"

Bojo wankt mit Riesenschritten, wie ein rauflustiger Trunkener, auf die Tür zu, die von außen aufgebrochen wird.

„Herein", ruft er, „herein, wer da ist – und seht!"

Tadia stürmt mit erhobener Axt herein, zuerst auf Andor: „Hund, du sollst es büßen."

Als er Andor liegen sieht, fährt er zurück.

Luba ist weinend nachgekommen.

„Was ist geschehen? Kommen Sie, Herr Doktor! Herr Doktor! Herr Doktor!"

Tadia zu Dana: „Gott, die Frau! Die arme gnädige Frau! Meine liebe, gnädige Frau! Sie rührt sich nicht. Als wie gestorben ist sie."

Luba geht zu Dana, öffnet dann das Fenster und bekreuzigt sich.

Der Arzt tritt lächelnd ein. Ein alter, zittriger Herr.

„Na, was ist denn dem Frauerle? Wir werden dem Frauerle schon helfen. Armes, schönes Frauerle!"

Bojo hat sich gesetzt und schreit lachend: „Herzschlag."

Der Arzt beugt sich über Dana und horcht.

Tadia ringt die Hände. „Hätt ich nur den Sägmüller erschlagen! Hätt ich ihn nur erschlagen!"

Luba bemüht sich jammernd um Andor. „Sie bluten ja, Herr! Sie bluten überall. Herr, was ist Ihnen?"

Der Arzt: „Was ist denn dem Frauerle? – Tot?"

Er richtet sich auf, erblickt Andor und eilt hin. „Und der junge Herr?"

Bojo: „Dem ist ein Ziegelstein auf den Fuß gefallen."

Der Arzt: „Oh – ein Ziegelstein? Ein Ziegelstein – nun, das ist nicht so schlimm, werden wir schon machen."

Er untersucht die Wunde.

Bojo lallt: „Doktor, lassen Sie Ihre Künste spielen. Diesen wackeren Mann müssen Sie mir, müssen Sie mir –"

Der Arzt erblickt Andors Kopf und schreit auf: „Um Gottes willen, der ist ja geblendet!"

Bojo: „... am Leben erhalten, am Leben ..."

Er fällt vornüber.

DER MOSLEM

Die Geschichte, die ich da erzählen will, ist am 9. oder 10. August 1902 passiert. Ich war damals bei meinem Bruder zu Besuch, in Bjeli-Scheher in Bosnien. Mein Bruder ist dort Arzt, schon seit vielen Jahren. Bjeli-Scheher ist eine Stadt des Islams. Drei Viertel der Bevölkerung sind Moslems. Mein Bruder gilt bei ihnen viel, fast so viel, als wäre er ihresgleichen.

Eines Morgens saß ich mit ein paar Herren auf der Veranda, lauter Beamten, Österreichern, da kam ein junger Moslem, Edhem-Beg hieß er, vor unser Gartengitter und lud mich ein, ihm zu folgen. Er war beritten und hielt ein anderes, lediges Pferd an der Hand.

Ich war zum Reiten nicht gekleidet, noch weniger gelaunt – und lehnte ab. Er aber bat dringend, in seinen Worten war Ernst. Ich merkte, Edhem-Beg wollte mir mehr sagen, aber nicht hier vor den Herren.

Ich trabte mit ihm davon. Trabte eine viertel, eine halbe Stunde, eine Stunde auf der staubigen Landstraße und wußte nicht, wohin, und wußte nicht, warum. Edhem-Beg schwieg.

Da fragte ich ihn endlich nach unserem Ziel.

„Zur Kula meines Vaters“, sagte er.

Kula, Turm, nennen die Moslems ihre Sommervillen. Sie sind auch turmartig erbaut – noch von der Zeit her, wo man sie verteidigen mußte.

Ich war noch nie auf dem Turm des alten Hadji Hafis gewesen – wie weit mag's dahin sein? Aber Edhem schonte die Pferde nicht, da dachte ich, wir müßten bald da sein.

Es dauerte drei Stunden. Dann wies Edhem-Beg auf ein Haus im Grünen – ich fiel in Schritt und ließ Edhem-Beg voraus. Denn es konnten Weiber im Hof sein, die sich vor mir, dem Fremden, erst verbergen mußten.

Im ersten Stockwerk des Turms fand ich den alten Hadji, Edhem-Begs Vater. Drei oder vier ebenso alte, ebenso langbärtige Männer mit ihm. Der eine mit einer weißen Binde am Fes, also ein Kadi. Der andere ein Mufti, ein Theolog – er trug blaue Hosen. Der dritte ein Hadji, Mekkapilger, mit einem gelbgestickten Turbantuch. Und wer der vierte war, weiß ich bis heute nicht.

Sie hockten auf den Sofas, rauchten und tranken schwarzen Kaffee.

Edhem-Beg brachte mir ein Täßchen Kaffee, ein Glas Scherbet und Marmelade von Rosenblättern.

Das ist die Ladung zu längerem Verweilen. Was mögen sie von mir wollen – und, da Edhem-Beg, der Sohn des Hauses, selbst bedient und mit gekreuzten Armen an der Tür stehen bleibt: warum sind sie so höflich?

Der Kadi drehte eine Zigarette und reichte sie mir.

„Bist du ermüdet?“ fragte er nach einer Weile. Er wird hier gewiß den Wortführer spielen.

Und wieder nach einer Weile:

„Der gnädige Kaiser Franz Josef – ist er wohl gesund?“

„Ich danke“, sagte ich lächelnd, „soviel ich weiß, ist er gesund.“

Der Kadi – wieder nach einer Weile:

„Ob er selbst die Telegramme öffnet, die man ihm schickt?“

Ich schwieg, ich wußte nicht recht, was es sollte. (Das Staunen hatte ich mir dortzulande abgewöhnt.)

Da setzte der Hadji seine Pfeife ab und sagte mit kaum unterdrückter Erregung:

„Ich, Leute, meine, man kann dem Kaiser gar nicht telegraphieren.“ – Mit einem fragenden Blick auf mich.

„Gewiß kann man ihm telegraphieren, Hadji. Und er wird das Telegramm auch bekommen. Selber öffnen freilich wird er es nicht.“

Der Hadji nach einer Weile – immer nach einer Weile, die Moslim überlegen, ehe sie reden:

„Glaubst du, daß der gnädige Kaiser heute noch das Telegramm bekommen kann?“

„Wenn man es gleich abschickt – warum nicht?“

„Ich sage, wir senden es sogleich ab. Wann, meinst du, kann es in Wien sein?“

Ich zog die Uhr.

„Es ist jetzt fünf *à la turca*, zehn *à la franca*. Ich rechne, Edhem braucht drei Stunden nach der Stadt ...“

„Er wird anderthalb brauchen."

„Gut. Dann ist er um zwölf *à la franca*, zu Mittag, auf dem Amt. Eine halbe Stunde später hat der Kaiser euer Telegramm."

„In Wien?" fragten sie verblüfft.

„In Ischl. Ich glaube, er ist jetzt in Ischl."

„Oh, nicht in Wien?" – Sie waren allesamt niedergeschlagen.

„Das ist ja ganz gleichgültig – Ischl oder Wien."

„Wenn du aber gar nicht weißt, Effendüm, nicht sicher weißt, wo der Kaiser ist...?"

„Macht nichts – die Leute auf dem Telegraphenamt werden es schon wissen."

„Und du verpfändest uns deinen Glauben, daß der Kaiser in einer halben Stunde das Telegramm haben kann, wenn er auch nicht in Wien ist – und Ischl vielleicht noch Tagereisen hinter Wien?"

„Es liegt Tagereisen hinter Wien, und ich verpfände meinen Glauben."

Da zuckten sie die Achseln wie einer, der da sagen will: auch wir haben schon verlernt, uns zu wundern. Sie zündeten neue Zigaretten an, sie tranken neue Tassen, da begann der Kadi:

„Effendüm, hast du heute den Telal gehört?"

Telal ist ein Ausrufer, ein Herold.

„Er hat am Morgen im Bjeli-Scheher verkündigt: in vierundzwanzig Stunden wird Rustam Selimagitsch von Bjelimagitsch aus Prijedor im Hof des Kreisgefängnisses von Bjeli-Scheher gehenkt werden. – Hast du den Telal gehört?"

„Nein."

„Dann glaube uns, wenn wir dir's sagen." – Alle fünf blickten mich an.

Ich empfand einen Vorwurf in den Blicken. So, als sei ich mit schuld an dem Tod, den ein österreichischer Henker morgen einem Moslem bereiten wird.

Es rief der erregte Kadi wieder: „Effendüm, ich will

dir nichts beschönigen – laß dir die Wahrheit sagen, Bruder: Rustam Selimagitsch und noch ein anderer, ein Serbe, sind Sägearbeiter gewesen in Prijedor bei der französischen Gesellschaft. Laß dir die Wahrheit sagen, Bruder: sie empfingen eines Tages ihren Lohn und sollten nach Haus. Aber sie verpraßten das Geld in den Schenken – zwei, drei Tage haben sie getrunken und gepraßt. Haben endlich Rock und Bundschuh in den Schenken gelassen, sind barfuß und bettelarm übers Gebirge gezogen, nach Hause, und haben sich den ganzen Weg geschämt: was werden unsere Weiber sagen, unsere Mütter? Dann hat ein Wanderer sie um den rechten Weg gefragt. Der Wanderer trug einen Rock, Schuhe an den Füßen und noch ein Paar neue Schuhe im Ränzel; und trug wohl auch Geld im Gürtel, denn er ging frei und aufrecht, wo sie schlichen. Da haben sich die beiden durch einen Blick verständigt und sagten ihm: ‚Komm nur, wir führen dich den rechten Weg' – und sind mit ihm in den Wald gezogen. Haben dreimal gerastet und dreimal nicht den Mut gefunden; und endlich, am späten Abend, als er schon mißtrauisch war und maulte, da hat Rustam Selimagitsch ihn mit einem Knüppel auf den Schädel geschlagen, und der Serbe hat den Mann gehalten."

Der Kadi verstummte, die vier anderen nickten bekümmert.

„Und dann?"

„Dann raubten sie ihm das Geld, den Rock und die Schuhe, ließen ihn für tot liegen und stoben davon. Der Mann aber war nicht tot, er quälte sich zwei Tage in der Einsamkeit – so fanden ihn die Hirten: mit eingeschlagenem Schädel im Wald, das Hirn lag bloß, die Würmer nagten schon daran. Aber laß dir die Wahrheit sagen, Bruder: die Hirten trugen den Mann zu Tal – und zu den Gendarmen – die Gendarmen riefen Ärzte – die Ärzte klaubten die Würmer aus und vernähten den Schädel – der Mann lebt und hat die Räuber beim Gericht verklagt."

„Und sie sind zum Tod verurteilt worden?"

„Zum Tod. Alle beide."

„Zum Tod – und der Mann, den sie erschlagen wollten, lebt?" fragte ich.

„Was willst du – wir haben strenge Gesetze, strengere als ihr in Österreich – auf Straßenraub steht bei uns der Strang. Morgen soll Rustam Selimagitsch gehenkt werden."

Da war wieder eine beklommene Stille in der Runde, bis der alte Hadji-Beg sie brach:

„Nun bitten wir dich, Effendüm – bitten dich, wie eine Mutter für ihren Sohn bittet –, wir Moslems für einen Moslem: telegraphier du an den gnädigen Kaiser und flehe ihn in unserem Namen an und füge deinen Namen bei – und stell ihm vor, daß der Beraubte ein Moslem war und dem Räuber, wieder einem Moslem, verziehen hat; und da der Beraubte dem Räuber verzieh, möge der gnädige Kaiser nicht grausamer sein als das Opfer, als Koran und Tschitap – und möge dem armen Sünder das Leben schenken, weil auch Gottes Gnade in diesem Fall kein Leben umkommen ließ. Telegraphier, Effendüm, ich bitte dich, an den gnädigen Kaiser!"

Gegen Mittag hielten Edhem-Beg und ich auf dampfenden Pferden vor dem Telegraphenamt von Bjeli-Scheher.

Dann warteten wir bis zum Abend, was werden sollte.

Überall in der Stadt sprach man erregt von den bevorstehenden Hinrichtungen. Im Türkenviertel saßen die Leute gedrängt in den Cafés, den kleinen Läden der Krämer, der Barbiere. In der Serbenstadt standen sie in Haufen auf der Straße, und alles erzählte und gestikulierte.

Ich blieb beim jungen Edhem-Beg.

Da sahen wir draußen einen Landauer mit zwei Schimmeln vorfahren.

„Der Vater", sagte Edhem. „Es hat ihn auf dem Turm nicht geduldet."

Der alte Hadji Hafis trat ein, mit dem langen Pilgerstab in der Hand – eine Wildheit im Blick und Ungeduld in jeder Bewegung. Ich hatte ihn noch nie – und keinen Moslem – jemals so gesehen.

Als er mich erblickte, streckte er mir die Hände entgegen.

„Ah, komm, komm, Effendüm, mit mir aufs Gericht!" – Daß eine Antwort aus Ischl nicht gekommen war, hatte er schon auf dem Telegraphenamt erfahren. – „Komm mit mir aufs Gericht! Dort verstehen sie mich nicht, ich verstehe sie nicht – du wirst ihnen meine Zunge reden."

Wir fuhren. Der Hadji Hafis ließ sich beim Präsidenten melden. Wir fanden schon Besuch dort – den langen Petar Kumowitsch, Kirchenältesten der Serben – und der Präsident mußte zu beiden nur einmal reden, zum Serben und dem Moslem, denn beide wollten dasselbe.

Sie wollten, daß man den Verurteilten heute abend nicht das Urteil lese. Beide, die Moslems wie die Serben, hatten an den Kaiser telegraphiert und hofften auf Begnadigung.

Der Präsident lächelte hilflos.

„Ja, Gott ...", sagte er, „seht mal Leute: es tut mir ja selbst furchtbar leid, aber meiner Vorschrift muß ich genügen. Die zwei sind rechtskräftig verurteilt – Seine Majestät hat dem Recht freien Lauf gelassen – die Justifizierung wird also morgen früh stattfinden müssen. Und das Gesetz verlangt, daß ich den Verurteilten zwölf Stunden vorher das Urteil verkünde."

„Wenn wir Moslems aber telegraphiert haben, Effendüm?"

„Auch wir Serben, Gospodine?"

Der Präsident ging im Zimmer umher, lüpfte die Achseln und schnalzte mit den Fingern.

„Donnerwetter, Donnerwetter – jedesmal kommt ihr mir mit euren Telegrammen. Ja, hat es denn schon je genutzt? So etwas wird ja oben nicht übers Knie gebrochen. Über die Sache ist doch Vortrag gehalten worden. Da ist Seine Exzellenz der Minister, der das bosnische Ressort hat – da sind die Sektionschefs – da ist der Vorstand des Zivilkabinetts – ja, seht, Leute: alle diese Herren geben ihre Meinung ab und haben ihre Meinung abgegeben. Seine Majestät haben darauf geruht, sich allergnädigst zu entschließen ... glaubt ihr wirklich, daß solche Entschlüsse einem Telegramm zuliebe umgestoßen werden? Ich glaub es nicht. Geht ruhig heim und bescheidet euch. Ich kann nicht helfen – ich muß das Urteil verkünden."

Der Hafis wiegte den Kopf, nahm meine Hand in seine Greisenhand und führte mich von dannen.

Aufs Telegraphenamt. Stundenlang saßen wir da und warteten.

Der Abend sank. Vom serbischen, vom katholischen Kirchturm schlug es sieben – vom Minarett der Achmed-Djami rief der Muezzin zum vierten Gebet:

„*Allahu ekber, Allahu ekber.*
Eschhedu enla – illahe – il lellah ..."

„Ja", sagte der Hadji, „eilet zum Gebet, eilet zur Freude! Und jetzt zeigt man dem armen Kerl sein Schicksal an."

Stand auf und schritt langsam davon in die Moschee.

Und während der Alte drüben betete, hörte man eine leise Zither klimpern – aus dem Café Austria. Es ist ein hübscher Garten vor dem Café, alte Kastanienbäume. An einem runden Tisch saßen drei Fremde, der Zitherspieler unter ihnen. Um die Fremden ein paar Kleinbürger – Österreicher, Ungarn: der Herrenmodehändler Neumann – Géza Malzer, der Braumeister – der Nähmaschinenagent und noch ein paar. Da hatte der Zitherspieler gestimmt und intonierte: zuerst einen Marsch – einen Walzer aus dem „Zigeunerbaron" – wieder einen Marsch... Als der Hadji aus der Moschee zurückkam, war die Gesellschaft schon beim Singen.

„Kinder, wer ka Geld hat, der bleibt z'Haus!
Heut komm i erscht morgen fruah nach Haus.
Heut muß ich an Schampus ham,
Oder i hau alles zsamm,
Oder ich reiß der Welt a Haxen aus."

Der Alte setzte sich neben mich und blickte hinüber.

„Weißt du, wer da spielt?" fragte er. „Das ist der Scharfrichter. Wenn er müde ist vom Spielen, werden sie trinken, und er und seine Gehilfen werden den Österreichern Geschichten erzählen. Von früheren Hinrichtungen, weißt du."

Da kam ein Herr des Weges, erkannte mich im Dunkel und rief mich an:

„Na, gehen Sie nicht zum Abendessen? Wir haben einen Weg." Der französische Professor vom Gymnasium.

Der Hadji verstand nicht, was der Professor gesagt hatte, erriet es aber.

„Geh!" sagte er. „Wenn eine Nachricht kommt – ich werde dich rufen lassen."

Ich ging mit dem Professor – er fing sofort von dem Ereignis des Tages an:

„Sie werden natürlich dabei sein? Haben Sie schon eine Karte? Ich will Ihnen gern eine verschaffen. Übrigens gibt Ihnen der Präsident ohne weiteres eine.

Oh, es ist ein unglaublich interessantes Erlebnis. Mich regt es immer furchtbar auf. Eine entsetzliche – und wenn Sie wollen – in ihrer Art interessante Sache, das. Aufregender denke ich mir natürlich eine Hinrichtung durch Erschießen und am grausigsten durch das Beil. Ich habe schon neun Hinrichtungen gesehen – denken Sie sich: in Agram einmal drei in derselben Stunde – die Stenjewetzer Raubmörder."

Er erzählte mir auf dem ganzen Weg von diesen dreien. „Der letzte, ein junger Bursche, hat unter dem Galgen eine Art Predigt gehalten – gegen die glaubensfreie Schule – die wäre schuld an seinem Unglück – und hat zur Anbetung des heiligen Antonius aufgefordert. Widerlich, sag ich Ihnen. Der Gefängnisgeistliche hatte dem armen Kerl die Predigt Wort für Wort aufgesetzt und soufflierte ihm."

Weit aus dem Dunkel hinter mir rief eine Stimme meinen Namen. Edhem-Beg.

Ich eilte zurück. Im Telegraphenamt stand der Alte und hatte die Hände zitternd auf den Schalter gestützt.

„Eben fertigen sie es aus, Effendüm: daß der Kaiser keine Gnade gibt."

Der Morseapparat surrte noch und tippte. Nach einer endlosen Minute reichte mir der Beamte die Depesche:

„An den Vorstand der Mohammedanischen Wakufkommission in Bjeli-Scheher, Hadji Hafis Schemssi-Beg Ragibbegowitsch.

Seine Majestät haben allergnädigst geruht ...", und so weiter, und so weiter.

Ein langer Satz. Ich sah nur das letzte Wort: „... abzulehnen." – im Café Austria spielte man:

„Das Drahn, das is mein Leben,
Kann's denn was Schöners geben ..."

Die Nacht verging mir peinlich mit blödem Lesen und nervösem Rauchen. Erst am Morgen, als Edhem an mein Fenster pochte, war ich eingeschlafen.

„Komm rasch, Effendüm, mein Vater ruft dich."

Vor der Tür wartete schon der Hadji und schritt wortlos voran – der Pilgerstab schlug taktmäßig auf das Pflaster – schritt wortlos voran in die tauige Stille. Der Alte klopfte an ein Türchen des Gefängnishofes, ein Wächter öffnete. Stumm wies der Hadji ein Billett vor – es war wohl ein Erlaubnisschein.

Da führte uns der Wächter quer über den Hof und nur mehr ein paar Stufen empor in eine Zelle. Eine lange, helle Stube – Tür und Fenster standen weit offen. Am Fenster und an der Tür je ein Soldat – Gewehr bei Fuß, Bajonett auf. Und zwischen diesen beiden Soldaten, auf und ab – mit raschen, verzweifelten, plumpen Schritten ging...

„Rustam Selimagitsch!"

Der Gorilla hörte es nicht einmal. Immer auf und ab – mit leidenschaftlichen, plumpen Schritten ging er auf und ab – und bei jedem zweiten Schritt ein tierisches Stöhnen. Tap – tap – ein tierisches Stöhnen.

Er trug ein grobhärenes Sträflingsgewand – vielleicht, weil seine eigenen Kleider gar zu elend gewesen waren – und mir schien, er trug auch keine Wäsche. Der Fes war ihm vom Kopf geglitten, nun sah man den ganzen glattrasierten Schädel. Die Ohren standen breit ab, auch die Augen, die Pupille. Er hatte die Oberlippe schmerzhaft aufgezogen und bleckte die Zähne – hatte die Brauen hochgewölbt und ging immer auf und ab, von einem Soldaten zum anderen, mit plumpen, leidenschaftlichen Schritten, und bei jedem zweiten Schritt das Geheul.

Der Hals war frei in der Sträflingsjacke, ich sah es schaudernd.

Wenn der Mann hätte ausbrechen wollen – zum Teufel, es wäre ihm gelungen, denn der Soldat an der

Tür stand nicht, der hing angekrampft an seiner langen Büchse.

Was der Hadji mit dem armen Sünder sprach, weiß ich nicht. Zuletzt stolperte ich die Stufen hinab auf den Hof, und hinter mir war bei jedem zweiten Schritt das Heulen.

Da redete mich einer an – mit einer Stimme, in der Lust war, Neid und Begierde.

„Sie waren bei ihm? Sie haben dürfen? Oh, ich stehe unter dem Fenster ..." – Der Gymnasialprofessor. – „Ist auch der andere da, der Serbe? Sie wissen doch schon, daß er begnadigt ist? Eben ist die Depesche gekommen. Begnadigt – nach dieser Nacht ..." – Der Professor schüttelte sich, und seine Augen flackerten.

Der Hadji packte mich am Arm. Er schluchzte beinahe, und es war, als wäre er seit gestern älter geworden, fast war's ein Lallen:

„Effendüm, du mußt bei mir bleiben." Und mit erhobener Stimme: „Effendüm, du mußt bei mir bleiben. Ich hab's gelobt: bis zum letzten Augenblick will ich mit ihm sein."

Der Gefängnishof verengte sich nach hinten zu, vor der schmalsten der hohen grauen Mauern stand ein Zug Infanterie, Gewehr bei Fuß. Vier Schritte vor dem rechten Flügel ein Offizier mit der Feldbinde. Er hatte die Hand auf den Säbel gestützt, den Säbel vor sich und blickte zu Boden. Die Soldaten sahen mit Grausen und Neugier auf den Richtpflock, auf den Scharfrichter und seine Gehilfen.

Der Richtpflock war mehr als mannshoch, ein viereckiger, starker Balken, oben abgesägt; da stak ein Bolzen. Vorne ein Schemel mit zwei Stufen, und hinten eine kurze Leiter.

Der Scharfrichter musterte sein Bauwerk. Er war ein schlanker Mann, hellblond, mit grauen Augen. Wenn ich ihm auf der Straße begegnet wäre, ich hätte ihn für einen Prediger gehalten, denn er trug einen langen, schwarzen Rock und schwarze Handschuhe.

An der anderen Wand die Zeugen. Ein Wächter drängte den Hadji und mich zu ihnen. Alle standen und flüsterten. Nur der Professor redete auf uns ein: auf mich – auf meinen Bruder, den Kreisarzt, der von Dienstes wegen mit dabei sein mußte – auf den Verteidiger Rustams. Den Hadji sah er nicht einmal.

Plötzlich: die Herren vom Gericht. Mit affektiert ernsten Mienen.

Sie nahmen Aufstellung. Umständlich – man sah, es war ein verabredetes Arrangement: der Präsident – rechts und links seine Beisitzer – und der Staatsanwalt zwei Schritte vor ihnen, dem Präsidenten zugewendet.

Der Präsident nickte würdig, der Scharfrichter tat einen fragenden Blick und nickte wieder.

Dann zog der Präsident die Uhr – winkte – und zwei Wächter verschwanden – quer über den Hof und ein paar Stufen empor.

Die Uhr schlug sieben.

Und in dieser Minute schleppte man ihn hervor. Man hatte ihm den Fes aufgesetzt, aber der Fes fiel herab, und der kahle Schädel darunter wurde sichtbar. Die Brauen waren hochgewölbt, daß man das Weiße rund um die Pupille sah, und die Oberlippe schmerzhaft aufgekrümmt, daß die Zähne bleckten, die Wächter hatten ihn untergefaßt, und seine Füße blieben hinter ihm. Um die gekrümmte Gestalt schlotterte der härene Sträflingsrock.

Als ginge er noch immer in seiner Zelle auf und ab, mit plumpen, leidenschaftlichen Schritten – in diesem Takt, gerade in diesem Takt kam das langgezogene Heulen.

Er kam von dort, und der Scharfrichter nahte ihm von hier.

Und als er den Scharfrichter sah – weiß Gott, für wen er ihn hielt – da brach er sein Heulen ab, und es wurde ein Wimmern daraus, und er streckte dem Scharfrichter beide Hände entgegen – beide Hände – wie einer, der da Rettung sucht. Der Scharfrichter band sie mit einer Rebschnur. – Dann las der Präsident eine lange Schrift, las die kroatische Schrift mit häßlichem wienerischem Anklang.

Als es vorbei war, kommandierte der Oberleutnant: „Zum Gebet!" – Die Trommel wirbelte.

Und die Soldaten – hatten sie nicht gehört? Ein paar machten kehrt, ein paar rechts oder links um, und andere blieben stehen wie erstarrt.

Mein Bruder tippte mir auf die Schulter.

„Komm", sagte er, „zu dem Serben!"

Ich verstand ihn nicht.

„Zu dem Begnadigten."

Wir fanden ihn in einem kleinen Gelaß, er kauerte auf der Pritsche. Als wir eintraten, fuhr er jäh zusammen.

„Was fürchtest du dich, du Esel? Sei froh, dir tut doch niemand was."

Er starrte meinen Bruder an und wich bis an die Wand.

„Du kommst nach Senitza, ins Zuchthaus. Komm her, ich will sehen, ob du gesund bist."

Als mein Bruder die Hand auf ihn legen wollte ...

„Hör mal, Dussel – hör doch, was ich dir sage: ich tu dir ja nichts."

Ein Wächter, der an der Tür stand, lachte, spuckte aus und sprach:

„Er hod ghört, daß der Henker hier is und hod d' ganze Nacht net gschlofa. Maant schier no immer, ma werd eahm ..." Dazu eine Geste.

Mein Bruder untersuchte ihn oberflächlich, klopfte ihn auch über dem Hemd ein wenig – dann ein Blick ins Gesicht.

„Kerl, du hast ja einen Abszeß unter dem Ohr. Eh –

schade – den hätt' dir der Henker so schön ausgedrückt…"

Darauf der Wächter: „Recht hom S', Herr Doktor, verdeant hätt' er's scho." Und räsonnierend: „Aber wieder – wann mas nemmt: er hod eam gholfen, der andre hod gschloga. Nur natürli – zwölf Stund bevor homs' es dem armen Teiwel net gsogt: ‚Moring erschlogn mr di' wie mas bei uns hier sogt…"

Als wir heimgingen, holte uns der Professor ein.

„Hab ich Ihnen zu viel gesagt? Eines der merkwürdigsten Schauspiele, die man erleben kann. Diese Geschwindigkeit, wie ihn die Knechte auf den Schemel hoben – und die schwarze Hand des Scharfrichters, ausgebreitet auf seinem Gesicht – und wie der Scharfrichter ihm die Kiefer zuhielt mit der schwarzen Hand – und die Knechte ziehen unten an, und das Zittern am ganzen Leib… Denken Sie sich: da vor ein paar Jahren sollte der Räuber Nikolitsch gehenkt werden, und am Abend vorher bittet er um zwei Pantoffeln – Filzpantoffeln, aber ja recht groß. Alle dachten: was will der Kerl mit den Filzpantoffeln? – und brachten sie ihm. Und am Morgen, als man ihn heranschleppte, da warf er einen und dann den anderen Pantoffel in die Luft und schrie ‚Hoch…' Aber man darf es ja gar nicht wiederholen. Es war eine Majestätsbeleidigung."

ANTONIUS DE PADUA FINDLING

In einer Zeit, die so viel von Verjüngung der Menschen redet, sei an den geheimnisvollen Antonius de Padua Findling erinnert. Im Umsturz sind die wichtigsten Dokumente verlorengegangen – nur sechs oder acht Zeugnisse über Findling konnte ich sammeln. Danach läßt sich Findlings sonderbarer Lebenslauf leider nur in den gröbsten Umrissen rekonstruieren:

Am Morgen des 21. Juni 1834

fand man an der Quelle Iskritza, Gebiet des griechisch-orthodoxen Klosters Dusluk, einen Greis, der dem Anschein nach im Sterben lag, ja von einigen Brüdern schon für tot gehalten wurde. Gegen Abend, nachdem man ihm Schnaps eingeflößt und ihn gewaschen hatte, schien er sich ein wenig zu erholen, blieb aber dem Erlöschen nah und ohne Bewußtsein. Der Abt wollte den Ohnmächtigen anfangs nicht ins Kloster bringen lassen und willigte in die Überführung erst, als der zur Nachtwache bei dem Alten befohlene Mönch Parenije meldete, daß sich der Greis leise zu regen beginne.

Am 30. Juni 1834

neun Tage nach seiner Auffindung, lebte der Greis zwar immer noch, nahm auch Ziegenmilch zu sich, war aber nicht imstande zu reden und deutete durch keine Bewegung an, daß er die an ihn gerichteten Fragen verstehe. Ein Bericht, den der Abt an den vorgesetzten Bischof richtete, spricht von einem „überaus gebrechlichen, etwa achtzigjährigen Taubstummen". Man habe, heißt es weiter im Bericht, von der im nächsten Pfarrort liegenden Majors 1. Schwadron Dreier-Kürassiere ärztliche Hilfe beansprucht, „ohne daß daraus jedoch Kosten für das Kloster erwachsen dürfen". Darauf erschien der Kurschmied Wenzeslaus Walz und machte dem Greis scharfe Einreibungen. Er habe, sagte der Kurschmied unter Vorweisung seiner beruflichen Atteste, ein Mittel erfunden, alten Tieren und Menschen ihre Kräfte wiederzugeben; ob der Abt einwillige, daß Walz sein Mittel an dem Greis versuche? Der Abt erklärte, in das Vorhaben nicht willigen zu können. Da aber der Kurschmied inständig bat und auf die allgemeine Körperschwäche des Greises hinwies, die ohnehin unfehlbar zum Tode führen werde, ließ der Abt unter Ablehnung jeglicher Verantwortung den Kurschmied gewähren.

Man hat nach diesem Kurschmied später emsig geforscht; er ist niemals wieder aufgetaucht.

Im Archiv des Werötzer Komitats liegt ein vom Obergespan Nobilis Dominus de Thewrewk gefertigtes Protokoll *de dato*

13. September 1834

worin festgestellt wird, „das *qu. individuum* lasse kein Zeichen seiner Zugehörigkeit zum römisch-*catholischen* Religionsbekenntnis erkennen, weshalb das Verlangen der griechisch-*orthodoxen* Kirchenbehörden, als nach welchem das Kloster der *P. P. Franciscaner* zur Übernahme des unnützen Fressers verpflichtet sey, abzuweisen beantraget wird". Zwei Jahre später mag der orthodoxe Bischof aufs neue Vorstellungen erhoben haben – denn am

14. März 1837

lehnen die Franziskaner die ihnen zugemutete Übernahme „eines alten Serbens, respective Griechens unbekanntes Namens" in ihren Verpflegsstand entrüstet ab.

Hierauf schweigen die Quellen bis

Es muß ein völliger Umschwung der Ansichten eingetreten sein. Ein Memorandum des katholischen Bischofs von Djakowar an die Regierung verlangt die Abstellung eines Unfugs, den die orthodoxen Mönche von Dusluk mit einem alten Mann treiben, indem sie diesen, „dem abergläubischen Landvolk als sich verjüngenden Wundergreis *(senem miraculosum repuerascentem)* vorstellen und viel Geschrei mit ihrer angeblichen Gnadenquelle machen, die solche staunenswerte Wirkungen vollbringe". Das Schriftstück erzählt ferner: das seinerzeit in gelähmten und halbverhungertem Zustand aufgefundene Geschöpfe habe zwar nach und nach die Sprache und Beweglichkeit wiedererlangt, wäre jedoch der Gebräuche des griechischen Irrglaubens völlig unkundig gewesen und darin erst mißbräuchlicherweise von den Mönchen unterrichtet worden. Da schon daraus seine Zugehörigkeit zur römischen Kirche hervorgehe und die orthodoxen Mönche solches ehedem selbst wiederholt behauptet hätten, sei der Obergespan anzuweisen, den Alten eventuell mit Hilfe des Brachiums dem Schoß der heiligen Kirche zuzuführen. Wie man dem Verlangen des Bischofs entsprach, läßt sich aus den Quellen nicht feststellen. Während die Orthodoxen von Menschenraub reden, zitiert das Protokoll des Komitatsarchivs eine (im Original nicht auffindbare) förmliche Abtretungsurkunde.

Auf dem Vorsatzblatt des Orahowitzer (katholischen) Diözesanmatrikel, Band XI, befindet sich eine Notiz: *„Baptisatus a. D.*

1852

hac in ecclesia: eyn unbekannter Fremder, der sich die hlg. Taufe empfangen zu haben nicht entsinnet, am 23. August auf den Namen Antonius de Padua Findling. Alter circa 60. Pate: Antonius de Padua Lemaitsch, Schuhmacher hieselbst (Unterschrift)."

Und darunter von anderer Hand, lateinisch, mit beigefügter Übersetzung: „*Legittime* verkündiget und getrauet: obgemeldeter Antonius de Padua Findling mit Anna Wasso, Witwe nach Ignaz Semmel, Schuhmacher im Orte."

1890

Als Oberst Trambel sein neues Regiment zum erstenmal besichtigte, fiel ihm ein ungemein junger Oberleutnant mit Kriegs- und Tapferkeitsmedaille auf.

„Wie heißen Sie?"

„Oberleutnant Findling."

„Wie lang dienen Sie?"

„Dreizehneinhalb Jahre."

„Komisch", sagte der Oberst.

Darauf der Adjutant:

„Herr Oberst, ich meld gehorsamst, Herr Oberleutnant Findling hat die Offiziercharge vor dem Feind erhalten."

„Donnerwetter!"

„Jawohl; Sturm auf Klutsch."

„Ah – ist das der berühmte?"

„Jawohl. Bei Beginn des Feldzugs 1878 freiwillig eingerückt – ohne Ausweise – Papiere nicht zu beschaffen – Feldwebel geworden – in die letzte Insurgentenfeste Klutsch an der Spitze von ein paar Reservisten eingedrungen. Ist dann vom Armeekommandanten auf der Stelle dekoriert worden..."

„Jaja, ich erinner mich: aus allerhöchster Gnade Offizier. Sehr brav. Freu mich außerordentlich. Sieht fabelhaft jung aus."

Einige Jahre später, bei einer großen Parade der Truppendivision fragte Seine Exzellenz einen Zugskommandanten:

„Wie heißen Sie?"

„Oberleutnant Findling, Exlenz."

„Wie lang dienen Sie?"

„Das siebzehnte Jahr, Exlenz."

„Sehr komisch", sprach der hohe Herr im Weiterreiten.

Dann zum Generalstabschef: „So sollte man sich konservieren können. Direkt ein Bub."

Nach der Parade ließ Oberst Trambel den Hauptmann Gatterer rufen und sagte ihm (der Wortlaut ist später vom Obersten und Gatterer übereinstimmend zu den Akten gegeben worden):

„Du, Gatterer, ich will keine Affäre draus machen – heut, wo Seine Exzellenz uns so warm belobt haben, und gegen einen vor dem Feind dekorierten älteren Offizier schon gar nicht; aber nimm deinen Oberleutnant Findling vor und red ihm ins Gewissen. Ich hab's ihm schon zweimal gesagt – in gutem: Bartlosigkeit ist ein Vorrecht der Windischgrätzdragoner. Ich besteh einfach darauf, daß sich der Findling einen Schnurrbart stehn laßt."

„Herr Oberst, ich melde gehorsamst, der Findling behauptet: es wachst ihm keiner."

„Also ist das doch toll, wie er sich unterstehn kann ... Hier ist sein Grundbuchblatt als Infanterist, freiwillig auf Kriegsdauer assentiert. Personsbeschreibung: Vollbart. Hat er denn eine Hautkrankheit?"

Hauptmann Gatterer zuckte die Achseln – soweit man das innerhalb der Habtachtstellung im Waffenrock tun kann.

Im Februar 1903

wurde Oberleutnant Findling – nach sechsundzwanzig Jahren Dienstes – in der Tour zur Beförderung abverlangt und eingegeben.

Am 23. März 1903

mußte er ins Garnisonsspital zur Superarbitrierung. Anders war der Mann nicht zu retten vor ehrenrätlicher Behandlung: er hatte – ich bitte, ein Offizier mit solcher Vergangenheit, mit Verdiensten auf dem Schlachtfeld, dicht am Hauptmann – in der Nachbarschaft der Kaserne Obst gestohlen und einem fremden Hahn die Federn ausgerupft.

Der Stabsarzt wußte von der ganzen Geschichte leider nichts – man hatte versäumt, ihn zu unterrichten.

Er untersuchte den Findling daher ganz unbefangen und gab das Gutachten ab: „Schlecht genährt, infantil, aber gesund."

Findling rückte wieder zum Regiment ein. Er maß knapp ein Meter zwanzig und hatte das Aussehen eines – na, sagen wir: zehnjährigen Jungen. Als der Oberst ihm verkündete, die Beförderungseingabe sei zurückgezogen – was tat Findling? Er stellte sich in die Ecke und weinte: er werde es Mama sagen.

Er kam ins Militärirrenhaus nach Tyrnau – als Paralytiker.

Von da an wird die Sache völlig mysteriös. Das Anstaltskommando behauptet: Findling wäre der Sanitätsmannschaft „unter den Händen geschwunden".

Der Direktor des Tyrnauer Findelhauses hatte von dem interessanten Fall gehört und wollte ihn sehen. Sanitätssoldat Kohn bekam Befehl: den Herrn Oberleutnant hinüber zum Herrn Direktor zu tragen.

Durch Zeugen ist erwiesen, daß Kohn den Oberleutnant in ein Laken wickelte und Findlings Dekorationen vorschriftsmäßig daran befestigt: die Goldene Tapferkeitsmedaille, die Kriegs-, die Jubiläumsmedaille, die bosnische und das Jubiläumskreuz. Gewiß ist ferner, daß Kohn, unterwegs auf einer Bank ausruhend, den Offizier neben sich hinlegte.

Eine schwer seufzende Frau setzte sich auf dieselbe Bank und wand sich in Krämpfen. – Kohn will sich um die Frau bemüht haben – „in der Meinung, sie werde gebären".

Als er dann nach dem Herrn Oberleutnant sah, lag zwar das Tuch mit den Dekorationen da – der dem Sanitätssoldaten anvertraute Höhere aber war verschwunden.

Man brachte die Frau in die Findelanstalt und sah dort stündlich der Geburt entgegen – die Geburt erfolgte aber nicht. Im Gegenteil, man konnte die Frau alsbald entlassen – mit der Diagnose: gutartige Neubildung; eine Diagnose, die sich übrigens als falsch erwies. Die Frau erholte sich und arbeitet wie je in der königlichen Tabakfabrik.

Findling war und blieb verschwunden.

Kohn wurde im Disziplinarweg schwer bestraft.

Findlings Verschwinden machte der Rechnungsprüfung die größten Schwierigkeiten, man dachte hin und her, wie man ihn in Abgang bringen sollte, und verfaßte endlich die Deserteurseingabe – bis der Umsturz den k.u.k. Behörden ermöglichte, wie so vieles Ungeklärte auch den Faszikel Findling unter den Tisch fallen zu lassen.

DER ZWEIKAMPF

Vermutlich wird es Zweikämpfe auf Erden geben, solang es Madjaren gibt; wenn auch nur sechs Madjaren – so viele braucht man zu einem regelrechten Duell: zwei Gegner, zwei Sekundanten.

So bald aber, wie ihre Feinde wohl wünschen, wird die starke madjarische Rasse nicht aussterben. Es werden also noch lang genug auf Erden die Klingen im Zweikampf flitzen, die Pistolen krachen.

Um die Jahrhundertwende, da war die Blütezeit des Budapester Duells; denn damals lebte Herr von Bolgar und...

Höre ich recht? Sie wissen nichts von Herrn von Bolgar? Dem berühmtesten Sekundanten Europas? Verfasser der „Regeln des Duells", die anno 1898 in sechster – und seitdem wohl schon in zwanzigster Auflage erschienen sind? Ein Duell ohne Bolgar – na, das wäre ein Bayreuth gewesen ohne Knote, Tierschutz ohne die Lehmann, ein Frühling ohne Liebe, ein Kuchen ohne Schmalz.

Ich glaube, es gab keine Nobelpreisstiftung für Duellanten – doch wär eine gewesen, die Jury hätte was nachzudenken gehabt, ob sie Bolgar krönen sollte, der Zweikämpfe so prächtig zu leiten verstand, oder Komjathy mit seinen...

Ach so, Sie wissen auch nichts von Komjathys Pistolen? Wien hatte um jene Zeit drei Sehenswürdigkeiten: Schönbrunn, die Stephanskirche und einen Tobsuchtsanfall von Peter Altenberg. Budapest nur zwei: Komjathys zwei Pistolen. Sie hatten das Kaliber von weittreibenden Steinmörsern und schleuderten – nein, warfen Geschosse von der Größe eines Kirschkerns. Gar manches blühende Sekundantenleben sollen sie vernichtet haben; den Gegner haben sie nie gekränkt. In einem fairen Zweikampf mußte wenigstens ein Kämpfer Minister sein, Bolgar

Kartellträger, und Komjathy stellte die Pistolen bei. Dann zitterte die Öffentlichkeit. Ich blieb ruhig.

Einmal habe ich selbst ein Duell in Pest mitgemacht, das war so:

Ich war Leutnant und hatte zwei Tage Urlaub nach Pest. Da suchte mich ein Mann im Gasthof auf – ein Mann, den ich nur flüchtig kannte, Schweller mit Namen und seines Zeichens Produktenmakler.

„Herr Leutnant", sagte er, „ich habe Sie auf der Kossuthgasse promenieren sehen – da bin ich auf den Gedanken gekommen. Sie müssen mir sekundieren. Ich hab gestern auf der Börse dem Karpat eine heruntergehauen ..."

„Eine heruntergehauen, Herr Schweller? *Was* heruntergehauen?"

„Eine Watschen natürlich. Öffentlich. Nun muß ich ihn fordern."

„Sie irren, Herr Schweller. *Er* muß *Sie* fordern."

„Das sind, bitte untertänigst, Spitzfindigkeiten. Jedenfalls müssen wir uns schlagen. Und Sie sind mein Sekundant."

„Ich? Ich allein? Sie brauchen zwei, Herr Schweller."

„Bestimmen Sie selbst einen zweiten. Wen Sie wollen."

Ich freute mich aufrichtig. Zwei Tage Urlaub und Sekundant in einem Duell ... Da werden die Kameraden in meiner Garnison was zu staunen haben. Und was für ein Duell! „Eine heruntergehauen ..." – das ist ja eine Beleidigung dritten Grades: genau wie Verführung von Frau oder Tochter, ungerechte Beschuldigung falschen Spiels. Darauf steht Kugelwechsel hin und her, hin und her – immer hin und her – mit sechswöchiger Kündigung.

Ich suchte mir also einen zweiten Sekundanten. Ein Offizier mußte es sein, und ein jüngerer als ich, das stand bei mir fest. Denn der ältere Sekundant hat das Duell zu leiten. Leiten aber wollte ich.

Mit einiger Mühe – ich war selbst noch sehr jung im Rang – gelang es mir, in der Kaserne am Rakosch einen geeigneten Mann zu finden: einen Leutnant, so neugebacken, daß er noch über seinen Säbel stolperte. Und wir fuhren ins Café Museum.

Zwei ernste Männer in der Ecke an einem Tischchen. Die müssen es sein. Sie waren es und stellten sich uns förmlich vor.

„Meine Herren", sprach der bärtigste von ihnen, „als Vertreter Herrn Karpats, der sich gestern leider hinreißen ließ, Herrn Schweller..."

Weiter kam er nicht, ich unterbrach ihn.

„Verzeihung", sagte ich, womöglich ebenso würdevoll, „Verzeihung, meine Informationen lauten anders: unser Herr Schweller hat sich gestern leider hinreißen lassen..."

„Pardon, der Hingerissene war unser Herr Karpat."

Eine verwickelte Sache. Bestehe ich auf meiner Lesart, dann ist Karpat der Beleidigte und hat die Wahl der Waffen. Wenn nun Karpats Leute zu leichte Bedingungen setzen? Dann ist's Essig mit meinem Ruhmesglanz beim Regiment. Und gebe ich zu, daß Schweller die Ohrfeige gekriegt hat, mein Schweller? Wär erst recht nicht rühmlich – für mich.

„Sehr geehrte Herren", rief ich, „hier steht Behauptung gegen Behauptung, und niemand kann verlangen, daß wir eine Untersuchung führen, um die Wahrheit zu ermitteln..."

„Dazu müßten wir auch erst die ganze Produktenbörse verhören, Herr Leutnant."

„Ganz richtig."

„Und ob wir dann die Wahrheit erführen...?" meinte der Bärtige. „Es ist das nicht meine erste Affäre in diesem Milieu..."

Ich sah, mit dem Bärtigen ließ sich reden. Er hatte seinen Ehrgeiz: in Bolgars Spuren zu wandeln, an möglichst vielen Händeln mitzuwirken.

Wir einigten uns also und schrieben ins Protokoll:

„Die Beteiligten widersprechen einander, der Verlauf der erregten Szene ist unklar. Die Herren Sekundanten haben daher beschlossen, die Kampfbedingungen ohne weitläufige Erforschung des Streitfalles nach Übereinkunft festzusetzen. Ort: Orlandos Fechtschule. Zeit: Morgen zehn Uhr. Säbel glacé auf Hieb und Stich bis zur Kampfunfähigkeit. Herr Leutnant Roda hat die Vorbereitungen zu treffen und den Kampf zu leiten."

Ich ging in Orlandos Fechtschule, um den Meister in unser Geheimnis einzuweihen. Er war eben beschäftigt.

„Bitte nur in den Saal zu treten", sagte man mir.

„Ich muß den Meister allein ..."

Er hatte mich gehört und kam hervor: ein schöner Mann mit den vornehm-energischen Zügen eines Pferdehändlers.

„Handelt es sich um einen Zweikampf?" fragte er – laut, über seine Schüler weg. „Dann genieren Sie sich nicht."

Ich legte ihm also die Sache vor.

Er zog sein Notizbuch.

„Hm. Zehn Uhr? Unmöglich. Da haben wir Bleicher-Normann."

„Also ... elf Uhr?"

„Kelemen-Bathory. Mein Saal ist überhaupt nur um 9 Uhr 15 frei. Es wird jetzt in Budapest so viel beleidigt ..."

„Gut, Meister, 9 Uhr 15. Lassen Sie, bitte, die Planche mit Kolophonium bestreuen."

„Oh, Herr Leutnant brauchen gar nicht besorgt zu sein. Wir arrangieren alles auf das genaueste."

„Liefern Sie uns auch die Säbel? Aber wissen Sie: ohne Öl geschliffen. Ganz ohne Öl. Nur mit Wasser. Und wenigstens zwei Paare."

„Machen wir alles. Alles."

„Die Ärzte?"
„Selbstverständlich. Sehen Sie!"
Er wies auf Plakate, die an der Wand hingen. Da priesen Dutzende von Ärzten ihre Künste an.
„Kann ich den Saal sehen? Ach so – hier? Mir paßte es drüben besser, da ist das Licht gleichmäßiger für beide..."
„Herr", sprach der Meister höflich, aber streng, „auf dieser Stelle haben bis heute 3566 Duelle stattgefunden, und noch nie hat ein Sekundant über ungleichmäßige Lichtverteilung geklagt."
Ich erschöpfte mich in Entschuldigungen.
„Bitte, bitte, macht nichts, Herr Leutnant. Geben Sie nur meinem Geschäftsführer das Protokoll mit den Bedingungen, und kommen Sie morgen pünktlich mit Ihren Leuten her. Alles andere ist unsere Sache. Preis insgesamt dreißig Kronen. Zerbrochene Klingen und Bandagen berechnen wir nicht – im Gegensatz zu den Konkurrenzfirmen."

Am nächsten Morgen, 9 Uhr 15.
Zwei eilfertige Gehilfen (ich habe diese Eilfertigkeit seitdem nur noch einmal wiedergesehen: bei den Henkersknechten), zwei Gehilfen also packten mich und...
„Halt", maulte der Geschäftsführer, „das ist ja der Herr Sekundant."
Worauf sie mich losließen und Herrn Schweller erfaßten und fortführten. Drüben zwei andere bemächtigten sich Herrn Karpats.
Eine halbe Minute später erschienen die beiden Kämpfer, über und über bandagiert.
Das war in meinem so wenig wie in des Bärtigen Sinn – das Duell sollte uns doch Ehre machen – das heißt: streng und schwer sein. Die Henkersknechte hier aber hatten die beiden Kämpfer geradezu gepanzert. Irrtümlich, wie sich bald zeigte; in unser Protokoll hatte sich ein Schreibfehler eingeschli-

chen: ‚Säbel glacé' war darin definiert worden mit ‚bandagiert von der *ersten* Rippe abwärts' – statt, ‚von der *letzten* Rippe abwärts'.

Ich hatte über Nacht das Buch gelesen „Der fertige Duelleiter oder Die Kunst, Zweikämpfe zu regeln". Ich wußte mich zu benehmen. Flugs führte ich meinen Mandanten in das Toilettenzimmer zurück, feuchtete ihm das Haar an (es bildet dann eine undurchlässige Decke, leichte Hiebe werden gar nicht sichtbar), salbte ihm mit Vaselin ein Dreieck über die Augenbrauen (damit ihm das Blut außen an den Backen ablaufe) und... nun konnte es losgehen.

Halt, zuerst der sogenannte Versöhnungsversuch. Er war in zehn Sekunden erledigt. Denn so unanständig, sich auf dem Kampfplatz zu versöhnen, werden die Herren doch nicht sein?

Noch einige Belehrungen an die Kämpfer und Sekundanten: „Meine Herren! Mein Kommando wird lauten:

‚*En garde!* – Los!' Niemand als ich allein ist berechtigt, ‚Halt!' zu rufen. Wenn die Herren Sekundanten einen Anlaß zur Einstellung zu bemerken glauben, haben sie die Einstellung bei mir zu beantragen. Auf mein Kommando ‚Halt!' nehmen die Kämpfer sofort die Stellung ‚*En garde!*' ein. Haben Sie verstanden?"

Allerseits: Ja. Bei Schweller und Karpat etwas kleinlaut.

„Gut. Da die Versöhnungsversuche also gescheitert sind – nicht wahr? –, schreiten wir zur Austragung der Angelegenheit mit Waffen. Ich bitte die Herren Gegner, ihre Stellung einzunehmen."

Kaum hatte ich's gesagt, da stand der Bärtige rechts neben seinem Mann. Ah, er will die Sekondehiebe herausfangen? Das könnte mir grade passen!

„Ich ersuche die Herren Sekundanten, abseits zu treten. So!"

Die Gegner standen einander gegenüber und starrten wie geistesabwesend gegenseitig ihre Klingen an.

„*En garde!* – Los!"

Ich hatte es noch nicht gesagt, da tönte ein lautes „Halt!" im weiten Saal.

Das verletzte meine Würde.

„Ich bitte jenen Herrn vorzutreten, der jetzt Halt gerufen hat."

Niemand meldete sich.

„Ich mache noch einmal aufmerksam ..." usw.

„*En garde!* – Los!"

„Halt!" tönte es durch den Saal.

Wer war's gewesen? Die Henkersknechte. Ich schickte sie empört hinaus.

„*En garde!* – Los!"

Da schrien sie von draußen „Halt!" Aber nun hatten die Gegner einander wenigstens schon erreicht. Karpat trug einen Ritzer auf der Schläfe – so etwas wie eine Wunde. Die Ärzte sprangen hinzu.

„Oh", jammerte der erste, „das sieht ja bedenklich aus. Das müssen wir sofort nähen. Das ist das erste Blut."

„Unsere Bedingungen lauten: bis zur Kampfunfähigkeit."

„Es ist vollständige Kampfunfähigkeit."

„Ich glaube aber ..."

„Herr Leutnant, das müssen wir Ärzte entscheiden. Wollen Sie die Verantwortung auf sich nehmen, daß ...?"

Der Satz war noch nicht zu Ende gesprochen – die Ärzte verschwanden schon mit Karpat im Nebenzimmer. Der Bärtige fertigte das vorbereitete Protokoll aus. „Im dritten Gang", hieß es da, „erhielt Herr Karpat einen schweren Kopfhieb, der bis zur Beinhaut drang und nach Aussage der Ärzte vollständige Kampfunfähigkeit herbeiführte."

Ich war ja sehr eingeschüchtert: durch die Gefahr

des Moments, den Anblick der blanken Waffen, der halbnackten Gegner – nicht zuletzt durch den Ausspruch der Ärzte. Aber doch auch wütend. Vor allem über den Fechtmeister.

„Herr", rief ich, „Sie haben das Arrangement übernommen, Sie haben im Protokoll gelesen: ‚Säbel auf Hieb und Stich' – und nun erst merke ich, daß Sie uns französische Säbel beigestellt haben (ohne Spitze) und nicht italienische (mit Spitze)."

„Ja, was denken Sie sich eigentlich, Herr Leutnant?" erwiderte der Mann. „Ich soll hier einen Todesfall haben? Damit mir am Ende die Polizei mein Unternehmen sperrt? Ein blühendes Unternehmen, wo Tausende investiert sind? Wo Dutzende von Menschen ihr Brot finden? Hieb und Stich ... Erst vorige Woche ist ein Offizier in Kaschau durch einen Arrêtstoß gefallen. Und der berühmte Cavalotti? Der große italienische Staatsmann? Ebenfalls, bitte, Arrêtstoß."

Da war er eigentlich im Recht, der Mann. In Kaschau hatten sie auf Hieb und Stich geschlagen. Der eine griff an, hieb seinem Gegner mit einer Prim den Schädel durch und rannte dabei selbst in des Gegners Klinge. Beide tot. Und warum? Wirtshausstreit.

Als der Bärtige das Protokoll brachte, unterschrieb ich es bebend. Der Ehre war Genüge getan.

Beim Regiment bewunderte man mich dennoch allgemein. Denn ich hatte ein Duell geleitet nach der neuen, der gefährlichen italienischen Schule – auf Hieb und Stich.

Und auf der Produktenbörse soll Schweller seitdem ein gefürchteter Mann sein, Mitglied des Börsenrats und Koryphäe in Ehrenangelegenheiten.

Friede seinen Halsbandagen!

SCHWÄNKE

Als die Völker die Güter dieser Erde unter sich aufzuteilen gedachten, da versammelten sie sich vor Gott und sollten um ihr Glück würfeln.

Die Christen wollten von dem Spiel nichts wissen.

„Jeder", sagten sie, „wähle nach seiner Laune von den Gütern der Erde dies und das."

Die Lateiner sprachen:

„Wir wollen die Weisheit."

Die Engländer:

„Wir das Meer."

Die Türken:

„Allah, gib uns die Felder!"

Die Russen wünschten sich die Berge und die Erzgruben.

Die Franzosen: Geld und Waffen.

„Und ihr, Serben, was möchtet ihr?" fragte der Herr.

„Herr, einen Augenblick – wir müssen nur erst einig werden", sprachen sie.

Und da sie bis heute nicht einig geworden sind, haben sie auch nichts bekommen.

Eine Füchsin hatte ihr Geheck großgezogen und sprach zu den Welpen:

„Kinder, ihr seid nun groß genug, selbst für euch zu sorgen – lebt wohl, und jeder gehe seiner Wege!"

„Aber, Mutter", riefen die Füchslein, „sollen wir einander denn nie mehr sehen?"

„Doch, Kinderchen, doch! Wir alle werden einander wiederfinden: beim Kürschner."

In einem vergessenen Bergdorf an der rumänischen Grenze war ein Pfarrer, der spendete das Heilige Abendmahl in Gestalt von Schnaps.

Der Patriarch hörte davon und ließ sich diesen sonderbaren Seelenhirten kommen.

„Ist es wahr", fragte der Patriarch, „was man mir da berichtet hat, mein Sohn?"

Der Pfarrer, wild genug von Haar und Bart, antwortete:

„Je nun, Eure Heiligkeit, mein Sprengel ist arm – bei uns wächst kein Wein... da muß ich eben Schnaps in den Becher tun."

„Aber!! Das geht doch nicht!"

„Ich hab es versucht, Eure Heiligkeit. Es geht."

(Aus dem Serbischen, Volksmund)

ANEKDOTEN

Der berühmteste Feinschmecker seiner Zeit war der Universitätsprofessor Gerschitsch.

Einst hatte der König ihn zu sich berufen, um mit ihm eine wichtige Verfassungsfrage zu besprechen.

Der Vortrag des Professors dauerte lang und lange. Vergeblich meldete der Flügeladjutant: das Essen sei aufgetragen – der Professor redete.

Da unterbrach der König:

„Wissen Sie was, Gerschitsch? Bleiben Sie zu Tische – wir verhandeln nachher weiter."

„Schönen Dank, Majestät – aber zu Tische bleiben kann ich nicht."

„Warum nicht?"

„Ein andermal gern – heute nicht. Meine Frau hat gefüllten Kürbis bereitet."

„Nun" – der König lächelte – „wenn Sie durchaus wollen, können Sie auch bei mir gefüllten Kürbis haben."

„Aber nicht sooo, Majestät. Nicht sooo."

Der Pope Kosta Marinkowitsch hatte einen ungeratenen Sohn, der schlug sich die Nächte um die Ohren.

Einst kehrte dieser Mißwachs heim, als der Vater eben zur Morgenandacht wollte.

„Unglücklicher!" rief der Vater, „um diese Stunde kommst du?"

„Wie soll ich denn Glück haben", maulte der Sohn, „wenn mir schon in aller Herrgotts Frühe ein Pope begegnet?"

(Aus dem Serbischen nach Milan Schewitsch)

ROMANISCHES CAFÉ

Zu dem Dramatiker St. kam ein junger Mann und sagte: „Erlauben Sie mir, Ihre neueste Komödie zu übersetzen?"

„In welche Sprache?"

„Ins Deutsche."

DIE FÖRDERUNG

Leonhard Frank war in Franzensbad abgestiegen, im Hotel Löwe, füllte den Meldezettel aus, bekam sein Zimmer – alles verlief klaglos und normal.

Am anderen Tag geben drei Damen ihre Alben beim Portier ab und bitten um Autogramme. Der Wirt wird aufmerksam und fragt. Erfährt, welch berühmten Gast er beherbergt – Verfasser von „Karl und Anna" –, und weiß, was er zu tun hat. Alsbald geht er auf Frank zu und sagt: „Herr Frank, ich bin Stadtrat, Mitglied des Theaterausschusses. Ich werde Antrag stellen, daß man Ihr Stück bei uns aufführt."

Der erwartete Dank und Freudenausbruch bleibt aus. Frank nickt nur obenhin: „Soso."

Der Wirt ist ein wenig gekränkt. „Sie nehmen es so leicht", sagt er, „offenbar wissen Sie nicht: Unser Direktor spielt im Winter auch in Komotau."

DIE FORMLOSE

Ich saß eines heißen Sonntags in Hemdärmeln.

Ferruccio Busoni trat ein.

Ich – verwirrt:

„Legen Sie Wert auf Etikette?"

„Nur bei Weinflaschen", sagte er und setzte sich.

AUF WEITE SICHT

Der Maler Hocheisel spielt Schach mit einem gewissen Meyer – und spielt merkwürdig schlecht.

„Weißt", erklärt er, als Meyer gegangen ist, „ich will ihn sicher machen; vielleicht wettet er nächstens eine Mark."

DER SPRUCH

In Salonik legte man einem türkischen Obersten das Fremdenbuch des Hauses vor.
Der Oberst hatte in Berlin gedient – er wollte auch zeigen, daß er Deutsch könne – und schrieb mit festen Zügen:
„Ohne Schweiß kein Preuß.

Redschid-Bej."

GLAUBE

„Ihr Deutschen", sagte mir einmal Ferhad-Bej, „wenn ihr hört, das Licht von diesem und diesem Stern brauche vierzig Jahre, um zu uns zu kommen – gleich nehmt ihr Fernrohr her und Zollstock und rechnet nach. – Wir aber? Wir kontrollieren Allah nicht – wir glauben ihm."

BAKSCHISCH

Als ich fort aus Konstantinopel ging, schenkte ich dem Briefträger einen halben Medschid.
Nachmittags kam ein Mann zu mir und sprach:
„Herr, ich bin dir fremd – du hast nie eine Depesche bekommen. Wisse: ich bin der Telegraphenbote. Wisse, daß es an mir war, dir Depeschen zu bringen, wenn irgendwelche für dich eingetroffen wären. Ich hätte sie dir ehrlich zugestellt. Du wirst gerecht sein und nicht einen Mann schädigen, der sich stets zu deinem Dienst bereithielt; wenn ich dir keine Dienste leisten konnte, ist es nicht meine Schuld. Auch ich verdiene einen halben Medschid."

DIE WIDERSPENSTIGEN

Einst wollten über vierzig türkische Familien aus Bosnisch-Novi nach Kleinasien auswandern.
Die Regierung schickte einen Hofrat hin, damit er den Leuten Vorstellungen mache über die Torheit ihres Beginnens.
Der Hofrat kam zurück und referierte:
„Ich hab nix machen können. Diese Leut eignen sich ja gar nicht zum Verkehr mit der Behörde."

ZWISCHENSPIELE

Der Club of Wales ist ein sehr exklusiver Club – wie Mr. Blue aus Kentucky da hineingeraten ist, weiß Gott allein.
Geht Blue in seiner burschikosen Art auf einen alten Herrn zu, der am Kamin die „Times" liest, haut ihm auf die Schulter und fragt:
„Hallo, old fellow! Wo ist hier die Toilette?"
Der alte Herr:
„Gehen Sie den Flur links! Sie werden da eine Tür finden mit der Aufschrift ‚For Gentlemen'. Lassen Sie sich dadurch nicht im geringsten beirren – es ist die richtige Tür."

Seine Hoheit hatten – auf ihren Pirschgängen – schon oft zugesehen, wie zwei Männer Holz sägten: einer stand rechts, einer links – und zogen die Säge hin und wider.
Maßlos erstaunt aber blieben Hoheit stehen, als Hochdieselben auf dem gefrornen Teich einen Arbeiter erblickten, der die senkrechte Eissäge handhabte.
„Äh . . .", murmelte der Prinz, „er leuchtet mir ja ohne weitres ein, der Mann hier oben . . . Aber der andre –?"

DAS VERHÖR

„Wie heißen Sie?"
– „Kohn."
„Was sind Sie?"
– „En armer Mann."
„Wovon leben Sie?"
– „Von meine Kinder."
„Was tun Sie?"
– „Ich geh herum mit wehe Augen."
„Wie alt?"
– „Wenn ich nicht alt wär, hätt ich's nicht nötig."

TARIFE

Ich weiß nicht, wie die armen Beamten werden die Arbeit bewältigen können: in Hamburg hat man, wie ich höre, den Fahrpreis der Elektrischen Straßenbahn rückwirkend vom 1. dieses Monats an auf 20 Pfennig erhöht.

DER STAAT

Ein Mann aus Ostpreußen erklärt mir:
„Sehen Sie, bei uns ist das so:
Der kleine Beamte *muß* sich mit dem Landrat gut stellen.
Der Bürger *sucht* sich mit dem Landrat gut zu stellen.
Der Nuancenunterschied nun zwischen ‚muß' und ‚sucht' – das ist unsre bürgerliche Freiheit."

FRAGMENT

Es gibt zwei schöne Dinge auf der Welt: Erinnern und Vergessen. – Und zwei häßliche: Erinnern und Vergessen.

DER ELEFANT

Kalinowik hat 1800 Einwohner; drei Kirchen, sechs Straßen, zwölf Cafés; einen Bezirksamtmann, zwei Pensionisten; siebzehn Witwen; einen Bürgermeister, zwei Marktplätze. Und zwanzig politische Parteien.

Außerdem aber eine Menagerie. Sie war von irgendeinem Markt zurückgekehrt, wo es ihr scheußlich ergangen war, und hielt hier für einige Tage. Rein aus Not – denn der Herr Menageriedirektor hatte kein Geld, den Fuhrmann zu bezahlen, und die Menagerie konnte nicht weiter.

Der Direktor lieh vom Kaufmann Bretter und Nägel, vom Seifensieder Balken und ein paar Körbe Fleischabfall – von einem dies, vom andern jenes – erbaute ein kleines Zelt – am nächsten Morgen schlug er in die Trommel und verkündete mit weithinschallender Stimme:

„Grandiose Weltmenagerie... Hochgeneigtes Publikum! Kommen Sie und schauen Sie Dinge, die Sie nie zuvor gesehen haben."

Wenn man die Menagerie aber betrat – sie hatte der Tiere sechs –, da führte einen der Direktor zunächst an einen stinkenden Käfig und begann:

„Der wilde amerikanische Grislybär, von der Wissenschaft genannt Ursus bellicosus, der Schrecken der Wälder. Zwei Direktoren dieser Menagerie hat er in grauser Gier zerrissen. Voriges Jahr in London durchbrach er die Gitter des Käfigs, zerfleischte zahllose Menschen und entwich in das Boulogner Wäldchen. Wochenlang mußten die Läden Londons geschlossen bleiben. Die wohlhabenden Bürger flüchteten nach New York; General Joffre allein bewahrte seine Kaltblütigkeit und blieb. Aus Chicago flogen die Depeschen: Was ist's mit General Joffre? Lebt General Napoleon noch? – Da bot man drei Regimenter Kosaken auf – sie fingen den Bären und brachten ihn zurück in den Käfig." – So sprach der Herr Menageriedirektor.

Daneben stand ein Elefant und hörte aufmerksam zu. Er war ein wenig matt vor Hunger, die arme Haut war durchfurcht von spannentiefen Falten. Wenn der Direktor erzählte, wie er das heilige Tier dem Maharadja von Siam entführt habe, mit Hilfe einer brasilianischen Expedition – da klappte der Elefant die Augen auf, als sei er ein Kirchenbettler, und fiel in die Knie.

Dann war ein Soxocus dulicivitopterus da, ein Vogel, den Nansen in den Polarregionen aufgestöbert hat; und das Merkwürdigste: diese mit Waschblau gefärbte Ente sollte lebendige Junge gebären.

Ferner ein Fuchs; der Direktor hatte ihm Fahne und Ohren abgeschnitten und nannte ihn den Schwedischen Panther.

Endlich gab es einen Otter und einen Affen; der Affe sah der Frau Direktor ähnlich.

Die Frau Direktor trug Trikots in der Farbe des Soxocus dulicivitopterus und hatte eine struppigblonde Perücke – als hätte man ihr das Haar mit Mistgabeln auf den Kopf geladen. Sie saß an der Kasse gleichwie in einem achten Käfig und schnitt Grimassen – grade wie der Affe.

Die Bürger von Kalinowik kamen und sahen all die Wunder an – und als sie gegangen waren, hatte der

Direktor 210 Groschen in der Tasche. Unterdessen waren aber die Schulden beim Kaufmann und dem Seifensieder auf 518 Groschen angewachsen: die Tiere hatten doch essen, der Direktor hatte trinken müssen.

Der Seifensieder borgte heute, borgte morgen – als aber eine Woche um war, sprach er: „Ich borge keinen Heller mehr."

Am Abend mietete der Direktor einen Fuhrmann, lud auf den Wagen ein Faß Wein, den Otter, den Affen, die Frau Direktor und fuhr auf und davon. – Was er zurückgelassen hatte, waren der Bär, der Elefant, der Schwedische Panther, der Soxocus und die Schuld beim Seifensieder im Betrag von 518 Groschen.

Wie ein Lauffeuer ging es durch Kalinowik: der Menageriedirektor ist durchgebrannt. Wer es mit größter Bestürzung hörte, waren der Kaufmann und der Seifensieder.

Der Seifensieder jammerte, und der Kaufmann jammerte. Auf dem Marktplatz aber brummte der Bär vor Hunger, es heulte der Schwedische Panther, es gackerte die Ente, und es schrie der Elefant.

Da kam die Regierung und traf die „erforderlichen Maßnahmen". Der Amtmann nahm ein Protokoll auf. Beilage I des Protokolls war das

Inventar:

1 Stück Elefant
1 Paar gebrauchte Hausschuhe
1 Fuchs ohne Ohren samt Käfig
1 Bär in einem Käfig (beide stark beschädigt)
1 Stück Trommel samt Schlägel, mit dem man auf jener spielt
2 Stück rote Vorhänge
1 Tafel mit der Aufschrift „Grandiose Weltmenagerie".

Hierauf versiegelte der Amtmann die Menagerie – und als die klugen Tiere es sahen, da brummte der Elefant, da heulte der Bär, da schrie der Schwedische Panther, und die Ente jammerte.

Das Inventar kam von der Kreisbehörde zurück – gestempelt, numeriert, vidiert und revidiert – da hatte der Schwedische Panther ausgelitten, der Bär flötete wie eine Nachtigall, der Elefant schwieg, und der Soxocus lag in den letzten Zügen.

Und als am nächsten Morgen die Menagerie öffentlich versteigert werden sollte, da sammelte sich eine tausendköpfige Menschenmenge an – denn es war die erste Versteigerung dieser Art in der Geschichte von Kalinowik. An der Kasse saß der Amtsschreiber, schwang den Trommelschlägel und schlug los:

Die Zeltleinwand für	19 Groschen
1 Pfund Nägel für	3 Groschen
1 Tisch für	7 Groschen

Die unmoralischen Vorhänge – an ein Kaffeehaus.
Die Trommel – an die Zigeuner.
Die Tafel mit der Aufschrift „Grandiose Weltmenagerie" an den Kaufmann – der wollte das Wort „Menagerie" übermalen lassen und „Spezereihandlung" dafür hinschreiben.

Und dann sprach der Amtsschreiber zum Polizisten:

„Führ den Elefanten vor!"

Als der Schreiber ihn mit zwanzig Franken ausrief, da streckte der Elefant seinen Rüssel aus und schien den Lästerer erwürgen zu wollen. Flink sprang der Schreiber hinter die Zeltleinwand.

„Da gibt es nichts zu lachen und zu schreien", rief der Schreiber und setzte sich zähneklappernd zurück auf seinen Stuhl.

„20½ Franken", sagte ein Spaßvogel.

„... und 10 Groschen" – ein andrer.

So stieg der Elefant auf 25 Franken.

Den armen Seifensieder ging das alles am nächsten an – nicht wahr? – er war doch des verblichenen Direktors Hauptgläubiger. Und der Seifensieder suchte die Kauflust regezuhalten. Als sich niemand mehr meldete, bot er einen einzigen Groschen mehr – und eine Minute später war er zu seinem Schrecken Besitzer eines Elefanten.

Er sah den Schreiber an, sah das riesige Tier an – immer mit weitoffenen, gelähmten Augen – blickte in die Menge, die sich vor Lachen ausschütten wollte – kratzte sich hinterm Ohr und schwitzte. Die Arme aber ließ er hilflos hängen.

Der kluge Elefant hatte das alles wohl verstanden. Er ließ keinen Blick von seinem neuen Herrn, streckte seinen Rüssel und tat einen huldigenden Schrei.

Dann führte der Seifensieder Niko, von einer lärmenden Schar begleitet, halb ohnmächtig vor Angst sein Tier nach Hause. Munter und folgsam, Schritt vor Schritt, ließ sich der Elefant an einem Strick geleiten.

Dem Seifensieder wäre lieber gewesen, man hätte ihn selbst an einem Strick geführt. Was wird Frau Sofie, Nikos Gattin, sagen, die so streng ist, daß sie ihrem Mann seit vier Jahren nicht erlaubt, einen neuen Hut zu kaufen?

Was soll er überhaupt mit dem Elefanten? Was frißt solch ein Riesentier? Wohl hundert Pfund Heu täglich. Oder Fleisch? Dann sicherlich zu jeder Futterzeit ein Kalb.

Gott im Himmel – als Niko beinahe schon zu Hause war – und ihm zur Seite ging der Elefant – und die 1800 Einwohner von Kalinowik vorauf, und hinten nach – ihm war, als hätt ihm jemand zwei Feldsteine an die Füße gebunden.

Frau Sofie stand groß und breit im Haustor, denn

man hatte ihr von Nikos famosem Kauf schon berichtet. – Das war aber keine Frau, wie Seifensieder sie zu haben pflegen; sondern ein wahrhaftes Nationaldenkmal war sie. Selbst der Elefant fuhr zusammen, als er seine neue Herrin erblickte. Und hätt auf die erste Anrede der Frau nicht der Elefant geantwortet – von den übrigen wagte es niemand.

Niko benutzte die kleine Pause, seiner Frau mit gut gespielter Freude zu erzählen, wie wohlfeil er das Tier erstanden hätte und daß er unermeßlichen Nutzen aus dem Geschäft erhoffte, denn gerade aus Elefantenfett würden die allerfeinsten Seifen erzeugt. – Kalinowik hatte was zu staunen, wie friedfertig Frau Sofie darauf die Torflügel öffnete, um ihres Mannes Erwerbung einzulassen.

So war bisher alles prächtig verlaufen. Die Zigeuner musizierten auf ihrer neuen Trommel; der Kaufmann hatte die Firmatafel übermalt und hängte sie aus: „Grandiose Weltgewürzspezerei"; der Soxocus war gebraten und verzehrt...

Nur Niko, der arme Seifensieder – Niko hatte seinen Elefanten noch.

Die ersten drei Tage ging Niko nicht aus dem Haus. Schon nannte ihn alle Welt: Niko mit dem Elefanten.

Die Nachbarin sprach:

„Schließlich, Frau Sofie, Sie haben keine Kinder..."

„Aber hält man darum Elefanten? Hand aufs Herz – was täten Sie, wenn man Ihnen einen Elefanten ins Haus brächte?"

Die andre Nachbarin tröstete:

„Machen Sie sich nichts draus, Frau Sofie, ein Tier ist ein Tier. Ich hab eine kleine Katze, die mag ich sehr gern."

„Ja...", seufzte der Seifensieder, „wenn es eine kleine Katze wäre...!"

Und die Frau: „Niko, du siehst wohl ein, daß du ein Trottel bist?"

„Aber warum denn, Liebste? Die einen haben ein Gespenst im Haus, die andern Wanzen, die dritten eine Schwiegermutter. Wir – einen Elefanten."

Sie besprachen die Sache weiter, bis Frau Sofie den Löffel zerbrach, mit dem man die kochende Seife mengt – und sie zerbrach den Löffel an Nikos linkem Ohr. Hierauf schmiß sie ein Bild des Heiligen Nikola in Stücke, zwei Fensterscheiben und eine gußeiserne Ofenschaufel. Alles nur, weil sie gewohnt ist, irgendeinen Gegenstand in der Hand zu halten, wenn sie redet.

Um den Hauszank kümmerte sich der Elefant nicht im mindesten. Er fraß, was er erlangen konnte.

Er fraß einen Kirschbaum auf, den Frau Sofie am Tag ihrer Hochzeit gepflanzt hatte.

Der Elefant fraß Nikos Unterwäsche, und was ihm davon nicht schmeckte, warf er stückweise nach den Kindern, die vor dem Tor standen.

In der Nacht brach er aus und streifte durch den Gemüsegarten; nicht ein Pflänzchen blieb übrig.

Am Morgen füllte er seinen Rüssel mit Wasser, zielte nach Nachbar Maxim, der ein Schuster ist, und blies des Schusters Frühstück vom Tisch. Kniehoch, erzählten die Leute, wären sie im Wasser gewatet. Das kleinste Kind bekam die Fraisen, das mittlere schlug sich den Schädel entzwei, das älteste verschlang die Gabel bis zum Stiel, des Schusters Mutter lief vor Schreck davon – aber statt in die Tür, in den Spiegel – und der Altgeselle kam auf die Herdplatte zu sitzen. – Zu Mittag verklagte der Schuster seinen Nachbar auf Schadenersatz.

Nachmittag ging das Fräulein Lehrerin spazieren. Der Elefant griff mit dem Rüssel über den Zaun, und das Fräulein fiel unmoralisch hin.

Und der arme Niko? Was sollt er beginnen? – Den Elefanten verkaufen? Niemand mochte ihn. Töten? Durch einen Flintenschuß würde das Tier doch nur gereizt – und eine Kanone anschaffen, das wäre doch kostspielig gewesen. – Vergiften? Frau Sofie hatte ein Paket Rattenpulver in einen Eimer getan, darauf sieben Pfund Blaustein: der Elefant fraß es willig – und als Nachgericht eine halbe Kiste Seife. Dann brummte er wohlgefällig und kratzte sich den Bauch.

Niko schrieb einen Brief ans Kreisamt: er wolle als Förderer der Volksbildung den Elefanten der Gewerbeschule stiften. An dem Elefanten wäre eine Inschrift anzubringen: Geschenk des Seifensieders Niko und seiner Gattin. – Keine Antwort.

Da kam Frau Sofie auf einen neuen Gedanken: Niko sollte den Elefanten bei Nacht weit aufs Feld führen – die Bestie wird dann schon in den Wald rennen.

Am nächsten Morgen – Frau Sofie hatte die ganze Nacht nicht geschlafen, immer nur vor Freude geweint – am nächsten Morgen kam der Elefant pünktlich wieder. Es schien ihm hier zu gefallen.

Um zehn Uhr brachte der Gerichtsvollzieher eine Klage von ungefähr zehn Weinbauern.

Frau Sofie hieb ihrem Niko zehn Ohrfeigen hinein und rief ihm zu:

„So, jetzt geh hin und kauf auch noch ein Dromedar!"

Niko sank vor dem Bild des Heiligen Nikola in die Knie und betete: Gott möge ihn gnädiglich befreien und dafür andern Leuten Elefanten ins Haus schicken. „Zum Beispiel dem andern Seifensieder, meinem Konkurrenten", lispelte er verschämt. – –

Als der Tag der Gerichtsverhandlung kam, erschien Niko mit einem Dutzend Vorladungen und dem Elefanten vor Gericht. Im Hintergrund des Zimmers standen die zehn Weinbauern – der Schuster Maxim samt Familie – und die Lehrerin. Schusters Altgeselle hatte sich entschuldigen lassen, er schickte ein Zeugnis über seinen gerösteten Rücken aus dem Hospital.

Der Richter vernahm die Leute einzeln – dann ergriff er die große Kanzleischere und schnitt sich vier

Nägel ab. Ging ins Nebenzimmer – angeblich, um ein Gesetzbuch zu suchen – und trank dort einen Schnaps. Kam zurück, die Stirn immer noch voll Sorgen, und verkündete den Beschluß:

Die Angelegenheit falle in die Kompetenz des Kreisgerichtes.

Niko wurde in den Kotter gesperrt, der Elefant an einen Pfahl im Hof gebunden. Am andern Morgen brachten drei Polizisten das Aktenbündel, Niko und den Elefanten nach dem Einlieferungszimmer des Kreisarchivs.

In diesem ungeheuren Archiv, wo sicherlich noch die Akten über den Mordprozeß Kain-Abel liegen, die Baukonzessionsurkunde der Arche Noah und der amtliche Bericht über die sieben mageren Jahre in Ägypten – in diesem ungeheuren Archiv voll verstaubter Dokumente, Schuldurkunden, Repliken und Dupliken – da fand der Elefant sein neues Heim.

Als man ihn am ersten Tage nicht fütterte, fraß er die Akten über einen Wasserrechtsprozeß aus der Zeit des Dreißigjährigen Krieges.

Als man ihn am zweiten Tage nicht fütterte, verschlang er ein Regal voll Feststellungsklagen in Angelegenheit einer Grenzregulierung des Fürsten Michael des Ersten.

Bis dahin hatte man ihn immer noch gesehen.

Dann aber, am dritten Tag verschlang er sein Aktenzeichen.

Und seitdem ist er spurlos verschwunden.

Vielleicht lebt er noch irgendwo in einem riesigen Faszikel, hat sich eingewühlt und frißt weiter Dokumente.

Aber wo – das weiß kein Mensch. Im Einlaufsprotokoll ist er weder unter E noch sonst bei einem Buchstaben zu finden.

(Aus dem Serbischen nach Branislaw Nuschitsch)

DER ÖSTERREICHISCHE MENSCH

Ein Auto fährt durch Wien.

Zwei Bürger am Weg blicken ihm sinnend nach.

Da sagt der eine: „Werd aa wieder abkummen."

Wien

Ich wollte in der Czerninschen Galerie den Rubens sehen, „Drei Frauen", und fragte im Flur unten die Diener: wo denn das Bild hänge.

„Im dritten Saal, pittäh, links, Nr. 168."

Als ich wiederkam, nach einer Viertelstunde, geleitete mich der Diener hinaus; verbeugte sich beim Abschied tief und fragte:

„Waren S' zufrieden, pittäh? Mit Herrn Rubens?"

Das goldene Wienerherz
Wie man dem Wienerherzen wehe tut

Man geht vom Stephansdom fort, die Kärntnerstraße entlang – geht – geht – bis man einem richtigen Wiener begegnet von vierzig Jahren.

Vierzig – da ist das Wienerherz am weichsten.

Und ihn fragt man:

„Senor! Gönn Sie sahen: wo is Stefansblatz?"

„Was wollen S', gnä Herr?"

„Uo is Sstefänsblätz, Sir?"

„Ich versteh allweil Stephansplatz?"

„Voui."

„Oh, gnä Herr, da gehn S' ja verkehrt. Da müssen S' Eahna umdrahn und schnurgrad furt – nacher saans S' am Stephansplatz, 's is gar net zan Fehlen."

Doch du, Fremdling, statt dem vernünftigen blitzeinfachen Rat zu folgen, blickst den Wiener mißtrauisch an, schüttelst den Kopf und wandelst deines Weges – vom Stephansplatz weg.

Das Weh erwacht im Wienerherzen.

Er fleht dich an:

„Aber, gnä Herr! Wann i Eahna sag! I wir do wissen … I bin do a Hiesiger, a Weaner …"

Du schüttelst störrisch den Kopf und wanderst – immer weiter nach der Wieden zu.

Der Wiener fleht immer verzweifelter:

„Gnä Herr! Maanen S' denn, ich will Eahna anschmieren? I sag's do, wie's is: umdrahn müssen S' Eahna und zruck."

Du winkst ihm heftig ab.

Er faßt dich am Rockknopf – und jammert – jammert – fast möcht er dir zu Füßen fallen:

„Gnä Herr! Glauben S' mir denn nöt? Schau i aus wiar a Gauner? A Plattenbruder?"

Du schiebst ihn beiseite mit einer großen Gebärde und schreitest aus – unverzagt die falsche Richtung.

Da schwillt endlich das goldne Wienerherz. Er blickt dir nach und ruft:

„Hatsch nur, du Fallot, du dünngselchter! Hatsch nur am Naschmarkt! Wirst es schon bereun – wann's zu spät is, du damischer Kosak, russischer überanand!"

Wiener Dienstmann

Arme Menschen, die Wiener Dienstmänner, und man muß sie bedauern.

Am tiefsten wohl jenen Dienstmann Nr. 404, der an der Aspernbrücke steht – denn er ist blind.

„Mensch", fragte ich ihn erschüttert, „sind Sie im Krieg um Ihr Augenlicht gekommen?"

„O naa, gnä Herr. Früher."

„Und haben Sie nie versucht, Pflege in einer Anstalt zu finden?"

„Versucht – ja. Aber man hat mi net aufgnommen – weil i doch mein Erwerb hab."

„Um des Himmels willen – wie können Sie denn Ihren Beruf ausüben – wie können Sie Fremde führen, Briefe bestellen – als Blinder?"

„'s geht scho, gnä' Herr, 's geht scho. Mir saan ja net in der Wildnis irgendwo, mir saan in Wien. Man muß es nur bezahlen, so findt man Hilfe. Wann i zum Beispiel mit an Brief wohin will oder mit an Kofferl – no, so nimm i mir halt an Dienstmann, und der führt mi."

DIE GELEHRTEN

Mein Vater hatte einen verspäteten Bruder, nicht viel älter als ich selbst. Ich sehe ihm sehr ähnlich.

Als dieser junge Onkel gestorben war, sollte ich seine posthumen Angelegenheiten ordnen. Ich ging umher und zahlte Verbindlichkeiten des Onkels da und dort.

Zuletzt kam ich zu seinem Konsiliarius, Professor Neuschloß.

Der Professor blickte von einem Buch auf, öffnete weit die Augen und begrüßte mich, herzlich erfreut:

„Ah, sieh da! Mein lieber verstorbener Gutsverwalter Roda!"

In Innsbruck besuchte ich einen alten Freund meines Vaters, den Internisten Reitzel.

Er empfing mich überaus nett, der alte Herr – bald aber zog sich seine Stirn in Falten.

„Zu dumm", rief er. „Da kommt einmal im Jahr ein

Mensch zu mir auf meine Junggesellenbude – kommt hungrig her auf seiner Wanderung – und nun hab ich dem einen Gast nichts anzubieten... Aber weißt du was?" sprach er. „Ich gebe dir ein Nährklystierchen."

Ich ließ von dem berühmten Internisten mein sterblich Teil untersuchen. Er fragte mich, ob ich irgendwelche besonderen Beschwerden hätte.

Ja, sprach ich – und schilderte ihm alles haargenau. Da lächelte der Professor und sagte:

„Mein Lieber! Wenn deine Angaben auf Wahrheit beruhten, wären sie eine Bestätigung der Theorien meines verehrten Kollegen Gerold; eben diese Theorien aber habe ich bekanntlich als völlig falsch widerlegt."

Es gibt in München einen Professor Widerstetter. Er pflegt, seit seine Frau aufs Land ging, zum Mittagessen in die Pfälzer Weinstube zu fahren; mit einer Autodroschke.

Gestern steigt er wieder in eine Droschke – und der Lenker fragt nach der Adresse.

„Na", sagt der Herr Professor, „wo ich zum sechstenmal fahre, könnten die Herren Schofföre das Ziel nachgerade kennen."

DER GERMANIST

In Athen sprach ich bei einem berühmten Gelehrten vor, dem Germanisten der Universität.

Die Leute in Athen sind nicht gewohnt, Besuche zu empfangen; überdies redete der alte Herr fließend nur Althochdeutsch und Isländisch; so zog sich das Gespräch denn fadendünn.

Es galt einem Buch, das ein Kollege des Herrn Professors geschrieben hatte: „Vererbung geringfügiger Eigenschaften." Der Herr Professor bemühte sich, Beispiele aus seinem Kreis anzuführen.

„Mein Söhnchen", begann er, „eßt – aßt – ißt gerne Bienen."

„Honig", half ich freundlich aus.

„Nein", antwortete der Gelehrte und säbelte eine Gebärde entscheidender Abweisung. „Auch mein Vater eßte – aßte gerne Bienen."

„Honig – nicht wahr?"

„Nein! Schon mein Großvater aßte gerne Bienen."

Nach so viel Widerspruch ließ ich es in Gottes Namen bei den Bienen. Was geht's mich an? Mögen sie doch! Mögen sie ihre Nahrung mühsam aus der Luft fangen und unter Qualen verspeisen.

Nächsten Tags kommt der Professor zu mir in den Gasthof.

„Herr Roda, ich bin ganze Nacht nicht geschlafen. Ich Ihnen erzählte: Großvater aßte gerne Bienen. Nein! Englisch: Beans; deutsch: Bohnen."

FOLGEN

Der Protopop von Iwanowo fuhr nach Pakratz, dem Bischof Neujahr wünschen. Es war bitter kalt, die Straße tief im Schnee, der Schnee im Nebel.

Ob der Kutscher schlief?

„Mihajlo", rief Seine Hochwürden, „wann, glaubst du, werden wir ...?"

Er konnte nicht vollenden. Die Gäule stutzten, rissen an den Strängen und ...

„Jesus, Maria – Wölfe!" winselte der Kutscher.

Tolles Jagen. Im Nu zwei, drei, vier Bestien ums Gefährt. Mihajlo überlegt kurz: die Zügel dahin, Pferde scheu, Tod im nächsten Augenblick. Eh ich mich fressen laß ...

Griff nach hinten, packte den hochwürdigen Herrn an den Beinen und schmiß ihn den Bestien zur Beute hin. Am nächsten Morgen fanden die Bauern ein halbes Dutzend Wölfe auf der Straße. Die flohen nicht, die bissen nicht – sie heulten trüb und sahen weiße Mäuse.

FORTSCHRITT

Der neue Landeskommandierende von Bosnien bereiste sein Gebiet. Irgendwo im Wald an der Straße sammelte ein altes Weib Reisig.

Seine Exzellenz wünschten sich populär zu machen und ließen zu diesem Zweck halten.

„Na, Alte, was? Die Sicherheit im Land ist jetzt anders als zu Türkenzeiten? Früher hättest du dein Reisig nicht ruhig sammeln können."

„Oh – warum nicht, Herr?"

„Nun, Alte – damals gab's doch Räuber im Wald."

„Du hast recht, gnädiger Herr, im Wald sind jetzt keine Räuber mehr, die dienen jetzt alle bei der Gendarmerie."

TRAUER

In Köprülü lebte ein junger Bej, der hatte ein Weib, von dessen Schönheit man sich flüsternd in den Basaren erzählte.

Eines Tages erkrankte die Frau und starb. Der Bej war seit Wochen nicht von ihrem Lager gewichen, er wich auch von ihrem Sterbebett nicht.

„Nimm dir's nicht gar so zu Herzen", trösteten ihn die Eltern, die Verwandten.

Der Bej legte seine Hand auf den Leichnam der schönen Frau und schwor:

„Bei meinem Glauben – keiner wage, mir diese Frau aus dem Haus zu tragen, eh er mir nicht eine oder zwei ebenso schöne gebracht hat."

PERILLUSTRIS AC GENEROSUS ZINTEKK

I

Wir hatten die Jagd abbrechen müssen; die Hitze lähmte allen Frohmut, alle Kraft.

Durchtränkt von Schweiß, mit ausgedörrten Kehlen nahmen wir im Sturm die Laube der erstbesten Straßenschenke, ließen uns auf die Bank fallen, dehnten die ermatteten Glieder und riefen nach Wein. So trüb der Wein und sauer er war – vor allem leerte jeder von uns ein derbes Glas bis auf den letzten Tropfen. Die Förster und bäuerlichen Jäger setzten sich zu uns. Die Meute, ausgepumpt und abgehetzt, suchte nicht erst nach Schatten, sondern in den prallsten Sonnenschein sank sie hin und bleckte flankenschlagend die schleimigen Zungen.

Über ein kleines kam angenehmste Erholung über

uns. Obergespan v. Batoritsch verteilte den Mundvorrat aus dem Schnappsack, der Domherr schaffte irgendwoher Fleisch herbei, und der Richter hatte in einem versteckten Fach der Schenke ein paar Flaschen Sauerwasser aufgestöbert.

Was scherten uns nun die vielen Fliegen noch, was Staub und Schwüle! Es hob die Stunde wohligen Schwatzens an, mündlicher Historiographie der eben erlebten Jagd, süße Faulheit des Sommertages. Behaglich blickten wir in die Landschaft, den Sonnenglast, der uns umspann – eine Welt von Licht. Wir mußten schmal die Augen schließen. Der Himmel ein einziges Blau – nur tief an der Kimmung zitterte violetter Dunst. Kein Lüftchen regte sich, kein Blatt, kein Halm im Gras. Ein einziger Sperling hüpfte auf der Straße, und ein feines Wölkchen stieg davon auf wie Spinngewebe. Irgendwo brüllte verloren eine Kuh. Oder sind es Wespen, die über dem Dach summen?

Da erhebt sich in der weißglühenden Stille dort am Ende der Straße eine Staubfahne. Fernes Wagenrattern, unklar wie weitweites Wettergrollen – immer deutlicher – endlich unterscheidet man Kutscherflüche im Maisfeld, Räderknarren, dumpfe Hufe. Das Echo der Haine gibt den Lärm doppel-dreifach wieder. Den Schwaden nach und dem Geschrei muß es eine ganze Lastenkolonne sein. Schade – die Knechte werden unsre Einsamkeit stören.

Doch als Getue und Wirbel näherkommen, merkt man erst, daß es ein einziges Gespann ist – ein Leiterwagen, himmelauf getürmt mit Hühnerkäfigen, Sack und Pack. Auf dem obersten Hühnerkäfig hocken zwei zerlumpte Bauernjungen. Zwei Pferde sind an die Deichsel gespannt, eins geht vor der Bracke; auf dem Spitzenpferd reitet ein bejahrter Mann, der schwingt weitausholend die Peitsche und treibt mit geschwollenen Scheltreden die Pferde an.

Er sieht wild genug aus, der Reiter – als käm er aus dem tiefsten Morgenland; trägt eine übergroße spitze Pudelhaube, ein offenes schmutziges Hemd, weite Tuchhosen und Schaftstiefel mit ungeheuern Landsknechtssporen. Am wunderlichsten aber: an der Hüfte des Reiters baumelt ein riesiger Krummsäbel an einem Wehrgehenk von Stricken. Wir sehen verwundert den Aufzug näherkommen.

Vor der Schenke pariert der Reiter, daß sich das arme Tier zusammengerissen fast auf die Hacken setzt – er steigt umständlich aus dem Sattel, einem hohen altungarischen oder gar türkischen Bock.

Uns in der Laube schenkt er keinen Blick; geht um den Wagen, prüft wichtig Lehnnägel und Radbüchsen, dann die Gäule einzeln, hebt Huf für Huf und untersucht die Eisen. Ein Nagel muß fehlen. Ah, als er deß gewahr wird, da stößt er eine ellenlange Verwünschung aus. „Wenn mein Großvater noch lebte", ruft er, „prügeln tät er dich, du Gauner von einem Schmied, bis dein verfluchtes Fell lohgar wär am lebendigen Leib. So eine Schluderarbeit! Aber zahlen – zahlen läßt du dir, du Kerl, vom gnädigen Herrn!" Und er läuft tiefgebückt des Wegs zurück, um den Nagel zu suchen. Natürlich findet er ihn nicht.

Als er nach ein paar Minuten wiederkehrt, ist sein Zorn verraucht. Mit großen Gesten holt er ein Schaff aus dem Schragen, schöpft mit überflüssiger Kraftanstrengung Wasser und tränkt die Pferde. Dabei schmeichelt er den Gäulen und beschimpft sie in einem Atem – nur das Spitzenpferd, auf dem er geritten ist, verschont er mit Grobheiten. Ihm tätschelt er die Ganaschen. „O du mein eigensinniges Schweinchen", zärtelt er, „durstiger Trunkenbold, du alter Frosch!" Wir erfahren bei dieser Gelegenheit den Namen des eigensinnigen Schweinchens: es heißt Bucentauro.

Als er fertig mit dem Tränken ist, holt er ein mächtiges Felleisen aus dem Wagen – offenbar ist alles bei ihm gigantisch. Aus dem Felleisen quellen gebratenes Geflügel, Kuchen, Brot und die langen Schweife von Schalotten. Mit einem Taschenfeitel bereitet er sich zum Mahl vor, und als wollt er einen Ochsen schlachten, krempelt er die Ärmel auf, langt weit aus, knirscht mit den Zähnen und schneidet tief in die Keule des Truthahns. Er schmatzt so laut, daß wir ihn über die Straße bis in die Laube hören. Welche Selbstgefälligkeit in jeder Gebärde!

Die Bauernjungen auf ihrem hohen Sitz sperren die Münder auf. Den Eingeweiden des Wagens ist ein kleiner, scheckiger Kläffer entschlüpft, der trippelt gierig, keinen Blick vom Esser, jaulend auf den Leiterholmen.

„Ei – auch sie möchten fressen!" grollt der Mann und lächelt, immer majestätisch, voll der Gnaden, und wirft den Rangen einen Knochen zu von der rasch verzehrten Keule. Dem Hund, der da auf den Säcken bis zu ihm heranscherwenzelt ist, reicht er eine Schnitte Brot. „Seht den Geizhals!" denke ich mir – da holt er schon zwei tüchtige Braten aus dem Felleisen.

„Habt ihr den Knochen abgenagt?" fragt er rauh die beiden Knaben.

„Wir danken Eurer Gnaden ergebenst – ja", antworten sie verschmitzt-demütig.

„Na, dann ist's gut. Da habt ihr!" Er wirft ihnen die zwei großen Bratenstücke zu und predigt: „Nur wer das Kleine ehrt, ist des Großen wert – so lehrte unser Erlöser Jesus Christus." Dabei lüpft er die Bärenmütze und verneigt sich, weiß Gott warum, nach Süden. „Jesus reichte dem Heiligen Petrus die Kirschen einzeln, um ihm Genügsamkeit einzuhämmern."

Immer blieb er seinem Wagen zugewandt und tat, als sehe er uns nicht; grub aus dem Stroh ein kleines Fäßchen, entkorkte es vorsichtig, legte sich hintenüber und trank in vollen Zügen. Man sah den Wein durch seine Gurgel glucksen.

„Ah, ah", räusperte er sich, „revera erat valde bonum." Er rief es laut – damit wir ihn auch hörten; schüttelte sich zufrieden, trocknete die Lippen mit dem Ärmel und teilte vorsichtig den Schnurrbart wieder. „Da, trinkt auch, ihr Rangen! Aber nicht länger, als ich bis zehn zähle – sonst... seht euch den Peitschenstiel an!" Wirklich zählte er, während die Kinder tranken, langsam vor. Endlich zog er vom Wagensitz einen langen, zerschlissenen Rock und schlüpfte darein.

„Du, kleiner Iwo, tränk mir die Truthühner und Gänse! Ich gehe unterdessen ein wenig in die Schenke, um etwas zu nehmen; sonst meint der Trottel von Wirt, ich wär ein Knicker."

Er kehrte sich plötzlich nach uns um und spielte den Überraschten. Kam mit großen Schritten über den Weg, breit und sonngebräunt. Nun konnte man ihn erst recht betrachten: er hatte langes, hellblondes Haar – und kleine Äuglein wie ein Elefant; mochte an die fünfundvierzig zählen.

„Servus humillimus, inclytae dominationes!" grüßte er überlaut und heiser – legte die Hand an den Säbelkorb und schlug die Hacken zusammen, daß die Sporen klirrten. Zog groß die Kappe und verneigte sich barhaupt tief nach allen Seiten.

„Was Teufel! Sie sind es, mein lieber Gildo?" rief Herr v. Batoritsch. „Unterwegs bei dieser Hitze?"

„Ich küsse die Hände, illustrissime domine! Auch ich habe Sie nicht gleich erkannt. Geruhen Exzellenz es zu entschuldigen. Sieh da, lauter Freunde! Servus humillimus, teurer reverendissime! Ergebenster Diener, spectabilis domine!" Es zeigte sich, er hatte mit all den Herren schon irgendeinmal zu schaffen gehabt. Mich kannte er nicht und stellte sich mir feierlich vor:

„Ich bin der nobilis et quondam dominus terrestris Ermenegildus Zintekk ab Wutschja Goritza, Herr auf Ferfrekowetz et Wugrowo Polje, Besitzer eines Hauses in Warasdin und etlicher Wiesen in Sutla, Ehrenprotokollführer der hohen Warasdiner Gespanschaft, Mitglied der landwirtschaftlichen Zweigstelle in Kreuz."

Batoritsch fragte ihn nach Ziel und Zweck der Reise.

„Heißen Dank der Teilnahme – und Handkuß, illustrissime domine! Ich fahre nach Agram, Geflügel verkaufen. Und weißt du, warum, reverendissime? Man verlangt Abgaben von mir. Man hat alle daemones auf mich losgelassen – Geldstrafen für Stempel, Tabakgefälle – und weiß Gott, was. Denkt euch: sogar Steuer soll ich zahlen – dafür, daß mir mein Vater das Gut hinterlassen hat! Um des Himmels willen, was für eine Steuer? Ich – für etwas zahlen, was von jeher der Familie gehört hat? Das können sie von Kaufleuten verlangen und Juden, aber nicht von mir, dem bodenständigen Grundherrn. Doch ich lasse mich nicht beleidigen und erniedrigen. Ich gehe zum Rechtsanwalt – und wenn ich ihm alles Geld hingeben müßte, das ich für die Truthühner bekomme: ich werde mit privilegiis und Dokumenten beweisen, daß mein Geschlecht adlig und daher steuerfrei für ewige Zeiten. Beinah hätten sie mir meinen Bucentauro gepfändet – ich habe den Steuereinnehmer kaum mit Bitten erweichen können, und ... meine Frau hat ihm den Wagen vollgeladen mit Kartoffeln und Gänsen ... Ja, ja, so lebt man heutzutage, wo der Staat selbst in Unordnung ist."

„Lassen Sie den Staat, Gildo – und trinken Sie lieber einen Schluck mit uns", unterbrach ihn Herr von Batoritsch.

„Schönen Dank – mit Vergnügen. Ihre Gesundheit, illustrissime – und auf das Wohl der übrigen hochmögenden und wohledeln Herren!" Gildo leerte bis auf die Nagelprobe ein Glas, das ihm der Richter dargereicht hatte.

„Uh, der Wein taugt ja nichts. Meiner ist besser. Wenn die Herrschaften gestatten, will ich Ihnen meinen kredenzen." Er eilte nach dem Wagen und schleppte sein Fäßchen herbei und das riesige Felleisen. Stolz und freudig breitete er die Schätze des Felleisens vor uns aus und füllte unsre Gläser bis zum Rand. Jäger sind dankbare Genießer – und so wiesen wir auch jetzt Zintekks Freigebigkeit keineswegs zurück. Er war ganz selig, als wir seinen Wein lobten und mit augenscheinlichem Behagen die Zehrung wegputzten.

„Was wird dir für die Reise bleiben?" fragte der Domherr, indem er aufs neue in den Vorrat griff.

„Keine Sorge um mich! Ich gehe nicht mit leeren Händen in die Welt. Im Wagen habe ich noch viel andres – wenn du willst für fünf Tage. Ich halte mich an die alte Art: gehe in kein Wirtshaus. Da vertut man nur sein Geld und vergiftet sich mit Schlangenfraß. Trinken Sie nur, meine Herren! Belieben Sie, Kuchen zu nehmen – er ist gut! Ich empfehle mich dem gnädigen Wohlwollen der Herren. Vivant, crescant, floreant!"

Gildo kippte begeistert das Glas, indem er streng verlangte, daß wir andern desgleichen täten. So kam nach dem ersten Fäßchen die Reihe bald ans zweite. Gildo sah wohl zwischendurch nach der Sonne und schien weiterziehen zu wollen... Doch er blieb. Er ist ja gewissermaßen Hauswirt – wie sollt er seine Gäste entlassen? Wahrhaft ärgerlich drohte er zuletzt der Sonne mit der Faust – einer kleinen Faust, als gehörte sie einer Frau – und wie Josua in Gibeon rief er ihr zu: „Steh still!" Doch die Sonne kehrte sich nicht daran, glitt an den Rand der Berge nieder – während Gildo fleißig einschenkte, seinen Wagen vergaß, seine Truthühner, den Bucentauro und sich gewaltig dagegen sträubte, daß wir von ihm schieden. Er war schließlich windelweich geworden; mit Tränen in den Augen und gebrochener Stimme versicherte er uns seiner Freundschaft und Liebe – fuhr plötzlich zornig auf und beschimpfte den Schenkwirt:

„Den ‚Herrn Zintekk' nennst du mich? Du hast mich ‚Eure Gnaden' anzusprechen. Ich bin der perillustris ac generosus dominus – verstehst du? Glaubst du, Saujud, ich würde mit deinem Rothschild tauschen? Was ist er neben mir? Nicht einmal der Banus von Kroatien ist meinesgleichen: er irgendein notiger Schwertadel, Soldatenbaron – und ich: nobilis Zintekk ab Wutschja Goritza. Wär ich auf dem Gymnasium über die Grammatik hinausgekommen... Doch wozu soll mir das blödsinnige Kauderwelsch? Ich brauche dergleichen nicht. Nur mehr Glück müßt ich haben und wäre Banus von Kroatien – aber nicht einmal unser Apostolischer König und kein Heiliger Petrus kann aus dem Banus einen Zintekk machen. Er zeige mir, der große Banus und Exzellenzherr, wenn er kann, einen adligen Säbel, wie ich ihn von meinen Ahnen und Urguckahnen trage! Edelleute macht man eben nicht auf Regimentsschulen und Gymnasien, Edelleute werden geboren." – Und Gildo schlug sich stolz in die Brust und blies gewaltig die Backen auf.

Als wir endlich doch aufbrachen, mußten wir ihm fest versprechen, ihn in Ferfrekowetz zu besuchen.

„Die Herrschaften werden eine Unmenge Hasen bei mir finden; Ich weiß mich ja der Hasen gar nicht mehr zu erwehren. Ich selbst bin nicht Schütze, nie einer gewesen – und das heckt und heckt – ich sag euch: man stolpert darüber. Rebhühner, Wachteln, Enten gibt's nirgends so viel wie bei mir."

Gern sagten wir ihm da für einen der nächsten Tage zu.

„Nein, nein, entschuldigen die Herren! In den nächsten Tagen geht es nicht. Weiß Gott, wie lange ich in Agram werde bleiben müssen – man hat soviel mit den Ämtern zu tun, der Steuer. Dann eine Tagfahrt in Warasdin: der Nachbar wollt ein Fenster in meine Mauer brechen, auf meinem Hof – und ich opponiere. Wieder ein paar Tage später ist zu Hause Reposition: hat da solch ein verruchter Bauer meine Wiese angeackert. Und irgendein Vieh von Kaufmann verklagt mich wegen einer angeblichen Schuld, lausiger zwanzig Gulden – ich habe anderthalb Teufel Arbeit mit ihm; will's ihm nicht leicht machen, zu seinem Sündengeld zu kommen, dem Pharisäer, dem Ischariot. Über all das soll ich eine taube Vettel in ihrer Ehre gekränkt haben... Und der Nachbar verklagt mich, weil ich ihm eine Kuh erschlug. Belang ich wieder ihn wegen Feldschadens..."

„Hörst du nicht endlich mal auf?" unterbrach ihn der Richter. „So viel Prozesse?"

„Laß gut sein! Auch zu dir, Herr Richter, werde ich dieser Tage müssen: zwei, drei Bauern sind mir Bergzins schuldig – und der schläfrige, faule Notar hat noch nicht Kontrakt mit mir gemacht..."

„Schön. Wann also erwartest du uns zur Jagd?"

„Am liebsten nähme ich die Herrschaften gleich von der Stelle mit – das können Sie sich denken. Aber das verfluchte Steueramt mit seiner Gebühr... Wartet einmal! Jetzt kommt die Grummet – das Maisbrechen – dann Buchweizenschnitt... Und alles muß ich allein ernten, meine Herren! Auf niemand kann ich mich verlassen. So ist das heutzutage. Leicht hat mein hochseliger Herr Vater gewirtschaftet mit seinen Zinsbauern, Schaffnern und Hegern. – Doch um wieder auf den Besuch zurückzukommen: nach dem Buchweizen ist Weinlese. Kommt also zur Weinlese! Bis dahin bin ich hoffentlich fertig mit der Steuersache. Es muß ja doch auch einmal Ordnung werden im Staat. Der gräflich Erdödysche Verwalter hat mir erzählt: in Wien kommt ein neues Gesetz heraus, daß der Adel wieder steuerfrei wird wie einst; dann müssen die Federfuchser in Agram kuschen."

„Zur Weinlese? Valde bene", rief Batoritsch.

Wir schüttelten einander die Hände. Längst war der Mond emporgestiegen, Abend lag ob dem Gefilde. Zintekk weckte mit der langen Peitsche die Jungen auf dem Wagen, bestieg seinen Bucentauro – und mit gewaltigem Getöse, wie er gekommen war, zog er von dannen. Gleich einem Dampfer schlingerte der Wagen, und Räderknarren störte die Nacht in ihrem Schlaf. Als der Wagen weit verschwunden war, hörte man noch Zintekks Grollen und Fluchen, bis erhabene Stille wie ein Vorhang über die Groteske fiel.

II

Zur Zeit der Weinlese kommt auf das Gut des Obergespans v. Batoritsch ein Jüngelchen aus Ferfrekowetz, barfuß und zerlumpt. In einer Hand trägt der Bote einen mannshohen Stecken – in der andern einen ebenso ungeheuren Brief mit fünf Siegeln, fünf Wappen der „nobilis familiae Zintekk ab Wutschja Goritza et eadem"! Weder dem Diener noch dem Schaffner will er den Brief abgeben, sondern ganz allein dem Herrn supremus comes zu eigenen Handen – das hat ihm sein Herr gebieterisch eingeschärft. Ein vergilbter Halbbogen, der offenbar aus einem Register oder einem Gerichtsurteil gerissen ist, weist folgende Epistel Zintekks auf:

„Illustrissime domine!
Domine nec non protector ac amice gratiosissime!! Dieweil bei mir auf dem mir besitzthümligen Allodialweinberk in den Klemenitzer Hügeln, zugehöhrig der Zintekkischen Herrschaft, id est meinem adligen Gut Wugrowo Polje, die Weinlese auf den Tag des Heiligen Candidatus, und zwar den dritten mensis octobris angesetzt wurde – (in paranthesi: in den Ferfrekowetzer Weinbergen, wohin ich die Herrschafften am freundliebsten gebeten hätte, habe ich die Lese noch nicht anordnen können, massen die Leute in jenem Gebiht sozusagen verrükt geworden sind und zu den Agramer Bürgern auf Arbeit gehen, ich aber, ihr ehemaliger Grundherr, ohne Taglöhner bin!) – also nahe ich mich Eurer Exzellenz, illustrissime domine, domine gratiosissime, mit der unterthänigsten Bitte: Eure Exzellenz, ingleichen die übrigen H. H. Herrschaften – und auch andre gäste seyen mir hochwilkommen – mögen geruhen, mich in erwähntem Weinberk, wie ausgemacht, mit Ihrem Besuche zu behehren. Wohl ist ein Spanferckel für den Spiß bereid, und wird es keineswegs der Thruthennen ermangeln, sowie wir in irgendeinem Kellergen alten Wein aufzutreiben gedenken, ob auch der schwartze Kater darauf sizzen mag – auf das man in octavis singen könne: ‚Kommt der Heilige Michel, last uns Drauben essen und picheln!'

Gnad und Verzeiunk für meine fellerhafte, ungelenke Schrifft, allein ich bin ein Mann vom Pfluhg, und so etwass ist nicht meines Amtes. Nun meinen allerunterthänigsten Hantkuß, und allen andren hochmögenden und liebwerten Herren Herren Nachparn und Gönnern mein aufrichtiges und freuntschaftliges valeant! Eurer Exelenz aber zeichne ich mich als Ihr humillimus nec non fidelissimus servus

In curia nobilitaria Ferfrekowetz ante festa Sti. Michaelis.

Ermenegildus nobilis Zintekk ab Wutschja Goritza

et caetera etc.

Postscriptum: Auch bittet um Antword durch selbigen Botenjung der aleruntertänigst Opgezeichnete."

Herr von Batoritsch sagte natürlich für uns alle zu, ohne uns erst zu befragen.

Am angesagten Tag war auch niemand ausgeblieben. Unsre Jagdgehilfen fuhren vor Morgengrauen mit den Koppeln voraus. Da Zintekk seiner eigenen Aussage nach nie gejagt hatte, erhofften wir uns erkleckliche Beute.

Ein weiter Weg. Dennoch standen wir schon gegen sieben auf den Klemenitzer Hügeln, dem Zintekkschen Weinberg gegenüber. Der Gastgeber nirgend. Die Sonne war hochgestiegen und strahlte in einen frischen, tauglänzenden Herbsttag. Während wir noch Rats pflogen über den ersten Trieb, schmetterte auf dem Berg drüben ein Horn. Erstaunt sahen wir dahin. Da stand hoch oben Ermenegildus und blies aus Leibeskräften. Wehe, er verscheucht uns das Wild! Bald sammelten sich um ihn Leute mit Schaffen, Butten und Körben. Nun wußten wir: er hatte seine Leser zusammentrompetet. Als er sie nieder in die Weinspaliere führte, erblickte er uns. Sofort ließ er die Arbeiter sein und brüllte aus vollem Hals: „Die Böller! Schieß, Iwan, schieß!" Über ein kurzes dröhnten die Böller, daß Gott erbarm.

Nun erst kam Zintekk uns mit großen Sprüngen entgegen, und schon aus vielhundert Schritt Entfernung begann er uns zu versichern, wie glücklich er über unser Kommen sei. Knapp vor uns nahm er Haltung an und hielt eine ‚peroratio' – die mußten wir geduldig anhören. Bis drei oder vier sollten wir uns nach Gefallen vergnügen – dann aber sei Mahlzeit im Winzerhaus. Er selbst werde bei den Arbeiten bleiben.

„Alles wimmelt von Wild", rief er uns noch nach. „Man stolpert darüber."

Im ersten Trieb: kein Löffel, kein Federchen. Es mag an den Böllern liegen und dem närrischen Getute. Wohlgemut schlossen wir einen Kreis um den zweiten Hag, üppigen Jungwald. Hier muß es Wild in Hülle geben. Wir wanderten und klommen und streiften – die Hunde gaben keinen Laut – alles wie ausgestorben.

So mußten wir noch fünf-, sechsmal vergeblich die Standplätze wechseln; wateten durch Sümpfe, setzten über angeschwollene Bäche, erkletterten die steilsten Hänge: kein Löffel, kein Federchen.

Gegen vier kehrten wir nach dem Winzerhaus zurück. Zintekk in voller Arbeit. Er saß rittlings auf der Torggel und quetschte und preßte mit einem dicken Pfahl die Trauben und dampfte von Schweiß. Butte um Butte übernahm er von den Lesern und schüttete die Trauben in den Bottich. Auf jede Beere hatte er acht.

„Weidmannsheil!" schrie er. „Wie war die Strecke?"

Der Domherr lächelte ... „Du fragst noch?"

„Nichts?? Hab mir's doch gleich gedacht", erwiderte Zintekk. „Die vermaledeiten Bauern, Wilddiebe schlagen ja alles tot. Woher sollt es Hasen geben, wenn heutzutage, wohin du spuckst, eine Bauernhütte steht?"

„Aber", rief der Domherr, „per amorem Christi – Mensch, was hast du uns da vorgefaselt? Jeden Schritt sollten wir über Wild stolpern."

„Hochwürden! Über Wild stolpern? Gibt's das irgendwo? Ist doch nur eine Redensart. Schließlich haben die Herren einen hübschen Spaziergang gemacht und werden bei Appetit sein... Hier sind die Spieße. Bald ist das Spanferkel gebraten." Lieblicher Duft drang zu uns herüber. Mägde und Burschen mit riesigen Eßkörben auf den Köpfen kamen des Pfades. Zintekk sprang von der Torggel und gab wiederum das Zeichen zum Schießen.

„Die Leute sollen wissen, daß die Herrschaft zum Mittagessen geht", schmunzelte er. Ungeheures Knallen rollte über Berg und Niederungen und hallte von den jenseitigen Hängen wider. Allüberall antworteten die Nachbarn, die Bauern mit Zuruf und Jauchzen.

Das Winzerhäuschen war eine Blockhütte von verwitterten Eichenbohlen, mit Stroh gedeckt. Das Türchen hatte eine altertümliche hölzerne Klinke. Zintekk hielt uns lange davor auf, damit wir die Klinke auch nach Gebühr anstaunten, und öffnete erst, als wir uns alle vergeblich an dem kunstvollen Mechanismus versucht hatten.

Stickige, dumpfe Luft schlug uns aus dem Halbdunkel entgegen. Die Wände waren mit Lehm beworfen, der Estrich gestampfter Lehm. Von den schwarzen Balken der Lage hingen Bündel von allerhand dürren Kräutern – Haufen von Bast, Weidenruten und morschen Pflöcken standen in den Winkeln. In der Mitte des Stübchens aber ein langer Tisch, sauber gedeckt. Müde nahmen wir daran Platz. Zintekk stieß die Fensterladen auf – und nun drang mit der hellen Sonne das bunte Um und Auf der Weinlese zu uns herein: das Muhen der Ochsen, Brummeln der Wespen, liebes Rieseln neuen Mostes, das Kreischen der Torggel, Scherzen und Lachen der Leser, ihr Gesang, beizender Rauch von den Feuern und Bratengeruch. Ein steinalter Bauer, einst Pandur bei Zintekks Vater und jetzt totum factum, humpelte von Spieß zu Spieß, wendete die Ferkel und Truthühner und beträufelte sie mit Fett. Zwei, drei Kinder verfolgten lebhaft jede seiner Bewegungen. Vor Staunen und Genuß rissen sie die jungen Augen kreisrund auf, und die lieben, kohlgeschwärzten Gesichtchen waren ganz gespannt vor Erwartung.

Wir, in süßer Ruh, saßen um den Tisch und sogen den appetitlichen Duft jener ‚Gespanssuppe' ein, die zur Weinlese immer gereicht wird; Zintekk in eigener Person schöpfte sie mit der Geschicklichkeit eines Klosterkochs aus einem riesigen Topf.

Anfangs Schweigen in der Runde. Erst als Zintekk sein Glas erhob und uns begrüßte, kam das Gespräch in Fluß – und bald reihten sich die Trinksprüche unzählbar aufeinander. Beim Braten tranken wir schon zum drittenmal auf das Wohl der würdigen, noch unsichtbaren Hausfrau, die uns da so herrlich bewirtete.

Zintekk war in Verzückung. Dabei ließ er die Pflichten des Landmanns keineswegs außer acht, lief malzumal hinüber nach den Weingärten, fuhr lärmend unter die Arbeiter und ermahnte immer wieder den Schaffner: „Singen sollen die Leute und pfeifen, aber nicht naschen!" Stets behielt er eine finstere Miene bei gegen die jungen Leser und Leserinnen, seine frühern Untertanen – doch brachte er ihnen mit eignen Händen ein Schaff Most von der Torggel, damit sie ihre Kehlen anfeuchteten. Sie sollten aber die Gnade und Wohlgeneigtheit des Herrn beileibe nicht dahin deuten, daß es keinen Unterschied mehr gebe zwischen Edelmann und Bauer. Verschämt drückten sich die Mädchen an der Tür herum und flüsterten; nach kurzem Beraten sangen sie im Chor ein hübsches Lied. Vom nächsten Weingarten tönte die Antwort – und so wurde es ein lustiger Sängerkrieg im herbstlichen Spätnachmittag.

Feierabend. Herr v. Batoritsch erhob sich zur Heimkehr. Da fuhr Zintekk so erschreckt auf, als hätten wir seine schönsten Pläne zerstört.

„Wie?" rief er. „Die Herrschaften fühlen sich also nicht wohl bei mir? Dann habe ich Ihre Wünsche nicht erraten. Sie werden doch nicht gehen wollen? In Ferfrekowetz erwartet uns meine Frau zum Abendessen." Er ließ keine Einrede gelten – wir mußten über Berg und Tal nach Ferfrekowetz. Zintekk war ganz glücklich, uns führen zu dürfen.

Auf dem mondbeschienenen Hügel saß windschief und niedrig ein altes Landhaus von Holz. Ein halsbrecherischer Steig führte hinan. Von weitem schon sah man Herdflammen lodern, eine ganze Schar Mägde aufgeregt hin- und hereilen. Zintekk rannte voraus und pfiff seine Frau hervor; sie erschien alsbald auf der Schwelle und wischte sich verlegen die Hände in ihre Schürze.

„Da – Seine Exzellenz ist gekommen und die andern hochmögenden, wohledlen Herrschaften, um unser armseliges Dach zu beehren. Verneige dich!" herrschte Zintekk seine Frau an. Sie verneigte sich verwirrt und streckte schüchtern mir die Hand entgegen.

„Was fällt dir ein, ungeschicktes Ding? Mit Seiner Exzellenz mußt du beginnen", schmälte Zintekk. Die Frau wurde noch verwirrter. Zintekk durchschnitt sie mit einem Blick und erbleichte vor Zorn. Flugs huschte er ins Haus und spähte mißtrauisch in alle Ecken – während die Frau reihum ihre schwielige Arbeitshand reichte.

Amelie, dieser magere, ausgemergelte Wurm, hatte einst bessere Tage gesehen, wie mir der Domherr erzählte. Sie war eines hohen Beamten sechste oder siebente Tochter, war sogar im Institut erzogen. Und als Zintekk einst vor Jahren ‚in plena publica forma', in silberverschnürtem Festrock, mit einer Truthahnfeder auf der Mütze, mit Krummsäbel und Sporen, um Amelie freite, erhielt er sie nur, weil sie schon über die erste Jugend beträchtlich hinaus und ohne

Mitgift war. Die Arme hatte in ihrer Ehe nichts zu lachen. Wenn sie sich auf ihre Kenntnisse – die deutsche Sprache – etwas eingebildet haben sollte – Zintekk wußt ihr den Hochmut gründlich auszutreiben. Er unterjochte sie wie ein asiatischer Despot. Sie blieb kinderlos; stündlich warf er ihr vor: sie lasse das große Geschlecht der Zintekk absichtlich aussterben, und wurde nicht müde, darüber zu jammern und zu geifern. Auf dies eckige, geplagte Geschöpf war er auch noch maßlos eifersüchtig, weil... ja, weil sie Klavier spielte. Ein Weib, das Klavier spielt, hatte nach seiner Meinung ein ‚weites Herz' und war aller Schlechtigkeiten fähig.

Wir traten ins Zimmer. Eine große Petroleumlampe beleuchtete es. Unkenntlich braune Bilder an den Wänden, an der Stirnseite ein tiefer Lederdiwan – und darauf sitzt... Zintekk traute seinen Augen nicht: auf dem Diwan sitzt ein städtisch gekleideter junger Mann. Grimmig und betroffen tritt Zintekk drei Schritt zurück, erbleicht und richtet einen Othelloblick auf seine Frau.

„Wer ist das?" haucht er, und seine Äuglein flackern unheimlich. Er donnert: „Bin ich euch endlich auf die Spur gekommen?"

Der junge Mann hat sich erhoben und spricht ernst: „Ich bin der königliche Offizial Gawran. Bin wegen der Steuer gekommen... Sie wissen..."

„Wa...s?? Sie wollen pfänden?" stammelt Zintekk. Doch schon hat er sich gefaßt. Die Eifersucht schlägt in Zorn um. Er beginnt den Offizial furchtbar zu schmähen – die Ämter, die Regierung, den Staat, Unordnung und Welt. „Wie dürfen diese Hochverräter, diese Verbrecher Steuern von einem Edelmann verlangen? Bei Gott und dem Ehrenwort eines Edelmannes: ich werde nicht zahlen – niemals, keinen Kreuzer – und wenn man mir die lebendige Haut vom Rücken schindet!"

„Gut", antwortet der Offizial gelassen. „Die Kommission kommt und wird die Getreide- und Weinvorräte aufnehmen ... Der Herr Vorstand hat angeordnet, daß keine Frist zu gewähren ist. Die Direktion hat lang genug Geduld mit Ihnen gehabt."

„Ja, ja, man will mich vernichten, weil Zintekk für die alte Ordnung im Staate kämpft. Er ist den Herren Beamten gefährlich und unbequem – man muß ihn umbringen, so bald wie möglich. Aber Gildo von Zintekk fürchtet sich nicht." – Er schlug mit der Faust auf den Tisch, daß die Stube wackelte. Dann fuhr er auf Amelie los: warum sie ihm nicht Botschaft nach dem Weingarten geschickt habe, daß Pfändung im Haus ist. – Sie suchte ihn zu beruhigen, bat den Offizial mit gerungenen Händen, er möge entschuldigen, daß sich ‚der Herr' so benimmt – es sei ihm Unrecht mit der Gebühr geschehen ... Zintekk schritt unterdessen mit langen Schritten unruhig um den Tisch.

„Ist das Abendessen fertig?" fragte er plötzlich.

„Längst."

„Laß auftragen! Auch der Herr Offizial wird mit uns speisen. Zieren Sie sich nicht! Man kommt nicht in ein kroatisches Herrenhaus, um ungesättigt weggehen und ohne einen Tropfen Wein. Sie bleiben! Ich habe ja nicht Sie verletzen wollen, Ihre ehrenwerte Persönlichkeit. Sie sind nicht schuld. Man befiehlt Ihnen – und Sie müssen gehorchen. Dienst ist Dienst. Ich weiß das – auch ich bin Ehrenprotokollführer ... Ich ärgere mich nur über eure verruchten Gesetze. Aber damit wird es bald ein Ende haben. Es wird tabula rasa, Ordnung im Staat – hat mir gestern der Verwalter von Erdödy gesagt. Noch einen Monat, und wir bekommen wieder unsre cassam domesticam bei der Gespanschaft, wie es ehedem war – der Adel wird keine Steuern mehr zahlen."

Als hätte der Gedanke daran, die Aussicht allein

diesen Zintekk im Augenblick ausgewechselt – seine gute Laune war wiedergekehrt. Bei Tisch lustiges Plaudern und Lachen. Man hätte alles eher denken können, als daß jener Herr, der neben dem Hauswirt saß, gekommen war, um Rinder und Pferde aus dem Stall zu pfänden. Zintekk freundete sich immer inniger mit ihm an, und bald bot er ihm die Bruderschaft. Da durfte man nicht aus gewöhnlichen Gläsern trinken. Er ließ altertümliche große Becher bringen und hielt eine Rede auf den Offizial: von der Heiligkeit der Freundschaft, von Liebe und Sympathie, die der Fremde in Zintekks Busen sofort entzündet hätte – von dem alten Edelsitz Ferfrekowetz, der so vornehme Gäste aufgenommen habe – und so weiter. Mit verschränkten Ellen leerten sie die Becher, umarmten und küßten einander dreimal.

Mitternacht. Der Domherr mahnte zum Gehen.

„Quod non!" rief Zintekk. „Wir werden vorlieb nehmen, wenn's auch eng ist. Ferfrekowetz muß, Gott sei Dank, seine Gäste nicht in die Nacht stoßen." – Und die Hausfrau eilte, um Betten und Stroh für uns zu bereiten: für Exzellenz und den Domherrn im Schlafzimmer, für uns andre im Eßsaal. Nur der Offizial nahm trotz allen Protesten Zintekks schwer benebelt Abschied. Als sein Wagen in das Dunkel knarrte, da schlug sich Zintekk grölend auf die Schenkel und rühmte sich: wie er mit seiner Schlauheit den Kerl hineingelegt hätte ...

Es war ein Türenschlagen und Räumen in Ferfrekowetz, ein Tellerklappern und Panschen, ein Schnarchen die liebe Nacht. Lange vor Morgen meldeten sich die Hähne, ein Fohlen brach aus und galoppierte im Hof. Bald tauchte draußen Zintekk auf im Nachtgewand und weckte laut die Mägde. Die eine trieb er in den Stall zum Melken, die andre in den Hof zum Viehfüttern, die dritte irgendwohin ins Dorf. Ich sah durchs Fenster, wie er, barhaupt, im

Hemd nach dem Wetter ausblickte und den letzten Sternen.

Früh erhoben wir uns, und schon war Zintekk da, um uns zum Frühstück zu laden. Nun aber trug er einen langen Mantel, war mit dem Säbel gegürtet, und aus der Brusttasche guckte ein Pistol.

„Ich gehe zu den Bauern, den Bergzins eintreiben", sagte er. „Sie haben vor Michaeli geerntet – und keiner läßt sich blicken. Da werde ich sie mal an die Herrschaft erinnern; sonst saufen sie den Most, und ich habe das Nachsehen."

„Aber wozu Pistole und Säbel?"

„Weil ich gleichsam auf Pfändung bin. Man muß den Leuten ein wenig Furcht einjagen. Ich sehe streng auf meine Rechte."

„Und der Staat, mein Lieber?" sagte der Domherr lachend. „Sollt er es mit dir anders halten?"

„Also auch Sie, reverendissime", erwiderte Zintekk schmerzlich. „Auch Sie billigen, daß man meine Vorrechte antastet."

„Mensch", rief Herr v. Batoritsch, „nimm doch Vernunft an: der Staat baut Eisenbahnen, Telegraphen ..."

Er winkte verächtlich ab. „Frühstücken wir!"

III

Ich verlor Zintekk völlig aus den Augen. Gelegentlich hörte ich, er habe gegen die Pfändung protestiert. Als der Offizial wieder einmal ins Haus fiel, machte Zintekk ihn trunken und zahlte wieder keinen Groschen. Seine Eingaben ans Gericht ließ er ohne Stempel. „Die Vorschriften und Gesetze haben keine Gültigkeit, solange nicht Ordnung im Staat ist. Ergo obligieren sie den Edelmann nicht."

Pfändung folgte auf Pfändung. Es verödeten die

Stallungen, die Keller und Fruchtkammern – Zintekks Schuld aber minderte sich nicht: die Prozeßkosten fraßen die Erlöse. Selbst wenn Zintekk vom Sockel seiner klassischen Folgerichtigkeit hätte herabsteigen wollen und seines stählernen Trotzes – wenn er Gesetzbuch und die Rechtlichkeit der Steuern nun anerkannte: seinen unendlichen Verlegenheiten wäre er doch nicht mehr entronnen. Es kam, was kommen mußte: eines Tages erhielt er den Bescheid, daß auf Antrag der Königlichen Steuerdirektion all seine Habe versteigert wird.

Zintekk war außer sich. Er wollte den Steuerdirektor töten, das Vaterhaus in Brand stecken. Seine Freunde redeten ihm zu: er möge doch den Warasdiner Besitz und die Vorwerke verkaufen, die Steuern bezahlen ... Vergebens flehte ihn seine Frau an, wenigstens sein Dach zu retten, um nicht in der Fremde sterben zu müssen, wo sie doch ohnehin nicht mehr lange zu leben hätte ... Sie war nämlich seit einiger Zeit krank. Sie und alle Nachbarinnen hielten es für Wassersucht – so stark war sie angeschwollen. – Zintekk hörte auf niemand. Er verschlang täglich zähneknirschend die Zeitung: ob sie denn immer noch nicht die Nachricht bringe, daß Ordnung sei im Staat und die Adligen keine Steuern mehr bezahlen müßten.

So kam der Schicksalstag. Zintekk erwartete ihn mit seinem Krummschwert in der Faust. Doch die Schätzleute erledigen ihr Geschäft in aller Ruhe: irgendein Händler in Gemeinschaft mit seinesgleichen, einem Gastwirt aus dem nächsten Ort, erstand in der Feilbietung ‚das adlige Zintekksche Gelände' – und Zintekk schlug weder mit dem Säbel drein, noch zündete er das väterliche Haus an, rächte sich auch nicht am Direktor. In den Pflaumengarten schloff er, hockte sich nieder und weinte – weinte still und bitter.

Aus seiner Verzweiflung riß ihn ein Dienstmädchen... Oh – er verstand sie gar nicht, sah sie nur dumm an und schüttelte den Kopf.

„Natürlich, natürlich – ich bin verrückt", murmelte er. „Lauf zum Bader, damit er mir zur Ader lasse! Wie hätt ich auch den Verstand behalten sollen in solchem Ungemach! Niemand erhebt sich, um für mich einzutreten. Ich, der ehemalige Grundherr, verliere Hab und Gut – und diese Bestien, die freigelassenen Sklaven, die Bauern rühren keinen Finger. Ist das die Ordnung im Staat?"

„Aber, Euer Gnaden, ich bitte: die Frau fühlt sich nicht wohl – sie wird gebären. Kommen Sie doch!" ruft dringlich die Magd.

„Ist das dein Ernst?" Er läuft ins Haus, wo im ersten Zimmer der Richter mit eintöniger Stimme das Protokoll der Feilbietung diktiert; und hinten aus der Dienerstube piepst ein dünner, ungewohnter Laut – der erste Schrei eines Neugebornen.

Als Zintekk eintritt, findet er seine Frau ohnmächtig auf einem Stuhl, und die Bäuerin neben ihr hält ein kleines, schwächliches Kindchen im Arm.

„Da, Herr! Wir meinten, es wär die Wassersucht – und Gott beschert Ihnen einen Sohn."

„Einen Sohn!" jubelt Zintekk und übernimmt das Kind. „Die Zintekk sterben also doch nicht aus."

Und er weint dicke Tränen. In der ersten Überraschung hatte er sein Leid vergessen – nun bricht es um so stärker hervor. „Heimatlos der Vater – heimatlos der Sohn", schluchzt er. „Nicht im Herrensaal der Zintekk ist er geboren – nein, im Mägdezimmer auf der Diele. Da hat sich das Schicksal einen furchtbaren Spaß erlaubt."

Zintekk sollte sein Haus verlassen. Doch wohin sich wenden, was beginnen? Es waren schreckliche Tage für den Armen. Er dachte an allerlei: ein kleines Gütchen pachten – dazu fehlte es ihm an Geld.

Er klopfte bei den benachbarten Gutsherrn an – niemand wollt etwas gemein haben mit einem Mann, der sich mit der Regierung überworfen hat. Eine Beamtenstelle – seine Hand war zu ungelenk zum Schreiben. Ein früherer Freund bot ihm einen Hegerposten an. Zintekks alter Stolz bäumte sich auf – er hätte den Freund beinah erwürgt.

Allein die Zeit verstrich, und Zintekk fürchtete, für Weib und Kind kein Brot zu finden.

Da gelangten strenge Verordnungen von der Regierung an die Steuerdirektionen: die großen Außenstände der öffentlichen Abgaben seien nach Kräften einzubringen. Man brauchte Gerichtsvollzieher auf allen Seiten. Der Steuerdirektor erinnerte sich Zintekks: wie geschickt und lieblos er im Eintreiben seines Bergzinses gewesen war – und sagte sich: Einen Besseren finde ich nicht. Er wußte, in welcher Not Zintekk lebte – da wird ihm Hilfe willkommen sein. Und er schlug Zintekk vor, Gerichtsvollzieher zu werden.

Zuerst sprang Zintekk auf wie ein verwundeter Tiger. „Ich – Steuern eintreiben? Ich, der ich all mein Gut geopfert habe für den Grundsatz der alten adligen Steuerfreiheit?"

Doch er sah, wie man in den Hof drüben schon allerhand Wirtschaftsgerät des neuen Besitzers erfuhr – im andern Zimmer quiekte das Kind. Zintekk bebte vor Schmerz... Endlich fragte er: ob man denn viel zu schreiben hätte als Gerichtsvollzieher. Als er die Auskunft erhielt: es wäre nicht zu schreiben, sondern nur energisch vorzugehen – da beschloß er in seinem Innern schon, zuzugreifen. Doch er nickte nur langsam und sprach: er wolle sich's noch ein wenig überlegen... Der Arme hatte zeitlebens so großgetan – nun mußt er wenigstens vor sich und seiner Frau die Täuschung aufrechterhalten: nicht er habe sich um das karge Brot beworben – vielmehr bitte der Staat in seinen Nöten dringend um Zintekks Beistand. So wurde perillustris ac generosus dominus Ermenegildus Zintekk ab Wutschja Goritza et caetera, der leidenschaftliche Gegner der Steuer, Stempel und Gebühren, eines Tages provisorischer Königlicher Gerichtsvollzieher.

Eine Jagd, Ende Novembers. Noch lag der Nebel auf dem Land, als ich durch ein Dorf ging.

Da ballte sich ein Klumpen von Leuten. Gendarmen vor dem Zaun, und aus dem Hof tönte Geschrei, Fluchen und Weinen. Das Hoftor öffnete sich – zwei Treiber jagten eine erschreckte Kalbin hervor, und hinter ihnen schritt, mit einem gewaltigen Stab in den Händen, Ermenegildus Zintekk und beschimpfte die Bauern, was Platz hatte.

„Wer mich anrührt, kommt ins Zuchthaus. Ich will euch lehren, Ehrfurcht haben vor einem Königlichen Beamten!" ruft er mit strenger Stimme.

Als er auf mich stößt, ist er überaus betreten. Er ist schrecklich gealtert in einem Jahr, ein ganzer Greis. Auf dem Kopf trägt er eine phantastische Kappe mit schwarz-goldnen Troddeln. Ich betrachte sie lächelnd, und er raunt mir zu:

„Man muß den Bauern Achtung einflößen."

„Du bist immer noch der alte Gildo."

„O nein", seufzt er und senkt die Lider.

Ich bin erschüttert und bereue sehr, ihn offenbar verletzt zu haben. Er atmet tief auf und sagt:

„Glaub nicht, lieber Freund, ich wäre unglücklich! Ich habe jetzt, gottlob, keine Scherereien mehr ... erledige meinen Dienst ... man ist mit mir zufrieden: der Steuerdirektor hat mir sogar eine Belohnung zu Neujahr in Aussicht gestellt ... Glaub nicht, ich sei unzufrieden ... Ich habe keinen Grund zum Klagen ..."

So sprach er und blickte mir in die Augen. Ich fühlte, daß nur ein Restchen seines alten Stolzes ihm die

Worte eingegeben hatte und daß er furchtbar litt, der arme Teufel.

Als er bald darauf starb, da wußte ich: nach diesem ruhigen Bett in kühler Erde hatte sich sein Herz gesehnt... obwohl ihm der Steuerdirektor zu Neujahr eine Belohnung versprochen hatte.

(Aus dem Kroatischen nach Xaver Schandor-Gjalski)

PAWLE FERTIG

Alle Welt in Hissar kannte ihn. – Hissar ist ein kleiner Badeort im Gebirge, bei Karlowo, abseits der Bahn. Es gibt da ein römisches Stadttor, sehr berühmt, doch längst in Trümmern – man nennt es wegen seiner phantastischen Umrisse ‚die Kamele'. Und eben an den ‚Kamelen' pflegte Pawle Fertig die Fremden zu empfangen – sommers die Kurgäste, sonst die Bauern der Umgebung, wenn sie zu Markte kamen – schon am Stadttor empfing Pawle sie: mit Zurufen, Luftsprüngen und Späßen. Er hatte seine Stammkunden; die Stammkunden wieder bereiteten die Neulinge auf ihn vor: so und so werdet ihr in Hissar von Pawle Fertig begrüßt werden. Und alle brachte er zum Lachen. Dafür gab man ihm dann Trinkgelder.

Ein Bursche von achtzehn oder zwanzig Jahren; verdreht, ja halbverrückt; doch gutmütig, lebhaft – immer fröhlich in seinen Lumpen. Vom ewigen Sitzen und Warten in der Sonnenhitze war er dunkelbraungebrannt, und in dem verbrannten Gesicht blitzten seine schwarzen Augen in olympischer Lebensfreude. Sooft man sich ihm näherte, krähte er etwas Krauses, Närrisches, stets etwas völlig Unerwartetes – und die Hauptsache: er lachte. – Oft war übrigens, was er da krähte, gar nicht so dumm – im Gegenteil: mancher seiner Aussprüche schien in alberner Form tiefen Sinn zu bergen; ging dann von Mund zu Mund und gab den Gesprächsstoff her für die Cafés und die Basare. Die Frauen vor allem dienten ihm als Zielscheibe, die jungen und schönen; und den leichtsinnigen konnte er sogar auf seine Art gefährlich werden: er forschte alle Idyllen aus, die sich in Hissar zutrugen und lieber sollten verschwiegen bleiben; durch Pawles Possen wurden sie offenbar.

Pawle Fertig stammte aus einem kleinen Dorf in der Nähe. Vater hatte er keinen, und die Mutter hatte den Jungen seinem Schicksal überlassen. Es war auch noch ein Bruder dagewesen – und irgendwie verschwunden – niemand wußte, wo er stecken mochte. – Pawle lebte von den Trinkgeldern; er trug einem die Tücher nach der Badeanstalt – rannte in die Apotheke nach Karlowo, wenn man ihn dahin schickte – trieb seinen Mutwillen an den ‚Kamelen', tanzte, schlug Purzelbäume, lief auf den Händen – so fielen Groschen und oft genug auch Franken in seinen Hut.

Sein besondrer Witz war, die Eisenbahn nachzuahmen. Er rief „Fertig" – ein Wort, das er den Schaffnern der Orientbahn abgelauscht hatte – stieß die Arme vor – pumpte, prustete, schritt aus – erst langsam, dann immer schneller – und fauchte dazu – fu, fu – wirklich genau wie die Eisenbahn; er konnte pfeifen – in die Tunnels einfahren – – man wälzte sich vor Lachen; endlich bremste der Zug und hielt in der Station. – Kein Fuhrwerk verließ den Markt, ohne daß Pawle ihm mit seinem „Fertig" gleichsam das Gleis freigab.

Trotz dem reichlichen Bakschisch – und nie verbrauchte Pawle einen Heller – ging er zerrissen und barfuß. Die Jacke, Geschenk eines Kurgastes vor drei Jahren, war geradezu sehenswert in ihrer Flickerei. Er nährte sich von abgenagten Knochen, Tellerresten; nächtigte an den ‚Kamelen' in einer Baude, die hatte er sich wohl selbst gezimmert – wenigstens sah sie darnach aus. Sorglos, mager, schmutzig und fröhlich wie ein zynischer Philosoph.

Kleine Leute in Hissar, die seinen Lebenswandel näher kannten, wunderten sich über seinen Geiz – und der Hausknecht im Gasthof sagte mir einmal: dieser Pawle Fertig sei ein ganz geriebener Gauner, müsse schon erkleckliches Geld erspart haben und vergrabe es in der Erde.

Einmal neckte der Hausknecht den Jungen:

„Sag mal, Fertig, sammelst du Geld für deine zukünftige Frau? Wo, zum Teufel, hältst du es versteckt?"

„Ach, dort beim lieben Gott. Dem lieben Gott schicke ich meine Zechinen. Holla! Es lebe das Schweizer Kaisertum! Fertig!"

Daß es eine Schweiz gibt, war alles, was er von der großen Welt wußte. In dem Namen ‚Schweiz' vereinigte sich für ihn, was es Schönes, Vornehmes, Gelehrtes geben konnte.

Wenn ein hübsches Mädchen vorbeiging, rief er:

„Ohü, wie schön sie ist! Eine wahre Schweizerin!"

Ich hatte die Ehre, bei Pawle gut angeschrieben zu sein. Darum nannte er mich einen Schweizer; und hielt gleich den Hut hin, um für die Auszeichnung belohnt zu werden.

Oft, wenn ich seine Schnaken und Gaukeleien mitansah, dauerte er mich. Dieser Jüngling von fast zwanzig Jahren, halb irrsinnig, von der Natur schwer beleidigt, den müßigen Gaffern ein Hansnarr – ist er nicht ein Rätsel ohne glaubhafte Erklärung? Lebender Vorwurf, hinter dessen Lustigkeit sich ein trostloses Schicksal birgt? Pawles arme Seele hat das Gleichgewicht verloren und lebt vernunftlos hin vom grausamen Lachen der Menschen. Außer seinen Grillen und Grimassen, außer niedriger Habsucht: gibt es in den Falten seiner Seele ein menschliches Gefühl? Ist er sich seiner Lage bewußt? Oder im Grund glücklich? Jedenfalls sieht er immer glücklich drein, obwohl er zu ewigen Späßen verurteilt ist – belustigt die Menge, um von ihren Trinkgeldern zu leben, und hat weder von der Lustigkeit was, noch vom Trinkgeld.

– – Da saß ich eines Tags in meinem Gasthof und sah durch das Fenster die alten Mauern an, wie sie sich dort fern abzeichneten: die Kamele.

Plötzlich ist Pawle da: wohlgelaunt wie immer – nur blickt er ein wenig scheu beiseite.

„Wen suchst du, Pawle?"

„Dich. Aber ich passe schon auf die andern auf."

„Warum?"

„Wir brauchen keine bösen Menschen um uns."

„Recht hast du", antwortete ich lachend. „Aber sei ohne Sorge! Hier ist niemand außer zwei ehrlichen Schweizern – dir und mir."

Pawle grub in den Taschen seiner Weste.

„Nicht wahr, Herr, du verstehst à la franca zu schreiben?" (mit lateinischen Buchstaben) – Er holte einen Briefumschlag hervor, ohne Anschrift.

„Und an wen soll der Brief?"

„Nach dem Schweizer Kaisertum. Marsch – fertig!" rief er – sprang in die Luft und überreichte mir den Umschlag.

„Schreib hierher à la franca die Adresse meines Bruders! Freund Matu hat das Innere geschrieben – aber für das Äußere... das versteht er nicht, der Doppeldummkopf."

„Ah, ist dein Bruder in der Schweiz?" – (Nun begriff ich, warum die Schweiz so hoch in der Gunst des armen Pawle stand.) – „Und in welcher Stadt wohnt er?"

„Schreib: Freiburg."

Ich schrieb die Adresse auf französisch hin – sehr erstaunt, daß Pawle sie vollständig kannte und auch richtig aussprach.

„Brav, mein Schweizer!" sagte ich ihm. „Und was treibt dein Bruder dort?"

„Er ist noch nicht gescheit genug – muß sich den Kopf füllen – er ist in der Schule."

„Was lernt er denn?"

„Doktorsein."

„Schön von ihm ...", schmunzelte ich. – Ich glaubte aber Pawle kein Wort.

„Ja, in diesem Jahr wird er gescheit – dann kommt er her und wird uns allen helfen."

Rasch ergriff Pawle eine Katze, die eben vorbeischoß, schmiß sie hoch, daß sie sich überschlug – und wollte davon.

„Warte einen Augenblick, mein Freund! Wohin eilst du?"

Er zeigte auf den Gasthof gegenüber. Da hatten sich Damen und Herren eben ins Gärtchen gesetzt.

„Muß einen Zug nach Philippopel ablassen. Fertig!" – Er grinste mit seinem ganzen schwarzen Gesicht vor glücklicher Ungeduld.

Ich hielt ihn an:

„Was hast du deinem Bruder geschrieben?"

„Einen schönen guten Tag."

„Gewiß – aber was weiter? – Wer erhält deinen Bruder in der Schweiz? Hat dein Bruder Geld?"

„Es weht dort Wind – den schluckt er und gießt Regen nach."

„Unsinn. Hat er ein Staatsstipendium?"

„Was ist das?"

„Nun: schickt der Staat ihm Geld?"

„Der liebe Gott gibt Geld. Nicht der liebe Gott – aber die Zigeuner."

Ich sah ihn bestürzt an.

„Hör mal, Pawle! Warum antwortest du mir nicht, wie es sich gehört? Warum stellst du dich blöd an?" – Ich war ehrlich ungehalten.

„Kürbis muß nicht – Zigeuner braucht. – Fertig, fertig! Fu, fu, fu!" – Und er dampfte ab zu der Gesellschaft drüben.

Gegen Abend ging ich zu Matu, einem Gewürzkrämer, entfernten Verwandten Pawles. Ich war neugierig geworden; wollte wissen, was ich von Pawles Andeutungen zu halten hätte.

Der Krämer zeigte keine Lust, zu reden. Endlich erweichte ich ihn – und er erzählte:

„Er wird sehr ärgerlich über mich sein – denn er hat mir geboten, es keinem Menschen zu sagen – er will seinem Bruder keine Schande machen. Du aber – nicht wahr? – du, Herr, bist ihm gut gesinnt, er nennt dich seinen ‚Freund'. Schön also: Pawles Bruder hat etwas Geld gehabt, von der Mutter, und ist lernen gegangen – zuerst nach Philippopel aufs Gumminasium – dann auf die Hohe Schule in die Schweiz. Aber das Geld war aufgebraucht – da wollt er seine Studien aufgeben. Als Pawle es erfuhr, sagte er: ‚Bruder, das darf nicht sein – du mußt zu Ende lernen.' – Seitdem gibt er nichts für sich aus und schickt alles dort hinauf; schindet sich vom Morgen bis zum Abend, um aus seinem Bruder einen Mann zu machen... Eine große, seltene Güte, lieber Herr. Er ist nur ein Narr – aber besser und weiser als die Weisen."

Im Café brachen Lachsalven aus – Pawle Fertig marschierte auf den Händen, mit den nackten Beinen in der Luft.

(Aus dem Bulgarischen nach Iwan Wasoff)

DER GUTE KADI

Es war ein junger Mann in der Stadt, Krämer seines Zeichens – der brauchte eines Tages dringend Geld. Nicht viel – nur hundert Groschen – diese aber auf der Stelle – um sich vor dem Schuldturm zu retten.

Er hatte Freunde genug – die aber wohnten alle im entgegengesetzten Viertel – keine Zeit, sie aufzusuchen. In seiner Not – was sollt der junge Krämer tun? – sprach er, soviel man ihn auch gewarnt hatte, bei einem berüchtigten Wucherer vor.

Und der Wucherer sprach:

„Gut, ich will dir hundert Groschen borgen – unter der Bedingung, daß du mir sie heute abend, eh ich meinen Laden schließe, wiederbringst. Wohlgemerkt, eh ich meinen Laden schließe. Zahlst du mir aber nicht rechtzeitig, dann mußt du dulden, daß ich dir ein Pfund Fleisch aus deinem Körper schneide."

Der arme Krämer war leichthin einverstanden – er wußte ja, seine Freunde drüben im andern Stadtviertel werden ihn nicht im Stich lassen.

Als er aber gegen Abend, lange vor dem Vierten Gebet, am Laden des Wucherers erschien, um seine Schuld abzutragen – da mußte er zu seinem Entsetzen wahrnehmen, daß der listige Wucherer seine Tür ungewöhnlich früh geschlossen hatte und sich verborgen hielt, um das Geld nicht in Empfang nehmen zu müssen und den armen Krämer recht nach Gefallen martern zu können.

Der Krämer verbrachte eine schlimme Nacht – immer noch in der Hoffnung: der Wucherer werde von seinem drohenden Recht keinen Gebrauch machen und die hundert Groschen ohne Widerspruch annehmen.

Früh am Tag also brachte er dem Wucherer den Betrag.

„Zu spät, mein Lieber", rief der Grausame – „du

hättest mir gestern vor Ladenschluß zahlen müssen. Heute hast du ein Pfund Fleisch aus deinem Körper verwirkt."

Davon wollte der Krämer nichts wissen, denn er sei rechtzeitig dagewesen. – So führte ihn der Wucherer denn nach dem Gericht, um den Streit dem Kadi vorzutragen.

Sie gingen durch die Stadt – da sahen sie, wie eines Bauern hochbeladener Esel in einer Pfütze strauchelte. Er blieb mit den Hufen im Schlamm stecken – die Holzladung kam ins Wanken – der Esel fiel um. Die Leute rings, müßige Zuschauer, krümmten sich vor Lachen: lachten über den Esel, der da im Wasser strampelte und schrie – lachten über den Bauern, der sich vergebens bemühte, den Esel hochzuzerren.

Den Krämer dauerte der Bauer – noch mehr dauerte ihn das gequälte Tier. Er sprang hinzu, um helfend einzugreifen.

„Pack fest an, Bruder", rief der Bauer, „du am Schweif und ich an den Ohren!"

So geschah es – plötzlich stand der Krämer da – mit dem ausgerissenen Schweif des Esels in der Hand. Der Bauer verfluchte und schmähte seinen Helfer und verlangte von ihm, er müßte den Esel auf dem Fleck bezahlen.

Zahlen konnte der Krämer beim besten Willen nicht – da wollt ihn der Bauer vor den Kadi führen. Als er hörte, daß die beiden ohnehin unterwegs nach dem Gericht wären, schloß sich ihnen auch der Bauer als Kläger an.

Sie schritten alle drei eine enge Gasse weiter – als ihnen ein Heuwagen entgegenkam. Der Wucherer und der Bauer wichen nach der einen Seite aus – der Krämer nach der andern, und er kam dabei in eine Türnische zu stehen; drückte sich an die Tür, um den Wagen vorbeizulassen – die breite Heuladung preßte ihn noch mehr an – die Türflügel sprangen auf, nach dem Innern des Hauses zu.

Nun hatte aber hinter der Tür, von allen ungesehen, eine türkische Frau gestanden, die hoch in der Hoffnung war; sie wurde umgeworfen und gebar vor Schreck ein totes Kind. Der Hausvater sprang zornig hervor und wollte den Krämer auf der Stelle erwürgen. Als er aber erfuhr, daß die drei ohnehin unterwegs nach dem Gericht wären, schloß sich ihnen auch der Türke als Kläger an.

Sie kamen dem Gerichtsgebäude immer näher. Der arme Krämer dachte über sein Schicksal nach. Sollt er sich vom Wucherer ein Pfund Fleisch aus dem Leib schneiden lassen – dann des Bauernesels wegen, den er nicht bezahlen konnte, ins Gefängnis gehen – und endlich noch für die Fehlgeburt der Türkin den Tod erleiden? Lieber auf der Stelle sterben! Am Weg stand eine Moschee mit einem hohen, schlanken Minarett. Der Krämer nahm die Gelegenheit wahr, schlüpfte in das Türchen und lief so geschwinde, daß ihm keiner folgen konnte, die Wendeltreppe des Turms hinan. Oben auf der Kanzel, von der der Mujesin fünfmal täglich an die Gebete zu mahnen pflegt – auf dieser Kanzel stand der Krämer einen Herzschlag still, schloß die Augen und sprang in die Tiefe.

Nun hatten aber am Fuß des Turms zwei Brüder, hohe Würdenträger, im Gespräch gesessen und hatten ihre Pfeifen geraucht. Dem einen von ihnen fiel der Krämer mit beiden Beinen auf den Hals und brach ihm die Wirbelsäule; er selbst aber, der Krämer, blieb unverletzt. Hui – ergriffen ihn seine drei Ankläger; der Pascha hatte schon den Dolch gezückt, um den Mörder seines Bruders kaltzumachen. Als er hörte, daß die vier ohnehin unterwegs zum Kadi seien, schloß sich ihnen auch der Pascha als Kläger an.

So kamen sie aufs Gericht. Den Krämer ließen sie im Vorzimmer bei den Wächtern – sie selbst traten vor den Kadi, um ihre Anliegen vorzubringen.

Der Kadi sprach:

„Leute, beruhigt euch ein wenig – geht zum Kaffeeofen, trinkt jeder eine Tasse Kaffee – unterdessen will ich den Schuldigen vernehmen."

Er ließ den Krämer vorführen; maß ihn von Kopf bis zu den Füßen mit strengem Blick und rief:

„Du teuflisches Tier! Was alles hast du da seit heute morgen angerichtet? Wenn ich dich aufhängen ließe – und ließe dir mit einem derben Knüppel die Knochen durcheinandermischen, daß du sie selbst nie wieder in Ordnung brächtest – wär es immer noch nicht Sühne genug für alles Unheil, das du gestiftet hast. Was denkst du selbst darüber, und wie glaubst du dich vor mir rechtfertigen zu können?"

„Effendim", sprach der Krämer, „was auch geschehen ist – es ist ohne meinen bösen Willen geschehen. Ich habe nichts auf der Welt, als was ich auf dem Leibe trage – und eine Entscheidung für mich kann nur dein Mitleid finden. Ich bitte dich, Herr, verurteile mich nur gleich zum Tod, damit ich keine Qualen sonst erdulde – und dann laß meinen Leichnam verbrennen und die Asche in alle Winde streuen – damit wenigstens meine Asche nicht neues Unheil über die Menschen bringe."

Der Kadi biß sich in den Bart und brummte:

„Mensch, was forderst du von diesem armen Sünder?"

Der Wucherer erwiderte:

„Herr, du sollst mir erlauben, ihm ein Pfund Fleisch aus dem Leib zu nehmen und hundert Groschen aus der Tasche."

„Gut", rief der Richter, „das ist ein gerechtes Verlangen – der Schuldige hat sich selbst dazu verurteilt. Nimm ein Messer und schneide ihm ein Pfund

Fleisch aus dem Körper. Aber wisse: Menschenfleisch ist nicht Reis oder Zucker, von dem man hinzutun kann und wieder wegnehmen, bis das Gewicht stimmt. Wenn du nicht aufs Korn genau ein Pfund Fleisch aus seinem Körper schneidest, will ich, was zuviel ist oder zuwenig, aus deinem Körper schneiden lassen."

Der Wucherer erschrak.

„Gott beschütz uns, Herr – ich will von dem Handel nichts mehr wissen."

„Da du den Ausspruch des Gerichtes mißachtest, mußt du fünftausend Groschen Buße zahlen."

Und der Kadi rief den Bauern:

„Mensch, was forderst du von diesem armen Sünder?"

„Herr, du weißt, wie die Sache steht."

Darauf der Kadi:

„Dieser Mann wollte dir helfen und riß dem Esel dabei den Schweif aus. Er hat dir Schaden zugefügt – und es ist recht, daß er ihn wieder gutmache. Nimm du deinen verstümmelten Esel am Halfter und bring ihn zu diesem teuflischen Sünder – damit der Esel bei ihm bleibe und ihm diene und sein Futter fresse, bis der ausgerissene Schweif neu gewachsen ist."

„Effendim, ist je einem Esel der Schweif nachgewachsen? Mach mich nicht unglücklich, edler Kadi! Lieber will ich mein Holz auf einem verstümmelten Esel zu Markte führen, als gar keinen haben."

„Wenn du so redest, Bauer, mißachtest du den Spruch des Gerichtes und mußt fünfzig Groschen Buße zahlen."

Und der Kadi rief den Türken.

„Mensch, was forderst du von diesem armen Sünder?"

„Ich fordere seinen Tod – da er mein Kind vernichtet hat."

„Türke“, sprach der Kadi, „davon wird dein Kind nicht wieder lebendig. Sondern: Geh heim, Türke – und frage deine Frau und frag die Mägde und Nachbarinnen, wie alt nach Monat, Woche und Tag das Kind in ihrem Leibe gewesen ist; dann aber nimm deine Frau an die Hand und bring sie zu diesem teuflischen Sünder, damit er mit ihr lebe und wiederum ein Kind zeuge. Und wenn das Kind in ihrem Leib nach Monat, Woche und Tag ebenso alt geworden ist wie das totgeborne, muß er dir die Frau wiedergeben, damit dein Schaden getilgt sei.“

„Herr“, rief der Türke, „du wirst nicht verlangen, daß eines Moslem Weib mit einem Ungläubigen gehe. Ich will lieber den Tod als diese Schmach erdulden.“

„Wenn du den Spruch des Gerichtes mißachtest, mußt du zehntausend Groschen Buße zahlen.“

Und der Kadi befragte den Pascha:

„Was forderst du von diesem armen Sünder?“

„Ich fordere seinen Kopf, da er meinen Bruder getötet hat.“

Der Kadi rief:

„Dein Verlangen entspricht dem Gesetz – du sollst über den Kopf des Schuldigen gebieten. Doch höre, was das heilige Gesetzbuch spricht, Tschitab und Koran: Auge um Auge – Zahn um Zahn! Auf dieselbe Art, wie dieser Jüngling deinen Bruder getötet hat, soll wieder er getötet werden. Er wird unten am Turm der Moschee sitzen – du aber springst ihm von der Kanzel des Minaretts herab auf den Hals.“

Davon wollte der vornehme Mann nichts wissen.

„Wenn du den Spruch des Gerichtes mißachtest, mußt du zehntausend Groschen Buße zahlen.“

Von den Strafgeldern behielt der Kadi neun Zehntel für sich – ein Zehntel aber schenkte er dem Krämer und sprach:

„So, mein Lieber, nun geh heim, treib deinen Handel, kauf und feilsche! Aber sieh zu, daß du nie mehr vor meinem Antlitz erscheinst. Denn wenn du mir wieder vier so fette Hämmel zutreibst wie heute, werde ich allein mir den Bart einfetten – du aber wirst hungrig bleiben."

(Aus dem südslawischen islamischen Volksmund)

BESUCH AUS DER HEIMAT

Die Landsturmkompagnie, worin Vetter Stojan diente, folgte dem angreifenden Heer; hatte dies und jenes Städtchen zu besetzen – oder sie deckte einen Train, sicherte eine Eisenbahn – einmal mußte die Kompagnie sogar Gefangene geleiten.

Von Stadt zu Stadt, von Dorf zu Dorf durchquerte Vetter Stojan so das neueroberte Gebiet: mit dem bunten Mantel auf den Schultern, mit der schweren Büchse. Endlich irgendwo am andern Rand der Welt ließ man sich für ein paar Wochen nieder, um eine große Brücke zu bewachen.

Die Brücke lag weitab in der Einöde. In tiefster Nacht, wenn sogar das Flüßchen schwieg – auch dann drang kein Laut der Welt in diese Stille, nicht einmal das Echo eines Hundebellens.

Stojan und etliche Genossen hatten sich eine geräumige, warme Erdhütte erbaut mit einem Herd und einem Schornstein, hängten ihren Kram an die Wand, machten sich Strohlager zurecht und lebten ihren Pflichten: ihre strengen, schweigsamen Gestalten, klobig wie Bildsäulen, standen Posten Tag und Nacht – so treu und quick, daß kein Vogel unbemerkt vorüberhuschen konnte.

Auf der schmutzigen Straße dahin und daher zogen ohne Unterlaß, ohne Ende zwei Trainkarawanen. Langsam, strebsam, fügsam schleppten die Ochsen ihre Lasten, Sklaven des Kriegs. Kein Zuruf mußte sie, kein Stachel wecken – sie fühlten das Gebot der Zeit gleich ihren Gebietern, den Bauern.

Stojan in seinem ewigen Mangel, Gewehr bei Fuß, ließ den ewigen Pendelverkehr des Nachschubs an sich vorüberziehen – und seinen Äuglein, die da unter den dicken Brauen lurten, entging nicht die kleinste Einzelheit an Vieh, Treibern, Wagen: Hufbeschlag, Deichseln, Speichen, Nabe, Kranz und Diebel – alles sah er; auch die Kasten und Kissen, die des langen Kriegs erfahrne Bequemlichkeit erfunden hatte.

Manchmal warf er den Brocken eines Satzes in die Kolonne – laut, als spräche er zu einem Tauben:

„He, Junge! Schläfst du? Nimm das Leitseil auf, der Ochse tritt darauf!" – oder:

„Bauer, du verlierst den Tränkeimer!"

Wenn Vetter Stojan nach der Ablösung am Feuerchen im Unterstand lag mit seinen Kameraden, drehten sich die Gespräche wieder um die Ereignisse des Tags; und er schalt noch einmal die unbekannten, ins Unbekannte entschwundenen Kutscher, die er heut auf Nachlässigkeiten ertappt hatte.

„Sein Wagen hat wie ein Betrunkener gewackelt. Leg doch Ringscheiben in die Büchse, Menschenskind! Begieß die Felgen! Geht man mit solchen Rädern auf so weite Fahrt?"

Am Politisieren im Unterstand nahm Vetter Stojan nicht teil; saß gebückt am Feuerchen, rauchte seine Pfeife, hörte zu und schürte hie und da die Scheite.

Das Wetter war regnerisch, die Sonne blieb wochenlang im Nebel stecken. Unmerklich ging der Tag in Dämmerung über, in Dunkelheit und wieder in Dämmerung und Licht – man sah den Anfang der Nacht nicht, noch ihr Weichen – und so wurde sie zu langer Qual. Keiner von der Brückenwache hatte eine Uhr. Vetter Stojan litt darunter am wenigsten, er hatte allezeit ohne Uhr gelebt – aber einer von ihnen, Dorfkrämer im bürgerlichen Leben, dachte an nichts andres und fragte wohl hundertmal im Tag jeden, der vorüberkam: wie spät es sei?

Eines Morgens sagte Vetter Stojan: „Nicht eine Uhr, einen richtigen Wecker hab ich euch verschafft" – und breit lachend zog er unterm Mantel einen Hahn hervor. Sie zimmerten einen kleinen Pferch für ihn im Unterstand. Vetter Stojan sprach nun jeden Abend, wenn er den Hahn in sein Verließ brachte: „Burschen, ich ziehe den Wecker auf." Zur bestimmten Stunde früh und klar scholl der Hahnenschrei weit in die Öde. Die Landstürmer hatten ihren Spaß dran.

Einmal hatte eine Kolonne nächst der Erdhütte zum Übernachten ausgespannt. Sie machten Feuer an, ein Dudelsack schrie, und Leben ward in der Wüste.

Vetter Stojan mischte sich zum Plaudern unter die Kutscher: woher sie kämen? – wohin sie marschierten? – was es Neues gebe? Und die Tiere wollt er ansehen und die Wagen. Die Wagen gefielen ihm besonders wohl.

„Man merkt, daß ihr nicht aus unsrer Gegend seid. Das sind Wagen aus Sagora; Gebirgsarbeit; schöne, feste Arbeit."

Er schritt rund um solch ein Fuhrwerk, duckte sich, um es von unten zu prüfen – rüttelte am Reihnagel und klopfte bewundernd die Holme ab wie den Rücken eines lieben Nachbars.

So beguckte er noch ein buntgeschnitztes Joch. Der Ochse an der Kette, in leckerm Wiederkäuen, reckte auf einmal den Hals und blies den Vetter Stojan ins Gesicht.

„Sieh mal!" rief Stojan, außer sich vor Überraschung – „das ist ja Blässel! Unser Ochs! Mein Weib schreibt mir unlängst, man hat ihn requiriert – und ich denk mir: na – mit Gott – auf Nimmerwiedersehen! Aber da ist er, mein lieber guter Blässel!"

Schon hockt Stojan bei seinem Ochsen und streichelt ihn und krault ihm die Stirnwulst. Das Rind legt die warmen, feuchten Nüstern seinem alten Freund zutraulich auf die Knie.

„Meiner Treu, Kinder – ein Stück Vieh und hat mich erkannt!" – Die Kutscher und Landstürmer hatten sich um die Szene gesammelt, und Vetter Stojan blickte stolz um sich. – „Das ist der Blässel", erklärt er, „wo ich so oft von ihm erzählt hab. Was? Ein schöner Kerl? Mein guter Blässel! Ist in den Krieg gezogen. Er kann halt alles."

„Junge", rief er den Kutscher an, „auf den Ochsen mußt du aufpassen – hörst? Was läßt du ihn denn so lang ungeputzt, voller Dreck und Staub? Her mit Kamm und Striegel!"

Vetter Stojan greift flink nach dem eisernen Kamm, strählt seinen Gast, der ihm so viel Freude gebracht hat.

„Vorwärts, Blässel! Steh auf! Heb den Schweif! Hu, wie bist du schmutzig!"

Und Vetter Stojan tätschelt und bürstet und kratzt drauflos; läuft nach Kleie und Butte und bereitet mit Salzwasser einen warmen Trank; schleppt Heu daher mit weitgespannten Armen und tritt zurück, um liebevoll zuzusehen, wie der müde Besuch aus der Heimat sich am Gastmahl gütlichtut. – Blässel säuft, frißt und leckt sich zufrieden die Lefzen. Da blickt Vetter Stojan zum gläsernen Himmel auf, den gefrornen Sternen; und zieht zum erstenmal seinen Mantel aus, von dem er sich noch nie getrennt hat, und wirft ihn über Blässels Lenden.

Die Kameraden schnarchten längst, als Vetter Stojan sein Lager suchte. Er konnte wahrhaftig auch dann nicht schlafen. Blässels Besuch hatte ihn so erregt; und in seiner Erinnerung waren gleich Haus und Weib mit aufgestiegen – die fernen Kinder – die warme Stube daheim – Acker und Hof.

Eh der Wecker gekräht, war Stojan schon auf den Beinen: wieder bei Blässel; reichte ihm noch ein Frühstück.

Als der Train sich in Bewegung setzte, schritt Vetter Stojan ein gut Stück neben seinem Blässel mit. Liebkoste ihn zum Abschied und sagte ihm: Leb wohl!

„Hör, Junge, schon' mir ihn fein!" Griff tief in die Tasche und holte umständlich einen Groschen aus dem Beutel. „Das ist für dich – damit du nicht vergißt..."

Dann kehrte der Bauer langsam um, nach der Brücke.

(Aus dem Bulgarischen nach Elin Pelin)

DER PFLUG

Ist noch Winter? Oder ist schon Frühling? Seltsames Chaos im Raum; warme schwere Luftwellen schneiden den Frost. Die Natur liegt ohnmächtig, aufgetrieben vom Dunst vorjähriger Verwesung, und erbebt von neuem Leben, das sich keimend rührt in ihrem Schoß. Die Tiere schlafen noch; die Pflanzen öffnen die Augen.

Da bewegt sich wie ein chinesisches Schattenspiel auf weiter grauer Fläche eine Gruppe:

Ein ungleiches Paar, Pferd und Kuh, schleppen einen primitiven Pflug; die Schar steckt in einem hölzernen Gründel; auf die Sterzen gebückt, schreitet eine bejahrte Frau. In ihren Fußstapfen höhlt sich träg und klebrig der Boden zu langen Furchen.

Das Pferd ist mißgestaltet, sein Kreuz ragt im Bogen aus den Rippen, und der zausige Kopf hängt tief, als zöge ihn Ruhebedürfnis nach der Freundin Erde, die ihn erwartet. Ein kleines Pferd – und überragt doch noch die Kuh, ihren ausgemergelten Leib, die abgebrochenen Hörner.

Auch die Frau ist klein von Wuchs und knochig. Sie geht in Lumpen. Ein Gürtel, der einst rot war, hält die Lumpen zusammen. Die Füße der Frau tragen ausgetretene Männerstiefel; die Sohlen lösen sich, sooft die Frau sie aus dem zähen Humus zieht.

Das Gesicht der Frau ist sonngebräunt, ockerfarbig, von so grausamen Kerben gespalten, daß man über die Jugend im Blick erstaunt und über die Schönheit der Zähne. Die Augen klar, geschlitzt, liegen tief in den Höhlen; die Backen stehen in schmerzlichen Winkeln hervor, und aus dem verblichenen Kopftuch stehlen sich graue Büschel. Die Hände auf den Sterzen – was für Hände: Adern wie Stricke. Und der ungeheure Leib, schwer vorgeschoben, verrät die hohe Schwangerschaft.

Das Pferd schnaubt, und seine Flanken schlagen – die kleine rote Kuh blökt malzumal. Sie ist so entkräftet, die Kuh, daß sie den Schritt versagt und dem Pferdchen in den Zug fällt. Schon hebt die Bäuerin den Stock, um die Kuh zu schlagen – doch die Hand sinkt ihr zurück: nein, an der Kuh darf man sich nicht versündigen, der einzigen Ernährerin der Kinder, ihrer wahren Mutter.

Und die Stunden kriechen schwer, unendlich – wie die Wolken, die am grauen Himmel kriechen.

Eine Seite des Feldes ist eingefaßt von jungen Erlen – aus dem Dickicht leuchten schlanke Birken. Halb vergraben im Gesträuch liegt ein Mann auf dem Rücken; er hat das Gesicht gen Himmel gekehrt, die Arme gekreuzt; brutale Vernichtung der Trunkenheit. Die Augen weiß, starr und ohne Blick;

sein struppiger Rotbart da und dort von den Wangen gerissen; die Zähne graben sich spitz in die Lippen. Ein geflicktes Schaffell, halb verfault, läßt des Mannes zottige Brust sehen. Welch abscheulicher Schlaf! Wie schrecklich wird erst das Erwachen sein!

Sooft das elende Gespann den Busch erreicht, worin der Bauer liegt, sieht die Frau ihn mit den Augen eines geschlagenen Tieres an – zermalmt, von Schrecken und Ekel benommen und ohne Kraft, sich davon zu befreien. Dennoch – auf dem Grund des Hasses, der in ihren braunen Augen lodert – in diesen müden Augen, die von ungeweinten Tränen brennen – da ist ein ungewisses, duldsames Mitleid für den Gefährten ihrer Armut, ihren Tyrannen – für den schmutzigen Sklaven ihres noch bösartigeren Herrn.

Der Tag geht zur Rüste, und das Gesicht der Bäuerin verfällt und verfärbt sich mit den bleich aufsteigenden Schatten. Der gequälte Mund, die Muskeln an ihrem Hals schwellen an. Sie wischt mit der Hand den rinnenden Schweiß von der Stirn. Sie keucht, sie leidet Schmerzen. Das Kind, das sie trägt, pocht an das Tor des Lebens – sie aber hält die Krämpfe aus – sie schreitet weiter, führt den Pflug mit ausgestreckten Armen – sie will keinen Augenblick die Zwangsarbeit aussetzen, deren Dienerin sie ist. Sie beißt die Zähne zusammen und schließt die Augen – sie schreitet, schrecklich in ihrer leidenschaftslosen Resignation – sie schafft, sie wartet – schafft und wartet immer noch; sie wünscht, ihre Kräfte möchten nachgeben – dann wird sie auch sich selbst nachgeben können.

Ein kalter Wind springt auf und schlägt ihr die Röcke um die zitternden Beine. Endlich hält sie an, ganz nahe am Gebüsch. Sie stützt sich auf die Sterze. Ihre kalten Augen heften sich auf den Trunkenen – und sie spricht. Ihre Stimme ist rauh, als ob eine schartige Säge ihr die Kehle zerrisse.

„Ilarion! Ilarion, höre ...!"

Der Bauer schnarcht.

„Ilarion!" wimmert die Unglückliche.

Er rührt sich nicht.

Sie zögert, schüttelt den Kopf und nimmt ihre Arbeit wieder auf. Die Hufe der Tiere stampfen und werfen bei jedem Schritt einen Schmutzregen hinter sich.

Langsam, mühsam, Fuß vor Fuß, kommt sie wiederum an den Busch.

„Ilarion!" Sie zittert. „Ilarion!" Es klingt wie Gebell.

Sie bückt sich, hebt einen Erdkloß auf und wirft ihn ängstlich dem Mann mitten ins viehische Gesicht. Er erwacht mit einem Ruck, richtet sich stumpfsinnig auf und glotzt sie an, ohne sie zu sehen. Er weiß nicht, wer und was ihn da geweckt hat; doch das Tier in ihm grollt und grunzt.

„Ilarion!" murmelt flehend die Frau – sie hebt ihr gemartertes Gesicht, das so schön ist in der Verzweiflung und im stoischen Schmerz. – „Die Wehen sind da. Komm ein wenig, mein Wohltäter, und nimm meinen Platz am Pflug ein! Komm schnell, sei barmherzig – sieh, ich fürchte, das Kind zu ersticken. Erlaub mir, daß ich laufe und entbinde. Nur einen Augenblick, Ilarion ... im Namen Gottes!"

Er antwortet nicht, hat sie auch gar nicht verstanden. Sitzt nur und versucht das Gleichgewicht zu halten; in seine scheuen Augen steigt nach und nach eine bestürzte Beklommenheit. Er dehnt sich, kratzt sich das Kreuz – endlich fällt er mit einem langgezogenen Gähnen hintenüber und schläft weiter.

Stille rings. In der Ferne bimmelt eine Kirchenglocke kaum hörbar.

Die Bäuerin blickt hilflos. Dann stöhnt sie auf – sucht den Schwindel zu verscheuchen, der sie erfaßt hat – und mit eiserner Kraft kehrt sie an den Pflug zurück, um weiterzuackern. Doch die Tiere beeilen sich nicht; sie fressen knirschend, Kuh und Pferd, die gelben Stoppeln der vorigen Ernte. Mechanisch richtet die Bäuerin die Schar in die Furche; ist offenbar ohne Bewußtsein ihres Tuns und der Richtung, die sie nehmen soll.

Als sich aber der Pflug dem schnarchenden Ilarion zum drittenmal nähert, da erhebt sie nicht mehr den Kopf; ihre wunden Hände ruhen auf den Sterzen, statt sie zu führen; sie schreitet aus, wird an dem Gebüsch vorbeigehen...

Plötzlich stößt sie den Pflug zur Seite – wirft die faltige Stirn zurück – und mit erhobenen Armen richtet sie sich drohend auf... zögert einen Augenblick – dann stürzt sie sich auf den Trunkenbold. Sie ergreift ihn an den Schultern, schüttelt ihn – ergreift ihn an den Kleidern, dem Haar und kreischt ihn an:

„Auf, auf, Mann ohne Gnade! Soll das Kind umkommen? Soll die Arbeit ruhen? Hundesohn, auf – oder ich erwürge dich mit beiden Händen!"

Sie hackt ihm die Nägel ins Fleisch – mit übernatürlicher Kraft trägt sie ihn fast an den Pflug.

Und er – untätig, unterworfen und beschämt, faßt in die Handhaben, schnalzt mit der Zunge, um das Gefährt anzutreiben – und mit gesenktem Kopf, stolpernd und wankend zieht er davon, ohne sich umzusehen.

Ein Weilchen blickt sie ihm gespannt und mißtrauisch nach.

Dann scheint sie in sich zusammenzusinken. Schleicht in den Busch und versteckt sich wie ein gehetztes Tier – das Holz kracht unter der Last ihres Körpers.

... Nach einer Stunde rühren sich die Zweige unter vorsichtig tastenden Händen – die Bäuerin erscheint. Ihr bleiches Angesicht atmet Ruhe nach schmerzhaftem Erleben. Mit ihren gesenkten Augen ähnelt sie den verblichenen Bildnissen byzantinischer Madonnen. Das Tuch ist unter dem Kinn gebunden, ihre Gestalt erscheint größer. Ein Zipfel der Schürze ist umgeschlagen, am Gürtel befestigt; ein Wesen regt sich in der improvisierten Wiege.

Die Bäuerin schirmt die Augen mit der Hand und schaut nach der Kimmung aus, wo sich mählich das Gespann mit dem Arbeiter nähert.

Sie wartet unbeweglich. Den Kopf trägt sie hoch – ein seltsamer Stolz umspielt ihre Lippen.

Der Pflug ist da. Wortlos hält der Bauer und tritt seinen Platz dem Weib ab.

Sie greift zu – und ohne Hast fährt sie fort, den harten Schoß der Erde aufzureißen.

Ein Schrei aus der Schürze.

Ein Mensch ist geboren – eine Seele erstanden – ein Körperchen hat zu sterben begonnen.

(Aus d. Russischen nach Tola Fürstin Meschtscherski)

DIE JOHANNISFEIER

Die Hanuma des Hassan-Beg war krank. Oh, sehr krank. Ob ihr der viele Kaffee geschadet hatte – denn manchen Tag trank sie wohl fünfzig Tassen – oder hatte jemand sie besprochen – genug, sie war ganz anders als ehedem; schwermütig, schwach und manchmal wieder so zornig, als ob sie, Gott behüte, toll wäre.

Der Beg war um sein Weib sehr besorgt. Er befahl der alten Christa, seiner Hausserbin, jeden Morgen von neuem: sie möge ja alles versuchen, um die Hanuma zu heilen.

Und man versuchte wirklich alles.

Man rief die Frau des türkischen Pfarrers herbei. Sie setzte der Hanuma einen Besenstiel auf den Leib und drehte ihn siebenmal herum. Es nutzte nichts. Sie massierte der Hanuma den Magen aus dem Daumen zurück – denn er war ihr wahrscheinlich dahin gefallen – band ihr den Arm ab, bis er blau wurde, hieß sie dann, sich auf den Arm legen... es nutzte wieder nichts. Vom Magen konnte also das Übel nicht stammen.

In der Zigeuner-Vorstadt wohnt die Witwe eines Apotheker-Laboranten, eine Katholikin. Man rief auch sie. Sie schöpfte eine grüne, irdene Schüssel voll Wasser, zerließ auf dem Herd eine fliegende Kugel – also eine, die schon einmal abgeschossen worden war – und goß das flüssige Blei ins Wasser. Die Hanuma mußte über sich rückwärts in die Schüssel greifen und mit den nassen Fingern Brust und Lenden benetzen. Ein wenig besser wurde ihr zwar davon, aber am nächsten Tag fühlte sie sich noch viel elender als je zuvor.

Antunakis, der spaniolische Doktor, kam mit seiner Feuerzange. Die Hanuma trat hinter einen Vorhang, streckte den verhüllten Arm hervor, und Antunakis fühlte ihr von außen mit der Zange den Puls.

„Na, was fehlt ihr?" fragte der Beg. „Hat sie Fieber?"

Antunakis nickte.

Die Hausserbin eilte sogleich zu Edhem, einem Kaufmann, der sich auf derlei Dinge ausgezeichnet versteht, und ließ für die Hanuma gegen ein Entgelt von zehn Eiern einen Fieberfaden knüpfen. Edhem hat an einem Nagel in seinem Laden etliche hundert weiße Fäden zugeschnitten vorbereitet, langte einen herab, begann Koransprüche zu murmeln, knotete und küßte drauf los, bis der Fieberfaden fertig war.

„Wo soll sie ihn tragen?" fragte die Serbin.

Edhem deutete auf den Hals.

„Aber sie hat das Fieber doch im Herzen."

Der Kaufmann schlug die Augen mit einem Ausdruck auf, der keinen Widerspruch duldete, und deutete noch einmal auf den Hals. Brummend, ungläubig und kopfschüttelnd zog die Serbin ab, mit dem Entschluß, für die Begowitza-Hanuma auch noch einen Zapis beim Popen machen zu lassen, denn der Faden des eigensinnigen Türken würde ohnehin nicht helfen.

Der Pope war sofort bereit und schrieb auf ein Stück Papier einen Vers aus dem Evangelium zum Schlucken und einen zweiten, den die Hanuma in der Hose tragen sollte.

Allen diesen Kuren zum Trotz verschlimmerte sich die Krankheit der Hanuma immer mehr. Anfang Juni traten Lachkrämpfe hinzu, die schon fast an Tobsucht gemahnten. Alle weiblichen Verwandten des Hauses waren einig darin, daß die Hanuma besessen sei, und suchten den Beg zu bewegen, seine Frau nach Podmiljatscha wallfahren zu lassen.

Der Beg sträubte sich lange. Wenn Allah Antunakis und den anderen nicht die Kraft gegeben hat, die Hanuma zu heilen – wie soll es den Ziegenböcken – Franziskanern – von Podmiljatscha gelingen?

Endlich, nach einem besonders heftigen Anfall, als man deutlich den Teufel aus der Hanuma herausbellen hörte, gab er nach.

Podmiljatscha ist ein einsames Kirchlein in der Felsenschlucht die Werbas abwärts von Jajtze. Einstens, vor vielen, vielen Jahren, stand das Kirchlein drüben auf den Bergen des linken Werbasufers, und die Türken benutzten es als Ziegenstall. Da wurde eine Hanuma unterwegs von Wehen befallen, konnte aber nicht gebären. Schmerzgequält erreichte sie die entweihte Kirche – und kaum hatte sie sie betreten, da ging die Geburt wunderbar leicht vor sich.

„Ach, daß dieser Gnadenort doch auf meinem Grund und Boden stünde!" sagte sie, und hatte es noch nicht gesagt, da ragte das Kirchlein schon aus ihrem Garten – eben dort, wo es jetzt ohne Grundmauern steht. Der heilige Johannes selber hatte es hinübergeschafft.

Sogleich schenkte die Hanuma die Kirche den Franziskanern. Der heilige Johannes aber fährt fort, dem Haus seiner Anbetung die wunderbarsten Gnaden zu erweisen. Sooft ein Stein aus dem Gefüge dieser Mauern fällt, fügt er ihn über Nacht wieder ein und ersetzt auch den Mörtel, den die Pilger aus den Quaderfugen kratzen.

Am Vorabend des Johannistages belebt sich die schmale Ebene auf dem Flußufer vor dem Kirchlein. Ein ungeheurer Menschenstrom bricht von Norden durch das Werbasdefilee ein und mischt sich zu einem tosenden Strudel mit den Gästen, die über Jajtze vom Balkan hergekommen sind. Hunderte von Laubhütten sind für die Verkäufer von tausenderlei Waren aufgerichtet. Man spielt Roulette um Süßigkeiten und folgt den lockenden Flötentönen des Marzipanverkäufers. Auch der Moslem trinkt gern roten Likör, wenn ihn der Wirt als Fruchtsaft anpreist und dadurch die Sünde des Genusses auf sich nimmt.

Je dunkler es wird, desto heller flackern unzählige Lagerfeuer. Ihr Rauch zieht bläulich als lückenloser Schleier vor dem Wind und trägt den Duft von unzähligen Hammelbraten würzig mit sich. Geschrei und Lustbarkeit klingt in den Laut der Kirchenglocken.

Franziskanermönche mit kriegerischen Schnurrbärten reiten auf kleinen Pferden hin und wider, begrüßen die Kleriker, die Erzbischof Stadler aus Sarajevo entsendet hat, drücken alten Bekannten die Hände und zählen schmunzelnd die Wagen der Pilger.

Da ist jeder Glaube, Stand und Ort vertreten: die Türkin aus der Herzegowina mit roter Samtmaske – der Trawniker Bauer mit halbrasiertem Kopf und Zöpfen – tätowierte Katholiken mit grellroten, dickgewickelten Turbantüchern – Spaniolen – bosnische Gendarmen – Albanesen mit weißen, schwarzverschnürten Tuchanzügen (sie rufen Gebäck und Maisbier aus) – serbische Frauen mit Seidenhosen, Schuppenhalsbändern von Dukaten und goldgestickten Käppchen – Mädchen aus der Savegegend, kenntlich an ihrem Haar, das sie mit schwarzer Wolle, Fingerhüten und Münzen durchflochten tragen – kokett aufgeputzte Zigeunermusikanten mit Sträußchen im Strumpfband – Türken aus Konstantinopel und von Kreta – Griechen – Österreicher – elegante Damen – Bettler mit ekelhaften Gebresten – Arm und Reich – Nord und Süden. – Längst sind die Glühwürmchen scheu in die Büsche geflüchtet.

Nach Podmiljatscha also kam die Begowitza-Hanuma am Abend des 23. Juni in ihrer Plachenkarosse. Sie brauchte nicht viel zu forschen und zu fragen. In den verworrensten Menschenknäuel wurde sie von ihrer Serbin geführt und sollte gleich den anderen Besessenen kniefällig um die Kirche rutschen.

Der Brauch war ihr neu, der Türkin. Sie lernte ihn bald. Stundenlang machte sie die Marter auf den spitzen, kalten Steinen mit, und weil sie nicht nach Art der meisten, die hier beten, die jungfräuliche Muttergottes und den heiligen Johannes anzurufen wußte, murmelte sie ihr *„la ilahe-illel-lah"* – „kein Gott ist außer Gott".

Die Erschöpfte und Verwundete wurde von der Dienerin auf den Wagen zurückgebracht, in den Fond gebettet und bis zum Anbruch der Dämmerung bewacht.

Als die schrillen Kirchenglocken zur Frühmette riefen, schreckte die Hanuma auf und jammerte und wand sich.

Fünf, sechs Leute blieben vor dem Wagen stehen und nickten sich zu: wieder eine, aus der der Teufel bellt. Dann bekreuzigten sie sich, nach ihrer Sitte mit der flachen Hand.

Die Kirche war gedrängt voll, und vor ihrer Tür hing noch eine zehnmal so große Schwarmtraube summender Völker. Stehend und kniend tat man seine Andacht, öffnete die Arme wie zur Umarmung oder legte sie nach unserer Art zum Gebet zusammen. Jeder wollte dem Altar zunächst sein; nur den Besessenen ließ man willig den Vortritt. Sie verrieten sich durch Geschrei und Grimassen.

Nach dem Hochamt kamen die Gendarmen und räumten Schiff und Sakristei. Draußen aber musterte Fra Marian, der Diözesanpfarrer, die Hilfesuchenden. Da galt kein Bitten und kein Flehen. Wen er für irrsinnig hielt, schickte er weg. Die heulende, delirierende Menge der Besessenen durfte eintreten.

Und nun umgaben sie einen jungen, bleichen Mönch, der sich durch Fasten und Beten auf den entsetzlichen Akt der Teufelsaustreibung vorbereitet hatte. Glaubenseifer und ängstliche Erregung blitzten aus seinen Augen. Als ihm eine dralle Magd, die man bis zur Unbeweglichkeit gebunden hatte, schamlose Worte zurief, als drüben ein Krüppel geifernd hinfiel und sich bis zu des Priesters Füßen wälzte – da schien den entkräfteten Mann am Altar eine Ohnmacht anzuwandeln. Er biß die Zähne aufeinander und zelebrierte gleichwohl die Messe. Die Amtsbrüder standen bei ihm.

Es ist eine Eigenheit des Teufels, zu antworten, in welcher Sprache man ihn auch anreden möge – denn er versteht jede. Fra Marian macht sich das zunutze und geht unter den Leidenden umher, um die letzte Sonderung der Besessenen von jenen vorzunehmen, die Gott mit Irrsinn bestraft hat.

„Quomodo vocaris?" fragt er die Gefesselte.

Sie streckt die Zunge aus und lallt wieder unflätige Worte. Dafür muß sie den heiligen Ort verlassen.

„Exi!" befiehlt der Mönch dem Satan in dem Krüppel.

Der Krüppel schüttelt den Kopf – ein Besessener.

„Unde es?"

Keine Antwort.

„Unde es?"

Der Krüppel greift sich an die Brust. Dort also sitzt der Teufel.

Bei der Hanuma bedarf es gar nicht erst der Probe. Auf den Vorhalt eines christlichen Greises, warum sie statt des islamitischen Hodjas die Franziskaner aufsuche, hat sie ihr *„la ilahe-illel-lah"* gerufen – „kein Gott ist außer Gott".

Die Messe ist zu Ende. Über jedem einzelnen Kranken hält nun der junge Mönch die *precatio supra aegrotos*:

> *„Jesus Christus dominus noster*
> *apud te sit, ut te defendat,*
> *intra te sit, ut te conservet,*
> *ante te sit, ut te ducat,*
> *post te sit, ut te custodiat,*
> *super te sit, ut te benedicat."*

Fra Marian mit dem Weihwedel, Fra Luka mit dem Kruzifix sind bei ihm. Wenn ein hartnäckiger Teufel nicht gleich weichen will, wiederholt man das Verfahren. Manche erwachen unter dem kalten Guß des Weihwassers aus der Ohnmacht, andere fahren fort zu lästern. Sie müssen sich einem schärferen Exorzismus unterwerfen.

Die Franziskaner betreiben ihn mit Eifer. Aber es gelingt nicht immer, wie es bei Anka Messarowitsch aus Dusluk gelungen ist. Die bereitete sich immer heimlich Speisen, bis die Mutter es einmal merkte und sie verfluchte:

„Hättest du doch den Teufel gegessen!"

Von Stund an kämpfte das Mädchen mit schrecklichen Anfällen. Die Eltern wußten sich mit ihr nicht mehr zu helfen. Panduren kamen und schleppten sie in die Kirche – da mühte sich der Pfarrer, und später ein Kanonikus vergebens um sie. Sie rief ihnen zu: „Ihr seid sündig" – und blieb im Bann der Hölle.

Endlich telegraphierte man um einen Kaplan, einen bewährten Exorzisten. Er war kaum erschienen, da rief der Teufel aus der Kranken:

„Du bist mein Verhängnis. Wo soll ich hinaus?"

„Durch das Fenster", antwortete der Kaplan, „und gib uns ein Zeichen, wenn du entwichen bist."

Das Fenster sprang auf, die Lampe verlosch, das Mädchen war geheilt. – Scheu erzählten sich's die Bauern.

Ein andermal trieb man den Teufel aus einer Serbin. Einem Glaubensgenossen war es nicht recht, daß sie zu den Ziegenböcken gegangen war – er neckte sie für ihren Aberglauben.

„Gib du lieber die gestohlenen Schindeln zurück", entgegnete sie, die ihn gar nicht kannte. Man forschte nach, fand wirklich, daß er ein Dieb war, und brachte ihn ins Gefängnis.

Von rechts nach links fortschreitend, waren die Teufelsbanner bis zu einem schwermütigen Moslem gekommen, der mit der seidenen Ahmedia auf dem Kopf aufrecht mitten in der Kirche stand. Fra Luka hielt ihm ein Kruzifix hin, und der Türke wollte es eben widerstrebend küssen.

Wie eine Tigerin sprang die Hanuma auf und stellte sich zwischen die Franziskaner. Ihr weißer Gesichtsschleier, der Yaschmak, war ihr niedergeglitten, das Kopftuch fiel zurück, und nun stand sie da mit ihren hageren Zügen und heftete verbietend die Augen auf den Abtrünnigen. Selbst die Franziskaner hielten betroffen inne. Denn sie hatten noch niemals eine Türkin unverschleiert gesehen.

„Ihr verehrt doch auch unseren Heiland als Heiligen – *Isa aleyhi selam*", rief Fra Luka.

Da küßte der Moslem das Kruzifix.

Die Hanuma fuhr zurück. „*La ilahe-illel-lah*", schrie sie, hob ihren schwarzen Mantel auf und tanzte eine Tarantella vor dem Altar, daß die Absätze der gelben Stiefel nur so klapperten.

Der junge Mönch erbleichte. Rasch wandte er sich ihr zu.

Erst nach drei Exorzismen fiel sie erschöpft auf die Steine und ließ willig geschehen, daß man ihr die Lippen mit dem Kruzifix berührte.

„Seht, auch diesen Teufel haben sie besiegt", raunte man im Volk. Und pries aufs neue und aber neue die Wunder des Johannistages.

MILE SIWITSCH

Am Abend des 24. Juli 1882 saßen im Wirtshaus zu Iwantzi vier späte Zecher: Milan Siwitsch, Imre Illesch, dann ein Fremder, und, in die Ecke gedrückt, ein Deutscher: Peter Lang.

Der Fremde war ein Bosnier; er hatte im Dorf Messer verkauft, Zigarrenspitzen, rote Korallenschnüre und sonst allerlei Tand. Eins der sonderbaren Messer lag neben Peter Lang: die Klinge haarscharf, roh ziseliert, der Beingriff mit bunten Steinchen und Goldflitter verziert.

In den Flaschen blinkte der hellrote Landwein. Man sprach ihm wacker zu.

Milan Siwitsch war der erste, der zum Aufbruch rief.

„Trinkt aus, Brüder, und gehen wir!"

„Leute, es ist spät", mahnte auch gähnend der Wirt.

Peter Lang, des Wirtes Kutscher, verschwand in seiner Kammer, die beiden andern verließen gemeinsam die Stube. Illesch, der stumme Gast, war verschwunden.

Als der Wirt die Tür sperrte, hörte er draußen einen schrillen Schrei. Er achtete nicht darauf.

Der Kuhhirt ging am anderen Morgen als erster über den Platz; er fand den Bosnier erstochen vor dem Wirtshaus liegen.

Man rief den Richter – er war eben vom Markt gekommen –, und eine halbe Stunde später war der junge Siwitsch verhaftet.

„Du bist der letzte gewesen, der mit dem Hausierer gesprochen hat, du bist mit ihm hinausgegangen."

„Herr Richter, so wahr mir Gott helfe, ich habe ihn nicht umgebracht. Wir sagten uns gute Nacht. Er blieb stehen, um seinen Gürtel fester zu ziehen, und ich ging", beteuerte der Angeklagte. Sein todblasses Gesicht aber und seine zitternden Hände sprachen ihn schuldig.

„Das Messer hier, mit dem der Arme erstochen worden ist, ist dein Messer."

„Nein, Herr."

„Es sind zwanzig Zeugen dafür da."

„Herr, gehen Sie von Haus zu Haus, Sie finden überall solche Messer."

„Der Wirt hat einen Schrei gehört und einen Mann über den Platz laufen sehen. Er hat – dich gesehen", donnerte der Richter.

„Unmöglich, Herr! Mich nicht."

„Antworte mir", die strengen Augen bohrten sich förmlich in das Antlitz des Mörders, „wo bist du diese Nacht gewesen?"

Der Bursche schwieg.

„Warum antwortest du nicht?"

Da kam es leise, zögernd: „Ich kann nicht, Herr. Fragen Sie mich, was Sie wollen, nur das eine nicht."

„Mensch, verstehst du nicht, daß du damit den Mord eingestanden hast?“

„Ich habe keinen Mord begangen, Herr Richter.“

Man führte ihn fort.

Die alte Siwitsch erbettelte sich mit tausend Tränen Einlaß zu ihrem Sohn. Sie herzte und küßte ihn, als wäre er ein kleiner Junge.

„Sag mir mein Kind, nur mir: wo bist du diese Nacht gewesen?“

Er biß die Zähne zusammen.

„Sohn, ich weiß, ich weiß, du hast es nicht getan. Wenn du ein Wort sprichst, das rechte Wort, bist du frei. Mir – mir sag es, mein Kind! Mir, die ich dich geboren habe.“

„Mutter, martert mich nicht!“ schrie er auf und kniete vor ihr nieder.

Und blieb dabei und sagte es nicht.

Achtzehn Jahre waren vergangen. Im Lepoglawer Zuchthaus saß ein grauhaariger Mann in der Zelle und schnitzte eine Holzflasche. Eine Künstlerarbeit.

Die Tür öffnete sich, und der Gefängnisdirektor trat ein. Erstaunt blickte ihn der Gefangene an.

Der Herr grüßte ihn freundlich und setzte sich ihm gegenüber.

„Hör, Milan! Hast du jemals einen Imre Illesch gekannt?“

Mile legte die Hand an die Stirn und dachte nach. Ach, es lag ihm alles so fern – so fern.

Dann nickte er.

„Dieser Illesch ist vor vierzehn Tagen gestorben.“

„Gestorben“, wiederholte Mile leise.

„Auf dem Totenbett hat er gebeichtet.“

Mile nickte. Das war recht so, das war in Ordnung.

„Er hat etwas gebeichtet, was dich betrifft, Milan!“

Der Direktor trocknete sich mit einem veilchenduftenden Tuch die Stirn. Es war doch gräßlich schwer, dem Mann da zu sagen...

Siwitsch blickte ihm starr ins Gesicht.

Und da sagte er's ihm in einem Zug. So ein Bauer wird doch nicht gleich den Verstand verlieren?

„Erinnerst du dich an die Nacht? Ja? Illesch saß auf der Bank in der Ecke. Ihr hattet gar nicht acht auf ihn. Er schlich vor euch hinaus. Dann gingst du und der Bosnier und noch einer."

„Peter Lang", ergänzte Siwitsch heiser.

„Ja, so hieß er. Du wandtest dich nach rechts, Illesch links, der Bosnier blieb stehen und zog sich den Messergurt fester. Da sprang Illesch hinter dem Zaun hervor, stach ihn nieder und beraubte ihn... Fünfundachtzig Gulden hat er ihm abgenommen..."

Milan fiel bewußtlos hintenüber. Sie konnten ihn kaum zum Leben erwecken.

Am dritten Tag darauf war er daheim.

Es war ein blutjunger Richter im Ort, der die alten Protokolle und Akten durchstöbert hatte – der wollte noch eins wissen – nur noch das eine.

„Wo bist du jene Nacht gewesen?" fragte er, wie schon so viele vorher gefragt hatten.

„Achtzehn Jahre – achtzehn Jahre", murmelte Mile vor sich hin. Und laut:

„Herr Richter, laßt den Bürgermeister holen!"

Ein Polizist ward weggeschickt.

Die Sonne schien hell und breit durch die schmutzigen Fenster. Sie beleuchtete Miles Gesicht, Runzeln, die das Leid langer Jahre gegraben hatte.

Der Richter wagte nicht zu sprechen. Er trommelte nervös auf den Tisch und blickte die Bilder des Kaisers und der Kaiserin an, die an der Wand hingen, so interessiert, als hätte er sie nie gesehen.

Der Bürgermeister kam.

„Wer ist seit achtzehn Jahren hier gestorben?" fragte Siwitsch.

„Mein Seelchen, das weiß ich nicht. Ich bin erst acht Jahre im Ort."

„Dann holt den Pfarrer!" rief Mile und versank wieder in sein Brüten.

Der Pfarrer brachte das Kirchenbuch mit. Er setzte sich an den großen Tisch und las langsam Namen für Namen.

Siwitsch regte sich nicht.

Als der Pfarrer geendet hatte, herrschte eine lange Weile Schweigen.

Plötzlich richtete sich Siwitsch auf.

„Könnt Ihr beschwören, Hochwürden, daß alle gestorben sind, die Ihr genannt habt?"

„Ja."

„Ihr wollt wissen, wo ich damals in der Nacht gewesen bin?" Sein Auge flammte und die welken Lippen zitterten. „Bei der Frau des Richters."

Achtzehn Jahre hatte er das Geheimnis bewahrt. Er schrie es hinaus, als befreie er sich von einer zentnerschweren Last.

„Warum hast du's nicht früher gesagt? Du hast so viel um sie gelitten."

Darauf der Bauer kleinlaut:

„Eh – sagen. So was darf man doch nicht sagen."

Der Pfarrer hatte sich abgewendet, der Bürgermeister schneuzte sich geräuschvoll.

„Du bist frei, Siwitsch", sprach der Richter, „dir ist großes, großes Unrecht geschehen. Ich bedauere dich von Herzen."

„Oh, jetzt ist's gleich. So hat es Gott gewollt."

„Du kannst gehen, wohin du magst, Siwitsch."

Und er ging. Grade in den nächsten Kramladen, dort kaufte er sich einen Strick. Am ersten Baum vor dem Dorf hängte er sich auf. Was wollte er im Leben anfangen? In Lepoglawa mochten sie ihn nicht mehr haben.

Diese Geschichte hat vor vielen andern den Vorzug, daß sie wahr ist. Wahrheit Wort für Wort. Der Erste Staatsanwalt von Essegg, Stefan Nikolitsch, hat sie miterlebt und mir erzählt – so wahr ein Gott über mir ist.

DER GRENZER

Ein Leutnant der Militärgrenze hatte sich vor dem Feind ausgezeichnet. Vater Radetzky ließ ihn vor sich kommen und sagte:

„Mein Sohn, Er hat sich brav geschlagen. Zur Belohnung soll Er drei Wünsche frei haben. Überleg Er sichs wohl!"

Und der Likaner sprach:

„Wenn ich drei Wünsche frei haben soll, Exzellenz, wünsche ich mir zuerst: ständige Station Belowar; zum zweitän: eine schöne Handschrift; und drittäns: von je drei Gesuchän eines bewilliget."

(Aus dem Kroatischen, Volksmund)

DAS VERHÖR

Nach Ragusa war ein Mann aus den Bergen gekommen und lungerte in der Stadt umher. Der Richter ließ ihn verhaften und fragte ihn:

„Woher bist du, und was treibst du?"

„Herr, ich bin aus meiner Heimat und arbeite, wenn man mir was zu tun gibt."

„Gut. Doch wovon lebst du, wenn du keine Arbeit hast?"

„Heute mittag hab ich Polenta gegessen – zwei, drei Löffel voll sind mir für Abend geblieben."

„Ich frage nicht, was du gegessen hast, sondern womit du dich beschäftigst."

„Man verbringt seine Tage – den einen mit Essen, den andern mit Hungern – wie es sich trifft. Und bei Nacht schlafe ich."

„Wenn du aber kein Brot mehr hast – woher nimmst du es?"

„Vom Bäcker, Herr."

„Das bleibst du ihm wohl schuldig – he?" rief der Richter streng.

Der Bauer fragte:

„Ist es Unrecht, Schulden zu machen?"

„Gewiß."

„Herr, ruf alle Kaufleute und Schneider, Metzger und Kaffeesieder von Ragusa zusammen und laß sie uns auf Ehre und Gewissen fragen: wer all den Leuten mehr Geld schuldet – du oder ich?"

Darauf war der Bauer entlassen.

(Aus Dalmatien, nach Wutz Stefan Karadjitsch)

EIN EHEBRUCH IN MONTENEGRO

Gjuro Petroff war ein wohlhabender Bauer in Ober-Zeklin, ausgezeichneter Soldat im Balkankrieg. Gesicht und Brust zerschnitten von Narben – alles Wunden aus dem Handgemenge, von Säbel und Bajonett. Seine Nase war wie gespalten von einem Hieb – und ein Arm fast gelähmt. – Er hatte mit seiner ersten Frau sechs Töchter gehabt und heiratete nochmals, in vorgerückten Jahren – Gordana, die Tochter des Kapitäns Iwan Miloscheff, aus angesehener, tapferer Familie; ein stattliches, strammes Ding und sehr gefallsüchtig.

Der Zufall wollte, daß eines Tages Gjuros Stier auskam und Gordana ziemlich schwer verletzte, am Unterleib. Man brachte sie ins Krankenhaus nach Zetinje, der Hauptstadt. Der erste Chirurg, Dr. Miljanitsch, behandelte sie dort eine ganze Zeit – dann bestellte er Gjuro: die Frau sei soweit geheilt, er könne sie nun abholen. Immerhin, sagte der Arzt, braucht sie noch häusliche Pflege und – das schärfte der Arzt dem Bauern ein – sie braucht alle Schonung, bis der Arzt sie nicht nochmals gesehen hat, ob sie denn auch ganz hergestellt sei.

Nach einem Monat brachte Gjuro die Frau wieder nach dem Krankenhaus. Bei der Untersuchung sagte der Arzt:

„Und warum hast du mir nicht gehorcht, Gjuro?"

Der Bauer begriff sofort, worum es sich handelte – um aber das Gesicht zu wahren, seins und das seines Weibes, antwortete er:

„Herr Doktor, Sie verstehen... Der Mensch hat mal seine Schwächen und beherrscht sich nicht."

Kehrte heim mit seinem Weib und redete unterwegs kein Wort mit ihr.

Erst als sie zu Hause waren, nach dem Abendessen, und die Töchter schon schliefen, sagte Gjuro:

„Hast du gehört, Gordana, was der Doktor zu mir gesagt hat? Du weißt, ich habe nichts mit dir zu schaffen gehabt seit dem Unglück mit dem Stier. Du wirst mir jetzt sofort gestehen, mit wem du dich vergangen hast. Und ich gebe dir mein Wort: wenn du mir die Wahrheit sagst, wird kein Mensch davon erfahren außer dir und mir, und ich werde dir auch nichts antun."

Gordana hatte keinen Ausweg, da beichtete sie –

im Dunkel der ehelichen Schlafkammer: sie hat mit Lukas Maschan gesündigt, einem Geschwisterkind von Gjuro, der war auf der Hochzeit ihr zweiter Zeuge gewesen. – Dieser Maschan war ein außerordentlich breiter Kerl, gesund und kräftig, Hornist des Bataillons; hatte eine so gewaltige Brust, daß er einmal sein Horn soll in Fetzen geblasen haben.

Gjuro sagte zu Gordana:

„Geschehen ist geschehen – aber es darf mir nie wieder vorkommen."

Es vergingen ein paar Wochen, da machte sich Gordana fertig, ihre Angehörigen im andern Ort zu besuchen, und, wie die Weiber schon pflegen, nahm sie einen großen Kuchen mit.

Maschan erwartete sie unterwegs. Sie trafen einander in der Schonung, setzten sich in den Schatten, aßen und tranken... All das sah eine von Gjuros Töchtern mit an, die dort eben Schafe hütete, und von seinem Acker aus sah es ein gewisser Jowanoff. – Die Tochter lief schnurstracks nach Hause und meldete es ihrem Vater. Gjuro kam mit dem Gewehr gerannt, aber er fand die beiden nicht mehr am Ort der Tat.

Als Gordana von ihrem Familienbesuch heimgekommen war, sagte ihr Gjuro kein Wort.

Am nächsten Markttag aber, in Rijeka, traf Gjuro mit acht Schwägersleuten zusammen, Verwandten der Frau, alles vorzüglichen Leuten. Er lud sie zu Gast zu sich nach Ober-Zeklin.

Sie kamen auch am angesagten Tag. Es gab einen reichen Tisch, man aß und trank aus dem vollen. Gjuro tat ungemein aufgeräumt, sowohl der Verwandtschaft gegenüber wie zur Frau.

Als aber die Zeit kam, Kaffee zu trinken, erhob er sich, versperrte das Haustor, versperrte die Tür, tat die Schlüssel in die Tasche und gebot:

„Setz dich zu uns, Gordana!" – Bisher hatte sie natürlich – nach Landesbrauch – stehend bei Tische bedient. – „Setz dich, wir haben etwas zu besprechen."

Sie nahm Platz – und Gjuro erzählte den Verwandten haarklein ihre Untaten.

Als er geendet hatte, fragte er Gordana:

„Ist alles so gewesen?"

„Ja", antwortete sie.

Da öffnete Gjuro die Türen und sagte:

„Geht, liebe Freunde, und nehmt sie mit! Sie ist nicht mehr meine Frau. Von mir wird niemand ein Sterbenswort erfahren. Wie ihr es damit halten wollt, ist eure Sache."

Die Schwägersleute führten zur Stunde Gordana mit sich. – Im Dorf munkelte man allerhand, doch niemand wußte etwas Rechtes. – Die Sitte der Montenegriner erlaubt nämlich nicht, über Dinge des Ehelebens zu reden; man will den beteiligten Mann nicht beschämen, und es würde Blut fließen, wenn man es wagte.

Der Kapitän der Kompagnie, Niko Ilijin, lud Gjuro vor und fragte nach dem Verbleib der Frau. – Gjuro erwiderte: sie sei zu den Ihrigen heimgekehrt.

„Ist etwas zwischen euch vorgefallen?"

„Nein."

Da ließ der Kapitän Gordana kommen. – Sie behauptete, Gjuro habe sie aus dem Haus gejagt, und sie sei sich keiner Schuld bewußt. Darauf schickte der Kapitän sie beide auf das Obergericht nach Zetinje. – Auch dort scheute sich Gjuro, offen zu reden. Er sagte nur: er möge die Frau eben nicht mehr.

Das Gericht teilte Gordana – da sie doch schuldlos war verstoßen worden – die Hälfte von Gjuros Bauerngut zu. – Gjuro schwieg immer noch, ließ sich die Teilung des Gutes gefallen.

Zum Hof gehörte eine gute Wiese dicht am Haus, drei Joch Boden, die war sozusagen unteilbar. Gordana verkaufte, wie zum Trotz, gerade die Hälfte dieser Wiese. Und wem? Ihrem Liebhaber Maschan. – Gjuro war wütend; man erwartete allgemein, es würde zu einem Ausbruch kommen zwischen ihm und dem neuen Besitzer, zu Mord und Totschlag. – Doch Gjuro schluckte seinen Grimm. Nur einmal, im Gespräch mit dem Pfarrer Gjoko Pejowitsch, Kommandanten des Zekliner Milizbataillons, gab Gjuro Laut:

„Die Sache steht so und so – was soll ich tun?"

Der Pfarrer antwortete:

„Lieber Gjuro, da ist schwer zu raten."

Um diese Zeit hatte Gjuro allerhand Geschäfte in Rijeka; kehrte eines Abends spät heim nach Zeklin. Unterwegs, beim sogenannten Verhau sah er einen Mann am Wegrand sitzen, und ohne ihn im Finstern zu erkennen, bot er ihm einen Guten Abend.

Der Mann springt auf und ruft:

„Du bist es, Gjuro, niederträchtiger Bursche?! Drohst mir, du wirst mich erschlagen?! Warte mal, wir wollen sehen!"

Ist mit einem Satz da und ergreift Gjuro mit einer Hand am Arm, mit der andern an der Kehle.

Es war Maschan. – Gjuro, so alt, war der Schwächere. Doch er nahm alle Kraft zusammen, riß den Jatagan aus dem Gürtel – wiewohl er daneben die Pistole stecken hatte, nur den Jatagan – und mit dem Jatagan schlug er Maschan einmal in die Kehle, einmal vor die Brust, am Herzen, und einmal in den Nacken. Maschan blieb auf der Stelle tot.

Gjuro ging nach Hause, nahm alles Geld zusammen, das er eben dahatte, nahm sein Gewehr, lief auf eine Anhöhe oberhalb des Dorfs und brüllte hinaus: „Oh, Niko Ilijin, Kommandant! Nachbarn! Lauft nach dem Verhau und holt euch dort den Braten!"

Der Kompagnie-Kommandant ahnte sogleich, was da geschehen sein konnte, schoß sein Gewehr in die Luft ab und alarmierte dadurch das Dorf:

„Auf zur Verfolgung!"

Gjuro rannte in derselben Nacht nach der Hauptstadt und meldete sich selbst beim Wächter des Gefängnisses Medowine, dem Fähnrich Iwo Bojoff Martinowitsch; er forderte, vom Fleck verhaftet zu werden, er habe einen Menschen getötet.

„Ich kann dich nicht verhaften ohne Anordnung des Obergerichtes", sagte Iwo.

„Du mußt aber – und wenn du allein nicht darfst, dann frag, wen du willst, um Befehl."

„Wie soll ich denn fragen gehen? Wer wird unterdessen das Gefängnis bewachen?"

„Ich werde wachen. Du weißt, ich bin Gjuro Petroff – ich werde dich doch nicht beschwindeln und in Verdruß bringen."

Iwo lief zu General Rade Plamenatz, der war damals Vorsitzender des Obergerichts, und der General sagte:

„Ein Glück, daß er sich selbst gestellt hat, ehe er noch hat ein paar andre dazu getötet! Sperr ihn sogleich ein!"

Während Iwo beim General war, stand Gjuro mit dem Gewehr im Arm Posten. Als Iwo zurückkam, gab Gjuro wortlos die Waffen ab und ließ sich gefangensetzen.

Die Untersuchung dauerte lange. Die Richter alle glaubten Gjuros Beweggründe zu durchschauen; und kann man einen Mann zum Tod verurteilen, der ihn nicht verdient hat? Doch man fand keine Zeugen, die Gjuro entlasteten. Denn wer wird sich bei Gericht melden in Weibersachen?

Jowanoff aber, der damals von seinem Acker aus das Stelldichein der Frau mit ihrem Liebhaber mitangesehen, hatte geplaudert: zu seinem Schwiegersohn. Der Schwiegersohn brach das Geheimnis; erschien in Zentinje und beschwor: Das und das hat mein Schwiegervater mit eigenen Augen gesehen, Gordana ist eine Ehebrecherin.

Das Gericht befragte nun den Jowanoff selbst:

„Stimmt die Aussage deines Schwiegersohnes?"

„Hat euch der Unselige verraten, was ich ihm anvertraut habe? Nun, es ist alles wahr."

Und auch der Alte leistete nun den Eid.

Gjuro blieb dennoch weiter im Gefängnis.

Nach etlichen Tagen treffen einander Schwiegervater und Schwiegersohn im Dorf. Fragt der Alte:

„Warum, Mensch, hast du an die Glocke gehängt, was ich dir, nur dir ins Ohr gesagt habe?"

„Um einen Unschuldigen zu retten."

„Und mich machst du zur Klatschbase, mir nimmst du die Ehre?"

Blitzschnell schlägt er die Pistole an und jagt dem Schwiegersohn eine Kugel in die Brust. Der Junge fällt sofort hin. Der Alte beugt sich zu ihm nieder, und Stirn an Stirn mit ihm sagt er:

„Schieß auch mich übern Haufen, du Nichtsnutz!"

Der Junge, im Sterben, hat noch die Kraft, die Pistole zu ziehen, und brennt seinem Schwiegervater ebenfalls eins in die Brust. – Nach einer halben Stunde, am Ort der Tat, mitten auf der Dorfstraße, starben beide.

Um diese Zeit war König Nikola aus der Hauptstadt nach Rijeka gekommen, mit seinem Gefolge. In der Sitzung mit den Ortsbehörden kam die Sprache auch auf Gjuro Petroff. Der Bataillonskommandant redete dem Fürsten eindringlich zu: Gjuro habe volles Recht gehabt, seinen Nebenbuhler umzubringen – soundso hat sich Gordana verhalten – dazu die Sache mit der Wiese – und der Überfall beim Verhau.

Der König wollte das alles nicht wahrhaben; und es sollten nicht am Ende neue Opfer fallen in den beiden weitverzweigten tapfern, angesehenen Familien. Er sagte zum Bataillonskommandanten, ein wenig ungehalten:

„Gib mir Beweise, daß Gjuro unschuldig ist!"

„Herr, ganz Zeklin wird dir bestätigen, was ich gesagt habe."

„Gut, laß die Leute kommen!"

Der Kommandant, Pfarrer Pejowitsch, erließ ein Rundschreiben an die Oberhäupter der elf Familien von Zeklin: sie sollen sofort nach Rijeka. Bestellte ihnen auch, warum. – Sie alle gemeinsam verfaßten eine Schrift über den Fall Gjuros und seiner Frau und unterbreiteten sie dem König.

Als der König die Schrift gelesen hatte, sprach er:

„Kommandant! Ist das ganz Zeklin?"

„Ja, Herr, aus diesen elf Familien besteht mein Ort."

Da gab der König Befehl, daß man Gjuro noch heute nach Rijeka bringe. Ließ ihm die Fesseln abnehmen und gebot:

„Lebe, wo es dir gefällt, in Montenegro – nur nicht in Rijeka und Zeklin; denn ich will Frieden im Land."

Gjuro siedelte nach Dulcigno über.

Da ist er unlängst in hohem Alter gestorben.

Gordana lebt noch heute in Ljubotinj; und verlangt immer noch vom Staat für sich das Erbe ihres Mannes.

(Aus Montenegro, nach Mitschun Pawitschewitsch)

DAS GLEICHNIS DES HASRETI MEWLAN

Diese Welt ist wie ein Apfel, und der Mensch darin ein Wurm, der sich nährt.

Wenn jemand nun den Wurm fragte:

„Wer bist du und was treibst du?"

– er würde antworten:

„Hier lebe ich in meinem Apfel, hier nähr ich mich, hier ist mein angenehmer Aufenthalt."

Und wenn der andre weiter spräche:

„Wurm, es gibt noch viele, viele Äpfel außer deinem – einen Baum, darauf die Äpfel wachsen – gibt einen Garten – einen Gärtner, der ihn hegt und pflegt – und überhaupt gar viel, was du nicht weißt."

– da würde der Wurm entgegnen:

„Ich glaub an nichts, was du Garten nennst, geschweige denn an Gärtner – ich sehe keinen andern Apfel als diesen einen, meinen, worin ich lebe und nach Gefallen wandle – hin und her. Wie könnt es jenseits von meines Apfels Schale noch etwas andres geben?"

(Aus dem Südslawischen, Volksmund)

DAS BÖSE WEIB

Es war einmal ein Landmann, der hatte ein Weib und fünf oder sechs Kinder.

Das Weib war sehr böse. Was der Bauer ihr auch auftrug – sie machte es absichtlich verkehrt. Mit der Zeit sah er ein: um zu einem gedeihlichen Ende zu kommen, mußte er ihr immer das Gegenteil von dem befehlen, was er eigentlich getan haben wollte.

Eines Morgens bestellte er sein Feld zum Anbau – und eben in der Beetfurche stieß die Pflugschar plötzlich auf etwas Hartes. Die Ochsen prallten ins Joch – der Landmann trieb sie an – sie keuchten und zogen – da knackte und krachte eine Baumwurzel unter dem Pflug, und hinter ihr gähnte eine große schwarze Höhlung.

„Ha", rief der Bauer und lachte, „Allahs Fügung! Ich will die Höhlung mit einem Bund Reisig eindecken, und wenn mein Weib des Abends kommt, will ich ihr verbieten, sich daraufzusetzen. Sie setzt sich dann mir zum Trotz hin – fällt in die Grube – und ich bin sie los."

Er holte die Jochnägel auf, ließ die Ochsen auf die Weide laufen, hackte im Dickicht ein paar Laubäste ab und verdeckte mit ihnen – gesagt, getan – die Grube.

Gegen Abend kam richtig das Weib – er hatte ihr ja aufgetragen, daheimzubleiben.

„He, du Faulpelz", keifte sie schon von fern, „heißt das ackern? Das nichtsnutzige Vieh frißt sich den Bauch voll, und der nichtsnutzige Herr sieht ihm dabei zu."

„Weib! Daß du dich mir nicht auf das Buschwerk setzst", sprach er drohend – und schon lief sie hin und fiel – Allahs Fügung – durch, bis sie verschwunden war.

Der Landmann trat schmunzelnd an den Rand des Loches und merkte mit Behagen, daß es sehr tief sein mußte – von dem bösen Weib sah man keine Spur.

Am Abend trieb er singend sein Gespann nach Hause, freudig wie nie.

Doch die Kinder fragten ihn so viel nach ihrer Mutter und weinten und plärrten, daß er sich – schweren Herzens – entschließen mußte, am nächsten Morgen nach dem Weib zu forschen.

Als es Tag war, nahm er einen langen Strick, ging hinaus und ließ ihn in die Grube. An dem Ende, das er oben festhielt, spürte er einen Ruck, meinte nicht anders als: sein Weib habe sich festgefaßt, und begann den Strick emporzuwinden.

Die Last schien ihm freilich zu leicht für ein so böses Weib. Dennoch war er nicht wenig bestürzt, als aus der Tiefe statt des Weibs ein Zwerg tauchte – der hatte sich an den Strick geklammert.

Der Bauer in seinem Todesschrecken – fast hätt er den Strick mitsamt dem Männchen losgelassen.

Der Zwerg war eine Spanne hoch, trug einen Bart bis an seine Knie; und schmälte schon im Aufwärtsstreben:

„Was sind das für Späße, Mensch? Was beunruhigst du mich in meiner Wohnung?"

„Ich ... ich ... habe ja nicht gewußt ...", stammelte der Landmann, „ich will dich gern wieder hinunterbefördern ..."

„Um Gottes willen – nur nicht zurück in die Grube!" krisch der Zwerg. „Sieh, wie weiß ich geworden bin in einer Nacht! Alles von einem Weib, das gestern abend bei mir eingebrochen ist und mir mein Heim zur Hölle gemacht hat. – Guter Mann! Ich will dir dienen, will dich reich machen, daß du mich dein Leben lang segnen wirst. Ich eile fort und schleiche mich in die Tochter des Kaisers. Die berühmtesten Ärzte werden sie nicht heilen können. Dann kommst du – sprichst ein Wort – und die Prinzessin ist genesen."

„Betrügst du mich auch nicht um meinen Preis?" fragte der Landmann.

„Bei meinem Bart, der mir heilig ist – nein", gelobte der Zwerg. „In sieben Wochen wirst du vernehmen, daß die Kaisertochter besessen ist."

Der Landmann war's hochzufrieden – sie reichten einander die Hände und nahmen Abschied.

Nicht lange darnach drang wirklich das Gerücht ins Dorf: die Tochter des kaiserlichen Herrn sei besessen.

Der Landmann machte sich sofort auf nach der Hauptstadt, um da seinen Teil am irdischen Glück zu holen.

Schon am Stadttor gab er sich für einen Heilkünstler aus – und die Wächter erzählten ihm auch richtig gleich von dem Unglück im Herrscherhaus: die Tochter des Kaisers leidet an einem bösen Geist – alle Ärzte haben ihre Wissenschaft vergeblich an ihr erprobt.

„Ich will sie befreien", rief der Landmann zuversichtlich.

Die Wächter warnten ihn: Der Kaiser ist durch die vielen Mißerfolge so zornig geworden, daß er geschworen hat, fortan jeden henken zu lassen, dessen Heilversuche scheitern werden.

Aus der Drohung machte sich der Landmann nichts – im Gegenteil: er verlangte um so entschiedener, in den Serail geführt zu werden.

Man tat ihm also seinen Willen und brachte ihn vor den Thron.

Der Kaiser sah ihn mißtrauisch an.

„Fremdling", sprach er, „weißt du auch, was dir bevorsteht, wenn deine Kunst an meinem Kind versagt?"

„Ja, kaiserlicher Herr. Der Galgen."

„So ist es. Gelingt dir aber das Werk, soll meine Tochter deine Frau werden – wer du auch immer seist."

„Ich scheue den Versuch nicht, kaiserlicher Herr. Meine Fähigkeiten sind berühmt in weiten Landen – sie werden mich auch diesmal nicht im Stich lassen."

Als der Landmann in das Gemach der Prinzessin treten durfte, wälzte sie sich stöhnend auf einem Lager von rosenfarbener Seide.

Der Landmann hieß die Diener abtreten und blieb mit der Besessenen allein.

„Zwerg! Entweiche, ich bin es!" rief er.

Die Prinzessin wand sich wie zuvor.

„Zwerg, hörst du nicht? Du sollst entweichen – ich bin es."

Da antwortete eine häßliche, scharfe Stimme:

„Ich – entweichen? Warum denn? Ich fühle mich hier sehr wohl."

„Aber ich – erinnerst du dich? – ich befehle dir, zu gehen. Du hast es mir doch versprochen."

„Versprochen? Erinnern?" äffte der treulose Zwerg nach. „Erinnern? – woran? Versprochen – wem?"

„Mir, Allah sei dir gnädig, mir hast du es versprochen. Hast du unsern Vertrag vergessen? Ich bin es, der dich damals aus der Grube zog."

„Ah, laß mich in Frieden", knurrte der Zwerg. „Wo ist die Grube – wo ist Kaisers Serail? Hier bin ich, hier gefällt es mir – und damit genug."

Die Prinzessin seufzte und jammerte – der Bauer bat und beschwor – der Zwerg aber gab keine Antwort mehr.

In der Vorhalle hatte der Kaiser lange genug gewartet. Als der Landmann keine Miene machte, das Gemach zu verlassen, hob der Kaiser den Vorhang auf und fragte:

„Nun – wie steht es?"

Der arme Arzt zuckte die Achseln.

„Ruft den Henker", befahl der Kaiser.

Ergeben wollte der Landmann sein Schicksal tragen. Da, als die Schergen schon Hand an ihn legten, durchzuckte ihn ein glücklicher Gedanke.

„Herr", rief er, „ich habe noch nicht alle Hoffnung aufgegeben. Geruhe mit mir hinauszukommen, da will ich dir das letzte Mittel sagen. Wenn das nicht hilft, straf mich am Leben. Aber wisse, daß die Prinzessin dann unheilbar ist."

Der Kaiser nickte Gewährung – sie traten in die Vorhalle.

Dort flüsterte der Landmann:

„Deine prächtige Hauptstadt hat hundert Bastionen. Laß sogleich jede Bastion mit hundert Geschützen bestücken und alle zugleich abbrennen. Ich will derweil bei der Prinzessin bleiben."

„Und du meinst, daß ihr das nutzen wird?"

„Wenn es nicht hilft, magst du mich martern lassen."

Der Kaiser ordnete alles nach diesen Weisungen an – der Landmann aber wartete im Gemach der Prinzessin.

Nach etlichen Stunden gab es plötzlich einen Donnerschlag, daß die Mauern in den Grundfesten bebten.

Der Zwerg schrak auf.

„He – was ist das?"

„Mein Weib ist aus der Grube gefahren", sagte der Bauer.

„Was redest du da –?"

„Bei meinem Leben: die Wahrheit."

„Jau, jau – wohin soll nun ich?" heulte der Zwerg entsetzt.

„Weiß ich es? Geh, wohin du magst?"

„So öffne mir geschwind das Fenster!"

Der Landmann tat es – der Zwerg entfloh auf Nimmerwiedersehen.

Der Bauer ist später Kaiser worden und seine Söhne kaiserliche Prinzen.

(Aus dem Südslawischen, Volksmund)

DER ZIGEUNER PREIST SEIN PFERD AN

Alter Herr, nicht wahr, da schaust du?
Kaum den eignen Augen traust du.
Oh, ich weiß.
Solch ein Stück von einem Pferde
gibt's nicht auf der ganzen Erde.
Was – ein Pferd? – 'ne halbe
Schwalbe.
Tu die Brille weg,
alter Herr, und, statt zu stehen
stumm vor Staunen auf dem Fleck,
nenne einen Preis!

U! Du fragst noch, wie das Pferd ist,
ob's was wert ist?
Wär's ein Schandgaul und kein feiner,
stünde er nicht beim Zigeuner.
Selbst der Kaiser muß im Stalle
ihn vermissen.
So was haben nur Zigeuner,
die es nicht zu schätzen wissen.

Wollt es einer, dem's geraten,
überhäufen mit Dukaten,
gilt das Pferd, bei meiner Ehr,
doch noch einen mehr.
Wenn du Futter hast, so frißt es
Hafer, Häcksel, Grummet, Heu
und auch Stroh. Denn es veracht' nichts.
Hast du nichts – das macht nichts.
Mit der Luft zufrieden ist es
und lebt dabei.

Sieh ihm nicht erst in das Maul,
meinem Gaul!
Ich will ehrlich eingestehen –
ich hab meines Schimmels Zähne
auch noch nie gesehen.
Denn sie täuschen, diese Dinger.
Solch ein Zelter
wird nicht älter,
wird im Laufen immer jünger.
Willst ihn kaufen?

Ob er Gräben springen kann?
Solche Gräben
wird's nie geben,
die er nicht bezwingen kann,
die er dir nicht spränge.

Jeden Graben, den ich kenne,
klein und groß,
nimmt er leicht wie eine Henne,
nicht etwa der Quere bloß –
nein, auch nach der Länge.

Wie ein Sattel ist sein Rücken,
und er wird dich ruhig tragen,
da ist kein Bedenken.
– – – – – – – – – – –
Nach dem Viehpaß darfst nicht fragen,
denn das tät ihn kränken.
Und du fragst noch, ob die Augen
etwas taugen?
Welche Frage!
Der sieht gleich – bei Nacht bei Tage,
sieht im Finstern wie im Licht,
der sieht vorn so viel wie hinten –
so ist sein Gesicht.

Und du fragst mich noch, mein Engel,
um des Gaules Mängel?
Das ist ja die Ursach, leider,
Daß ich diesen Gaul verschleuder –
denn der Gaul hat keine Mängel –
und so einer
paßt nicht für Zigeuner.

Und du fragst, ob er geschwind ist?
Wisse, daß er
rascher als der Wind ist
und das Wasser.
Jüngst kam ich auf meinem Wege
einem Wetter ins Gehege.
Blitze zuckten auf am Himmel,
und der Sturm erhob sein Wehen –
schaudernd spornt ich meinen Schimmel,
um dem Wetter zu entgehen.

Sieh, mein Pferd begann zu laufen,
was es konnte, ohn' Verschnaufen,
ohne Ruhe, ohne Rast.
Hinter uns – jetzt höre, Vetter –
hinter uns, da kam das Wetter,
hatte uns beinah gefaßt.

Als wir kamen in das Lager –
höre, Schwager –
in das hübsche freie Lager,
in mein leinenes Gelaß,
war mein Schimmel splittertrocken,
nur ... sein Schweif war naß.

(Aus Slawonien, nach Smei Jowan Jowanowitsch)

KASUAR

Als der Einjährige Mischka Herseny Anfang Mai von der Schule zur Batterie einrückte, fragte ihn der Herr Hauptmann natürlich, ob er reiten könne. Er erwartete, ein Nein zu hören.

Korporal Herseny aber meldete gehorsamst: „Ich bin aus dem Debrezin in dem Ungarn geboren."

„Ja, ja, ich weiß ... doch ich habe Sie nicht danach gefragt, sondern nur, ob Sie reiten können."

„Herr Hauptmann, ich melde gehorsamst, in Debrezin gehen nur Hunde auf die Füß."

Der Hauptmann sah den Mann starr an. Dann winkte er dem Feuerwerker auf eine Art, die jeder in der Batterie verstand. Der Feuerwerker blies durch seine lange Nase und notierte grausam lächelnd:

„Kasuar ... Herseny."

Am nächsten Tag wurde dem selbstbewußten Reiter Herseny der dunkelbraune Wallach Kasuar vorgestellt.

„Geben S' Ihna acht", rief Feuerwerker Prochaska freundlich durch die Nase, „geben S' Ihna acht, Einjährige, daß S' diese scheene Dienstpferd nicht ruinieren. Wissen S', so scheene Ferd kost Massa Geld – Einjährige kost uns gar nix. Geben S' acht, Herseny! Ferd is jetzt gsund, fehlt ihm nix ..."

„Wo hot denn diese Ferd sajne Hals, ich bitte sehr?" fragte Herseny mehr erstaunt als verlegen.

„Oh, muß denn grad jede Ferd haben Hals? Kasuar hat keine Hals. Bei die Kasuar kummt seine Krupp gleich bei die Brüste heraus."

„Merkwürdige Sachen gibt es bei dieser Batterie", dachte der arme Herseny beim Aufsitzen. „Ajne Ferd ohne ajne Hals und ajne Feuerwerker mit spannenlange Nase."

„Einjährige! Traab!" dröhnte es aus der Posaune Prochaskas. „Einjährige! Was halten S' die arme Kasuar wie man halt Stier? Firchten S' sich nicht. Kasuar seine Schädel wird nicht herunterfallen – die ist fest angewachst. Lassen S' aus!"

Herseny gab stöhnend die Zügel nach.

„Einjährige! Was glauben S', daß mir hab me hier eine Automobilklub? Bremsen S' Ihnere Kasuar! Ob S' schnell reiten, ob langsam, bleibt sich wurscht – eine geschlagene Stunde müssen S' bleiben oben."

Herseny nahm das Tempo stöhnend wieder auf.

„Einjährige! Mir scheints sich, Sie wollen's von die Armitschkerl Kasuar zufleiß zerreißen Maul? Aber da werden S' Wunder erleben. An Kasuar seine Goschen kann sich anhängen ganze ungarische Nation, und spiert die Kasuar gar nix. Lassen S' aus! Weiter wie bis Portugal wird Viech nicht rennen, das möcht sich ihm wollen. Dort is Meer, dort bleibte von selber stehn."

Herseny gab stöhnend nach.

Feuerwerker Wenzel Prochaska – aus Nowawes bei Prag gebürtig, unbescholten und auf die Kriegsartikel eidlich verpflichtet – Prochaska hatte eine Frau. Eine hübsche Frau. Ob der Dienstweg zum Wohlwollen der Vorgesetzten immer durch die Herzen der Gattinnen führt? Ob der Einjährige Herseny in echter, blinder Liebe entbrannt war? Ob er – pfui, o pfui! – nur sinnlicher Regung folgte, als er Prochaskas draller Eheliebsten mit Schmachten und Seufzen nachstieg? Wer kann es ergründen? Jedenfalls bevorzugte Herseny auffallend den Verkehr im Hause Prochaska. Und dem Hausherrn kann Hersenys Sympathie nicht gut gegolten haben – dem Hausherrn, dessen einziger Schmuck die Riesennase war. Gewiß nicht. Gerade Prochaskas Nase mußte Hoffnungen in Herseny erwecken: einen Mann mit solch grotesken Zügen kann Frau Prochaska nicht lieben.

Feuerwerker Prochaska hatte Augenblicke, wo seine daumenstarken Nüstern in weicher Regung bebten. In einem solchen Augenblick überraschte Herseny seinen vorgesetzten Unteroffizier – natürlich in der Kantine – und spendete ihm einige Halbe Bier.

Man begann ein kluges Gespräch vom Dienst, kam auf das Reiten zu reden – und Prochaska trompetete pianissimo: „Segen S', Einjährige, Sie seins Patzer. Warum haben S' gsagt dem Herrn Hauptmann, daß S' könnens reiten? Was ist eine gescheite junge Mann, sagt so was nie nicht beim Militär. Denn warum? Weil, wenn er sagt: ‚Ich kann' – denkt sich Herr Hauptmann gleich: ‚Aha – dem fluchte Kerl muß me austreiben Hochmut' – und gibte ihm schlechteste Ferd. Wenn S' hättens geschweigt, jetzt könnten S' scheen reiten auf die Jodoform, was früher war dem Herrn Regimentsarzt seine Nachmittagssofa – oder auf meine fromme Wallach Pius, was wird nächstens an religieese Wahnsinn sterben. Aber so haben S' bekommen für Ihre Übermut Kasuar."

Herseny wagte eine Einwendung: „Bitte untertänigst – wonn Sie wissen, daß Kasuar is so ajne Bestie – hát, worum nennen Sie mir ajne Patzär, wo ich doch früher hob können rajten als wie gehn?"

„Sie seins doch Patzer."

„Teschék, rajten Sie ajnemal die Kasuar, wonn Sie hoben mehr Kurasch."

„Was glauben S' vielleicht, daß ich sich fircht? Da schneiden S' Ihnen."

„Hát, gut – morgen is Ritt ins Gelände. Wonn hoben S' Kurasch ..."

„Abe richtig, daß ich hab. Was wetten S', daß ich wer reiten Kasuar und Sie meine Pius?"

„Zehn Liter Bier."

„Gilte schon."

Weit draußen auf der Heide trafen Prochaska und Herseny zusammen.

„Ich finde auf, daß Sie sehr belieben zu schwitzen, Herr Feuerwerker", meinte Herseny.

„Abe fast beinah gar nicht, Einjährige. Jetzt ise neun Uhr, und Kasuar hat noch keinzigemal probiert zum Durchgehn."

„Hát, sajne ... isé ... Stunde is um halber zehn."

„Sie meinens, Einjährige, daß er imme durchgehte um halbe auf zehn? Sie seins komische Mensch."

„Komisch oder nicht, Herr Feuerwerker – um halb zehn wird die Ferd durchgehn mit Ihnen."

„Abe reden S' doch keine solche Nesmil! Wo möcht eine Ferd immer grad auf bestimmte Minute verruckt werden?"

„Mir mocht er immer so."

„Weil S' sein Patzer, Einjährige."

„Hát, wetten wir!"

„Gut, wetten wir – noch um zehn Liter Bier!"

Sie ritten eine Weile schweigend dahin. Da lachte der Herr Feuerwerker. Es klang wie das letzte Röcheln eines sterbenden Trompeters. Dachte er an seine hübsche Frau? – „Nein, sein diese Einjährige abegläubische Leite! Ein Ferd soll grad um halbe zehn verruckt werden!"

Herseny zog die Uhr.

„Kérem, belieben noch fünf Minuten zu warten."

Die Sonne schien so hübsch, der Hauptmann war so fern – die vom Einjährigen gespendete Zigarre so gut – Prochaska wurde sentimental.

„Kennen S' den Lied, Einjährige: ‚Červené pivo, ceské kolače'? – Nein? Schad! Mechten mir jetzt zweistimmig singen. Er haißte auf deitsch: ‚Rote Bier, böhmische Kuchen – wie das Madel bei die Musik umaspringt!' Ich bin ..."

Er konnte nicht vollenden. „Rrrrrr!" Furchtbarer Lärm tönte aus Kasuars Sattelpacktasche.

Kasuar spitzt – nimmt Reißaus, wie von Furien gepeitscht. Herseny kann auf Pius kaum folgen.

„Einjährige, Einjährige! Parieren S'! Bleiben S' stehn!" bläst Prochaska, blaurot vor Anstrengung.

„Bedaure – bin Patzer!" Herseny gibt Sporen.

In wahnwitzigem Lauf, mit den Ohren auf dem Boden, pullt Kasuar fort über Distel und Dorn, durch Dünn und Dickicht.

Vor einem Graben stoppt er plötzlich. Feuerwerker Prochaska saust im Bogen ab und klagt über Verwirrung zahlreicher Begriffe. Auch die schöne lange Nase ist kaputt.

Im Graben aber weidet seelenruhig ... Kasuar. Es stört ihn ja kein Rattern mehr – die auf halb zehn gestellte Weckuhr Hersenys ist abgelaufen.

Als Prochaskas Nase vernäht war, zeigte sie eine merkwürdige Veränderung: sie war bedeutend kürzer geworden – geradezu hübsch. – Frau Prochaska war nicht wenig stolz auf ihres Mannes neue Nase.

Und der Einjährige Herseny ärmer um eine große, große Chance.

DIE KUH

Der Pacher-Franzl aus Alt-Pasua hatte vom dicken Pero eine Kuh gekauft, schon im Frühjahr, und zu Antoni sollt er sie bezahlen. Doch Antoni verging – Johanni – Peter-Pauli – und der Pacher-Franzl zahlte nicht.

Hierauf ging der dicke Pero zum Bezirksgericht und erwirkte eine Pfändung.

Gut, Pfändung. Als aber der Exekutor zum Pacher-Franzl kam und wollte pfänden – da gehörte alles Bewegliche Pacher-Franzls Gattin, das Unbewegliche den Kinderchen, und die Kuh war unpfändbar als einzige Ernährerin von sieben Bamsen.

Weshalb der Exekutor wieder abzog.

Der Pacher-Franzl begrüßte den dicken Pero, sooft er ihm begegnete, mit frechem Grinsen.

Der dicke Pero war so erbost, so erbost, daß er am liebsten wäre aus der Haut gefahren. Schlief nicht und aß nicht und brütete Rache. Wart nur, stinketer Schwab! Dich krieg ich noch.

Anfang Juli ist Viehmarkt in Alt-Pasua – da nahm der dicke Pero seine freundlichste Miene um und äugte rings nach seinem Franzl. Und als er ihn hatte, packte er ihn wie von ungefähr am Rockknopf und sprach:

„Hörscht, Pacher-Franzl, mußt mr scho verzeihn! Hätt i ehnder gwüßt, wies mit dr isch: daß d' aane Kuh hascht, aber sieben Bamsen – i hätt di, meiner Seel, net lassen pfänden. I bin ka Unmensch nöt.

Aane Kuh – dös i z'weng für so viel Leut. Da hascht a Ziegen – treib s'haam, i schenk dr s'."

„Vergelts Gott", sagte der Pacher-Franzl und trieb die Ziege heim.

Der dicke Pero aber rannte schnurstracks aufs Gericht und ließ wiederum den Exekutor los: denn die Vermögensverhältnisse des Schuldners Pacher-

Franzl haben sich geändert; er besitzt nebst der Kuh jetzt eine Ziege – und die Kuh ist nicht mehr „unentbehrlich zur Ernährung".

Der Exekutor kam zum Pacher-Franzl – um die Kuh.

Da saß der Pacher-Franzl eben beim Mahl, friedlich mit den Seinen, trank Kuhmilch und fraß die Ziege.

SCHACH

Schach ist ein vornehmes Spiel. Ich atme die hocharistokratische Atmosphäre des Schachs gern – der arme Hund freut sich, wenigstens hier auf dem Brett Schiebungen vornehmen zu dürfen mit Bischöfen, Königen und Damen.

Ein königliches Spiel. Wer's nicht nobel und edel treibt, lieber weit weg vom Handwerk bleibt.

Ich spiele Schach mit dem Major v. Vestenhof. Der Herr Major hat zahlreiche Feldzüge mitgemacht – gegen Preußen, Piemont und Montenegro –, ein unerschrockener Gegner. Seit Jahren kreuzen wir unsre Bauern im Café, ich habe den Major in Kriegslagen gesehen, wo jedem andern die Haare zu Berg gestanden hätten. In Vestenhofs greisem Kriegerangesicht zuckte kein fahler Schein. Wir eröffnen gewöhnlich

e2-e4;

der Gegner antwortet:

e7-e5.

Bis hierher ist die Partie von uns theoretisch durchgearbeitet.

Es folgt das Pensionistengambit der älteren Gebührenklasse. Der siebente Zug ist ein Rösselsprung, Angriff auf die weiße Dame. Nun sind zwei Fälle möglich: entweder Weiß bemerkt, daß seine Dame eingestellt ist, und rettet sie – das ist dann die Feldmochinger Variante; oder Weiß übersieht die Gefahr, die Dame wird genommen: Partie Seiner Exzellenz, des k.u.k. Feldzeugmeister ad honores Stieglitz v. Donnerschwert.

Auf diesen Zug hat der verstorbene Gendarmeriewachtmeister Göttlicher eine prachtvolle Erwiderung gefunden.

Herr v. Vestenhof verwirft Göttlichers Erwiderung und zieht den weißen Läufer in rasantem Bogen von a2 nach h8. Dies h8 ist ein schwarzes Feld. Dadurch bekommt mein Gegner plötzlich zwei schwarze Läufer und ist in triumphierender Übermacht. (Man findet das interessante Endspiel in der Schachecke der Allgemeinen Fleischerzeitung, Nr. 52, mit der Unterschrift: Weiß zieht und setzt in drei Minuten matt.)

Natürlich spielen wir pièce touchée – das heißt: alle Figuren werden angerührt, ehe wir eine ziehen. Ist aber der Zug geschehen und dem Gegner unangenehm, dann leuchtet unsre Ritterlichkeit im vollen Glanz: auf Verlangen auch nur einer Partei, selbst eines Kiebitzes, wird der Zug zurückgenommen.

Die Kiebitze: sie scharen sich in Reihen um uns und stören uns mit ihren Ratschlägen. Wir folgen ihnen aus Höflichkeit. Allen können wir es doch nicht recht machen. Gustav Meyrink in seiner unausstehlich höhnischen Art vergleicht unsern Kampf mit einem Duell, bei dem man mit den Pulsadern pariert.

Die Kiebitze: meist sind es Maler. Sie spitzen ihre Stifte, um unsre Mienen zu skizzieren. Das Schach ist harmlose Lustbarkeit, wenn der Spieler sechs, zehn, zwölf Züge des Gegners vorausberechnet. Es ist, als hätte der Reichskanzler gesagt: „Wir leben im tiefsten Frieden, der stetige Gang der Politik ist auf Jahre hinaus gesichert."

Auf unserem Schachbrett aber? Ist ewige Pein. Wir tanzen auf dem Vulkan, mit einem Fuß im Grab, und über uns an unsichtbarem Faden hängt das Schwert des Damokles. Rechts, links, hüben, drüben ahnt der Partner unermeßliche Abgründe. Der leiseste Zug kann den Tod bringen. Mir oder dir? Das ist es, was unsre Partie so scheußlich spannend macht. Wir spielen Hasard – um die Ehre. Und die Kiebitze studieren in unsern Gesichtern die Ausdrücke von Angst und Grauen.

Seit dreizehn Jahren gibt sich der Herr Major den fürchterlichen Erschütterungen des Glücksspiels hin. Seine Hirnrinde ist ihm vor der Zeit ergraut. Ich aber sitze mit vibrierenden Nerven da, wenn mein Gegner wieder einmal die lauernde Frage tut: „Wer ist am Zug?" Und er antwortet sich regelmäßig selbst: ein kleines Rücken von zwei, drei Figuren – zunächst zu Versuchszwecken – ein Basiliskenblick – knurrige Flüche, die mich um alle Fassung bringen – endlich ein riesiger Sprung des Rössels über drei oder vier Felder – und mein Schicksal ist besiegelt.

Und stünde mein Gegner allein da mit dem entthronten König gegen meine lückenlose Phalanx – nie gibt er die Partie auf, nie die Hoffnung. Er glaubt an ein Wunder; oft genug ist es gekommen. Einen so zähen Kämpen zu besiegen, ist nicht leicht. Die meisten Partien enden damit, daß der Herr Major sich weigert, aus dem Schach zu ziehen. Meyrink nennt das: ewiges Schach. So hat der tapfere Vestenhof schon manche verzweifelte Situation gerettet.

DIE ZEITSCHRIFT

Etliche Jahre vor dem großen Krieg, im Frühling, gründete Freund Köllermann die Österreichische Marinezeitschrift, wurde aber alsbald undicht und lief noch im August damit auf Sand.

1913 traf ich ihn – er war neu kalfatert und seine Frau in großer Flaggengala.

„??"

„Danke bestens, ganz gut", sagte er. „Ich lebe von meiner Zeitschrift."

„Na hör mal – die erscheint doch gar nicht mehr!"

„Eben darum. Ich habe meinen Abonnentenstamm – fünfzehn Erzherzöge zu fünf Exemplaren, Marinekasino in Pola – zehn Exemplare, der Erzbischof von Wien – zwei, Fürsten und Grafen, die alle noch nicht gemerkt haben, daß die Zeitschrift ausbleibt – 120 Abonnenten zu 4 Gulden – und nicht die geringsten Kosten. Ich rechne auf ein sorgenloses Alter."

DIE MOBAKTEN

Eines Tages ließ der Herr General den Oberleutnant Nowotny rufen und sprach zu ihm:

„Herr Oberleutnant, Sie wissen: mein zugeteilter Generalstäbler ist auf Urlaub gegangen. Ich übergebe Ihnen hiermit den Schlüssel zu den Reservat-, Streng-Reservat- und Geheimakten. Sie werden mir den Empfang des Schlüssels schriftlich bestätigen und sich des in Sie gesetzten Vertrauens würdig erweisen."

Oberleutnant Nowotny bestätigte und erwies sich würdig: er trug den Schlüssel bei Tag an der Brust an einem rosenroten Bändchen, im Sämischledertäschchen – bei Nacht verwahrte er den Schlüssel unter seinem Kopfkissen.

Am dritten Morgen kam ein Generalstabsoberst mit einer Bescheinigung des Korpskommandos und begehrte einen Mobilisierungsakt auszuheben.

Als man den Schrank zu öffnen versuchte, konnte man nicht.

Da rief die Kanzleiordonnanz:

„Warten S' bissel, Herr Obeleibmann, ich hol ich Abortschlüssel, sperrt e besser. Abe geem S' acht, hab ich mei Schuhwichs drin."

QUECKSILBER

Voriges Jahr im Sommer fanden Erdarbeiter unterhalb der Budapester Sandhügel starke Spuren von Quecksilber.

Sofort gründete mein Freund Attila Janoschhasy die „Hydrargyrum-Aktiengesellschaft" und erwarb das Schurfrecht auf den umliegenden Höhen.

Doch mit dem erträumten Millionenreichtum wurde es nichts. Es war nur ein Militärfriedhof.

DER ERSTE IN DER KLASSE

Unglaublich, wie viele Musterknaben auf der Welt umherlaufen. Richard Braungart, zum Beispiel, den ich unlängst als Steueramtsoffizial und Vater von sechs Kindern, meist weiblich, antraf, erzählt seinen Nachkommen ganz unverfroren, er wäre zeit seines Lebens der Erste in der Klasse gewesen.

Ich könnte durch einwandfreie Zeugen seiner Gymnasialjahre freilich leicht das Gegenteil beweisen, wenn ich rücksichtslos genug wäre, seine väterliche Autorität untergraben zu wollen.

Aber ich will ja nicht. Ich gönne ihm seinen Nimbus. Ich dulde schweigend, daß er seinen Jungen sich als das Vorbild allergenauester Pflichterfüllung hinstellt – und in einem Atem mich als warnendes Beispiel der bösen Folgen von Unfleiß und verderbten Sitten. Jenes Zucken der Mundwinkel, das in solchen Augenblicken sein schlechtes Gewissen verrät, sein Erröten bis an die Haarwurzeln sind mir, dem Feinfühligen, eine glänzende Genugtuung.

Seht ihn an, ihr Buben des Hauses Braungart, schreit es in meinem Innern, seht ihn euch an, diesen ausgepichten Lügner von einem Vater, der euch mit großen Worten zur Wahrheit und Lernbegier erzieht und dabei mich, den Mitwisser seiner häßlichen Vergangenheit, heimlich um Diskretion anfleht. Jahrelang hat er zu meiner Linken auf der Eselsbank gesessen und im Wetteifer mit mir um die Stelle des Vorletzten in der Klasse gebuhlt.

Fragt ihn doch einmal nach den Präpositionen, die den Akkusativ regieren, und ihr sollt sehen, Braungart-Buben, wie hohl dieser aufgeblähte Mustervater ist, während ich, der faule Popanz, sie anstandslos hersagen und mich an dem Wortklang der Verse berauschen kann:

„*Ante, apud, ad, adversus,*
Circum, circa, citra, cis,
Erga, contra, inter, extra,
Infra, intra, juxta, ob.
Penes, propter, post und *praeter,*
Prope, supra, per, secundum,
Versus, ultra sowie *trans.*"

Fragt doch mal, ihr Jungen, euern Vater nach Pater Thaddäus Schmidt, unserm alten Geschichtsprofessor, der jedes greifbare Ding, von dem er erzählte, erst mit dem Finger in die Luft malte, eh er ein Wort weitersprach! Die Elefanten des Pyrrhus, die Dromedare Muhammeds, den Esel Peters von Amiens – jedes einzelne Vieh ließ er als Fata morgana mit flinken Strichen – von der Schnauze bis zur Schweifquaste – in der Luft erstehen. Grade euer phantasieloser Vater Braungart konnte dieser stummen Beredsamkeit nicht folgen.

Denn – seine gegenwärtige Stellung als Staatsbeamter der neunten Rangklasse aus dem Spiel – er war ein Esel; mich aber hielt man nur dafür. Ich saß neben ihm auf der Bank der Ausgestoßenen – einfach weil ich zu gut war für diese Welt und die Schwächen des Herrenvolks der Lehrer mit offenen Augen sah. Aus Furcht drückten sie mir das Brandmal der Verspotteten auf die Stirn und wiesen mich dort zu dem Dümmsten – euerm Vater.

Sagt nicht, ihr Kinder, ich klagte ihn aus niedriger Schmähsucht an, ohne Beweise erbringen zu können. Noch leben die Zeugen seiner Schande. Fragt Willy Haas, der jetzt Advokat in Ostrau ist – und Emil Raimann, den Universitätsprofessor in Wien. Sie werden euch Dinge von euerm Vater berichten, die eure kindlichen Locken sträuben machen sollen. Wißt ihr, wie er *„son frère est juif"* übersetzt hat? „Sein Bruder ist schief."

Oh, noch mehr. Als man ihn um einen einfachen Satz befragte – was antwortete er?

„Meine Frau ist wasserreich."

Kein Sterblicher hat je ergründet, was er sich dabei dachte.

Im Livius, XXII. Buch, Caput steht:

„Ita obtinuit, ut legiones, sicut consulibus mos esset, inter se dividerent."

Und was las Braungart der Erste heraus:

„Er setzte durch, daß die Legionen, wenn die Konsuln Moos hätten, es unter sich dividierten."

Wie wird euch, ihr unmündigen Kleinen?

Gemach, es kommt noch netter.

Aeneis, I: *„Sed pater omnipotens speluncis abdidit atris"*, gab er deutsch wieder mit:

„Doch Pater Omnipotens ging in anrüchige Spelunken", und die Aufschrift des zweiten Buches vom Gallischen Krieg *„Liber alter"* hielt er für eine Widmung an den „lieben Alten".

Die ihr gewohnt seid, zu euerm Erzeuger wie zu einer Leuchte der Wissenschaft aufzublicken, ihr erwidert:

„Er war vielleicht kein fertiger Lateiner. Doch was tut das, wenn er nur sonst Grütze im Kopf hatte?" Aber er hatte auch die nicht, o betrogene Würmer. Er zitierte:

„O tempora – o meteores!"

„Dulce et decorum est, satiram non scribere."

Er deklamierte Uhlands Kameradenlied:

„Als die Trommel blies zum Streite...", und das Lied von der Glocke ist in der Braungartschen Ausgabe volkstümlich geworden:

„Von der Stirne heiß
Rinnen muß der Schweiß,
Soll das Werk den Meister loben;
Tochtersegen kommt von oben."
... „Und drinnen altert die züchtige Jungfrau,
Die Mutter der Kinder."

Wie hat er die „Bürgschaft" verkorkst?

„Oh, gib mir nur drei Tage Zeit,
Bis sich die Schwester des Gatten erfreut."

Mit seinen Aufsätzen über historische Gegenstände könnte ich Seiten füllen:

„Die Pythia war, wenn die alten Griechen etwas wissen wollten, was sie wissen müßten, setzten sie eine

Pastorin auf einen Dreifuß und dünsteten ihr, dann wußten die alten Griechen, was sie wissen müßten."

„Das Eisen hat seine Anwendung bei die Erbauer. Von Eisen war der berühmte Eiffelturm zu Pisa, worin Galilei das Elektrische erfand."

„Alles bei die alten Ritter war von Blech, nur ob die Wäsche weiß ich nicht, und auf die Lanzen waren Thermometers."

„Verres plünderte Siziliens Tempel und nahm sie dann mit; trotzdem gewann er seinen Prozeß, indem er hatte seinen Verteidiger bestochen."

Er schrieb über Goethe: schon dessen Mutter wäre mit einem Tropfen Künstlerbluts gesalbt gewesen; Goethe selbst, ein Dichter „von der Sohle bis zur Zehe" habe zwar „insbesondre durch seine sämtlichen Werke" Ruhm erworben, aber doch „immer, auch bei Lebzeiten, unter dem Urteil der Nachwelt zu leiden gehabt."

„In der Geschichte der Römer", schrieb Braungart, „gibt es ganze Jahrhunderte, wo uns kaum der Jahreszahl nach bekannt sind."

Und: „Napoleon I., der größte Napoleon aller Epochen, wurde am 18. August 1768 geboren. Dieser Tag war für sein ganzes folgendes Wirken bedeutungsvoll, denn am 2. Dezember 1804 setzte er sich den Thron Frankreichs aufs Haupt."

Euer Vater behauptete:

„Das Eiserne Tor ist der Schlüssel Ungarns."

„Die Priesterbinde ging bei die alten Römer über Hals und Kopf zur Achselklappe durch."

„Schiller schloß sein Leben am 9. Mai 1805 für immer."

„Es gibt drei punische Kriege, nämlich den ersten, zweiten und dritten."

„Man muß bei der Lektüre Klopstocks den logischen Zusammenhang suchen und ihn auch dann finden, wenn er nicht da ist."

„Von Homer weiß man nicht, ob, wo, wie, wann und warum er geboren ist."

„Der Siebenjährige Krieg wäre schon viel früher ausgebrochen, wenn Maria Theresia König Friedrich II. nicht gestillt hätte."

„Die Volkshymne muß stehend und entblößten Fußes mitgesungen werden."

„Ladislaus Posthumus war ein genialer Herrscher, aber ihm fehlte die Geburt ..."

Alles dieses sagte euer Mustervater Braungart.

Später, als er in die Geheimnisse des römischen Rechtes einzudringen suchte ... – hat er euch sein Mißgeschick gebeichtet?

„Labeo ait ..." beginnt eine Stelle, die ihm der Examinator zu übersetzen gab. Jeder Schafhirt weiß, daß Labeo ein Rechtsgelehrter gewesen ist. Euer Vater, diese Sondernatur, aber leitete Labeo ab von *„labor, labi, lapsus sum"* und begann:

„Ich falle, sagt er ..."

„O nein", rief der Examinator, „Sie fallen, sag ich."

Und so geschah es. – Hat er euch das gebeichtet, ihr Buben?

Dieses ist die Wahrheit über euern Vater, den k. k. Steueramtsoffizial der neunten Rangsklasse.

Meint ihr etwa, Onkel Theodor, der sich auch immer rühmt, der Erste in der Klasse gewesen zu sein, wäre besser gewesen? Glaubt ihm nicht! Er war nicht dümmer als euer Vater – weil das nicht möglich ist –, aber er hatte auch sein Teil vom Erbe der Braungärten weg. Wenn er euch jetzt gönnerhaft die Backen tätschelt und nach euern Fortschritten fragt – warum wendet ihr ihm nicht empört den Rücken und nennt ihn, wie er es verdient: ein Kamel?

Laßt euch nicht anfechten, Buben! Spielt und tobt, rauft und schwänzt weiter – die Leute, die sich vor euch als Helden der Tugend und Lernbegier aufspielen, sind allesamt viel ärger als ihr gewesen. Und wenn ihr nach meinem Rezept auch nicht die Ersten in der Klasse werdet an Sitte, Fleiß und Wissen – denkt immer daran, daß auch die Mütter andrer Kinder eine Freude haben wollen.

KONFUSIONEN

Praesente medico venit mors velociter.
In dubio omne animal triste.
Post coitum praesente non sunt turpia.

DAS GEWISSEN

Ich hatte einst Händel mit dem Oberkellner des Restaurants Splendid, Bukarest, Calea Victoriei.

Ich habe mich fürchterlich an ihm gerächt.

Ich wartete, bis eines Samstags abend der große Salon voll und voll besetzt war mit eleganten Gästen – da trat ich ein und rief mit Stentorstimme:

„Fliehen Sie! Alles ist herausgekommen."

Im Nu war die große elegante Gesellschaft davon.

Der Oberkellner stand da mit unbeglichenen Zechen in der Höhe von 1300 Lei.

„Wie steht denn eigentlich der Herr Pfarrer mit seiner Köchin?"

„Sie leben im Konzölibat."

Hausfrau in Berlin. Die krankmachende Wirkung der verdrängten Triebregungen besteht (nach S. Freud) darin, daß sie, gemäß dem sittlichen Bewußtsein und der Konvention, mit den Tendenzen der Persönlichkeit nicht vereinbar, von dieser aus dem Bewußtsein verdrängt werden, wobei aber die mit ihnen verbundenen Affekte gleichsam als Fremdkörper in der Seele weiterwirken. – Zum Pfannkuchen werden 5 Eier mit einem Viertelliter Milch, 1 Eßlöffel Zucker und etwas Salz abgesprudelt und unter beständigem Rühren mit 0,5 Pfund Mehl versetzt.

Blondine in W. Um Rosenölflecke aus imprägnierten Regenmänteln zu entfernen, benutzt man ein Gemenge von Honig und Tischlerleim zu gleichen Teilen, worin man das Kleidungsstück eine halbe Stunde kocht. Nach Beendigung der Prozedur an der Luft trocknen und ausgiebig plätten! – Daß Kaviar der Rogen großer Fische sei, ist ein weitverbreiteter Irrtum. Vielmehr ist Kaviar die Frucht einer turkestanischen Wickenart, Vicia sativa. Sehr häufig, aber gesundheitsschädlich durch ihren Bleigehalt, sind Verfälschungen mit weichgekochtem Flintenschrot.

Ellen in Gerdauen. Besten Dank für Zusendung so lieber Frühlingsboten: der ersten Hühnerläuse der Saison! Wirklich selbst gezüchtet? Wir haben die hübsche Gabe dem Verein zur Erhaltung lebender Naturdenkmäler gespendet.

Josefine H. in W. Der Statistik zufolge kommen in Deutschland auf 1000 heiratswillige Frauen nur 37 Männer. Die übrigen wollen offenbar nicht. – „Knotenpunkte" heißen die Eisenbahnzentren, weil so viel Beamte da sind.

Maria in H. Sie fragen um die Herkunft des Ausrufs „Luft! Luft! Clavigo!" – Wir wissen es nicht und eröffnen darüber einen Meinungsaustausch unter unseren Leserinnen.

L. S. in E. Auch wenn Sie keine Stimme haben, brauchen Sie an Ihrer Zukunft als Sängerin nicht zu verzweifeln. Fester Wille siegt über Mängel des Körpers: Demosthenes stotterte, Beethoven war taub, Raffael wurde ohne Arme geboren – und gar mancher Politiker hat es trotz angebornem Schwachsinn zum Parteiführer gebracht.

Besorgte Hausfrau in R. Der Satz „Mütter irren", steht allerdings in Schillers „Lied von der Glocke"; wenn Ihre Tochter ihn aber aus dem Zusammenhang reißt, nimmt er einen Sinn an, den der Dichter doch wohl nicht im Auge hatte.

DIALOGE

„Sie, Herr Steißhuber", sagte Karl, „wissen S', was i mir wünsch? So vüll Geld möcht i ham als wiea der Rothschild, un ausschaun möcht i akrat als wiea Sie."

Herr Steißhuber – äußerst geschmeichelt: „Ah, gehn S', Herr Karl! Grad a so möchten S' ausschaun? Als wiea ich?"

„Ja, Herr Steißhuber! Denn wann i soviel Geld hab als wiea der Rothschild, nachher is mir scho wurscht, wann i aa blöd ausschau."

Herr Hänke sprach sorgenvoll:

„Wie kommt es nur? Wenn ich 'n Diner in einem noblen Restaurant nehme, bleiben mir für den schwarzen Kaffee immer zwei Gabeln übrig."

FAMILIENLEBEN

„Gnädigste, ich sehe Sie immer mit einem großen, blonden Herrn; ist er verwandt mit Ihnen?"

„Einigermaßen ... 's ist der dritte Gemahl der ersten Frau meines zweiten Mannes."

DIE EHEIRRUNG

Mergelmann stürzte aufgeregt zu mir herein und versank im Klubsessel; seine Brauen turnten auf und ab; die Nüstern dehnten sich und schwanden; die Hände umkrampften die Armlehnen.

Eben ein Mensch, der seine Frau ertappt hat.

Ich fand schwer ein Wort des Trostes.

„... Gott ... ja ... Mergelmann ... gewiß ... ich sehe ein ... es ist entsetzlich, erschütternd, wenn man da plötzlich ... einem zum erstenmal klar wird ..."

Da sprang Mergelmann auf und brüllte:

„Zum erstenmal? Zum erstenmal? Freund, zum acht-zehn-ten-mal hab ich die Bestie erwischt!"

DIE NACHKOMMEN

Die junge Mutter sprach: „Der Arzt hat angeordnet, wir sollen unser Baby immer vor und nach der Nahrungsaufnahme wiegen. Ist aber unmöglich – Baby hält auf der Waage nicht still."

„Ganz einfach, gnädige Frau! Wiegen Sie doch vor- und nachher die Amme."

„Wann hast du denn Geburtstag, Kleine!"
„Hier überhaupt nicht. Ich bin in München geboren."

Heut erzählt mir Schleicke:
„Ich habe mich also in meinem unüberwindlichen Dalles entschlossen, meinem alten Herrn ein Ultimatum zu stellen. Ich schrieb ihm. ‚Lieber Vater', schrieb ich ihm, ‚zum fünften- und letztenmal rufe ich Deine Hilfe an. Schick mir entweder die 30 M. oder einen Revolver.'"
„Und dein Vater?"
„Wie ich ihn kenne, wird er mir den Revolver schicken. Den verkaufe ich dann für 30 M."

DER ALTE POHL

Er schlug sich schlecht und recht durchs Leben, der alte Pohl – mit Gesangstunden, kleinen Handelsgeschäften – mal auch mit einem Vereinskonzert. Hatte nicht mal nötig, gar so geizig zu sein.
Er war von berühmtem, schmutzigem Geiz. – Als seine Freunde ihn einmal zum Frühschoppen verführen wollten, wandten sie das richtige Mittel an: „Komm nur – ich zahl dir ein Glas Bier!" – „Ich eine Wurst." – „Ich das Brot." – „Ich den Meerrettich."
Und der alte Pohl ging mit ihnen.
Als er sein Glas getrunken hatte, wollte er sich erheben.
„Bleib nur", sagte einer, „ich zahl dir noch ein Glas."
Darauf der alte Pohl – mit Tränen in den Augen, kopfschüttelnd:
„Kinder, es ist nicht schön von euch, wie ihr meinen Geiz ausnutzt."

DIE FREUDEN DER EHE

Friederike, die Tochter des Pastors von Wukowitz, hatte den Pfarr-Adjunkten geheiratet und war mit ihm an die See gefahren.

Nach drei Tagen schrieb sie:

„Liebe Mutter, ich muß leider schon klagen. Wilhelm fängt an, anzügliche Gespräche zu führen."

„Alles verdanke ich Oskar: mein Glück, mein Wohlleben, meine Seele und Seelenruhe. Nur mein Frauenleiden verdanke ich Gustav."

Eine sehr alte Geschichte – und in der Steiermark hat sie sich zugetragen:

Eine Frau aus Graz, schon recht hoch in Jahren, hatte nochmals geheiratet, nach Leobersdorf – doch es gefiel ihr da nicht; der Gatte gefiel ihr nicht, ebensowenig die Stiefkinder – am wenigsten konnte sie sich an die neue Luft gewöhnen.

Die arme Frau wurde krank. Kam schließlich zum Sterben. Rief ihren Gatten und sprach zu ihm:

„Holzhuber, es hat net sollen sein – mir zwoa haben unser Glück net gefunden. Verzeih mir, Holzhuber, und hör mein letzte Bitte an: I möcht net hier in Leobersdorf begraben werden. Sondern wann i stirb, laß mi auf Graz überführen."

Holzhubern traten die Tränen in die Augen.

„Mariedl", sagte er, „i versteh di ganz guat. Aber schau ... bei diesen teuern Zeiten ... I mach dir an Vorschlag: probier's a Weil in Leobersdorf; und wann's dir dann net behagt, so können mr di ja immer noch überführen lassen."

DIÄT

Frau Tonis erstes Verhältnis war ein junger Dichter. Er sagte:

„Die Bestimmung deiner Seele ist: in einem zarten Gehäuse zu wohnen. Es wäre Barbarei, dein wunderbares Skelett, die Elfenbeinschnitzerei eines kunstfertigen Gottes, mit Fettmassen zu polstern. Also: Bitterwasser; Tee ohne Zucker; kaltes Gemüse; Zwieback. Fertig."

Nach zwei Monaten sah sie aus wie Übersee-papier. Wenn sie im Mondschein am Fenster stand, warf sie keinen Schatten. Wenn sie im Bett lag, strich der Dichter über die Decke und seufzte:

„Wo nur Toni bleibt?"

Hierauf betrog sie den Dichter mit Robert Wellmann.

Wellmann sprach:

„Ich liebe, weißt du, die Frauen von Rubens. Ich liebe, weißt du, den Perlmutterglanz ihrer Haut; den rosigen Schimmer strotzender Brüste. Tizians Flora gefiele mir, weißt du, wenn sie um eine Idee voller wäre. Also: vier weiche Eier zum Frühstück, Kaviar, ein Glas Milch, weißt du, Beefsteak à la Tartare und Polenta."

Nach kurzen Wochen zog sich der Dichter von Frau Toni zurück.

Wellmann tat desgleichen, als Frau Toni kurzatmig wurde.

In diesem Zustand heiratete sie einen Bankgouverneur.

Die Ehe ist glücklich.

Der Herr Bankgouverneur war vordem ein Schürzenjäger, weil ihn nur Abwechslung reizte.

Jetzt hat er die Abwechslung im Ehebett: alljährlich im Oktober fängt Frau Toni an, für einen Maler zu schwärmen, und schafft ihrem Mann einen warmen, weichen Winter; im Frühjahr berauscht sie sich an einem Dichter, worauf ein kühler, trockener Sommer folgt.

ORDINATION

Ich ging mit meinem Katarrh zu Professor Atzler, dem Halsspezialisten.

Er hieß mich die Zunge herausrecken und griff danach.

Ich kenne das. Es schmerzt. Ich erbot mich, mir die Zunge selber festzuhalten.

„Nein", sagte Professor Atzler, „Ihre Zunge müssen Sie schon mir zu halten geben; ich bin ein alter Mann, und wenn ich in einer Hand den Kehlkopfspiegel habe, bin ich gewohnt, mich mit der andern an irgendwas zu hängen."

Als ich nach Karlsbad kam, befragte ich Dr. Turner wegen meines Darmleidens.

Er verordnete mir sieben Mühlbrunnen.

Ich klagte ihm auch über meine Nieren.

„Sieben Mühlbrunnen", sagte er.

Ich wollte gehen und fand meinen Schirm nicht.

„Fehlt Ihnen noch etwas?" fragte Dr. Turner ungeduldig.

„Der Schi..."

„Trinken Sie noch sieben Mühlbrunnen!"

DAS ALTE ÖSTERREICH

Zur Zeit des alten Kaisers Franz Joseph war einmal eine Gewerbeschau in Prag. Elias Bumm hatte neuartiges Tuch ausgestellt, das zeigte keine rechte und keine linke Seite, es war hüben und drüben gleich.

Der Kaiser, aufmerksam gemacht auf diesen Fortschritt der heimischen Industrie, fragte auf seinem Rundgang:

„Wie trägt man also dieses Tuch?"

„Wie mä will, Majestät", antwortete Herr Bumm.

„Und wie teuer verkaufen Sie es?"

„Wie mä känn, Majestät."

„Woher beziehen Sie die Rohstoffe?"

Da zog Herr Bumm die Brauen hoch und sagte:

„Das ist – entschuldigen, Majestät – Geschäftsgeheimnis."

FABEL

Das Schwein, das Schaf, der Esel – und Geflügel aller Art saßen in ihrem Klub und berieten über Aufnahme eines neuen Mitglieds, das sich gemeldet hatte: des Menschen.

„Es ist die Frage", sprach das Schwein, „ob er sich der Aufnahme in unsern Bund würdig zeigt. Ist er ein Ehrenmann? Hat er ein gutes Benehmen? Ist er sauber?"

Das Schaf: „Wird er nicht Unfrieden bringen in unsre schöne Eintracht?"

Da meldete sich schnatternd die Gans:

„Vor allem: ist er gescheit?"

„In diesem Punkt soll er uns alle übertreffen", antwortete resigniert der kluge alte Papagei.

„Ha", röhrte sieghaft die Gans, „wenn er gescheit ist, bin ich für seine Zulassung. Denn mit Gescheiten bin ich von jeher fertig geworden; die hab ich mit der Zeit alle untergekriegt."

REISEEINDRÜCKE

Paris

Der hochwürdige Pfarrer von Eschweiler im Elsaß war nach Paris gekommen und ließ sich von seinem Neffen leicht überreden, die Stätten des Lasters anzusehen: Jockey, L'Hirondelle, La Chaumière – Bars und Dielen.

Sah sich das Treiben an, wiegte langsam den Kopf und sprach:

„Gesund ko des unmöglich si."

Belgien

Hubinger war in Brüssel. Da gedachte er sich eine Uhr zu kaufen. Mühsam holte er aus seinem lückenhaften Wortschatz die Frage nach dem Preis:

„Combien est-ce que cela coûte?"

„Soixante-dix", antwortete der Händler.

Hubinger verstand nicht und begann – immer ungeduldiger – in seinem Sprachführer zu blättern.

Der Kaufmann erbarmte sich seiner, nahm ihm höflich den Sprachführer aus den Händen und schlug die Stelle auf:

„Monsieur, c'est trop cher. Laissez le à moins! – Mein Herr, das ist zu teuer. Lassen Sie etwas nach!"

Venedig

Frau Trebitsch (in Wien) war außer sich: ihr Otto war vor einer Woche nach Italien abgedampft – und seither kein Laut von ihm, kein Schall.

Ich, der Praktiker, wußte sofort Rat:

„Wo, gnädige Frau, müßte Otto nach seinem Reiseplan heute weilen?"

„Hotel Capello nero, Venedig."
Hierauf ließ ich eine Depesche los:
„=RP 10= Capello, Venezia. *E arrivato Otto Trebitsch di Vienna?*"
Anderen Tages hatte ich schon die Antwort:
„qui arrivato solamente uno trebitsch – degli altri sette non sappiamo niente."

DER RUSSISCHE GAST

In Stanislau war bei uns ein Leutnant aus Rußland zu Gast.
Man tischte frische Nüsse auf.
Da verschwand der Russe plötzlich und kam nach einer Weile mit einer ganzen Ladung sauber geputzter Kerne zurück.
Zuvorkommend bot er sie der Regimentstochter dar.
„Wie haben Sie das so rasch fertiggebracht, Herr Leutnant?" fragte die Kleine geschmeichelt.
Er antwortete schlicht:
„Ich unj mei Djenschtschik – Bursche – mit's Muul."

DER RABBI VON JANOVO

Der Rabbi von Janovo fuhr im Planwagen über Land – auf den Markt nach Pantschova. In Mokri wollte er nächtigen.
Das ist leicht gesagt. Wenn aber Markt in Pantschova ist, fahren alle Juden nach Pantschova, und wenn sie hinfahren, nächtigen sie alle in Mokri. Als

der Rabbi ankam, zeigte sich's, daß kein Plätzchen im Wirtshaus mehr unbesetzt war, und es blieb nichts übrig, als: auf dem Wagen in der Scheune schlafen.

Moische Bandwurm, der Kutscher, zog den Planwagen unter Dach, band die Pferde verkehrt an die Deichsel, damit sie aus dem Vorderschragen fressen könnten – machte für den Rabbi ein Lager im Wagen zurecht, sich eins unterm Wagen – und schon war's finster.

Als der Rabbi gebetet hatte, sprach er: „Moische Bandwurm, hast du gebetet, daß uns de Pferd nix sollen gestohlen wern?"

„Nein, Rebbeleben."

„So bet inbrünstig – und bind de Pferd außerdem fest an."

Moische tat, wie ihm geheißen worden.

Als er fertig war, begann der Rabbi wieder: „Moische Bandwurm – wenn du inbrinstig gebetet hast und hast de Pferd außerdem so fest wie meeglich angebunden und bleibst auch noch wachendig und gebst acht – so ist es trotz dem Marktgewihl meeglich, daß uns de Pferd nix gestohlen wern."

„Ich werde wachendig bleiben und achtgeben", sagte Moische.

Der Rabbi legte ihm beide Hände auf das Haupt, murmelte einen Segen und stieg langsam in den Wagen.

Mitten in der Nacht ward der Rabbi durch Hundegebell aus dem Halbschlummer des unbequemen Lagers geschreckt und rief nach Moische.

„Was wollt Ihr, Rebbeleben?"

„Schloifst du, Moische?"

„Nein, Rebbeleben."

„Was machst du denn?"

„Ich denk nach, Rebbeleben."

„Über wos denkst du nach, Moische Bandwurm?"
„Ich denk nach, ich denk nach ...: wo es Unschlitt hinkommt, wenn eine Kerze brennt."
„Nu, als du so gescheite Sachen nachdenkst, wirst du doch nix einschlafen", rief der Rabbi beruhigt und wandte sich auf die rechte Seite.

Ein kühler Luftzug ging durch die Fugen des Scheunentors – da erwachte der Rabbi wieder.
„He, Moische!" rief er.
„Was wollt Ihr, Rebbeleben?"
„Schloifst du, Moische?"
„Nein, Rebbeleben."
„Was machst du denn?"
„Ich denk nach, Rebbeleben."
„Über wos denkst du nach Moische Bandwurm?"
„Ich denk nach... ich denk nach...: wo kommt das Holz hin, wenn man ein Nagel in en Brett hereinschlagt?"
„Nu, als du so gescheite Sachen nachdenkst, wirst du doch nix einschlafen", sagte der Rabbi und wandte sich erleichtert linksum. Die Sterne verblaßten. Da krähte ein Hahn und weckte den Rabbi.

„He, Moische!"
„Was wollt Ihr, Rebbeleben?"
„Schloifst du, Moische?"
„Nein, Rebbeleben."
„Was machst du denn?"
„Ich denk nach, Rebbeleben."
„Über wos denkst du nach, Moische Bandwurm?"
„Rebbeleben – aufrichtig gesagt – ich denk nach... ich denk nach...: die Tore seind zu, gerührt hat sich nix – wo seind unsre Pferd?"

DAS ENDE

„In meinem Dorf", erzählte mir ein türkischer Offizier, „haben wir keinen Friedhof."

„Und wo begräbt...?"

Er nahm mir das Wort aus dem Mund:

„Die Unsrigen werden immer in der Fremde erschossen und gehenkt."

ANEKDOTEN

Als der Balkankrieg ausbrach, 1912, waren zwei Montenegriner eben in Bulgarien. Sie wußten nicht gleich, was tun: man züchtigt die Türkei – und sie sollen untätig bleiben?

Endlich einigten sie sich und telegraphieren nach Hause:

„An das Kriegsministerium, Zetinje.

Sollen wir heimkommen, mit frontal angreifen, oder von hier aus dem Feind in die Flanke fallen?"

Schon in den ersten Tagen des Krieges kehrte ein Soldat namens Wukoff wieder in seine Heimat.

Der alte Dorfschulze hörte davon und fragte:

„Warum ist der Mann heimgekommen?"

„Er ist krank. Da hat der Arzt ihn zurückgeschickt."

„Was", rief der Dorfschulze verwundert, „lebt er denn immer noch, dieser Arzt?"

„Aber, Onkelchen", sagte die Leute, „der Arzt ist doch ein ganz junger Mensch."

„Junger Mensch?? Er muß mindestens hundert Jahre alt sein: schon den Vater Wukoffs – den Großvater – den Urgroßvater hat er aus dem Krieg heimgesendet."

Als König Nikola damals durch eine kleine Ortschaft kam, brachte ihm die Frau des Ortskommandanten einen Krug Milch zur Labung.

Der König hatte gehört, daß sie eine nachlässige, böse Person ist, ein wahrer Drache, und redete ihr zu:

„Sei nicht so widerhaarig, Weib – es kommt dir nicht zu – und wenn du dreimal jünger wärst und schöner."

Die Frau darauf:

„Schlag du den Sultan, Gospodar, und erobere Konstantinopel – aber kümmer dich nicht, wie Marija Kruschka in Nikowitz ihren Mann behandelt."

(Aus Montenegro, nach Mitschun Powitschewitsch)

DER MARKT

Der alte Jure dehnte sich ein paarmal, gähnte ein paarmal, reckte die Schultern – murmelte sein ‚Gegrüßt seist du, Maria' und schritt langbeinig vor die Tür. Auf der Schwelle erwartete ihn der kühle Morgenwind, streichelte ihm die behaarte Brust und huschte ihm spielend unters Hemd.

Jure blickte in die halbklare Dämmerung: das Dorf – Schattenrisse armseliger Bauernhütten – und des Richters Obstgarten, der lag heute wie eine schwere Wolke auf der Kimmung.

„Heilige Jungfrau, voll der Gnaden, Gebenedeite, steh uns bei! Heiliger Anton, lieber Heiliger Josef, beschütz uns – mich, meine Iwa und mein Vieh."

Er schlug sich andächtig die Brust, bekreuzigte sich und wandte sich nach dem kleinen Anbau, der kuschelte sich mit seinem schiefen Dach wie ein verregnetes Vöglein an das Haus. Da stand Jures Vieh:

zwei magre Kühe, vier Ziegen, fünf Schafe und an die dreißig Hühner.

„Ah, seid ihr erwacht, meine Lieben?" rief er. „Seid ihr gesund erwacht? Du, meine Adlerin?" – Das war die erste Kuh; er zärtelte ihr den Stirnwulst. – „Und du, meine schöne Rose? Meine lieben Ziegen? Ihr kleinen Hühnchen?"

Unerträglicher Dunst erfüllte die Hütte. – Hurtig kamen auf Jures Ruf die Hühnchen von allen Seiten gegackert. Die Schafe blökten, die Ziegen meckerten, und die Kühe begannen dumpf zu brüllen.

„Hungrig seid ihr – was? Na, der alte Jure wird euch gleich zu fressen geben."

Er suchte den Stall in allen Winkeln ab nach Eiern. Er kannte schon die Nester seiner Hennen. Er fand ein halbes Dutzend Eier und trug sie vorsichtig auf flachen Händen hinaus. Dann fing er zwei Hühnchen ein und brachte auch sie vors Haus.

„Iwa! Iwa! Bist du fertig? Es ist Zeit, daß du gehst."

„Gleich, Vater", antwortete eine Stimme aus dem Haus, „gleich bin ich da."

Während er mit seinen groben Händen die Eier in ein verrostetes Kesselchen bettete, erschien Iwa in der Tür und knotete ihre Schürze zurecht. Sie war ein frisches Ding, ungewöhnlich rot vom Sonnenbrand, und trug eine große Tasche überquer; darin klirrten die Milchgefäße.

„Sonntag heißt es sich sputen, Iwa – sonst versäumst du die Messe. Und du mußt früher als die andern in der Stadt sein – damit du mir Eier und Hühner ordentlich verkaufst."

„Keine Sorge, Vater. Ich verkauf sie schon."

Jure war mit seinem Kesselchen fertig und erhob sich. Jetzt erst blickte er die Tochter an.

„Aah – und was ist das?" – Er trat einen ganzen Schritt zurück und öffnete vor Staunen die zahnlückigen Kiefer. Seine Augen quollen schier hervor

– so starr blickten sie auf die Schnur von Glasperlen, die da an Iwas Hals hing.

„Woher hast du das?"

Iwa wurde verwirrt und schob an der Tasche herum.

„Das ... das hab ich ... das ... ist schon alt."

„O nein." – Seine Stirnadern schwollen. Er stampfte ins Gras, als träte er Lehm. – „Das hast du gekauft. Gekauft hast du's."

Er schielte sie unter den Wimpern hervor mißtrauisch-gehässig an. Täglich, wenn sie zurück aus der Stadt kam, mußte sie ihm Rechnung legen, Kreuzer um Kreuzer abliefern. Denn Jure war ein Geizhals und hätte sich für einen Groschen gehängt. Seit Jahren sparte er, um eine Handbreit Land zu kaufen. Und nun erblickte er am Hals seiner Tochter einen Schmuck, der war nach seiner Schätzung wenigstens dreißig Groschen wert.

„Du hast mich bestohlen. Du hast teurer verkauft und mir weniger gegeben. Du hast mich belogen."

„Nein, Vater ..." – Sie faßte Mut und fuhr fort: „Andre haben ihre Hühner für drei Groschen verkauft, ich für vier. Für Eier habe ich zweieinhalb Groschen bekommen – andre nur zwei ..."

Jures Zorn stieg. Er drohte ihr mit geballten Fäusten.

„Die Halskette ist doch nicht vom Himmel gefallen. Woher hast du sie?"

Iwa hatte ihre Tasche von der Schulter genommen, zu Boden gelassen und spielte langsam mit dem Tragband.

„Woher?" schrie Jure wütend. „Rede – oder ich erschlage dich wie eine Katze. Hast du mich bestohlen – ja oder nein?"

„Nein, Vater. Ich hab ... ich hab ... das Halsband geschenkt gekriegt."

„Von wem? Wofür?"

„Ich habe ... gesündigt."

Er ließ beide Arme fallen und blieb wie versteinert. Aus seiner Kehle kam ein fremdartiger Laut, wie das Kreischen einer Säge.

„Ich habe ... gesündigt." Sie weinte und wollte sich ihm nähern.

„Rühr mich nicht an!" schrie er. „Solche Dinge treibst du in der Stadt?"

Er faßte sie an den Schultern und schüttelte sie.

Iwa schluchzte, daß es ihr den Leib durchrüttelte und das Rückgrat krümmte.

Das erzürnte den Alten nur noch mehr. Er preßte sie an die Wand und schlug mit der Faust zu – wohin er eben traf: auf den Kopf, die Brust.

„Und mit wem hast du es getrieben?"

„Mit dem Krämer Lasar."

Sie trug die Schläge gottergeben, suchte sich ihnen nicht einmal zu entziehen.

„... und mit Paja und dem Kürschner Mitar."

„Uh – mit einer ganzen Kompagnie. Und alle fremden Glaubens. Gleich drei. Drei brauchst du, Dirne? Brauchst du – ha?"

Er hatte von ihr abgelassen.

Iwa schöpfte Mut und sagte:

„Sie haben Hühner und Eier nur von mir gekauft und mir besser bezahlt als den andern Leuten." – Sie richtete sich vollends auf und rief trotzig: „Keinem Mädel haben sie so viel bezahlt wie mir – und Lasar hat mir die Halskette geschenkt und einen Kopfschmuck. Woher hätt ich dir denn so viel Geld heimbringen können, wenn sie mir nicht so gut gezahlt hätten?"

Betroffen war Jure zurückgetreten. Er spie vor ihr aus – aber er blickte beiseite.

„Was hast du denn viel heimgebracht?" maulte er. „Vorigen Sonntag siebzehn Groschen. Ist das viel? Und andern Glaubens sind sie – Serben. Was wirst du in der Beichte dem Frater sagen? Ha?"

Iwa musterte ihn stumm und scheu mit ihren großen, tränenvollen Augen. Dann bückte sie sich und wollte Tasche und Kesselchen aufnehmen.

„O nein, du gehst mir nicht wieder in die Stadt", sprach er böse. Und entriß ihr die Sachen. „Du nicht. Wenn ich auch alt bin – bis in die Stadt reicht es schon noch."

Er warf die Tasche über, nahm die Hühner und die Eier auf und ging brummend und drohend.

Iwa stand auf der Schwelle und blickte ihm nach.

– – Jeden Morgen trug Jure nun selber die Milch nach der Stadt, die Eier und Hühner.

Wenn er zurückkam, blieb er stumm – aber sein Gesicht wurde täglich verbissener, seine Laune böser.

So ging es drei Tage.

Am vierten Tag, in der frühesten Dämmerung, als er sich eben wieder rüstete, auf den Markt zu gehen – da blieb er vor Iwa stehen, als wollt er ihr was sagen – sagte aber nichts und wandte sich wieder zum Gehen.

Er hielt und zögerte. Endlich faßte er Iwa scharf ins Auge und sprach:

„He, du – heute kannst wieder du in die Stadt. Und ..."

Jure schluckte, was er sagen wollte, und winkte ab. Er machte sich am Kesselchen zu schaffen.

Endlich überwand er die Scheu.

„... Und wenn du dir hast verdienen können, was du nicht brauchst, so ... so sieh zu, daß du einen Fes und ein Halstuch für mich bekommst ... Verstehst du?"

„Ja, Vater."

„Und ... daß niemand was erfährt ... Denn, weißt du, es gibt Mädel, die noch schöner sind als du. Wenn du ihnen erzählst ..., wo ... wo es bessere Preise gibt – wird man ihre Hühner mit vier Groschen bezahlen und deine nur mit drei."

(Aus Bosnien, nach Swetosor Zorowitsch)

SCHWÄNKE

Ein Mann hatte zwei ungeratene Söhne; täglich fingen sie Streit mit ihrem Vater an und mißhandelten ihn und rauften ihm den Bart.

Einst war wieder um einer Kleinigkeit willen gewaltiger Lärm ausgebrochen. Die Söhne ergriffen den Vater an Kopf und Füßen, warfen ihn aus dem Zimmer – ergriffen ihn wieder und schleiften ihn auf den Hof – aus dem Hof in den Garten – und hätten ihn sicherlich auch noch über den Zaun aufs freie Feld geprügelt – da aber schrie er:

„Halt, ihr Unholde! Genug! Ich habe euern seligen Großvater auch nie weiter als bis an den Zaun geschleift."

Im Dorf waltete ein junger Pfarrer.

Ein Bauer kam zu ihm und beichtete, er hätte zweimal in der Fastenzeit Fleisch gegessen.

„Elender", schrie der junge Pfarrer, „niederträchtiger, fluchwürdiger Sünder! Ich kann dich von einem solch furchtbaren Verbrechen niemals ledigsprechen. Vielleicht nimmt es der Bischof auf sein Gewissen – ich will ihn befragen. Du aber komm morgen wieder – dann sollst du erfahren, wie du deine Greueltat sühnen kannst."

Der Pfarrer trug den Fall erregt dem Bischof vor – und der Bischof lächelte.

„Laß ihn drei ‚Vaterunser' beten, mein Sohn, und drei ‚Gegrüßt seist du, Maria' – dann hat er gebüßt."

Nächsten Tags kam ein andrer Sünder zum jungen Pfarrer. Er hatte einmal Fleisch in den Fasten gegessen, nur einmal.

Nun wußte sich der Pfarrer wiederum keinen Rat – überlegte hin und her – und endlich sprach er:

„Geh heim, Bauer! Iß noch einmal Fleisch – dann bete drei ‚Vaterunser', drei ‚Gegrüßt seist du, Maria', und dir wird verziehen sein."

Der Bauer begegnete unterwegs dem Popen und fragte ihn:

„Hältst du immer noch daran fest, was du gestern in der Kirche uns gelehrt hast: ‚So dir jemand einen Streich gibt auf deinen rechten Backen, dem biete auch den andern dar'?"

„Ich kann davon nichts wegnehmen und nichts hinzufügen", sagte der Pope, „denn so steht es im Evangelium."

Der Bauer machte sich's zunutze – er zürnte dem Popen schon lange – und ohrfeigte ihn rechts und links.

Darauf der Pope:

„Gut, Bauer! Doch es steht auch geschrieben: ‚Mit welcherlei Maß ihr messet, wird euch gemessen werden'." – Und klatschte dem Bauern zwei ebenso harte Schläge rechts und links.

Der türkische Grundherr kam vorüber und fragte einen Zuschauer:

„Was geht hier vor? Was haben die Leute?"

„Nichts Großes, Herr", antwortete der Zeuge. „Sie erklären einander nur das Evangelium."

Eines Tages fuhren die Bauern mit ihrem Popen übers Wasser. Da erhob sich ein Sturm – die Wellen gingen hoch – der Kahn kenterte – und die ganze Gesellschaft fiel in den Fluß.

Die flinken Bauern retteten sich; der Pope in seinem langen Talar – er ertrank.

Die Bauern liefen, der Frau des Popen das Unglück zu melden.

„Leute", wehklagte die Popadia – „wie durfte es geschehen, wie konntet ihr nur dulden, daß euer Pope ertrunken ist?"

„Mutter", versicherten die Bauern – „wir waren durchaus nicht untätig; wir riefen ihm immer zu: ‚Pope, gib deine Hand! Gib deine Hand, Vater!' – Doch er hat sie nicht gegeben."

„Ihr Unglückseligen", jammerte die Popadia, „das habt ihr ja ganz verkehrt gemacht. Ihr hättet rufen müssen: ‚Pope, nimm unsre Hände! Pope, nimm unsre Hände!' Denn die Popen – die Pfarrer, die nehmen nur; aber sie geben nie."

Der Bauer pflegte seine Kuh allabendlich in ihren Stall zu sperren.

Einmal machte sie sich los, öffnete irgendwie den Riegel und schnüffelte im Hof umher. Da fand sie einen großen Topf, halb voll mit Weizen – fraß – fraß immer weiter – und als sie den Topf ungefähr bis auf den Grund gelehrt hatte, blieb sie mit dem Kopf darin stecken.

Ihr ersticktes Brüllen weckte endlich die Hausleute aus dem Schlaf. Sie bemühten sich, die Kuh zu befreien – vergebens. Der Topf ließ sich nicht abziehen.

„Wenn es hier überhaupt noch eine Hilfe gibt", sprach der Bauer, „dann wird unser Pope Rat wissen." Sprach's und ging ihn fragen.

„Ganz einfach", sagte der Pope. „Breitet eine dicke Lage Stroh auf und legt die Kuh vorsichtig darauf.

Wenn sie dann ruhig daliegt, schlachtet ihr sie und zieht den Topf ab. Sollte dieses Mittel aber versagen, dann will ich euch ein andres empfehlen, das unbedingt verläßlich ist."

Der Bauer dankte und tat, wie ihm geheißen war.

Nach einer Stunde kam er wieder.

„Herr, wir haben es mit allen Kräften versucht –

der Topf läßt sich auch jetzt nicht abziehen. Sag uns nun das andre, das unbedingt verläßliche Mittel."

„Bauer, das ist noch einfacher: zerschlagt den Topf!"

Ein Bauer lag auf dem Sterbebett und ließ den Popen rufen, um ihm zu beichten.

Als es geschehen war, fragte der Pope:

„Hast du auch dein Haus bestellt, wie es sich geziemt?"

„Ja", antwortete der Bauer. „Ich habe über alles verfügt und jedes Gut im Haus einem meiner Söhne geschenkt – mit Ausnahme des schönen Stieres, den ich habe."

„Und was soll mit diesem Stier geschehen?" fragte gierig und freudig der Pope.

„Herr", sagte der Bauer, „der Stier hat sich vor einigen Tagen verlaufen, und mein ältester Sohn ist ihn suchen gegangen. Da denke ich mir, Herr: wenn er ihn findet, mag er ihn behalten; findet er ihn aber nicht, dann soll der Stier der Kirche gehören."

Der Blitz hatte in Zigeuners Haus geschlagen – und der Pope erklärte: das sei Gottes Strafe für die vielen falschen Eide beim Pferdehandel.

Als der Zigeuner nächstens wieder auf den Pferdemarkt wollte, sprach er zu seinem Weib:

„Hör, Alte! Biete mir, eh ich weggehe, vierhundert Groschen für den Gaul! Denn ich werde auf dem Markt schwören müssen, daß man mir schon vierhundert Groschen für ihn geboten hat – und es ist heute draußen wieder etwas schwül."

Der Zigeuner hatte Korn nach der Mühle gebracht und holte nun das Mehl ab.

Als der Müller eben andre Kunden abfertigte, nahm der Zigeuner die Gelegenheit wahr und stopfte so viel fremdes Mehl in seine Säcke, wie er irgend konnte.

Der Müller ertappte ihn.

„He! Du! Bist du verrückt, daß du fremdes Mehl in deine Säcke füllst?"

Und der Zigeuner:

„Väterchen, wenn ich verrückt wäre, würde ich eigenes Mehl in fremde Säcke füllen."

Der Bauer stand auf dem Markt mit zwei Pferden, die er verkaufen wollte: das junge für sechs, das ältere für drei Dukaten.

Nach langem Feilschen erstand ein Zigeuner die alte Mähre und zählte drei Dukaten hin.

Tags darauf kam der Zigeuner wieder.

„Gevatter", sagte er. „ich habe mir's überlegt und den Renner wiedergebracht. Er ist mir zu wenig feurig. Ich möchte den andern – den zu sechs Dukaten."

Der Bauer war's zufrieden und führte das junge Pferd aus dem Stall.

„So, Gevatter", sagte der Zigeuner. „Wir sind handelseins: gestern habe ich dir drei Dukaten gezahlt. Hier hast du nun auch noch deine Mähre im Wert von drei Dukaten – macht zusammen sechs Dukaten."

Sprach's und führte das junge Pferd von dannen.

Fallen da eines Sommers Heuschrecken in die Saaten ein; fressen des Popen Anger kahl und hausen in Richters Garten.

Man läutet die Sturmglocke – das Dorf strömt herbei mit Spaten und Äxten, um Gräben zu ziehen und Holz fürs Feuer zu bereiten. – Mit den übrigen ein Zigeuner – der hat es schon lange auf den Richter abgesehen.

„Ruhig Blut, Kinder!" mahnt der Richter. „Bleibt vor dem Garten, bis ich ‚Zum Angriff' rufe. Dann aber stürzt ihr herein und tötet von den Heuschrecken so viele wie möglich."

Die Leute warteten wohlgerüstet und kampfbegierig vor der Gartenmauer.

Da stieß der Richter die Tür auf und rief:

„Zum Angriff!"

Eine Heuschrecke saß dem Richter eben auf der Stirn.

Der Zigeuner es sehen – – und hieb zu.

Erschlug die Heuschrecke – freilich auch den Richter.

Während die Männer drinnen über die Heuschrecken herfielen, sammelten sich vor dem Gartentor die Weiber.

„Nun, wie steht der Kampf?" fragte Richters Frau.

„Sozusagen unentschieden", antwortete der Zigeuner. „Bisher ist einer von den Feinden gefallen und einer von den Unsern."

Da war einmal ein Zigeuner, listig wie alle seines Stammes. Er hörte der Sultan – dewleti ali – brauche einen Schmied, um die kaiserlichen Pferde mit Gold beschlagen zu lassen. Hörte es – machte sich schnurstracks auf nach Stambul in den Serail und trug dem Sultan – dewleti ali – seine Dienste an.

„Wieviel Lohn verlangst du?" fragte der Sultan.

„Ich verlange keinen anderen Lohn als zwei Para von jedem im Reich, der sich vor seiner Frau fürchtet."

Der Sultan lachte und gab ihm den Freibrief: zwei

Para von jedem zu verlangen, der sich vor seiner Frau fürchtet.

Der Zigeuner ging an seine Arbeit.

Nach etlichen Tagen trat er wieder vor den Herrscher und rief aus voller Kehle:

„Padischah! Ich habe dir zu deiner Freude ein Mädchen gebracht, an die fünfzehn Jahre alt, vierzig Oka schwer und rosig wie eine Fee."

„Still, Unglücksmensch", flüsterte der Sultan, „meine Frauen könnten dich hören."

„Zwei Para, Padischah: Zwei Para!" – Und der Zigeuner tanzte vor Freude auf einem Bein.

Da hat der Sultan seinen Freibrief um schweres Gold zurückgekauft.

(Aus Bosnien)

DIE MAGD

„Ja, Hanüm, wir stiften eine Flasche Öl für das Derwischgrab", sprach Halil-Effendi und schlürfte den letzten Schluck Kaffee aus seiner Tasse.

„Stiften wir zwei Flaschen, Effendim – damit den ganzen Monat Ramasan das Lämpchen von unserm Öl brenne. Vielleicht ... vielleicht wird sich Gott dann unser erbarmen."

„Inschallah", seufzte Halil und rekelte sich auf dem Pfühl. – Sie hatten das Pfühl unter dem großen Nußbaum im Garten ausgebreitet; da saß das Ehepaar am liebsten.

Wie oft hatten die beiden schon das gleiche Gespräch geführt! Wie oft Öl den Moscheen gestiftet und Brot den Gefangenen! Kein Bettler, den sie nicht beschenkten – sogar der herrenlosen Hunde dachte

Halil. „Auch sie sind Arme", pflegte er zu sagen – und jeden Morgen, wenn er das Haus verließ, um ins Amt zu gehen, kehrte er beim Bäcker ein, kaufte Brot für einen Groschen, stellte sich an die Ecke unter die Gemeindelaterne, wo sich die Hunde am hungrigsten sammeln, und warf jedem einen oder zwei Brocken hin.

Alles, damit Allah der Hanüm ein Kind beschere.

Elf Jahre ist Halil-Effendi nun verheiratet – wie glücklich! Hatusch-Hanüm liebt und betreut ihn – und er verzärtelt sie gradezu. Vertrügen sie sich weniger gut – er gäbe sicherlich ihr die Schuld an der Kinderlosigkeit.

Er ist Regierungsbeamter, Steuereinnehmer, vierhundert Groschen monatlich. Hat sein Haus und kann sorglos leben. Ach, wenn nur sein großes, sein einziges Begehren erfüllt würde: das nach einem Kind!

Hatusch-Hanüm leidet noch mehr, sehnt noch viel glühender ein Kind herbei, um ihrem Effendi zu genügen. Was hat die Arme nicht schon alles unternommen: ging zu den Hexen und trank die erdenklichsten Säfte; kaufte vom Priester Koransuren – und Evangelienverse vom christlichen Popen; trug in seidenem Beutelchen am Hals Erde von Mosis Grab. Sie mußte nur hören, daß es da und dort ein Mittel gegen Unfruchtbarkeit gäbe: so ruhte sie nicht, bis sie es erlangt hatte. – Bisher alles umsonst.

Schon im ersten Jahr ihrer Ehe, oft spät abends noch, hatten sie in endlosen, seligen Wünschen den Lebensgang des Kindes ausgemalt, das ihnen werden sollte. Halil-Effendi wußte auch schon den Namen: wenn es ein Knabe wird, Hudawerdi; ein Mädchen: Emetusch. Die Namen klangen ihm – und er sah im Geist auch schon die Kinder. Hudawerdi geht in den Glaubensunterricht – dann auf die Mittelschule – zuletzt nach Stambul auf die Militärakademie; er muß Offizier werden – und wenn er Major ist, heißt er Hudawerdi-Bej. Ein Mann mit so volltönendem Namen – Hudawerdi – kann unmöglich einfacher Aga bleiben; als Offizier kommt er in die Garde – wird Pascha – im ganzen Reich kennt man ihn als hochberühmten Mann.

– – Eines Morgens sitzt Halil-Effendi auf seinem Schemelchen unter dem Nußbaum im Garten, und Hatusch-Hanüm reicht ihm Kaffee. Als sie den Kaffee gereicht hat, hockt auch sie sich an die Ecke neben Halil und erzählt ihm, was ihr geträumt hat. Sie pflegen jeden Morgen einander ihre Träume zu erzählen und suchen sie immer wieder auf kommende Beseligung zu deuten.

„Effendi", beginnt Hatusch-Hanüm, „ich sah ein Fest – einen Aufzug oder eine Hochzeit – weiß selbst nicht recht, was es war. Trommeln und Pfeifen tönten weit durch das Stadtviertel... Und ich – als wär ich zu Pferd gewesen – ahnte aber nicht einmal, weß Hochzeit es war. Ich fragte – und man sagte mir: ‚Halil-Effendi heiratet; er nimmt eine Witwe mit einem Kind; er mag kein Mädchen mehr, wo man nicht weiß, kriegt sie einmal Kinder oder nicht – sondern ein fertiges Kind will er...' Und mir war gar nicht, als wärest du mein Mann."

Halil-Effendi blickte zerstreut auf seine Frau – halb hörte er ihr zu, halb sann er nach; längst hatte er den Glauben an ihre Träume verloren.

Dann lächelte er und sprach:

„Wenn du gewußt hättest, daß da dein Mann heiratet – vor Eifersucht wärst du wohl mitten aus dem Traum gefahren." – So scherzte er.

„O nein, meiner Treu", beteuerte sie. „Wie kannst du nur glauben...?"

Halil-Effendi erhob sich, sammelte in die Dose all die Zigaretten, die er sich von Morgen an gedreht hatte, und machte sich fertig ins Amt; die Hanüm begleitete ihn bis zur Schwelle.

Dann kehrte sie in den Garten zurück und hockte sich auf jenen Schemel nieder, wo eben der Effendi gesessen hatte. Was der Effendi da lächelnd gesprochen, als sie ihm den Traum erzählte – so harmlos es sich anhörte – die Worte gaben ihr zu denken ... Ihr kam ein Einfall, der sie nicht mehr losließ. Sie räumte rasch die Zimmer auf und lief durch das Gartentürchen in die Nachbarschaft zu einem Kaffeeplaudern; legte sich zur Mittagsruh, um darüber zu schlafen – doch ihre Eingebung wich nicht mehr von ihr. Sie rauchte eine Zigarette um die andre, überlegte hin und her – und endlich faßte sie einen Entschluß.

Vor Abend, als Halil-Effendi an das Tor pochte, erwartete sie ihn heiter und guter Dinge, ließ ihn gar nicht zu Worte kommen – sondern kaum hatte er die Überschuhe draußen abgestreift, schob sie ihm schon seine Pantoffeln hin und rief gleich:

„Effendim, komm rasch! Leg dich aufs Pfühl unter den Nußbaum – ich muß dir etwas sagen."

Die Sonne war hinter die Nachbardächer getaucht; die Blumenbeete, eben begossen, dampften betäubend, die Blüten ließen die Köpfe hangen, und ihre farbigen Gesichter troffen.

Halil-Effendi saß unter dem Nußbaum – und nach den muffigen Stunden im Amt sog er in kräftigen Atemzügen die abendliche Kühle ein, den Fliederduft; und hörte kaum auf Hatusch-Hanüm, die da bei ihm hockte, um ihm, was ihr den lieben Tag durch den Kopf gegangen, endlich weitausholend beizubringen.

Sie sprach von ihm – von sich – dem Schicksal, das ihnen geschrieben steht.

„Es gibt keinen andern Ausweg; wir haben lange genug als Mann und Frau gelebt. Allah wollte uns nicht begnaden. Schließen wir nun Achretlik, die Josefsehe! Seien wir Bruder und Schwester von heut bis zum Jüngsten Gericht – und ich will dir eine Frau suchen. Heirate – zeuge Kinder – und niemand wird sie besser behüten als ich."

Sie wollte noch weiterreden – allein Halil, der ihr bisher kaum zugehört hatte, wandte plötzlich den Kopf nach ihr und blickte ihr in die Augen. „Auch ich, Hatusch, habe schon derlei gedacht...", sprach er still – schlug ein Bein unter sich und hielt inne. „...Doch Gott verhüte, daß ich mich von dir kehrte. Ich kann nicht leben ohne dich."

„Du mußt auch nicht, Effendim, ohne mich sein. Ich bleibe ja im Haus... als deine Schwester. Wer sonst sollte deine Kinder aufziehen?"

Halil-Effendi ergriff sie an der Hand, zog sie an sich und koste ihre Wange.

„Ich kann nicht, Hanüm. Ich wüßte mich nicht zu bezähmen. Ich würde sündigen vor Allah..."

Als er ihre Wange streichelte, da leuchteten ihre Augen auf – und Hatusch-Hanüm merkte, daß auch sie nicht seine Schwester bleiben könnte... in ihrem Innern ließ sie den Gedanken fallen – doch Halil-Effendi sollte es nicht wissen.

Von Stund an liebte Halil-Effendi seine Frau noch inniger – sie, die es durch ihre Schönheit so sehr verdiente.

Doch wenn er sich auch vorerst geweigert hatte, eine zweite Frau zu nehmen, um durch sie von Allah beschenkt zu werden – das Vorhaben hatte immerhin Wurzel in seiner Seele gefaßt. Man muß sich ja darum mit Hatusch-Hanüm nicht verschwistern... auch sie wird sein Weib bleiben. Eine zweite ehelicht er nur, wenn er eine recht häßliche findet – eine, die ihn seiner Hanüm nicht entfremdet, gegen die Hatusch nicht eifern muß. Hatusch soll ihm stets die liebere bleiben! die andre nur Kinder gebären.

– – Da kommt ihm eines Tages ein Umstand zu Paß: Der Kreisvorsteher wird befördert – zum Provinzschatzmeister von Anatolien. Der Vorsteher ruft Halil-Effendi als den nächsten im Rang zu sich – als Amtsgenossen, der sich im Bezirk auskennt – und verlangt nach seinem Beistand: wie er wohl den Hausrat loswerden und verwerten könnte, soweit er ihn nicht nach Asien mitnehmen will. Da wären die Kanapees zu verkaufen, die Stühle, Spiegel und was sonst schwer fortzuschaffen ist... Halil-Effendi selbst ersteht gleich einigen Kram. Tagelang lichtet sich des Vorstehers großer Möbelschatz, und jeden Abend liefert Halil-Effendi den Erlös seinem Vorgesetzten ab. Eines Abends sagt der Kreisvorsteher:

„Es nutzt immer noch nichts – ich kann meine Schulden im Ort nicht auszahlen, und die Reise ist kostspielig. Weißt du mir, Halil-Effendi, nicht noch einen Käufer?"

„Wofür, Herr?"

„Ich habe eine Magd; sie ist ziemlich unansehnlich, aber noch jung. Ich möchte sie nicht mitführen. Wer nimmt sie mir ab?"

„Hast du schon bei den Stadträten umgefragt, den Kaufherren...?"

„Ja. Aber niemand hat Lust zu dem Handel."

„Nun, laß mich sehen. Vielleicht finde ich jemand. Wie hoch bewertest du die Magd, Bej-Effendim?"

„Verlang vierzig Pfund – du kannst sie aber auch für dreißig lassen. Sie ist eine gute Arbeiterin. In meinem Harem hat sie sämtliche Zimmer in Ordnung gehalten."

Als Halil-Effendi schon gegangen ist, ruft ihm der Vorsteher noch nach:

„Gib sie meinetwegen für fünfundzwanzig – soviel hab ich selbst für sie gezahlt."

Halil-Effendi schritt gradenwegs heim. Nach dem Abendessen schwatzten sie – er und Hatusch-Hanüm – und so sprach er ihr auch von der jungen Magd. Hatte kaum geendet, da meinte Hatusch-Hanüm:

„Effendim, kauf du sie – du und niemand andrer!"
„Was redest du da? Was soll sie mir?"
„Nimm sie, sag ich dir, nimm sie!"
„Gut – gesetzt, ich kaufe sie: woher schaffe ich das Geld, um sie zu bezahlen?"
„Das findet sich."
„Aber was werden die Leute reden: Halil-Effendi mit vierhundert Groschen Monatsgehalt kauft sich eine Magd..."
„Und wenn sie dir ein Kind gebiert...?"
Halil-Effendi zuckte zusammen; schaute seine Frau an und sprach kein Wort mehr. Und als sie sich hatten zum Schlafen niedergelegt – er für sich, und sie für sich – wälzten beide noch langelang denselben Gedanken. Mitten in der Nacht fuhr der Effendi auf und zündete sich eine Zigarette an, was er sonst nie getan.
Als er des Morgens erwacht war, als er sich gewaschen, als er gebetet hatte, setzte er sich wie gewöhnlich unter seinen Nußbaum, drehte Zigaretten und schlichtete sie säuberlich in die Dose, bis der Kaffee kam. Hatusch-Hanüm stieg von der Diele und kredenzte auf großer Platte ein Glas kaltes Wasser, ein Stückchen Sirupkuchen und zwei Tassen Kaffee; was ihn aber höchlichst überraschte: daneben auf der Platte lagen noch eine Schnur Dukaten, zwei Reihen Perlen und eine Diamantnadel.
„Was bedeutet das?"
„Das?" rief Hatusch-Hanüm verwundert. „Weißt du denn nicht mehr...?"
„Keine Ahnung."
„Ich mag keinen Schmuck tragen... Verkauf ihn oder gib ihn jemand zu Pfand..."
Halil-Effendi konnte nicht anders – er fiel Hatusch-Hanüm um den Hals und küßte ihr den Mund, die Kehle, das Haar.
An diesem Abend waren sie in Halils Hause nicht

mehr zu zweit, sondern zu dritt. Da war auch Seliha. Der Vorsteher hatte Halil-Effendi zuliebe fünf Pfund vom Preis nachgelassen.

– – Seliha ist ein junges, schwächliches Ding, erst fünfzehn. Die Stirn nieder, die Augen feurig, das Haar ist schwarz. Ihr Vater ist ein Tscherkesse gewesen, die Mutter Türkin. Der Vorsteher hat sie vor etlichen Jahren erstanden – sie war noch ein junges Kind – eigentlich sollte sie Kammerjungfer sein der Frau, nicht eine Magd. Als sie dann herangewachsen war, schenkte ihr der Vorsteher schon einige Aufmerksamkeit und ließ sie nicht die gröbsten Dienste tun – immerhin kleidete er sie nicht so gut, daß man sagen durfte, sie wär ihm besonders ans Herz gewachsen. Darum konnt er sich wohl auch so leicht von ihr trennen. Und er hatte bei dem Geschäft auch nichts verloren: zwanzig Pfund, für die er sie gekauft – genau soviel bekam er von Halil-Effendi wieder.

Hatusch-Hanüm nahm Seliha wie eine Schwester auf. Sie freute sich aufrichtig. Und die Kleine, anfangs noch schüchtern und zurückhaltend – sie schloß sich allmählich an Hatusch-Hanüm wie an ihre nächste Verwandte.

Es vergingen Monate, seit Seliha ins Haus gekommen war – und das Leben floß in Eintracht weiter wie bisher. Morgens und abends saßen Halil-Effendi und Hatusch-Hanüm unter dem Nußbaum, und Seliha bediente sie mit Kaffee. Seliha goß ihnen das Wasser über die Hände, wenn sie sich wuschen, stellte die kleinen Tischchen auf zum Mahl und machte die Betten. Halil-Effendi liebte seine Hatusch-Hanüm wie eh und je. Nach Seliha blickte er kaum, wenn die Hanüm selbst nicht auf sie hinwies.

Einmal vor dem vierten Gebet, als Halil-Effendi eben aus dem Amt kommen sollte, stand Hatusch-Hanüm schon am Pförtchen und lauschte gespannt hinaus. Ungewöhnliche Heiterkeit strahlte ihr vom Gesicht. Sie zog immer wieder die Füßchen aus den Pantoffeln, trippelte umher und spähte durch den Spalt des Pförtchens.

Von weither erkannte sie Halil-Effendis Schritt; wartete gar nicht, bis er rechtschaffen eingetreten, und griff schon nach seiner Hand.

„Effendim, was bekomme ich zum Lohn?"

„Wofür, Liebste?"

„Du darfst mir nicht mit leeren Händen ins Haus. Geh in den Basar zurück und kauf ein Tuch!"

„Ein Tuch?" Er lächelte der Freudennachricht entgegen, die er schon ahnte.

„Ein Stambuler Tuch mit Fransen. Lauf schnell – ich warte hier am Pförtchen!"

Halil-Effendi wiegte zufrieden den Kopf. „Fein, fein", sagte er und eilte nach dem Basar.

Hatusch-Hanüm rührte sich nicht von der Schwelle. Es vergingen Minuten, eine Viertelstunde.

„Da!" Halil-Effendi war eingetreten und reichte ihr das Päckchen.

„Nicht mir", rief sie. „Bring du es Seliha!"

„Wie?" jauchzte er auf. „Ist es möglich – bei deinem Glauben?" Seine Lippen krampften sich zusammen, und Tränen sprangen ihm in die Augen.

„Ja, ja, es ist soweit."

Halil-Effendi sah dankbar zum Himmel auf, hob die Arme und murmelte halb erstickt:

„Allah ... Allah, nur von dir, Allah!" – Hurtig ins Haus, und Hatusch-Hanüm ihm nach.

Von nun an darf Seliha keine Arbeit mehr anrühren. Hatusch-Hanüm gibt es nicht zu. Halil-Effendi geht erhobenen Hauptes durch den Basar und reckt sich so stolz, daß an der Ecke der Erzpriester selbst die Herren fragt: „Was hat er nur, daß er so viel Wesens aus sich macht?"

Als aber noch einige Monate vergangen sind und

Seliha ein Kindchen gebiert, nun gar einen Knaben – da weiß Halil-Effendi gar nicht aus und ein vor Entzücken. Die Stadt wird ihm zu eng, die Wege zu schmal, die Menschen allesamt scheinen ihm wunderlich kaltherzig. Er jubelt ihnen, daß er Vater ist, Vater eines Knaben – und sie wünschen ihm Glück, doch sie weinen nicht vor Wonne, loben Allah nicht in allen Tönen.

Und Geschenke – wie viel Geschenke bringt er Seliha! Liebkost ihr Haar, Stirn und Lider, Wangen, Mund und Kehle – wendet sich Hatusch-Hanüm zu und umarmt auch sie. Am liebsten möchte er die Welt umarmen, wenn er sie in seine Klafter fassen könnt – und er vergißt auch nicht, vor der Moschee die Bettler zu beschenken – und den herrenlosen Hunden beim Steueramt kauft er Brot für acht Metelliks.

Freut er sich – wie freut sich erst die Hanüm! Den langen Tag trägt sie das Kind im Arm, herzt es und singt ihm Liedchen. Wenn das Kind weint, tönt es ihr süßer als Nachtigallenschlag. Immer sollte das Kind nur weinen; schweigt es, ist das Haus wie ausgestorben. Weint es, ist das Haus voller Leben – Leben, nach dem das Haus so lange gebangt hat.

Halil Effendi nannte den Knaben Hudawerdi; Hatusch-Hanüm verlieh ihm den Paschatitel, und alle andern folgten ihr darin.

Die Träume hatten sich gestaltet. Nun fanden alle Menschen plötzlich einen Zweck: Halil-Effendi hatte einen Sohn jenes Namens, den er vorlängst für ihn erwählt hatte. Allah muß ihn nur erhalten und fördern. Der Junge wird Offizier, Bej, Pascha – wird dem Reich dienen, bis das ganze Reich seinen Namen kennt und den des Vaters, Halil-Effendis. Dann wird Halil nicht mehr Steuereinnehmer sein für vierhundert Groschen den Monat – sondern nach Stambul wird er übersiedeln; da hält Hudawerdi-Pascha Hof – Halil wählt ein Haus für sich und Hatusch – denn Hudawerdi-Pascha kann sich nicht um alle Kleinigkeiten kümmern, er hat ja Rats mit dem Großwesir zu pflegen, die großen kaiserlichen Sorgen mit ihm zu teilen.

Und während Halil noch so träumte, baute sich auch die arme Seliha ihr Luftschloß – davon aber konnte sie niemand erzählen. Sie ist eine Magd, ein käuflich Ding. Schon ist sie in die zweite Hand geraten – wer weiß, was ihrer noch wartet ... Man kann sie von Haus und Hof jagen, entlassen und verschachern. Nun aber, wo sie ihrem Herrn einen männlichen Sprossen geschenkt und so viel Freude – ist da recht, daß sie auch weiter Magd bleibe? Muß Halil-Effendi sie nicht zum Weib nehmen, wie es die meisten Herren in solchem Falle tun? Zum Weib neben Hatusch-Hanüm? – Das dachte Seliha bei Tag und Nacht.

Hudawerdi-Pascha wuchs. Wenn man ihm die Höschen auszog und wieder anzog, waren sie ihm zu eng. Sein Köpfchen aber, das war schon kein Köpfchen mehr, sondern ein gewaltiges Stück Schädel. Man sah gleich, der war zum Pascha geboren. Und schöne Augen hatte er – von seiner Mutter. Sonst aber war er ganz Halil nachgeraten; wenn Hatusch-Hanüm ihrem Effendi eine Freude machen wollte, brauchte sie nur zu sagen:

„Effendim – den Mund, die Stirn, die Nase – alles hat er von dir."

Pascha lebte wahrhaft fürstlich. Man wußte nicht, wer ihn mehr verwöhnte – Seliha oder Hatusch-Hanüm. Sie drängten einander zur Seite, um ihn zu pflegen, ihm zu dienen. Und die zwei Frauen, die keinen Augenblick an sich selbst gedacht, wo sie die Liebe eines Mannes zu teilen hatten – sie wurden eifersüchtig, als sie um des Kindes Liebe warben. Es gab Stunden, wo Seliha sehr darunter litt; wenn sie den kleinen Pascha einschläfern sollte und ihn herzte, flüsterte sie ihm ins Ohr:

„Sie nehmen dich mir. Du gehörst ihnen... und ich, deine Mutter, bin noch immer Magd."

So verging ein Jahr – vergingen zwei und drei Jahre. Pascha hat gehen gelernt, läuft umher und redet. Er kann allerhand kleine Kunststücke – grüßt artig und nimmt artig Abschied. Alle sind hinter ihm her, beaufsichtigen seine Schrittchen, behüten ihn vor Dornen, vor Nägeln, vor Kieselsteinen, über die er straucheln könnte.

Endlich wächst er für die Schule heran. – Wieder ein, zwei, drei Jahre, und Pascha kann schreiben – hat den Glaubensunterricht durchgemacht und ist nun ein kleiner Mann von zwölf Jahren.

Zwölf Jahre sind kein Spaß. Halil-Effendi ist unterdes recht gereift; Hatusch-Hanüm immer noch schön und stolz, doch schon eine volle Frau. Seliha aber – aus dem schwächlichen, armseligen Geschöpf, das mit sechzehn Jahren Halil-Effendis Sohn geboren, ist wunderbarste Schönheit aufgeblüht. Sie hat sich entfaltet, strotzt von Prächten. Haar und Brüste sind üppig, das Gesicht frisch – und die Augen, diese brennenden Augen, von jeher Selihas ganzer Reiz, sind nun wie glühende Kohlen, die im Feuer bersten.

Halil-Effendi – was hat er nur seit einiger Zeit? Sorgen trüben seine Stirn, zwingen ihm den Kopf auf die Brust – und er trug doch den Kopf so hoch, als er den Sohn bekam. Ist es Liebeskummer? Nein. Trotz Selihas Schönheit ist Halil immer noch ausschließlich Hatusch-Hanüm zugetan, die ja immer noch begehrenswert ist und ihren Halil von neuem eroberte, als sie ihr Herz dem kleinen Pascha schenkte. – Sind es die Jahre, die Halil drücken? Woher denn! Wenn Allah nur will, wird Halil noch bei guter Kraft erleben, daß sein Sohn sich emporschwingt bis an die

Stufen des Thrones und Halil-Effendis Namen bekannt in sieben Kaiserreichen macht.

Halil-Effendi trägt ein heimlich Kreuz auf sich, doch er will sich niemand anvertrauen.

Eines Tages vor dem vierten Gebet sitzen sie auf der Diele – Hatusch-Hanüm, Seliha und er. Die schöne Magd hat das Kohlenbecken herangebracht und Kaffeetäßchen, hat sich ans Becken gekniet und bedient den Effendi und die Hanüm. Halil winkt ihr gnädig, und sie braut auch für sich selbst ein Schälchen. Pascha ist vors Haus gelaufen, hat Spielkameraden um sich versammelt, und sie brüllen nun aus vollem Hals.

Hatusch-Hanüm schlürft ihr Täßchen, und unter den Wimpern hervor guckt sie verstohlen nach Halil. Sie sieht, er hat Kummer... Doch sie wagt nicht, ihn zu fragen. Als Halil-Effendi die Zigarette ausgeraucht hat und die Spitze mit einer Feder reinigt, da neigt sich ihm Hatusch-Hanüm näher zu.

„Effendim, haben wir nicht schon größere Ungemach miteinander geteilt? Warum verhehlst du mir, was deine Stirn umdüstert und deine Seele quält?"

Halil sieht sie warm und dankbar an, doch sein Blick verrät, daß es ihm nicht liegt, jetzt von seinem Leid zu reden.

So merkt Seliha, daß sie hier stört; verschwindet unter irgendeinem Vorwand. Halil aber seufzt und beginnt leise, fast flüsternd:

„Eh ich einen Sohn hatte, glaubte ich: wenn Allah mir nur ein Kind beschert, werde ich immer glückliche Tage zählen..."

„Und warum zählst du sie nicht, Effendim? In unserm Haus ist Wohlstand, Liebe, Zufriedenheit... Unser Pascha ist gut wie ein Täubchen und gesund nach Allahs allen Gnaden! Was verlangst du mehr?"

„Das ist es." – Halil schöpfte tief Atem. – „Mich gelüstet nach mehr. Pascha hat hier die Schule vollendet... und du kennst meine Pläne; ich möchte ihn auf die Akademie nach Stambul schicken. Doch ich habe nicht die Mittel..."

Die Hanüm versinkt in Gedanken. Was sie an Schmuck gehabt, opferte sie längst als Kaufpreis für Seliha. Mehr besitzt sie nicht. Besäße sie mehr – sie gäbe es ohne Zögern.

„Effendim, das Unmögliche kannst du nicht ertrotzen. Pascha wird auch ohne Akademie glücklich werden..." – So spricht sie leis, um den Effendi nach Möglichkeit zu trösten.

Halil antwortet schmerzlich:

„Er wird glücklich werden, aber ich nicht. Mein Plan hat mich ganz eingenommen. So viele Jahre denke ich nun schon daran – ich kann nicht verzichten." – Er wirft die halbgerauchte Zigarette ins Blumenbeet, um gleich eine zweite anzuzünden.

„... Brauchst du viel Geld, Effendim?"

„Zehn Pfund wenigstens das Jahr – vierzig Pfund für vier Jahre – außerdem noch etwas an Ausstattung."

„Das ist viel", seufzt Hatusch-Hanüm.

Halil bleibt lange stumm; erhebt sich endlich von seinem Bänkchen und winkt mit der Hand, als wollt er den Mißmut verscheuchen.

„Nun weißt du alles", sagt er und verschwindet durchs Pförtchen in den Basar.

Halil und seine Hanüm haben die Geldfrage fortan nicht mehr erörtert. Wenn die Hanüm auch manchmal merkte, daß ihr Halil bei dem peinlichen Gegenstand war – suchte sie ihn hundertfältig davon abzulenken.

Einmal nach langer Zeit, als Halil vor dem vierten Gebet heimkam, da blinzelte er Hatusch-Hanüm zu, sie möchte ihm ins Zimmer folgen. Dort setzte er sich aufs Sofa, rückte den Fes in den Nacken – die Stirn war ihm so heiß geworden – und die Hanüm kauerte sich auf ein kleines Schemelchen – wartend, was Wichtiges er ihr würde zu sagen haben. Von Halil-Effendis Gesicht konnte sie noch nicht lesen, ob es Gutes würde oder Übles.

Er zögerte lange und begann plötzlich:

„Ich habe Geld."

„Gott sei Lob und Dank", fiel Hatusch-Hanüm ein, und übergroße Freude glühte auf ihren Wangen.

„Warum fragst du mich nicht, woher ich es habe?" sprach er bitter.

„Fragen? Wie du es beschlossen hast, wird es wohlgetan sein."

Halil-Effendi ringt nach Worten, die es schonend offenbaren sollen.

„Es ist ein neuer Pascha ernannt worden... ein Kurde aus Stambul... reicher Mann... Er hat einen großen Haushalt."

Hatusch-Hanüm glaubt schon erraten zu haben. Sie kann dem Effendi nicht mehr recht in die Augen sehen. Er fährt langsam fort:

„... Er hat gehört, daß ich eine schöne Magd habe... möchte sie kaufen... und bietet mir fünfzig Pfund..."

Hatusch-Hanüm stützt den Kopf in die Hände und starrt ins Weite. Seliha dauert sie. Sie hat sich an Seliha gewöhnt, Seliha ist so gut gewesen... Aber sie wird es ja dort nicht schlechter haben... Magd ist Magd. Besser Magd eines Paschas sein als eines Steuereinnehmers... Halils Seelenruhe und Paschas Glück liegen der Hanüm schließlich näher...

Halil braucht Hilfe gegen sein nagendes Gewissen. Als Hatusch so beharrlich schweigt, fragt er sie:

„Was meinst du dazu?"

Die Hanüm hebt den Kopf, und mit unentschlossener Stimme entgegnet sie:

„Ich meine... verkaufen wir sie."

„Nicht wahr, auch du bist meiner Ansicht?"

„Ja, Effendim! Wenn du nur deine Sorgen loswirst und es zu Paschas Bestem ist."

Das war die ganze Unterredung. Als Halil nächsten Mittags aus dem Amt kehrte, hatte er schon Angabe bekommen... nachmittag, wenn die Magd abgeliefert ist, zahlt man ihm die Restsumme...

Hatusch-Hanüm ruft Seliha ins Zimmer, bietet ihr Platz neben sich auf dem Kissen an und macht ihr langsam klar, wie... wie sie und der Effendi, um... um für ihre Zukunft vorzusorgen, übereingekommen wären... sie an den neuen Pascha zu verkaufen. Sie hätten es nicht aus Geiz und Eigennutz getan. Seliha sei ihnen lieb, und sie hätten sie nie und nimmer für Geld hergegeben... Allein um des Kindes willen müsse es sein – denn mit dem Erlös soll Hudawerdi...

Obgleich Seliha sich mit ihrem Sklavenschicksal längst sollt abgefunden haben – eine große, schwere Träne springt ihr in die Augen. Doch sie küßt der Hanüm pflichtgemäß die Hände – und erst, als sie in ihr Stübchen abgeschwunden ist, vergräbt sie den Kopf in die Kissen und fällt in schweres Stöhnen – in ein Schluchzen, das gar nicht mehr enden mag.

Dann sucht sie ihre Sachen zusammen, ihre Kleider und formt sie zum Bündel.

Pascha erscheint, nach dem sie so viel ausgeblickt hat. Sie holt ihn herein, schließt die Tür hinter ihm, drückt ihn an die Brust und beweint ihn wie einen Toten. Das Kind wird unruhig, weiß sich ihr Benehmen nicht zu deuten. Sie aber küßt, küßt das Gesicht, den Hals, die Brust – küßt ihn – denn nun, nun stirbt er bald wirklich für sie.

„Sie haben mich verkauft – und du bleibst bei ihnen – ihr Sohn. Du gehst mit dem Geld nach Stambul, mein Kind... Deine Mutter wird dich nie, nie wiedersehen, nicht einmal von dir hören... Sie haben mich nur gebraucht, damit ich dich gebäre. Jetzt bin ich ihnen nicht mehr nötig. Jetzt brauchen sie Geld. Da haben sie mich verkauft."

So jammerte sie und raufte sich das Haar. Und rang die Hände und schlang fest die Arme um den kleinen Pascha und preßte ihn an sich wie ein Vampir – wie eine Löwin ihr Junges, auf das der Jäger angeschlagen hat.

Pascha verstand nicht, was das alles sollte; er suchte sich ihr zu entreißen. Wenn sie nur losgelassen hätte!

Sie ergriff eine Schere und schnitt ihm ein Löckchen ab. Das tat sie in ihr Bündel. Auch eins seiner alten Pantöffelchen und seinen alten Fes und ein kleines Jäckchen von ihm...

Halil und Hatusch hörten ihren Jammer und mußten selbst weinen. Ihnen tat es weh um die gute Seliha. Sie wollten ihren Schmerz nicht stören. Mag sie sich ausweinen!

Da hielt auch schon der Wagen vor der Tür. Halil konnte nicht umhin und zeigte sich auf Selihas Schwelle.

„Seliha!" rief er.

Sie hob still den Kopf und sah ihn demütig an.

„Seliha, weine nicht mehr! Man muß sich fügen... Du warst uns lieb..."

„Ich danke dir, Effendim", antwortete Seliha friedfertig und küßte ergeben den Saum seines Gewandes.

„Der Wagen wartet", fügte Halil-Effendi hinzu, tief erschüttert.

„Ich bin bereit, Effendim." – Seliha nahm ihr Bündel auf. Noch einmal küßte sie Halil und der Hanüm die Hände, den Rand der Gewänder und nahm Abschied. Wandte sich nicht mehr nach dem Kind um. Sie hatte es begraben – ihr fehlte die Kraft, es noch einmal zu sehen.

Nur als sie die Hausschwelle überschritt, fiel sie

ins Knie – und indem sie Tränen vergoß, krallte sie sich in die Schwelle; zu Halil und Hatusch sagte sie:

„Gebt mir acht auf ihn!"

– – –

Einige Tage danach saß der kleine Pascha, Hudawerdi Pascha, in jenem feurigen Wagen, der da schwere Rauchwolken über das Gelände bläst, das er durcheilt. Hudawerdi war unterwegs nach Stambul.

Und aus den Gittern des reichen kurdischen Hauses blickte eine schöne junge Tscherkessin gen Himmel und tröstete sich mit einer einzigen Hoffnung:

„Er wird ein großer Mann werden, ein berühmter Held ... Wird Geld haben und sich dann vielleicht ... auch seiner Mutter erinnern. Er wird sie kaufen ... Wenn er nur erfährt, wo ich bin, wenn er mich nur findet ... Ich werde dann schon wohlfeil sein ... Denn dann bin ich ja alt."

(Aus Makedonien, nach Branislaw Naschitsch)

DAS BAD

Zu Banjaluka in Bosnien war einmal ein Stabsarzt, der war ob seiner glücklichen Kuren bei den Moslim besonders angesehen.

In der Türkenvorstadt von Banjaluka ist eine warme Schwefelquelle. Eines Tages ging der Stabsarzt dahin baden.

Als er das Bad verlassen hatte, sperrte Hassan-Aga, der Badebesitzer, die Quelle ab – den Zufluß und den Abfluß –, trat vor's Tor und rief aus:

„Hört, ihr Gläubigen! Der Stabsarzt hat gebadet.

Noch steht das Wasser bereit, in dem der Wundermann seinen Leib gestärkt hat. Kommt und benutzt das gesegnete Wasser!"

Nun badeten die Moslim zu Dutzenden – alle in dem gesegneten Wasser.

KRONGUT

Man weiß, auf welche interessante Art sich König Nikolaus einst eine halbe Million verschafft hat: Er schickte einen Vertrauensmann nach Triest und adressierte unentwegt Postanweisungen an ihn aus Cetinje. Täglich zwanzig Anweisungen, jede tausend Kronen.

Der Mann des Königs ließ sich die Anweisungen in Triest von der österreichischen Post auszahlen.

Gegen Ende der vierten Woche fiel das gewinnbringende Verfahren den österreichischen Behörden auf. Da war aber der Mann des Königs mit dem Geld schon daheim in den Schwarzen Bergen.

Die Abrechnung mit der k. k. Post hingegen hat König Nikolaus als zeitraubend abgelehnt.

Diese Episode lenkte die Aufmerksamkeit weiter Kreise auf die montenegrinische Post.

Und als ich nach Cetinje fuhr, trugen mir Freunde auf: ich solle ja nicht unterlassen, ihnen von dort alle ortsüblichen Briefmarken mitzubringen.

Auf der Post in Cetinje gab man mir Marken zu 1, 2, 3, 5, 10 und 20 Heller.

„Wenn Sie aber auch Marken zu 50 Heller wüschen", sagte mir der Beamte, „müssen Sie sich zum König bemühen. Die Briefmarken zu 50 Heller hält Seine Majestät in allerhöchstseiner Privatschatulle versperrt."

DER WAHRE FREUND

Es war einmal ein reicher Mann, der hatte einen einzigen Sohn. Der Sohn beklagte sich, daß er keinen Freund habe – bis der Vater eines Tages sprach: „Hier hast du fünfzig Zechinen – verbrauche sie und versuch, dir Freunde zu werben."

Der Sohn nahm die Goldstücke – gab jeden Tag eins davon aus – und hatte jeden Tag eine neue Freundschaft. Als er nach fünfzig Tagen kein Geld mehr hatte, kam er heim.

„Vater", sagte er, „ich habe nun fünfzig Freunde – alle sind bereit, ihr Leben für mich einzusetzen."

„Geh hin und verlange von jedem eine Zechine", antwortete der Vater.

Der Sohn gehorchte und ging von Tür zu Tür. Doch überall fand er taube Ohren. Da war niemand verlegen um eine Ausrede. Die einen hatten kein Kleingeld – die andern überhaupt nichts – und der dritte rief:

„Bruderherz, wenn ich eine Zechine hätte, würfe ich meinen Fes vor Freude bis zum Himmel."

Als der Sohn nirgend Gehör gefunden hatte, kehrte er kleinlaut zurück.

Der Vater sprach:

„Du hast nun wohl den Wert deiner Freunde erkannt. Schwer, einen wahren zu erwerben. Ich habe in meinem ganzen langen Leben nur einen getroffen, der halb und halb mein Freund ist. Geh hin und verlange fünfzig Zechinen von ihm!"

Der Sohn machte sich auf zu jenem Alten – der Alte antwortete:

„Dein Vater möge mir verzeihen – ich habe nicht mehr."

Und übergab dem Jüngling fünfundzwanzig Zechinen. „Vater", fragte der Sohn nach dieser bittern Erfahrung, „wie soll ich mir wahre Freunde werben, wo alle, die ich früher dafür gehalten habe, weniger wert sind als dein halber Freund?"

„Hier hast du drei Äpfel. Zieh in die Welt und biete sie den Leuten an, denen du begegnest. An der Art, wie sie mit dir teilen, wirst den erkennen, was die Leute taugen."

So begab sich denn der Sohn auf die Wanderschaft. Als er einige Zeit gegangen war, schloß sich ihm ein junger Mann an und fragte ihn nach seinem Ziel. Ein Wort gab das andre – sie schritten zusammen weiter; gewannen einander immer lieber. Schon glaubte der Sohn des reichen Mannes, endlich einen wahren Freund entdeckt zu haben.

Als sie eines heißen Tages müd und hungrig rasteten, beschloß er, seinen Begleiter auf die Probe zu stellen; zog einen Apfel hervor – der junge Mann griff herzhaft zu und aß ihn auf.

Da merkte der Sohn des reichen Mannes, daß der andre ein selbstsüchtiger Mensch war, nahm Abschied von ihm und schlug einen neuen Pfad ein.

Bald holte er einen Mann von mittlern Jahren ein. Der gefiel ihm noch viel besser als sein erster Begleiter – bis er ihn mit dem Apfel versuchte. Der Prüfling schnitt den Apfel entzwei und bot dem Geber die Hälfte an. Die Prüfung war nicht bestanden – der wahre Freund noch immer nicht gefunden – und sie trennten sich.

An der Quelle fand der Wanderer einen Greis, dessen Anblick bewegte ihn seltsam. Er setzte sich zu ihm, und sie kamen ins Gespräch. Der Greis bewies solche Weltkenntnis und Weisheit, daß der Jüngling meinte, nie einen bessern Menschen zum Freund gewinnen zu können als eben diesen Alten – und er zog seinen dritten Apfel hervor. – Der Greis schnitt ein Stückchen ab – dankte – und schob den Rest zurück. Dann brachen sie zusammen auf, dem nächsten Dorf zu. Indessen war es

Abend worden. Es galt, ein Lager für die Nacht zu finden.

„Geh in das erste Haus", sagte der Greis, „und bitte um Unterkunft!"

Der Jüngling pochte an – da erschien ein Bauer, dem trug er sein Begehren vor.

„Bleibt immerhin", erwiderte der Bauer, „wenn euch das Stöhnen meines kranken Vaters nicht stört und ihr vorliebnehmen wollt mit dem, was ihr findet."

Der Jüngling blickte nach dem Alten aus, um dessen Meinung zu hören – der Alte war spurlos verschwunden. Er suchte ihn eine Zeitlang, fand ihn aber nicht – rief und hörte keine Antwort – da ging er endlich, übermüdet, wie er war, in Gottes Namen zu Bett. Doch das Jammern des Kranken und das Nachdenken über das rätselhafte Verschwinden des Greises ließen ihn nicht einschlafen.

Plötzlich erblickte er mitten im Zimmer den Greis, als wär der Greis aus dem Boden gewachsen. Er hielt in der Hand einen Blumenstrauß, näherte sich damit dem Kranken und tat, als wollt er ihn an den Blumen riechen lassen. Sowie aber der Kranke Miene dazu machte, entzog er ihm den Strauß. Das ging eine Weile so fort. Endlich hielt der Greis die Blumen ruhig hin – der Kranke durfte ihren Duft einsaugen – seufzte tief auf – und sank zurück. – Der Greis aber ward unsichtbar.

Erregt rüttelte der Jüngling den Bauern aus dem Schlaf – sie eilten an das Lager des Kranken und fanden ihn tot. Bis zum Morgen wachten sie an seiner Leiche.

Andern Tags, als der Jüngling hinausschritt, um seine Reise fortzusetzen, traf er den Alten am Dorfeingang. Er erzählte ihm, was ihm in der Nacht begegnet war – und der Alte sprach:

„Der Mann ist zeit seines Lebens fromm und gut gewesen, hat niemand unrecht getan, Gott zu jeder

Stunde gedankt – darum hat ihm Allah einen sanften Tod beschieden."

Sie gingen zusammen weiter und kamen spät abends in eine große Stadt.

„Wo wollen wir schlafen?" fragte der Jüngling.

„Nirgends anders", entgegnete der Greis, „als in dem Turm mitten in der Stadt."

„Bei so vornehmen Leuten?" – Denn nur Begs haben Türme zu eigen.

Als der Jüngling dort um Herberge bat, ging es ihm wie am Abend zuvor: wieder verschwand der Alte spurlos – der Jüngling kam in eine Krankenstube zu liegen, konnte nicht einschlafen – wieder tauchte der Alte auf und machte sich um den Kranken zu schaffen. Nur hielt er ihm diesmal keinen Blumenstrauß entgegen, sondern züchtigte ihn mit einer dreischwänzigen Eselspeitsche – so unbarmherzig, daß der Gequälte sich vor Schmerzen wand und schrie:

„Ach, wie bohrt es in meinen Eingeweiden!"

Bleich vor Furcht, mit weitaufgerissenen Augen sah der Jüngling zu, bis der Alte die Seele aus dem Leib des Begs getrieben hatte und in Nebel zerronnen war. Dann rief der Jüngling die Diener herbei – sie wendeten den Leichnam um und blieben bei ihm bis zum Morgen.

Kaum war die Sonne aufgegangen, da verließ der junge Mann eilends das Haus der Schrecken.

Vor dem Ortseingang wartete der Alte schon auf ihn und erklärte:

„Dieser Beg ist ein Bösewicht gewesen und hat seine Untertanen bedrückt und geknechtet – dafür hat ihn Allah nach Gebühr bestraft."

Den Jüngling hatten die Erlebnisse der letzten Tage mit Scheu und Ehrfurcht vor dem geheimnisvollen Alten erfüllt.

„Wer bist du, Greis", fragte er, „daß dir so viel Wissen und Macht gegeben ist?"

„Ich bin der Tod."

„Wenn du der Tod bist, dann sage mir, wann ich sterben werde."

„An deinem Hochzeitstag, wenn du das Brautgemach betrittst, werde ich dich heimsuchen."

Sprachs und war verschwunden.

Der Jüngling war tief ergriffen, wollte nicht mehr weiter wandern und kehrte in das Vaterhaus zurück. Es vergingen Jahre. Ängstlich wahrte der Jüngling sein Geheimnis. Je älter er wurde, desto öfter, desto dringlicher redeten ihm Eltern und Verwandte zu: er möge heiraten. Auch ihn selbst zog lechzende Sehnsucht nach einer Gefährtin. Dabei fühlte er sich so wohl, so frisch und stark – daß er schon sterben sollte, erschien ihm schier unmöglich. – Als ihm die Seinen wieder einmal hart zusetzten, entschloß er sich kurz und führte ein Weib heim.

Am Abend betrat er mit ihr das eheliche Gemach – doch statt die Neuvermählte zu umarmen, setzte er sich auf die Truhe, die ihr Heiratsgut enthielt, und verfiel in tiefes Sinnen.

Die Erscheinung des Alten weckte ihn daraus.

„Hier bin ich, wie ich es dir versprochen habe." – „Ach", bat der Jüngling, „verlängere doch mein Leben und nimm es mir nicht am Tag meiner höchsten Freude!"

„Dein Leben verlängern kann ich nicht – es träte dir denn jemand einen Teil des seinen ab."

In seiner Todesangst eilte der junge Mann zu seinem Vater und flehte um ein einziges Jahr.

„Was fällt dir ein?" rief der Vater. „Ich hab ohnehin nur noch kurz zu leben – jede Stunde ist mir teuer."

Der junge Mann lief zur Mutter.

„Du siehst Gespenster", antwortete sie. „Was willst du mit den Jahren beginnen, die ich dir schenken soll?" Da schritt er weinend in das Brautgemach zurück. Teilnahmsvoll fragte ihn die Frau nach seinem

Leid. Er erzählte ihr voll Verzweiflung, welches Schicksal ihm drohe.

„Wie", rief die Gattin, „du solltest vor mir sterben? Das darf nicht geschehen. Nimm von meinem Leben, Geliebter! Nimm es ganz! Lieber will ich tot als ohne dich sein."

Nun mischte sich der Greis ein:

„Gib ihm nur so viel, daß ihr dereinst zur selbigen Stunde verhaucht. – Du aber, junger Mann, hast mit Hilfe der Äpfel den einzigen wahren Freund erkannt, den sich der Mann erwerben kann: das Weib."

Der Alte ging.

Die Eheleute umarmten und küßten einander, zufrieden mit ihrem Los, das sie dereinst abberufen wird – in der Stunde, die geschrieben steht.

(Aus dem Südslawischen, Volksmund)

DIE ALTEN VON KOPRIWSTITZA

Ein Hadji Gentscho wird nicht alle Tage geboren, und du müßtest weitum wandern, um einen zweiten seines Werts zu finden.

Hadji Gentscho ist ein angesehener Mann, ein gütiger, gebildeter Mann, aufgeweckt und besonnen. Wie gebildet er ist! Andre Leute haben auch ihr Stück Verstand in sich, von Großvater und Großmutter her; Hadji Gentscho aber hat mit seinem ererbten Pfund gewuchert – wenn seine Mutter bis drei zählen konnte, zählt er bis dreißig – und gibt dir über jeglichen Gegenstand dieser und jener Welt haarklein Bescheid, genau und des breiten wie ein Buch. Frag ihn zum Beispiel: „Hadji Gentscho, wo lebt der Teufel?" – „In der Hölle", entgegnet jeder andre, und damit ist seine Wissenschaft erschöpft. Von Hadji Gentscho aber, als wär er Bischofs Sekretär, wirst du erfahren, wie die Teufel leben von Morgen bis Abend, was sie essen, wann sie schlafen, wie sie sich waschen und nach welchen Grundsätzen, mit welchen Werkzeugen sie die armen Seelen zwicken.

Zur Kirche geht Hadji Gentscho stets und treulich; sonntags und an den hohen Feiertagen sitzt er auf dem Thron und verkauft geweihte Kerzen; wochentags singt er – der eigentliche Vorsänger der Gemeinde beschäftigt sich ja die Woche über als Anstreicher. – In den bulgarischen Kirchen nämlich steht man nicht, sondern man sitzt – und die Sitze heißen Throne. Sie sind verkauft und aber verkauft und ausverkauft an die reichen Bürger; nur wer kein Geld hat, steht. Hadji Gentscho singt in der Kirche. Und wie schön, zum Wundern und zum Staunen! „Gott, ich erblicke dich", ruft er – so süß und innig, daß den Gläubigen die Augen übergehen. Wenn Hadji Gentscho nicht ein wenig durch die Nase sänge, nach Griechenart, so würden die Taubstummen herbeilaufen, um ihm zuzuhören, versichert der alte Slawtscho – und der alte Slawtscho ist schon überall gewesen, sogar in Rußland. Über diesen Ausspruch Slawtschos, des Weltkundigen, wuchs Hadji Gentschos Ruhm ins Ungemessene. – Und alles weiß der Hadji auswendig – Gesangbuch, Apostel- und Heiligengeschichte. Wenn der Pfarrer sich nur im mindesten irrt, wie es oft geschieht, da verbessert ihn Hadji Gentscho auf der Stelle. „Gähnender", psalmodiert der Pope Ertscho. „Gön-nen-der", ruft Hadji Gentscho laut von seinem Platz. Denn er ist unerbittlich genau.

Außer den altslawischen Kirchenschriften versteht Hadji Gentscho auch noch Rumänisch, etwas Russisch, etwas Türkisch, etwas Griechisch – mit einem Wort, es gibt auf Meilen in der Runde, bis Ta-

tar-Pasardjik und Philippopel, keinen gelehrtern Menschen. Kommt einer von der Regierung nach Kopriwstitza in einer wichtigen Sache unterhandeln – wen, meint ihr, ordnet die Gemeinde ab, damit er's ins gleiche bringe? Hadji Gentscho. Er geht zum Regierungsmann und spricht mit ihm – redet, redet viel, redet unaufhörlich – bis sich der Beamte auf die Lippen beißt und murmelt: „Donnerwetter, ein Kreuzkopf, dieser Hadji Gentscho!" – Mehr kann der hohe Herr von der Regierung nicht erwidern, er findet keine Worte.

Hadji Gentscho ist alles in allem Schullehrer in Kopriwstitza; jedermann kennt ihn wie den scheckigen Bullen, achtet ihn und fürchtet seine Ungnade, groß und klein. Frag den blinden Pejtscho nach ihm, den Musikanten, und er wird dir antworten: „Geh über die Brücke – rechts im weißen Häuschen mit den Glasscheiben, da findest du Hadji Gentscho, er sitzt am Fenster. Und was willst du von ihm?" wird dich der Blinde zuletzt fragen – wie eben neugierige Menschen sind.

„Er soll mir einen Brief schreiben an meinen Sohn."

„Geh nur ruhig – Hadji Gentscho wird schreiben, er schreibt wunderschön." So wird der blinde Pejtscho zu dir sprechen und gleich wieder in die Schenke gegen, denn er bettelt nur zweimal wöchentlich, sonst säuft er.

Sobald Hadji Gentscho am Morgen erwacht, ist sein erster Weg nach der Kirche, dann stracks wieder heim. Nur samstags sammelt er vor der Kirchentür Weizen ein für die abgeschiedenen Seelen, nämlich für den Pfarrer, damit er Messen lese, und etwas auch für sich – und sonntags macht er Besuche, um da und dort ein Schnäpschen und eine Tasse Kaffee zu trinken.

Zu Hause röstet Hadji Gentscho dann ein Stück Fleisch auf der Glut und nimmt ein Glas Rotwein,

„um das Eingeweide in Ordnung zu bringen". Eh er aber zu essen beginnt, schneidet er von dem Fleisch einen Brocken ab für seinen dicken Kater, der schon mehr einem Ferkel gleicht. Der Kater ist Hadji Gentschos einziger Freund. Er darf an des Hadji Mahl teilnehmen; Frau und Kinder dürfen's nicht.

Nach Tisch nimmt Hadji Gentscho Fingerhut, Nähkissen, Zwirn und Nadeln, rafft seine alten Hosen zusammen und eilt in die Schule. Mit diesen alten Hosen Hadji Gentscho hat es seine Bewandtnis. Einst hat seine Frau sie eigenhändig ihm gewebt. Da war er noch jung. Nun ändert er die Hosen zum zwölftenmal. Sie hatten früher viele aufgenähte Taschen – doch Gentscho hat die Taschen im Lauf der Jahre nach und nach abgetrennt, und diese Stellen zeigen nun in mehrfachen Schattierungen die ursprüngliche wundergrüne Farbe, während die Hosen im ganzen in unbestimmtes Gelb hinüberschillern. „Der Mensch darf nicht müßig sitzen", sagt der Hadji – und während er die bulgarische Jugend bildet und erzieht, näht er seine alten Hosen um. Er hat außerdem noch zwei Paar neue Hosen: die einen hatte er überhaupt noch niemals an, die andern trägt er nur zu Ostern und zu Weihnachten. Es sind teure Geschenke.

Im Augenblick setzt der Hadji eine der abgenommenen Taschen wieder auf, er will seinen Ball darin unterbringen, um ihn immer bei der Hand zu haben. Du wirst verwundert fragen, wozu dieser hochgelehrte Mann einen Ball brauche? Nun, zu Erziehungszwecken. Mit dem Ball zwingt er die unruhigen Kinder zur Aufmerksamkeit zurück und zur Vernunft. Wenn eins umherrekelt, schwatzt oder spielt, da spielt auch Hadji Gentscho: er wirft seinen Ball nach dem Kind, trifft es und ruft ihm donnernd zu: „Bring mir den Ball!" Das Kindchen trägt den Ball dem Lehrer hin und kehrt bald auf seinen

Platz zurück und haucht sich weinend auf die Handteller.

Hadji Gentscho ist die Güte und Teilnahme selbst. Er nimmt an jeder Hochzeit teil, an jeder Beerdigung; manchmal liest er sogar selbst die Psalmen für die Toten. Er fehlt bei keiner Taufe. Wenn wo ein Namenstag gefeiert wird und es kommt Besuch, da ist Hadji Gentscho immer der erste.

Im russisch-türkischen Krieg zog Hadji Gentscho mit den Russen nach Rumänien ab – und damals kaufte er in der Fremde zwei große, schöne geschliffene Krüge. Sagt nicht, es war Verschwendung; nie hat sich angelegtes Kapital besser verzinst. Denn seit dem – wer immer in Kopriwstitza Gäste erwartet, schickt seinen Jungen zu Hadji Gentscho.

„Hadji Gentscho", sagt der Junge, „Vater bittet dich um deine Krüge."

„Habt ihr denn daheim dergleichen nicht?"

„Wir haben wohl Krüge ... Aber unsre sind klein ..."

„Und wozu braucht ihr größere?"

„Vater lädt seine Freunde ein – da müssen wir mehr Wein auftischen."

„Und wo bewirtet dein Vater seine Freunde?"

„Bei der Mühle, im Garten, in der Laube."

„Oh, dort ist es fein ... kühl – abseits im Freien. Sag mal: hat dir dein Vater nichts anderes für mich aufgetragen?"

„Nein."

„Denk nach, mein Kind! Hat er dir nicht gesagt: auch Hadji Gentscho möchte uns beehren und mitessen und einen Schluck mit uns trinken?"

„Nein, davon hat mir Vater nichts gesagt."

„Eh, dann lauf mal heim und frag ihn nochmals, was du mir bestellen solltest! Mir scheint, du bist etwas vergeßlich ... Frag, mein Kind, nochmals und genau! Sag deinem Vater auch, er soll Honig mitnehmen. Sag ihm: Nimm, guter Vater, ein Töpfchen Honig mit, denn Hadji Gentscho liebt vor dem Essen einen Honigschnaps. – Wie lautet also der Satz?"

Der Junge wiederholt – Hadji Gentscho hilft nach, nickt endlich und spricht: „Gut, mein Junge – Nun geh!"

Der Kleine kommt bald wieder – und diesmal erhält er die Krüge. Hadji Gentscho bringt sie selbst aus der Stube, reicht sie dem Jungen und beutelt ihn tüchtig: er soll ein andermal seines Vaters Befehle nicht vergessen; faßt ihn dann zangenfest zum zweitenmal am Schopf, damit der Junge die Krüge nicht zerbreche.

„Gnade", heult der Junge, „wofür strafst du mich denn – ich habe ja noch gar nichts zerbrochen?"

„Wenn die Krüge erst entzwei sind, wär es zu spät – da werden sie nicht mehr ganz, auch wenn ich dich totschlage."

Hadji Gentscho ist nicht nur Philosoph und Pädagoge – er ist auch eine Pythia, ein Orakel. Erzähl ihm deinen Traum – oder daß dich die linke Hand juckt, das rechte Ohr klingt – und sofort wird er dir die Bedeutung des übernatürlichen Ereignisses erklären. – Begegnet Gentscho da einer Bäuerin, und sie beginnt: „Onkel Hadji, im Traum hat mich ein Hund gebissen."

„War er schwarz?"

„Schwarz wie Pech."

„Ein böses Vorzeichen. Du wirst deinen Sohn verheiraten – und eine ungehorsame Schwiegertochter zieht ins Haus." – Richtig verheiratete die Frau nach einem Monat ihren Sohn – und ihre Schwiegertochter war ein nichtsnutziges Ding.

So was von Sehergabe redet sich herum – und die Leute in Kopriwstitza achten denn auch ihren weisen Hadji Gentscho hoch. Einer von ihnen, ein reicher Großbauer nahm ihn aus Wertschätzung einst mit auf die Pilgerfahrt nach Jerusalem, ließ ihn im Jordan baden – und Gentscho der Schullehrer wurde zum ehrwürdigen „Hadji", dem Mann, der im Heiligen Land gewesen war.

Er hat ein ganzes Museum bei sich daheim, eine Apotheke. Denn er sammelt jeglichen, auch den kleinsten Rest – vom getrockneten Pfirsich an und der verbogenen Gürtelschnalle – in hundert und aber hundert kleine Schachteln. Wer ein Pülverchen braucht oder ein Schräubchen, weiß: bei Hadji Gentscho wird er's finden. Aber wohlgemerkt: nur, wenn er den Hadji zum Sautanz auffordert. Und der Hadji sieht unbeugsam streng darauf, daß in Kopriwstitza kein Truthahn ohne ihn gegessen, kein Wein ohne ihn geprobt werde.

Auf seinem Gut, eben in der Schule, gedeiht allerlei Getier und wird fett und groß, ohne daß es dem Hadji einen Heller kostet. Brütet eine Henne, Gans oder Pute ihre Kücken aus, da besteigt der Hadji sein Katheder und verkündet den Schülern: „Meine guten Kinderchen, mit Gottes Hilfe hat unsre Ente elf Entlein bekommen; ich werde jedem von euch eines anvertrauen zu eurer Freude – aber ihr müßt mir auch dankbar sein und eure Pflegeentlein tüchtig füttern." So verschwinden die Entlein, um eines Tages dick und ausgewachsen zurückzukehren. In Hadji Gentschos Schule lernen hundert Kinder, kommen des Morgens und essen da ihr mitgebrachtes Mittagmahl – und jedes der Kinder hat zu Gentschos Wohlstand irgendwie beigetragen als treuer Untertan seiner Monarchie.

Hadji Gentscho hat aber auch schlechte Eigenschaften. Er beobachtet von seinem Glasfenster aus das Verhalten des Dorfs die lange Gasse lang – sieht alles, rügt das geringste Vergehen, schimpft ewig, mischt sich in fremde Angelegenheiten, hält Kopriwstitza, auch das erwachsene, in Angst und Schrecken – und er geht nie in die Schenke, um seine Freunde freizuhalten, sondern er fordert, daß man ihm aufwarte.

Die Leute hier sind von Kind auf gewohnt, die Hunde mit Steinen zu bewerfen – und diese Leidenschaft bleibt ihnen durchs ganze Leben. Einmal trug ein ehemaliger Schüler des Hadji eine Fleischpastete hinüber nach dem Backofen. Als die Pastete gebacken war, nahm der Junge die Pfanne auf den Kopf und schritt heimwärts. Da sah er von ungefähr an einer Haustür einen Hund. Er setzte die Pastete auf den Boden ab, ergriff einen Stein und schmiß nach dem Hund. Das war aber kein gewöhnlicher Hund, es war des alten Luben großer Rüde – der erschrak nicht wie andere Hunde, nein, er ging seinen Gegner tapfer an. Ein blutiger Kampf entbrannte – der Hund biß zu, der Junge wehrte sich und rang, trat dabei in seine Pfanne, warf sie um – und die schöne Pastete lag im Dreck.

Hadji Gentscho hatte am Glasfenster gestanden und alles beobachtet. Nun hielt er es nicht mehr aus, den Verlust mitanzusehen. Er schoß wie ein Adler auf seinen ehemaligen Schüler zu, ergriff ihn am Ohr und schrie ihn an:

„Es ziemt dem Menschen nicht, ein Tier zu quälen." – „Umso ärger, daß du mich schlägst", rief der Junge. „Es schmerzt mich ja!"

„Ich schlage dich nicht, um dir wohl, sondern um dir weh zu tun. Sieh mal deine Pastete an!"

Dem Jungen ward finster vor den Augen: er hatte die Pfanne ausgeschüttet, seine Füße verbrannt, war vom Hund besiegt worden... und nun kam auch noch Hadji Gentscho und ohrfeigte ihn! Des Jungen Geduld riß. Er schöpfte die Pastete auf und bedeckte damit Hadji Gentschos Kopf.

In seinem Gartenhäuschen sitzt der alte Luben. Er ist eben aus der Kirche gekommen, den Hügel hinan, und dampft von der Mühe des Steigens wie ein Kessel. Prustend zieht er die Lammfellmütze von seinem mächtigen Schädel, wischt sich den Schweiß und setzt das leichte Sommerkäppchen von weißem Linnen auf.

Rund um das Gartenhäuschen üppige Obstbäume, Walnuß, Flieder und Rosen – ein duftiges Paradies. Luben ist immer noch ein gar stattlicher Mann und weiß seinen gewaltigen Schnurrbart kunstreich aufzudrehen – der größte Krebs kann sich nicht solch eines Schnurrbarts rühmen. Bei uns zu Lande tragen nur die Mönche und Pfarrer Vollbärte, dann bejahrte Männer, die nicht mehr mit ihren Frauen leben. Nun meinen viele Leute, und nicht die dümmsten, auch dem alten Luben stände schon längst gar gut der Vollbart an... Doch er will sein jugendliches Aussehen nicht verlieren und... muß es wohl besser wissen.

Neben Luben auf der Bank sitzt Hadji Gentscho, der Schullehrer. Im Gras spielen Lubens Enkelkinder, und Hadji Gentscho teilt an sie geplatzten Mais und Süßigkeiten aus, die er vor der Kirchentür gekauft hat. Gentscho, der Schlaufuchs, tut es nicht aus Liebe; wenn er freigebig wird, bedeutet es immer dasselbe; er möchte umso besser bewirtet werden.

Und immer wieder kriegt er den alten Luben herum:

„Was meinst du", beginnt er, „was meinst du, Onkel Luben – welcher Wein schmeckt besser: der Pastuscher oder der Adrianopler?" Er zieht schon vorfreudig den Mund breit. – ‚Onkel', sagt der Schulmeister zu Luben und ist doch selbst der ältere von beiden; doch der ‚Onkel' hat die ältern Weine.

„Der Adrianopler ist besser, Hadji", antwortet Luben nach langer Überlegung.

„Entschuldige, Onkelchen – ich wieder sage: der Pastuscher."

„Und ich bleibe beim Adrianopler. Er ist der würzigste in Rumelien. Er kitzelt den Hals und kneift ein wenig die Zunge; der Pastuscher säuert dir sie nur an."

„E-e-e-e! Mir schmeckt hundertmal besser ein Wein, der die Zunge ansäuert und einem durch alle Adern geht, wenn man ihn morgens auf nüchternen Magen versucht. Aber was streiten wir da ins Blaue? Laß doch ein Gläschen von dem einen und ein Gläschen vom andern bringen, dann wollen wir sehen, wer recht hat... Du hast doch beide Sorten, Onkel...?" Dabei blickt er Luben an wie ein Bräutigam die Braut.

„Natürlich haben wir von allen Sorten, Hadji. Sechzehn Faß hab ich dieses Jahr gekeltert – und außerdem ein Faß mindern Wein für die Dienerschaft."

„Ich meinerseits ziehe den neuen Wein vor – er ist sehr gut geraten. Wirklich, das ist kein Wein mehr, es sind rote Tränen; wie Funken, wie Feuer..."

„Na, na, Hadji! Alter Wein ist nun mal unübertroffen. Alter Wein, alter Tabak und ein alter Freund sind immer besser als die neuen. Trink ruhig meinen alten Wein mit mir und fürchte nichts!" – Luben lacht selbstgefällig.

„Ich muß widersprechen. Alter Wein riecht nach Schimmel. Deiner freilich mag anders sein – bei euerm Verständnis... Ihr zieht ihn ja ab und klärt ihn – und eure Reben sind berühmte Reben; die edelsten in der Gegend, das steht fest, vielleicht feiner als die von Kana in Galiläa."

Wenn aber Luben seine Weinberge loben hört, reibt er sich geschmeichelt die Hände und läuft selbst in den Keller, Wein holen; und Hadji Gentscho schmunzelt.

Onkel Luben kommt mit etlichen Flaschen herauf und lächelt verschmitzt. „Warte, Hadji, du wirst bald deine Meinung ändern... Und wirst mir dann aufrichtig sagen: ob du so etwas schon getrunken hast, oder ob du es noch nicht getrunken hast. Aber langsam! Vor allem einen Schnaps und einen Imbiß – man muß den Darm, weißt du, früh am Morgen anregen, Was für Schnaps liebst du, Hadji? Weichsel? Griechischen, klaren oder bulgarischen? Sag es und zier dich nicht! Du bist mir ein treuer, lieber Gast."

„Ich", sagt der Hadji sinnend, „ich, wenn du mir die Wahl läßt, ziehe Kirschengeist auf Honig vor."

„Den liebe auch ich, aber nur im Winter."

„Ich – immer", erwidert Gentscho entschieden.

Luben winkt seine jüngste Schwiegertochter herbei und flüstert ihr ins Ohr: „Geh, Frauchen, füll ein Fläschchen vom besten Schnaps! Gieß es in ein Kesselchen um, misch Honig hinein, aber ziemlich viel Honig, weißt du – dann koch das Zeug ein wenig auf, weißt du, daß er gut warm wird... Sag Muttern, sie soll Sauerkraut nehmen, mit rotem Pfeffer bestreuen, aber ja nicht zuviel Pfeffer... Bring auch ein wenig Feigen und Rosinen. Backt eine kleine Lammleber und schneidet etwas Wurst auf, aber nicht zu dünn... Sieh, ob nicht noch etwas andres da ist, zum Imbiß, und bring, was da ist. Wir müssen Hadji Gentscho bewirten. Weißt du, Frauchen, daß der Hadji ein gebildeter Mensch ist? Und daß er ein hübsches Töchterchen hat? Fällt dir nichts ein? He? Für unsern Sohn?"

Wenn er seine zwanzig Aufträge erteilt hat, setzt sich Onkel Luben wieder hin und trällert:

„Blüht ein Blaublümchen am Rain –
geht ein Jungmädel feldein.
Pflückt sie sich Blumen zum Strauß –
oh – ich,
oh, ich gehe leer aus."

Und Hadji Gentscho fährt fort, seinen Freund zu loben; jedes Wort zieht ja eine Flasche aus dem Keller, holt einen Schinken aus dem Rauchfang.

„Ein prächtiges Pferd hast du, Onkel Luben! Ich habe dich gestern in die Kirche reiten sehen und mich in deinen Gaul vergafft. Ein wahrer Drache von Gaul. Wie ich dich kenne" – der Hadji blinzelt Onkel Luben an, und in diesem verdächtigen Blinzeln liegt diesmal Anerkennung – „wie ich dich kenne, hast du das Pferd nicht zu teuer gekauft... Ein strammes Tier, und gängig."

Onkel Luben antwortet geschmeichelt:

„Mein Lieber – keine Kunst, ein gutes Pferd zu haben; sondern für wenig Geld ein gutes Pferd haben, das ist eine Kunst. Und glaube mir, Freundchen, ich kenne mich ein wenig aus mit Pferden. Als die Moskowiter da waren, kaufte ich von ihnen eine Stute für dreihundert Groschen mitsamt dem Sattel; verkaufte sie für tausend ohne Sattel. Der Sattel liegt noch heute da im Flur."

„Ja, du, Onkel Luben, bist ein gerissener Pferdemakler, meiner Seel! Erinnerst du dich noch...? Der Schimmelhengst damals? Die Leute waren alle toll danach... Ich muß dir aufrichtig sagen: ich begreife nicht, daß du ihn hergegeben hast."

„Verzeih – du verstehst eben nichts von Pferden. Der Schimmel war ja wirklich gut. Aber er hatte seine Fehler: im Gestüt hatten sie ihm das Ohr gespalten; und so ein Pferd bringt dem Reiter Unglück. Du, Hadji, bist doch ein gebildeter Mann – steht denn nichts darüber in den Büchern?"

„Ganz recht – jetzt entsinne ich mich, es gelesen zu haben. Doch warum hast du den Rappen verkauft, diesen Teufelskerl?"

„Ich hab ihn nicht verkauft, sondern eingetauscht. Da – guck!" sprach Onkel Luben und wies mit dem Finger durch das Fenster in den Flur, wo seine Waffen hingen, zahllose Waffen. „Peter Budin hatte dort das Gewehr mit dem roten Riemen und ein Paar albanische Revolver."

„Schönes Gewehrchen."

„Nicht das Gewehr stach mir in die Augen, sondern die Revolver", fuhr Luben fort. „Ich wollte sie kaufen, doch Peter sagte mir: ‚Gib mir, Vater Luben, deinen ‚Pfeil' und nimm in Gottes Namen die Revolver.' Er mußte das Gewehr dareingeben und noch hundert Groschen – dann war der Handel richtig."

Der alte Luben hat seine Fachkenntnisse von Pferden und Waffen nicht im Handumdrehen erworben. Er ist vom Schicksal mächtig umhergestoßen worden, hat Unglücks genug erlebt, alles mitgemacht: Armut – Reichtum – Verluste – Tage bitterer Tränen und übermenschlicher Freuden. Er war bald Räuber, bald Hausherr gewesen – heut ein wilder Freiheitskämpfer und morgen Spießbürger. Als junger Mensch streifte er im Busch und schoß auf die Türken. Dann einigte er sich mit ihnen, schloß sich den Marodören an, den Freigängern und Schnapphähnen und plünderte und schlachtete in schöner Gerechtigkeit die Reisenden ohne Unterschied des Glaubens. Wo es einen Aufruhr gegen die ottomanische Regierung gab, schonte er sich nicht. Trotzdem hatte Onkel Luben seine kleine Schwäche: er liebte sein Vaterland. Nicht ganz Bulgarien – dieser Begriff fehlte noch im Schatz seiner Vorstellungen; er liebte nur sein Geburtsdorf Kopriwstitza. Als die Freigänger einst einen Handstreich auf Kopriwstitza planten, da lief Onkel Luben rechtzeitig voraus, warnte die Einwohner und nötigte sie, zu fliehen.

So erwarb er sich durch Straßenraub, Spitzbüberei – später, viel später auch durch Steuereintreibung ein hübsches Vermögen. Doch wie gewonnen, so zerronnen. Wenn Onkel Luben seinen Beutel einmal recht gefüllt hatte, sagte er sich von seinen saubern Genossen los und kam nach dem lieben Kopriwstitza, um den Beutel da gewissenhaft zu leeren. Er lebte auf großem Fuß. Oft streute er das Geld im ursprünglichsten Sinn des Wortes zum Fenster hinaus. Er hatte immer ganze Koppel um sich von Bracken und Pferden, Scharen von Reitknechten, Büchsenspannern, Pfeifenstopfern. Ging er mal auf die Jagd – nur um sich ein wenig Bewegung zu machen – wallte schon ein Troß von fünfzig Dienern und Schmarotzern hinter ihm drein – ein Europäer hätte gedacht, da ziehe ein mittelalterlicher Graf aus, um Luxemburg einzunehmen. Denn damals sah Onkel Luben wirklich aus wie ein riesiger Kämpe.

Doch Mutter Lubenitza, seine Gattin, glich in keinem Belang einer Gräfin; sie saß nicht auf dem Söller mit hold verschränkten Armen und pflog der Minne – o nein; sie strickte früh und spät Strümpfe, verkaufte sie auf dem Markt und zog vom kargen Erlös mühvoll und duldend ihre Kinder auf. Onkel Luben gab nämlich kein Geld für die Wirtschaft her – weil er nicht liebte, ‚sich mit so alltäglichen Dingen zu befassen'. Er trieb es auf seine Art – und sie schlug sich durch, wie sie konnte.

Kehrte Onkel Luben von der Jagd zurück, dann sammelte er die jungen Zigeunerinnen um sich auf der Wiese und ließ sich von ihnen was vortanzen und singen. Die alten Zigeuner schlugen die Trommel dazu und bliesen ihre Klarinetten, daß ganz Kopriwstitza Kopf stand.

„Auf der Wiese", erzählte Frau Lubenitza, „zündeten die Bursche Feuer an und brieten Hirsche, Rehe und Wildschweine – euer Vater Luben saß wie ein Zigeunerkönig in der Mitte, schmauste, trank, vergnügte sich – und seine Kinder aßen Magerkäse und Maisbrei."

Hatte sich Onkel Luben den Bauch vollgeschlagen, setzte er sich wieder zu Pferde – die Zigeuner mit Trommeln und Pfeifen voran – und es ging von Gehöft zu Gehöft:

„Mensch, du bist nur einmal jung – es fliehn die Jahr.
Bringt von euerm besten Trunk den Helden dar!"

Die Tore gähnten auf – die Mädchen kamen mit Wein hervor, die Becher klirrten. Und Onkel Luben schoß Flinten und Pistolen ab aufs Wohl der Wirte. Sein Lieblingslied aber war dieses:

„Wir sind genug gezogen, um das Glück betrogen,
im rauhen Wald und auf den Felsengraten.
Wir haben genug gelitten, gelitten und gestritten –
verflucht, verrucht, verleumdet und verraten.

Unsre Mütter froren, Lumpen auf dem Leibe –
unsern Weibern gönnt man keine Bleibe –
unsre Schwestern haben wir verloren.
Unsre Väter verrecken wie Köter in den Ecken,
ohne Psalm und Labe fahren sie zu Grabe –
unsre Kinder sind des Türken Diener.

Wir sind genug gezogen, geklettert und geflogen
in bittern Nächten, steil auf Eis und Wächten.
Geraubte Lämmer waren unsre Speisen,
geraubtes Brot ging bei uns um im Kreise,
geraubte Fische von des Türken Tische.
Genug, genug! Entrollt die roten Fahnen!
Wojwode vor! Befreie Kind und Ahnen,
befrei das Vaterland, Wojwode Manusch!"

Bei Zigeunern und Zigeunerinnen, mit Schmaus und Zechen hatte Onkel Luben eines Tags sein Geld losgebracht. Nun ging er wieder aufs Verdienen aus – und keine sterbliche Seele durfte ahnen, wo er geblieben war und was er trieb ... Nur einige treue Leute, die er mit sich genommen, die wußten es ... Doch die hätten sich eher hängen lassen, als ihren alten Luben auszuklatschen.

Er erzählt nicht gern von seinen Jugendjahren – in seiner Gegenwart dürfen auch andre nicht darüber reden. Heute noch, wo Luben doch längst nichts mehr zu fürchten hat, kann sichs der Pfarrer verdammt mit Onkel Luben verderben, wenn er davon beginnt, wie Luben ihn einst inmitten der Kirche beinah umbrachte. – Das war so: Luben hatte dem Pfarrer gebeichtet – nicht einmal alle Sünden, sondern nur so ganz flüchtig eine allgemeine Übersicht – und der Pfarrer als frommer, ehrlicher Diener Gottes deutete an, das Gesetz der Kirche verbiete ihm, solch einem Tunichtgut wie Luben das Heilige Abendmahl zu reichen.

Onkel Luben fackelte nicht viel; zog den Revolver aus dem Gürtel und schrie: „Reich mir das Abendmahl nach Christenpflicht – oder, bei Gott, ich schicke dich zu allen Teufeln!" – Der Pfarrer erfüllte Lubens Bitte und hatte es nicht zu bereuen, denn er bekam vom Sünder zwei schöne Puten.

Onkel Luben heiratete erst im vierzigsten Lebensjahr; so späte Hochzeit kommt in Bulgarien fast niemals vor, am allerwenigsten in Kopriwstitza. Nun, da er seinen Herd gegründet, meinten die Nachbarn, wird er das Wanderleben lassen und ein ordentlicher Familienvater werden. Weit gefehlt. Onkel Luben rettete sein Junggesellentum auch in die Ehe hinüber, und nur Alter und Wohlbeleibtheit zwangen ihn allmählich, zu Hause still zu sitzen. Seine Seele aber war ewig frisch – sein Herz schlug heldischen Takt auch dann noch. Er dehnte sich lüstern und wohlig am Kamin, rauchte seine langelange Pfeife, kochte sich türkischen Kaffee, ein Gläschen Glühwein, röstete Kastanien, wärmte die Hände und summte sich eins in den Schnurrbart:

„Mäderl, Mäderl,
pfui, du Zuckermäulchen,
gaukel nicht vor mir!

Blaß werd ich und blasser –
wie die Blume nach Wasser
dürste ich nach dir."

Summte es, sprang plötzlich auf – griff nach dem Gewehr und brannte einen Schuß ab in den Schornstein.

Auch in seinem hohen Alter noch hatte Onkel Luben etliche Diener um sich und etliche Pferde auf der Streu. Als ihm seine Söhne einst zuredeten, er solle die Pferde doch verkaufen, die Diener entlassen – da rief Onkel Luben:

„Wenn ich gestorben bin, könnt ihr meine Pferde mit mir begraben. Eher jage ich Frau und Kinder aus dem Haus, aber meinen Iwan – nie."

Onkel Luben liebt seinen Diener Iwan, wie oft große Menschen ihre Tiere lieben. Iwan ist auch eins jener Geschöpfe, die ihrem Herrn blind zugetan sind. Iwan lebt bei Onkel Luben schon vierundvierzig Jahre; doch nur einmal in all der Zeit hatte er Grund, unzufrieden mit seinem Herrn zu sein. Es geschah nämlich, daß Onkel Luben heftig fieberte – und er wandte sich an Iwan mit der Frage:

„Weißt du nicht, Iwan, wie man das Fieber kuriert?"

„Schrei nicht soviel herum, dann wird das Fieber verschwinden", antwortete Iwan. „Du bist ein böser Mensch – darum schüttelt es dich."

Ganze fünf Jahre vergingen – Iwan hatte den Vorfall längst vergessen; Onkel Luben vergaß nicht.

Wenn der Alte tafelte, mußte Iwan ‚Achtung – Brust heraus!' dastehen und Wein in den Silberbecher schenken. – Eines Mittags fehlte der Diener. Onkel Luben fragte ungehalten nach ihm.

„Er fiebert", entgegnete Frau Lubenitza.

„Ruf ihn her!"

„Bist du von Gott verlassen? Friß allein, laß den armen Kerl liegen!"

„Ruf ihn her!" schrie Onkel Luben und hieb auf den Tisch, daß die Geschirre tanzten. Mutter eilte hinaus, um den Willen des Tyrannen zu vollziehen.

Als Iwan erschien, blitzte Onkel Luben ihn mit den Augen an und fragte:

„Wie, Iwan? Du fieberst? Sing mir was vor!"

„Ich kann nicht, Herr."

„Sing, du Hund!" schrie Luben und griff schon nach dem Revolver.

Iwan sang bebend; sang wohl eine Stunde – indes Onkel Luben zu essen geruhte. Und die Szene spielte sich nun täglich ab, mittags und abends, bis Iwan genas.

Als Iwan wieder munter war, sagte ihm Onkel Luben:

„In Zukunft wirst du kranke Menschen nicht verhöhnen."

Jetzt zehrt Onkel Luben nur mehr an seinen Erinnerungen – und von irdischen Dingen liebt er am meisten seine alte Kriegerrüstung. In Lubens Winterschlafstube – sommers schläft er im Garten – in seiner Stube hängen allerlei kostbare gestickte Kleidungsstücke, die bunte Tracht seiner Jugendjahre. Er legt nichts davon an. Denn auch Kopriwstitza hat wechselnde Moden. Lubens teuerster Schatz aber findet sich im Flur: Flinten, Pistolen, Messer, Dolche, Sättel, Decken, Rucksäcke, Jagdgerät aller Art.

Wenn Onkel Luben zu Pferde steigt, um nach der Kirche zu reiten oder einen Freund zu besuchen, da müssen zwei Diener ihm zur Seite gehen und ihn scheinbar stützen; das Alter macht sich schon bemerkbar – und hauptsächlich: Onkel Luben möchte sich auch in seinen späten Tagen noch auf türkische Manier in der Kleinstadt spreizen, vor den Schneidern und Schenkwirten, die seit ihrer Geburt nie ein Pferd bestiegen haben.

In der Kirche führt ihn einer der Diener am Arm

bis an den Altar – alles aus Großtuerei – der zweite Diener bewegt draußen das Pferd auf und ab.

Nach der Messe kehrt Onkel Luben heim, nimmt ein kleines Frühstück und beschenkt seine Enkelchen mit zehn Para, damit sie sich was zum Naschen kaufen. Dann besteigt er wieder sein Pferd – und es geht nach der Mühle. Auch der Müller soll sein Schnäpschen haben.

„Wie wird sich der Müller freuen!" denkt Onkel Luben. „Aber Mutter hat des Guten zuviel ins Kübelchen getan, glaube ich – der Mann könnte sich berauschen; ich will lieber ein wenig abtrinken." So tut Onkel Luben immer einen Schluck – und als er in die Mühle kommt, ist nicht ein Tröpfchen da. Nachmittags nickt Luben ein – dann reitet er, seine Felder, Wiesen, Schafe und Ochsen zu besichtigen – wieder mit dem gewissen Kübelchen Schnaps.

Mutter Lubenitza weiß um die Sache mit dem Kübelchen und weigert sich manchmal, es zu füllen. Dann rafft Luben all seinen Zorn zusammen und brüllt:

„Weib, du bringst auch den besten, geduldigsten Mann aus dem Häuschen mit deinem Trotz. Ich hab es satt, ich kann dich nicht mehr ausstehen. Sowie der Bischof herkommt, lasse ich mich scheiden."

Nun sputet sich Mutter Lubenitza aber mit dem Kübelchen! Er lächelt gnädig und tröstet sie:

„Wie? Bist wohl gehörig erschrocken? Na, Alte, mach dir nichts daraus – bist meine gehorsame, gute Frau."

Die Kaufleute, seine Feinde von dazumal, dürfen dem Onkel Luben auch heut noch nicht vor die Augen. Wandernde Kleinkrämer jagt er einfach weg. Naht eine Bäuerin aus dem Nachbardorf mit Sack und Pack – Nüssen und Dörrpflaumen, um sie gegen Wolle einzutauschen – ha, die hat nichts zu lachen. Onkel Luben läßt die Kinder gar nicht in Versuchung kommen, daheim Wolle zu mausen. Flugs ergreift er die arme Bäuerin – und im Nu ist der Sack auf die Straße ausgeleert. „Nehmt, Kinder! Nehmt und eßt Nüsse aufs Wohl eures Großvaters Luben! Und nun küßt mir die Hand!"

Ebenso haßt der Alte die Wahrsager und Wunderärzte. Er muß nur hören, daß ‚solch ein Schuft und Höllenbraten' nach Kopriwstitza gekommen ist – und er hetzt das ganze Städtchen gegen den Fremdling auf. Einmal war seine Schwiegertochter zu einem Schwarzkünstler gegangen, einem Griechen aus Janina, um sich Rat zu holen, wie sie fruchtbar werden könnte. Vater Luben ließ den Mann augenblicks aufs Gemeindehaus holen und befahl der Polizei, ihm dreißig herunterzuhauen. Als der Naturforscher sein Honorar empfangen hatte, mußte er der Schwiegertochter auch noch das Goldstück herausgeben, einen Napoleon, den sie bisher als Ohrgehänge getragen hatte. „Eine Frau ist kein Gemüseacker", rief Onkel Luben, „sie braucht keinen Kunstdünger."

Luben hat drei Söhne: die beiden ältern sind verheiratet, der dritte noch ledig – und Mutter Lubenitza sieht sich eifrig nach einer Braut für ihn um. Das ist es auch, warum Onkel Luben so freundlich gegen den Hadji gestimmt ist. Hadji Gentscho hat ja ein überaus hübsches Töchterchen im Haus – rot wie Mohn, an Gestalt wie ein Obstbäumchen – die Zähne wie Perlen, die Augen wie Kirschen, die Brauen wie Blutegel. Dabei ist das junge Ding fleißig, aufgeweckt und lustig. Und Onkel Luben liebt es, schöne Menschen um sich zu sehen, ‚sonst erschrecken die Hühner'. Es sind denn auch bei Onkel Luben die Pferde, die Hühner, die Enten, die Schwiegertöchter und deren Kinder schön – und er ist sehr stolz auf seine Schwiegertöchter. ‚Hadji, gib deine niedliche Tochter her', denkt Onkel Luben, ‚ob sie aus guter Familie ist, kümmert mich nicht, wenn sie nur gescheit und schön ist.'

Die junge Frau hat unterdessen einen Schemel herbeigebracht, breitet ein Leipziger Tischtuch über und tischt den aufgewärmten Honigschnaps auf und den Imbiß. Hadji Gentscho trinkt ein Gläschen und sagt: „Nie im Leben habe ich so was Gutes getrunken, Freundchen. Diesen Schnaps muß ein Schwarzkünstler gebrannt haben."

„Den braue ich selbst, mein Lieber – und daß er gut ist, darauf kannst du dich verlassen. Als die Moskowiter im Land waren, kredenzte ich Suworin ein Glas davon – und er schmatzte und sprach: ‚Ach, eine Wodka! Ich muß dem Zaren berichten, was Luben, der Bulgare, für einen Wodka trinkt!'"

Hadji Gentscho glaubt kein Wort von der Geschichte, doch er getraut sich nicht, Luben zu widersprechen, solange das Essen nicht vollends aufgetragen ist.

Nach Tische wendet sich das Gespräch der beiden Freunde nach ganz andrer Richtung. Sie reden von der Politik, von fernen und nahen Ländern.

Onkel Luben hält es in allem mit den Russen.

„Aber die bessern Gewehre sind doch die türkischen", behauptet Hadji Gentscho. „Haben nicht die Moskowiter selbst türkische Flinten hier gekauft?"

Luben höhnisch:

„O ja, und ‚karascho', ‚gut', haben sie gesagt. Aber nur, um bei sich daheim flunkern zu können: Ich habe einen Türken erschlagen und seine Waffen erbeutet."

Hadji Gentscho will es nicht gelten lassen. Die bessern Gewehre habe die Türkei – und am furchtbarsten wieder sei Rumänien. Da könne sich ‚Bulgarien verstecken'.

Onkel Luben erwidert gereizt:

„Ich, Hadji, war nie in Rumänien, aber ich kann dir

schwören, daß Bulgarien jeden Vergleich mit der ganzen Welt aushält."

„Entschuldige, warst du in der ganzen Welt? Dann kannst du auch nicht schwören. Rumänien, sein Wein und seine Pferde stehen obenan."

„Sind wohl auch besser als mein Wein und meine Pferde? Ha? Wahrhaftig? Dann sage ich dir, Hadji, daß du lügst wie ein bärtiger Zigeuner. Leg die Hand aufs Herz und gesteh, daß du gelogen hast! Auch ich habe rumänischen Wein getrunken. Er schmeckt nach Moder."

Und der Streit ist ausgebrochen, das Schimpfen im Gang. Hadji Gentscho, der Schullehrer, keift den alten Luben an: wie er denn überhaupt wagen dürfe, zu urteilen, wo er doch nicht einmal lesen und schreiben könne? Onkel Luben grölt: „Was versteht ein Schullehrer von Wein und Pferden? Das überlaß mir und geh deine Rotznasen das ABC lehren!" Und er bleckt dem Hadji die Zunge.

Gentscho ergreift zornig seinen Stock und geht. Luben überlegt ein Weilchen – dann ruft er den Hadji zurück, denn er fürchtet die Vorwürfe von Mutter Lubenitza ... Aus ist es mit der schönen Schwiegertochter ... Doch Hadji Gentscho hört die bittenden Rufe nicht mehr, er ist schon über den Berg.

Lubenitza tritt wirklich auf und legt los:

„Warum hast du, verrückter Mensch, Händel mit Hadji Gentscho gesucht? Dein alberner Stolz auf Wein und Pferde wird den Hadji dazu bringen, seine Tochter einem andern zu geben – und unser Sohn bleibt ledig. Siehst du ein, alter Dummkopf, was du angerichtet hast? Eil ihm nach und söhnt euch aus!" – Mutter Lubenitza reicht ihm rasch Mütze und Stock.

Onkel Luben läuft – geht zögernd zweimal bis vor Hadji Gentschos Haus – guckt, will anpochen – schüttelt den Kopf, zieht immer wieder seine Taschenuhr, die leibhaft wie ein Rettich aussieht – und kehrt schließlich doch unverrichteter Dinge zurück, mit sich und Gott zerfallen.

Nun aber spricht das Herz des reuigen Gentscho. Er hätte Luben hereinrufen sollen, als er ihn kommen sah ... Am Ende wird der Alte ernstlich böse – und wer im Ort hat noch so guten alten Wein?

Er faßt Mut und sucht Vater Luben auf, als wäre nichts geschehen.

Und sie trinken wieder friedlich und plaudern auf der Gartenbank – nur gestört von Frau Lubenitza, die dem Alten immer wieder heimlich zuruft:

„So wirb doch endlich! Wirb endlich um die Tochter!"

Ah, auch Hadji Gentscho ist kein heuriger Hase; er merkt gar wohl, was der andre im Sinn hat. Und berechnet heimlich:

„In Onkel Lubens Keller liegen dreißig Eimer Adrianopler Wein. Zwei Oka trinken wir täglich – so wird der Vorrat sechs Monate reichen. Und eher gebe ich seinem Sohn meine Tochter nicht. Denn nach der Hochzeit wird der Wüterich mir keinen Tropfen Adrianopler mehr vergönnen."

(Aus dem Bulgarischen, nach Luben Karoweloff)

EIN SONDERBARES SCHICKSAL

Unser aller Freund Vukašin Vajda – Gott hab ihn selig, aber er lebt noch – Vukašin war von Kind verschroben und voller Widersprüche.

Zum Beispiel, als er volljährig geworden war und alle felsenfest glaubten, nun werde er seine Schulden bezahlen – da rief er, so dumm sei er nicht, und nahm Abschied, um ins Wasser zu gehen.

„Gut", antwortete man ihm, „wenn du dich ertränken willst, ist das eine Angelegenheit, die an deine Haut geht und an keine andre sonst, aber bezahl doch wenigstens vorher!"

„Nein", sagte er, „wovon soll ich dann weiterleben?"

Also schüttelten wir ihm die Hände, und er ging ins Wasser. Seinen Leichnam hat man nie gefunden. Natürlich – denn er lebt ja noch.

Indessen suchte einer von uns Herrn Dedić auf, der Pferdehändler und sonst noch allerlei in der Unterstadt ist, und fragte ihn:

„Haben Sie Vukašin Vajda gekannt, Herr Nachbar?"

„Freilich hab ich ihn gekannt. Denken Sie nur: der Kerl ist mir durchgegangen."

„Wieso, Herr Dedić?"

„Eh, ganz einfach: er war mir 2340 Dinar schuldig, ohne die Zinsen vom letzten Verfallstag an – und statt mir das sauer verdiente Geld zurückzugeben, packt er sich zusammen und... und ist eben nicht da."

„Hm. Und wo glauben Sie, treibt er sich herum?"

„Weiß ich's? Die einen sagen das und die andern jenes – die dritten gar, er sei dort oben über den Sternen."

„Ja, ja", seufzte unser Freund, „dort ist er auch, Herr Dedić. Hören Sie nur, wie schrecklich: Gestern hat man den Armen bei Vižnica aus der Donau gezogen, ganz mausetot und kaum mehr zu erkennen vor Verwesung."

„Was Sie nicht sagen", rief Dedić erschrocken. „Also wirklich? Wer wird mir nun die 2340 Dinar bezahlen?"

„Der Herr im Himmel, der da lohnt und straft, Herr Dedić. Ich fürchte aber, er wird Ihnen große Abzüge an den Zinsen machen."

„Warum – weswegen?"

„Tun Sie nur nicht grün! Sie haben den armen

Vukašin gehörig geschunden. Wenn ich nachdenke, was ihn am ehesten zu dem verzweifelten Schritt veranlaßt haben mag – meiner Ehr, Sie haben einiges an ihm gutzumachen, Herr Dedić. Heut um vier Uhr ist Parastos für Vukašins Seelenheil in der Kathedrale – da werden Sie doch nicht fehlen wollen?"

„Gewiß nicht, gewiß nicht", versicherte Dedić, im Innersten bewegt, und kam pünktlich um vier Uhr in die Kathedrale. Dort wurde zwar ein Parastos gelesen – einer nach der ersten Klasse sogar, mit großer Assistenz und Chor – bloß nicht für Vukašin, sondern für einen gewissen Achatius Posavac, der in Saloniki gestorben war.

Herr Dedić focht der kleine Widerspruch nicht weiter an – wie hätte er ihn auch merken sollen? Und daß buchstäblich er den armen Vukašin in den Tod getrieben hätte, war ein Gedanke, der ihn gar nicht mehr losließ.

„Wie ist denn das Unglück eigentlich geschehen?" fragte er einen Mann, der zufällig neben ihm stand. „Weiß man nichts Näheres?"

„Mein Gott, bei alten Leuten ...", erwiderte der Fremde achselzuckend – denn er meinte Achatius Posavac aus Saloniki.

„Alt? Erlauben Sie? Der Arme war doch nicht alt?"

„Herr Pate", sagte der Fremde, „alt und auch nicht – wie man's nimmt. Wenn man hienieden seine Rechnung abgeschlossen hat, ruft einen Gott hinüber."

Dedić fühlte sich durch Erwähnung der abgeschlossenen Rechnung getroffen, schwieg beschämt und hörte um so zerknirschter dem feierlichen Gesang zu. „Gospodin pomiluj – Gnade ihm Gott", seufzte auch er mit tiefer Inbrunst.

Um fünf Uhr war die Sache zu Ende. Dedić ging heim und getraute sich seitdem vor lauter Gewissensbissen nicht mehr vor die Tür.

Als man ihn nun so lange nicht sah, munkelte man, er sei krank, und als sein Onkel, der alte Dedić aus Ripanj, starb, verwechselte man die beiden und sagte den Pferdehändler Dedić tot.

Unterdessen hatte Vukašin Vajda, der strebsame Junge, in Budapest die verschiedenartigsten Geschäfte begonnen. Er hatte eine Agentur der Englischen Bibelgesellschaft eröffnet, verkaufte zwei Gattungen von Strickmaschinen auf Raten und betrieb nebenbei eine Kollektur der Klassenlotterie. Einmal lieh sich ein serbischer Landsmann, seines Zeichens Klavierstimmer, von Vukašin eine Krone aus und ließ seine Instrumente als Pfand zurück – da wurde Vukašin auch Klavierstimmer, was für einen völlig unmusikalischen Menschen wie ihn gewiß ein Zeichen von großem Erwerbseifer ist.

Dennoch – er brachte es auf keinen grünen Zweig.

Da war es ihm eine wahre Erlösung, als er hörte, sein ärgster Gläubiger, Dedić sei verschieden. Er zögerte einen Augenblick, bezahlte die Klassenlose mit Strickmaschinen, gab der Bibelgesellschaft die Instrumente, dem Landsmann ein paar Bibeln und fuhr nach dieser – für seine Verhältnisse sehr ordentlichen – Austragung der schwebenden Verpflichtungen schnurstracks nach Haus.

Einer der ersten Menschen, denen er auf dem Kai begegnete, war ... Dedić.

Herr Dedić hatte einige Wochen Einkehr in sich gehalten und gefunden, daß er an Vukašins Selbstmord eigentlich nicht so viel Schuld trage, wie er sich anfangs beigemessen hatte. Und er beschloß, die peinliche Geschichte im Trubel des Belgrader Hafenlebens vergessen zu wollen. So ging er denn, immer noch mit Vukašin und den 2340 Dinar im Kopf, über den Kalinegdan hinunter zur Donau – und einer der ersten Menschen, denen er begegnete, war ... Vukašin.

Herr Dedić meinte zuerst, er sei wahnsinnig. Er griff mit den Händen in die Luft und dann nach seinem Bart, um sich zu überzeugen, daß er nicht träume. Sein zweiter Gedanke war: der Teufel. „Alle guten Geister, steht mir bei!" stammelte er und schlug hastig ein Kreuz. Denn es ist doch wahrlich nichts Alltägliches, einem Menschen gegenüberzustehen, bei dessen Parastos man vor wenigen Wochen gewesen ist.

Vukašin Vajda fand zuerst die Sprache wieder.

„Herr Dedić", rief er, „lassen Sie mir fünfzig Prozent nach, oder ich gehe wirklich ins Wasser – so wahr mir der heilige Peter helfe."

„Ja, mein Söhnchen, ja. Ich laß die fünfzig Prozent nach. Nur bleib auf dem Land. Zweimal möchte ich den Kummer deinetwegen nicht durchmachen."

Und dabei blieb es.

Wirklich, es blieb dabei. Herr Dedić hat die eine Hälfte seiner Forderung nachgelassen, und die andere Hälfte ist ihm Vukašin noch heute schuldig.

SPLITTER

Heinrich Mann: Kraus, Jacobsohn, Kerr und Harden sind soviel wert, wie sie voneinander halten.

Feindliche Brüder teilen die Erbschaft: vom Lexikon A–K, L–Z.

Die eigenen Politiker wären auszuweisen, Gesandte heimzuschicken, Chauvinisten auszutauschen.

Jai, Herr Doktor, würden sich sehr zu einem Ungarn eignen.

Ras kauft allmählich die Aktienmehrheit zusammen und merkt erst, als er fertig ist, daß ihm grade die Frau, die er retten wollte, ihre Minderheit angehängt hat.

Ein Mann machte Mehring ungeheure Elogen: „Ich bin nämlich der Zensor, der Ihre Bücher verboten hat."

Eine Schauspielerin erzählt, sie habe einen Brief von Jesus bekommen. Emil Thomas: „Möchtest mir nicht die Briefmarke geben?"

Rösslers Dackel: Nationalpark für Flöhe, die ja aussterben.

Der alte Ellbogen besucht fleißig den Tempel. „Aber Sie glauben doch nichts?" – „Ich glaube nicht neunundneunzig Prozent. Aber wegen einem Prozent möchte ich nicht Unannehmlichkeiten haben."

Polen sind immer gut erzogen. „Die hochverehrte Frau Mutter des Herrn ist eine ehrenwerte Dame vom Scheitel bis zur Sohle, aber der Herr selbst ist ein infamer Hurensohn."

Wunder, wie unähnlich die Menschen einander sind. Keiner wiederholt sich.

Inschrift auf der Brücke Alcantara, Toledo: En esta ciudad estan prohibidas la Mediadad y la blasfemia. („In dieser Stadt ist Bettelei und Gotteslästerung untersagt".)

Cakes: Pappe, die durch Aufdruck in Nahrungsmittel verwandelt wird.

Die Schweiz:
Wilhelm Tells Apfel wurde ihm mit 30 Centimes berechnet.

Perutz sagt, Krokodil sei dreitausend Jahre alt, schon von König Ramses mit Gänselebern gefüttert. „Auch wenn es ein Krokodil ist, über das Alter macht man keine Scherze."

Die Situation kann gar nicht falsch genug beurteilt werden.

Möchten Sie mich nicht taufen? „Ich will es wenigstens versuchen."

Der alte Becher geht zum erstenmal im Leben auf den Maskenball. Allein. Als Wickelkind, mit einer Sektflasche als Schnuller. Trifft auf seinen Vetter, Matrosen. Die beiden Rechtsanwälte setzen sich zusammen und besprechen die ganze Nacht Prozesse.

Die Fürstin war schick, schicker, am schicksten. Ich habe noch nie ein schickeres Mädchen gesehen.

Kaiser Augustus ließ den Bart wachsen, als er von der Niederlage des Varus erfuhr.

Max Reger spielt auf dem Klavier. Sie staunt: so schwierig – und auswendig. „Na, ich habe es ja auch auswendig komponiert."

Ungarisch: Handkuß ist erst geboten, wenn er kein Vergnügen mehr macht.

Rössler: In Czernowitz im Puff sang eine junge Dame herrlich. Man fragte sie: Warum gehen Sie nicht zum Theater? „Das erlaubt mein Vater nicht."

Man meint, die Kultur der Menschheit entwickle sich jährlich weiter, wachse höher, etwa wie ein Baum. Das ist falsch. Sie wächst wie Gras. Alle Jahre neu.

Hamburger hat seinen Mädchen angeordnet, wenn etwas aus dem Ausland kommt, nicht annehmen. Er nimmt sich eine Kiste Zigarren aus Hamburg mit, man verlangt in Marienbad Zoll. Er sagt: nein, schicken Sie die Kiste nach Hamburg zurück. Er selbst packt sie auf dem Zollamt ein und adressiert sie an sich. Die in Hamburg nehmen sie in Hamburg nicht an, und er bekommt sie zollfrei zurück.

Seit dreißig Jahren ein Verfahren erfunden, Nachteile des Hotels mit jenen des Familienlebens zu vereinen: die Pension. Sie wurde erst möglich durch Erfindung der Kartoffel durch Francis Drake. Es gibt auch einen Pensionsvater, er leidet an einer zu kleinen Pension und einem körperlichen Gebrechen, etwa Epilepsie, schlägt die Nägel ein. Die Frau Raubvogel. Falken sehen auf zwei Kilometer einen Hasen, sie sieht durch die Wände. Die Tochter hat Musik studiert, was sich deutlich hörbar macht. Läßt sich ins Theater einladen, ist sehr böse, wenn man es nicht tut. Sieht nicht gern, wenn fremde Damen kommen. Während die Mutter zu Schmerlings Zeiten geboren, in liberalen Grundsätzen aufgewachsen ist. Die Bilder aus der Schule von Gabriel Max, aber bunt, sind von der Kusine. Es gibt eine Verpflegung mit Schweizer Frühstück, das symbolisiert wird durch etwas Kunsthonig. Dann Halbpension, wo das Abendessen gar nicht, und Mittag nur halb gegeben wird. Vollpension, wo das Gericht an geraden Tagen in ganzem Zustand, an ungeraden in zerkleinertem gereicht wird. Aggregat. Abgenagte Brathühner tauchen als Backhühner auf. Bettwäsche wird nicht so oft wie im Hotel gewechselt. Auch ein Hündchen ist vorhanden, um die Gespräche bei Tisch lebhafter zu gestalten. Es gibt Stammgäste aus der Provinz, die schon dreißig Jahre hier wohnen. Immer wieder absteigen, lange vorher unter Anführung ihrer „Lebensgeschichte" angekündigt werden und in den Tischgesprächen noch wochenlang fortleben. Sehr gefürchtet die Montagmenüs, Freitag Fisch. Falls er stinkt, tut er es vom Kopf. Gelegenheitskauf. Samstag Schmorbraten. Kundige erkennen unter der Sauce das Roastbeef von Dienstag. Sehr gefürchtet auch der Sagopudding mit Früchten, die hauptsächlich aus Kirschkernen bestehen, und Sonntag das kalte Menü, Gurkensandwiches. Nur finanziell ganz deroute lassen es sich gefallen. Vergrämte Hausgenossin lebt hier als Einesserin zum mäßigen Preis. Baron, der die Miete schuldig ist und soviel Witze weiß, immer dieselben.

Dem Rechtsanwalt Dr. Földi wird Brief- und Zigarettentasche gestohlen. Morgens bekommt er alles wieder, mit einem Brief: „Wir bedauern, Sie bestohlen zu haben. Bei Aufteilung im Café stellte es sich heraus. Aber hüten Sie sich. Wir sind verläßlich. Doch es haben sich in letzter Zeit so schlechte Elemente unter uns gesellt, daß wir nicht bürgen können."

Rechtsanwalt Dr. Földi läßt seine Wohnung von Einbrechern übersiedeln. Kommt von der Reise, Einbrecher wartet auf dem Bahnhof. Ein Malheur ist passiert: „Der Spediteurgehilfe wollte etwas stehlen, ich habe ihn gehauen, daß er dreißig Tage liegen muß. Nun bin ich wegen schwerer Körperverletzung angeklagt."

Der Ehemann ist seiner Frau ausgeliefert auf Geweih und Verderb.

Alle Menschen sind genial, wenn man sie nur alle sechs Jahre sieht.

Bei diesen Sätzen ohne Subjekt und Prädikat kann man nur sagen: wo die Brosche ist, ist vorn.

Litfaßruhm: Morgen überklebt.

In Chikago vermietet man möblierte Wohnungen mit Katze, Kanarienvogel und Goldfisch. Wer nicht will, kann Fisch und Vogel von der Katze fressen lassen.

Manche Dichter bürden Denkarbeit, zu der sie verpflichtet wären, dem Leser auf.

Die Götter haben sich für die neue Ordnung der Dinge entschieden, Cato aber stimmt für die alte. Das waren seine letzten Worte.

Satan, stehe hinter mir und gib mir einen Schubs!

Liederkranz in Bukarest lädt mich ein zu einer Stairischen Vorlesung. Ich sage beleidigt ab. Es war aber eine Depeschenverstümmlung. Es sollte „satirischen" heißen.

Novellen für moderne Kinder: Ernstchen hatte den Oedipus-Komplex ...

Eine Schachaufgabe: matt in drei Zügen. Es ist aber schon in einem Zug möglich – die übrigen nur, um zu quälen.

Harros Ausspruch: Meine Augen sind groß, nur die Schlitze sind klein.

Herabgekommener Emporkömmling.

München ist eine wahre Kunststadt, wo der Künstler durch keine Käufer und Bewunderer im Schaffen gestört wird.

Für Lord Curzon wurde eine eigene Times gedruckt, für Papst Leo ein eigener Osservatore, und für Novak eine Morgenzeitung.

Er hatte es faustisch hinter den Ohren.

Den öffentlichen Gebrauch von abstrakten Wörtern besteuern.

„Der X hat Sie bestohlen." – „Ich lasse mich lieber von ihm bestehlen, als von Ihnen loben."

Zweimal wurde bei diesem Lustspiel gelacht: als der Liebhaber stolperte; als der Autor auf der Bühne erschien, um zu danken.

Widrigenfalls hochachtungsvoll.

Jeder Autor sollte einen älteren Autor bearbeiten, säubern.

Die Frauen sind ein Rätsel. Auflösung in der nächsten Nummer.

Die Vertreter der rumänischen Kolonie erwarteten ihren König. Sie waren zu diesem Zweck begnadigt worden.

Sisyphusarbeit des Satirikers, der immer wieder die blödsinnigen Vorstellungen zerstreuen muß, die die Dichter in die Welt setzen.

Das Ärgerliche am Plagiat: wer es zuerst kennenlernt, und dann das Original, hält mich für den Abschreiber.

Ich habe da, sagt mir der Direktor, eine furchtbar komische Sache – nur fehlt der Humor.

Hintertreppenwitz der Weltgeschichte.

Ich hielt Frau X immer für eine tüchtige Hausfrau. Erst durch die Bilder, die sie ausstellte, erfuhr ich, daß sie keine Malerin ist.

Reizende Menschen: Bruno Frank knurrt noch einmal vor dem Schlafengehen, um seine Hunde zu begrüßen. Claus sammelt Briefmarken für den ungeborenen Sohn.

Hugo Schulz in der Siegesallee: die Markgrafen, von denen man keine Porträts besitzt, sehen alle aus wie Lohengrins.

Harden, der alles vorauswußte, den Weltkrieg ankündigte, kaufte russische Staatspapiere.

Er sah aus wie eine Völkerschaft.

Wie Motto so schön sagt.

Architektur ist gefrorene Musik. Der gefrorene Musiker. Der aufgetaute Architekt.

Mein Vetter hat sich für mich ausgegeben und Freifahrt nach Ragusa erlangt. Ich schreibe unterdessen etwas politisch Anstößiges. Als ich später selbst nach Ragusa komme, entschuldigt man sich bei mir wegen Heftigkeit. Man hat nämlich da meinen Vetter verhauen...

Minister Puchinger: Gleich bei meinem Regierungsantritt habe ich das Wort geprägt, die Lage gefällt mir nicht. In diesem Punkt bin ich septisch.

Ich sollte gar nicht über Menschen schreiben, ich kenne sie ja erst sechzig Jahre; aber der Eindruck ist so mächtig, daß er nach Ausdruck ringt.

Schwalben, Oberkellner der Natur, die immer so eilig hin und her schießen.

Man fragt die Gutmann in Wotschin: Haben Sie Verkehr mit der Nachbarschaft? „Auf drei Tage rundherum gehört alles uns."

Das Wiener Journal hat Preise ausgesetzt von tausend Schilling für die erste wahre Nachricht.

Ein Infanterist zu Löbel im Krieg: Was sind das für Zeiten, wo ein Jud muß dem andern die Stiefel putzen.

Das Indisgretchen.

Die Montenegriner: Unser und Russen zusammen gibt es 180 Millionen.

Die Freiheit ist einigen Völkern kraft ihrer geographischen Lage in den Schoß gefallen. Anderen wurde sie durch Nachbarn erkämpft. Die dritten sind durch enorme Tapferkeit in Knechtschaft geraten.

Als Frau Pollak begraben wurde, sagte der Pfarrer: Vor drei Jahren habe ich sie getauft, nun muß ich sie begraben.

Ich wollte mich seiner Ansicht anschließen, aber er hatte keine.

Wozu ihn parodieren? Das Original ist komisch genug.

Sie machte ihm bemusterte Offerte.

Furcht – ein Schutzmittel im Kampf ums Dasein.

Zwar kein gezeugter, doch ein überzeugter Katholik.

Als wäre man einer Tonart auf den Fuß getreten.

In der kleinsten Gasse geschehen oft die größten Unglücksfälle.

Sie, Ihre Mutter hätte auch besser Geburtenkontrolle treiben sollen.

Man wächst in Porträts hinein.

Eine Offizirce.

Stümper und Dränger.

Schildkraut kommt nach dem König Lear heim, es gibt Gansjunges. „Ist das ein Essen für einen König?"

Klaus Mann schrieb mit zwölf Jahren: „Wir alle kranken am Weibe."

Ein einzigesmal konnte mir einer eine Unanständigkeit vorwerfen; er tat es in einem anonymen Brief.

Pessimismus: Bisher sind allerdings die Züge voll gewesen. Wenn nun aber morgen niemand reist?

Der Hotelier: „Sie in Salzburg und wohnen nicht bei mir?" – „Weil Sie ein Nazi sind." – „In der Saison?"

Kuh zu einem Mann, den er angepumpt hat: Die reichen Leute sind komisch. Sie wollen um ihrer selbst willen geliebt werden.

Ich halte von alten Leuten nichts. Der alte Edison hat auch schon lange nichts mehr erfunden. „Ist schon lange tot." Da sehen Sie, wie ich recht hatte!

Meine zarte Gesundheit erlaubt mir leider nicht, in dieser Jahreszeit den Tod im Wasser zu suchen.

Ich habe von jeher so unverändert ausgesehen.

Anläßlich des sechzigsten Geburtstages meines Plagiators sind mir soviel Glückwünsche zugekommen, daß ich außerstande bin...

Es ist der halbe Genuß vom Reisen, wenn man die Landessprache versteht.

Er enthielt sich der Abstammung.

Der abgesetzte Chinesen-Marschall: Einst war ich ein armer Junge, wer wollte, prügelte mich. Dann war ich ein großer Herr, wer mich sah, der fürchtete mich. Heute noch, wo ich abgesetzt bin, lebe ich als mächtiger Angstschrei in hunderttausend Kehlen.

Minister des angenehmen Äußeren. Ich darf blöd sein, mein Wort gilt nichts.

Der Kommentator schmückt den Dichter mit seinen Federn.

Kisch in Weimar kommt zum Direktor des Goethe-Archivs, ob nicht Briefe da seien von Thoranc an Frau Rat. Es sei doch in Wahrheit und Dichtung ein deutliches Liebesverhältnis. Direktor versteht ihn lange nicht. Endlich ganz bleich: „Und das wagen Sie mir zu sagen in den Tagen der Ruhrbesetzung?"

Redaktionsbrief:
Wir haben Ihr Gedicht verloren, senden Ihnen anbei drei andere.

Talentlosigkeit ist kein Privileg der Jugend.

Man meint immer, die Operettenlibrettisten seien abgefeimte Burschen, die im Geschmack des Publikums dichten und das kalt rühren. Aber nein, sie dichten im eignen Geschmack, mit heißem Herzen. Sie sehen die Welt so.

Wie erkennt man Juden? Man gebraucht das Wort Ezes. Die dann fragen, was das ist, sind Juden.

Im Feld unbelehrt.

Deutscher Sekt – zornige Limonade.

Der kursche Baron log, daß sich die Balten bogen.

Wir wollen Freundschaft schließen. „Nein, soweit sind wir noch nicht. Bleiben wir bei der Liebe."

Ein Blatt, dessen Überzeugungstreue durch keine Vernunftgründe ins Wanken zu bringen ist.

Rössler: Es gibt fünf Grade von Ausverkauft.

Eine Frau in den Briefwechseljahren.

Richard Schaukal-Gesellschaft: Um seinen Aphorismen Sinn unterzulegen.

Ich habe zwei Bücherschränke. In dem einen verwahre ich Schnaps, im anderen rote Westen.

Sie war sehr gebildet. Er litt unter den Unbilden ihrer Bildung.

Ich habe noch vergessen: Schreiben Sie in mein Zeugnis: Gutes Gedächtnis!

Truppenausbildung in Moralität. Ein Soldat stellt die Hure dar und winkt, die anderen haben verächtlich vorbeizumarschieren.

Standrechtlich getraut.

Hast du das Geldpäckchen abgezählt? Nur die Hälfte; ich dachte, wenn's bis hierher stimmt, wird das andere auch stimmen.

Ein Mann will die Lebensversicherung für seine Frau retten. Begeht Selbstmord dadurch, daß er auf einen Schutzmann mit Schreckschußpistole schießt.

Sie können Männer wahnsinnig machen, aber zur Besinnung bringen, können Sie sie nicht.

In den Kunstschulen schaden die Schüler einander mehr, als die Lehrer schaden.

Sobald Rudolf Herzog einen Roman beendet hat, telegrafiert er an Angermayer, Chef der Romanabteilung, Scherl. A. hat hinaufzufahren auf die Burg. Dort Souper, Frack, große Weine. R. H. liest das letzte Kapitel vor. Nur dieses. Hierauf Unterhandlung. R. H. verlangt die Hälfte mehr. A. bietet nur das gleiche. R. H. zerreißt das Manuskript, wirft es in den Papierkorb. A. erschrickt und schlägt ein. R. H. öffnet die Schieblade und zieht einen Durchschlag hervor.

Ich habe es zweimal im Leben schlecht getroffen. Als ich jung war, sagte man mir: schweig, laß die Älteren reden. Nun, wo ich alt bin: schweig, das Wort haben die Jungen.

Zigeunerin hat mir prophezeit, ich würde Millionär werden (ist in der Inflation geschehen), Feldmarschall (geschah im Film), endlich, ich würde Glück in der Liebe haben – steht mir noch bevor.

Schweres Geschütz auf einer Wiese. Ein Kadett, unbeschwert von Fachwissen, kann in Bezirken, in die er gar keinen Einblick hat, ungeheuren Schaden stiften. Und ebenso ein Theaterkritiker.

Mynona stellt Professor Glück ein Straßenmädchen vor als Frau Geheimrat von Borsig. Glück beginnt sofort über Renaissance zu sprechen. M. klopft ihr endlich auf den Hintern: Was sagen Sie zum Popo der Frau Geheimrat, Herr Professor?

Immer hat man für künftige Geschlechter Krieg geführt. Nun, ich bin ein künftiges Geschlecht, ich verlange, daß es mir gut geht.

Zwischen Salzburg und Wien waren unlängst alle Schwalben im Flug eingeschlafen. Ginzkey hat im Salzburger Radio gesprochen.

Bei Ullstein Wettbewerb um die überraschendste Schlagzeile. Moritz Müller erhält den Preis: „Franz Ferdinand lebt, der Weltkrieg ein Irrtum."

In der Inflation sind die Mitgiften untergetaucht, die Liebesheiraten sind geblieben.

Der Autor wird allmählich zur Parodie auf sich selbst.

Mistinguette kopiert Kastagnetten mit den Schlüsselbeinen.

Ich lebe der Innenarchitektur meiner Seele.

Ich hatte vom dümmsten Kerl im Gemeinderat geschrieben: Zwanzig bezogen es auf sich.

Uawg: um Absage wird gebeten

Exkommunizierter Kommunist.

Meine Frau ist sehr gebildet. Na ja, ich bin ja auch nur ihr zweiter Mann.

Karpath, Wiener Musikkritiker, getaufter Jud, verkehrt in Bayreuth. „Ich habe zwei verschiedene Gesellschaftskreise. In dem einen bin ich der einzige Jud, in dem andern der einzige Christ."

Die kleine Tochter von Warburg, dem reichen Bankmann, ist zur Bescheidenheit erzogen. Kommt in die Schule, und erzählt, sie sei nach der Religion gefragt worden. Sie sagte: Protestantisch. Warum? „Weißt du, alle sagten protestantisch, da wollte ich nicht protzig sein und sagen Jud."

Es gibt zahllose schöne Institutionen zur Bekämpfung des Mädchenhandels, und sie drohen aus Mangel an Beschäftigung einzugehen. Klar, daß zur Belebung des Mädchenhandels etwas geschehen muß.

Die Italiener, so klein, lieben große Mützen. Der Papst hat einen ganzen Bienenkorb auf dem Kopf.

Wünsche (Gedicht, Terzinen). Ich möchte eine Hühnerfarm. Ich möchte einen Titel haben, als Generalkonsul sieht man ganz anders aus. Ich möchte einen Cadillac, ich möchte einen Wuschelkopf. Ich möchte einen sauren Hering.

Emanuel Reicher erzählte mir: Meßthaler hatte als junger Mann eine Rolle zu spielen, wo er sich auf der Bühne erschoß. Er probierte vor dem Spiegel einige Male das Schießen mit dem Revolver. Nach dem vierten Mal hielt er inne, merkte plötzlich, daß der fünfte Laderaum geladen war. Es wäre ein Selbstmord gewesen, dessen Motiv man nie entdeckt hätte.

Vom Einpacken. Du schichtest alles, was du einpacken willst, auf den Tisch und legst es mit einem Ruck in den Koffer. Hervorstehende Ecken werden abgeschnitten. Vorher alles festgestampft. Nimm einen festen Holzlöffel mit, mit dem man im Koffer rührt, damit der gebrauchte Gegenstand emporkommt. Man vermeide, Überflüssiges mitzunehmen, zum Beispiel Nähmaschine, Lexikon. Die alten Lexika sind veraltet, und den Neuen Brockhaus findet man ohnehin überall, im Notfall frage damit Eckstein. Obst stopft man vorher in die Stiefel.

Richard Rieß hat mein Buch wohlwollend besprochen. Nach einiger Zeit nehme ich seine Kritik vor und schreibe sie, wörtlich, über ein Buch von ihm.

Orchestermusiker, Philharmoniker und Oper, gibt sehr viel Stunden zu zehn Schilling. „Mensch", fragt man ihn, „woher nehmen Sie so viel Zeit, bei Ihren vielen Proben?" Da sagt er: „Oh, zu den Proben sende ich einen Vertreter zu zwei Schilling". „Aber das geht doch nicht!" – „Ja wieso denn nicht, ich bezahle doch den Mann, und abends spiele ich ja."

Sudermann läßt sich in Frankfurt den Vollbart abnehmen. Der Friseur sagt: „Schade, Sie haben einen so schönen Sudermannbart."

Der dicke Theaterdirektor Carol hält sich aus Furcht einen großen Hund. Einmal kommt er nachts heim, glaubt rascheln zu hören. Alarmiert das Haus. Nichts. Man sagt ihm: „Mann, warum fürchten Sie sich, Sie haben doch einen großen Hund?" – „Der Hund, wenn man mich tötet, wird der lachen."

Vicki Baum schreibt immerzu. Sie hat ein Glöckchen oben auf dem Federstiel, wenn das Glöckchen schweigt, erwacht sie.

Beerdigung von Schleich. Pastor rühmt den Gelehrten, der an Gott glaubte. Der das Buch schrieb „Besonnte Vergangenheit", der an das Fortleben nach dem Tode glaubte, daher nicht verbrannt werden wollte. Er nennt alle seine Werke. Da sagt S. Fischer: „Alles bei Rowohlt."

Trübner kauft seine Werke auf. Sieht im Schaufenster ein Bild und fragt, wieviel es kostet. 10 000 Mark. Was, solch ein Dreck 10 000 Mark? Ja, hätten Sie es besser gemalt, Herr Professor Trübner.

Österreichische Organisation. Im dritten Kriegsjahr hatten wir noch Kupfer, es war eine Schlacht gewonnen worden. Im Schlachthaus zu Linz arbeiten russische Gefangene. Sie kommen ins Lager zurück. Jeder mit fünf Kilogramm gestohlenem Fleisch. Das wird ihnen von der Wache abgenommen. Aber – und das ist österreichische Organisation – immer nur die Hälfte, sonst würden die russischen Gefangenen nicht mehr stehlen.

Rudolf Johannes Schmiedt sieht in der Passage einen Tisch, in den wirft man einen Groschen, und es erscheint ein großer Negerkopf. Unten ist nichts. Die Metaphysik muß Beine haben, sagt Schmiedt, aber die interessieren mich nicht, ich will nur wissen, ob der Neger am Gewinn beteiligt ist, oder monatlich bezahlt wird. Er wechselt fünf Mark und wirft Groschen um Groschen hinein. Als er es zum sechzehntenmal tut, streckt der Neger die Zunge heraus. Schmiedt sagt, er wird monatlich bezahlt.

Plehwe liest ein Buch von Dostojewskij, darin heißt es, jeder Mensch sehe wie ein Tier aus. Er hält sich für einen Löwen und fragt den Portier: Nicht wahr, ich sehe wie ein Löwe aus? Aber das konnte ihm suggeriert sein. Er fragt einen Bauern auf der Straße, der bestätigt es. Da fragt Plehwe: Woher weißt du, wie ein Löwe aussieht? – Ich habe doch ein Bild gesehen, wo unser Heiland nach Jerusalem geritten ist, auf einem Löwen.

Rudolf Johannes Schmiedt pumpt sich von Löbel fünf Mark. Wenn du es erzählst, sag zwanzig Mark.

Dem Juden war vom Rabbi der Wein auf fünf Jahre verboten worden. Er ging zum Ratgeber, der sagte: „Ob du fünf Jahre deinen Wein trinkst oder zehn Jahre jeden zweiten Tag, ist gleich". Doch auch das paßte dem Juden nicht. „Ob du erst fünf Jahre täglich trinkst und dann fünf Jahre nicht, ist gleich."

Wenn ich die Wahl habe zwischen reich und gesund oder arm und krank, dann wähle ich reich und gesund, denn was hat schließlich der Arme von seiner Krankheit?

Kisch, Quintaner, schrieb unter dem Namen Erwin Kisch für die Bohemia. Der Chemielehrer haßt ihn, erklärt ihn für einen Trottel, hält ihm aber den Bruder Erwin als Muster vor.

Stern in Wien angeklagt, wegen Verbreitung unzüchtiger Schriften. Walter Rode ist Verteidiger. Die Schriften werden in drei Lastwagen zu Gericht gebracht. Stern wird freigesprochen, verlangt seine Schriften. Sie sind verschwunden.

Ewige Torheit des Volkes: daß es sich will befreien. Jedesmal rennt es eine falsche Tür ein. Es gibt keine Freiheit für die Armen. Für sie gibt es nur Gesetze. Und es gibt für die Reichen keine Gesetze. Für sie gibt es nur Freiheit. Sooft sich ein Volk vermeintlich befreit: es wechseln nur die Herren ihre Namen.

DER VERZWEIFELTE

Am Abend vor dem Abitur war es, da blickte der Oberprimaner Kulcke gläsern in die Luft und sprach:

„Ich kann nicht beurteilen, ob die paar Brocken Wissens, die ich in Physik habe, groß genug sind, die gähnenden Lücken meiner Chemiekenntnisse zu stopfen. Eins aber ist sicher: in Geschichte weiß ich nicht einmal, wann das Jahr 1848 war."

FRAGEN DER WIRTSCHAFT

Hamburg. Wir gingen aus der Walhalla heim – übern Steindamm – Egon und ich – ein Uhr nach Mitternacht. Da kommt uns ein Mädchen entgegen und sagt:

„Hört mal: Pumpt mir jeder ne Mark. Ich komme eben ausm Lazarett."

„Eine Mark, du Berlinische Pflanze?" erwidert Egon, der Rohling. „Fällt mir nicht im Traum ein. Ich verdiene mein Geld schwerer als du."

Darauf das Mädchen:

„Nu aber mal im Ernst: Der Steindamm vom Hauptbahnhof bis zum Lübecker Tor is jerade een Kilometer lang. Een Trottoir hin – eens zurück – macht zwotausend Meter. Nu loofen uffm Steindamm – ohne die Nebenstraßen – jenau 503 Mächens. Sag 500 Mächens, damit du Stiesel leichter bejreifst: macht uff 4 Meter een Mädchen. Subtrahier dir jefällicht aus, wat da zu vadienen is."

DAS VOLLKOMMENE WOHLBEFINDEN

Es war vor etlichen Jahren – da fragte ich Egon Friedell: „Wie fühlst du dich in Berlin?"

Er darauf:

„Herrlich. Man wohnt hier gut. Man ißt ausgezeichnet. Die eleganten Frauen sind eine Augenweide. Und die Theater erst: unerreicht. Nur leider: Wenn ich in Wien als Schauspieler oder Redner auftrete, zerspringen meine Kollegen, die Schriftsteller. In Berlin nicht. Das fehlt mir sehr."

DER MALER

Baron René Rothschild in Paris ließ Pascin fragen: wieviel wohl ein Porträt kosten würde.

Pascin antwortete: 15 000 Franken.

Das scheine ihm zu viel, meinte der Baron, doch 12 000 wolle er gern anlegen.

Na, sagte Pascin, der Baron solle nur kommen.

Als er aber kam, standen – frostiger Winter – im Atelier alle Fenster offen.

Und Pascin sprach:

„Ehe ich anfange, muß ich den Gesamteindruck des Körpers haben. Bitte, ziehen Sie sich aus!"

„Auch das Hemd?"

„Ja."

„Genügt es? Oder müssen auch die Unterhosen ...?"

„Auch die Unterhosen."

„Die Strümpfe? Ich finde es nämlich scheußlich kalt!"

„Ja, auch die Strümpfe."

Hierauf wendete Pascin den Rollstuhl mit dem Baron rechts ins Profil und guckte. Links ins Profil und guckte. En face. Nochmals rechts ins Profil.

Endlich Revers.

Und sagte:

„Nein, ich tu's nicht. Das Gesicht gefällt mir nicht."

WEDEKIND – MEMOIR

An der Wand im halbdunklen Zimmer hängt Frank Wedekinds Totenmaske. Verstehend, wie sie, hat der Dichter immer gelächelt – so zart, so gütig nur im Tod.

Unter der Maske auf dem Sofa sitzt – damals – Anna Pamela, Wedekinds erstgeborene Tochter. Sie zählt noch nicht dreizehn, glaube ich, und blickt ernster als je ein Mädchen ihres Alters.

„Singen Sie uns, Anna Pamela!"

Da huscht ein winzigkleines Lächeln über dies erschütternd echte Jungwedekindgesicht. Und sie greift nach Wedekinds Laute.

Wie ein wimmelnd Heer von Däumlingen rennen und stürzen unverfolgbar flink die Fingerchen über das Griffbrett; und ein kleiner, gläserner Sopran läutet des Vaters Balladen.

Franks lose Lieder aus dem unschuldigen Mündchen eines Mägdleins!

Und das Mägdlein, bei all seiner Lieblichkeit, des sardonischen Vaters Abbild.

Und jeder Ton wieder, jede Hebung und Senkung des Stimmchens ist Frank Wedekinds Ton, Vortrag und Ausdruck; als sänge er aus den Sphären mit Engelszunge.

Sie ist es gar nicht, Anna Pamela – sie weiß ja nicht, was sie singt, Frank lebt und singt in ihr – und sie lacht hie und da über ihn, dankbar für einen Scherz, den er ihr verständlich machte.

Schön und furchtbar zugleich, daß ein Leichnam so lebendig bleiben kann in seinem Werk und in seinem Kind.

WEDEKIND

Vor vielen Jahren war's, da kam Frank Wedekind nach Berlin. Es war eben zur Zeit, als er am schwersten um seine Anerkennung ringen mußte.

Er trat – in Begleitung einer kleinen Kabarettdiseuse – ins Bierhaus Siechen und fand da Hartleben.

Rasch wollte er sich abwenden, denn er war auch mit Hartleben zerkracht.

Da erhob sich Hartleben, ging auf Wedekind zu und begrüßte ihn:

„Frank – wenn alle dich anfeinden, will wenigstens ich mich mit dir versöhnen. Reich mir die Hand!"

Wedekind antwortete gerührt:

„Gestatte, lieberr Otto Errich, daß ich dirr zum Zeichen meines tiefen Dankens dieses junge Mädchen dediziere."

Frank Wedekind traf einst meinen Freund Carl Rössler.

„Grüß Gott!" rief er. „Und ich gratuliere dir herzlich zum Erfolg der ‚Fünf Frankfurter'. – Ich höre übrigens, daß du jetzt an einem literarischen Stück arbeitest...?"

Rössler darauf:

„Ich – an einem literarischen Stück? Ich werde doch nicht schlechte Geschäfte machen, wenn ich gute machen kann?"

Es war in Zürich, anfangs der neunziger Jahre, zur Zeit der heftigsten Literaturkämpfe – da geriet einer unsrer Dramatiker in Streit mit ein paar Studenten. Er war gegen Schiller losgezogen und sie – am Nebentisch – verbaten sich das. Schiller, der Dichter des „Tell", wäre der erste Dichter und Heiligtum der Nation.

Der junge Dramatiker war sprachlos. Wie? Zwei Leute, die nicht einmal zur Gesellschaft gehören, zwei Fremde mischen sich ins Gespräch mit einem geharnischten Protest? – Und er rief: „Sie scheinen aus einem jener schweizerischen Täler zu stammen, wo der Kropf endemisch ist."

Die Fortsetzung des Gesprächs kann man sich vorstellen.

Als der junge Dramatiker im Nebenzimmer gewaschen, verbunden und gelabt wurde, rief er bös:

„Nicht einmal seine künstlerischen Ansichten darf man hier äußern. Und das nennt sich dann die freie Schweiz."

Wie ich Girardi kennenlernte:

Es war vor Jahren, in München – um vier Uhr morgens klingelt wütend mein Telefon. Ich ärgere mich, wühle den Kopf ins Kissen und lege mich aufs andere Ohr. Das Telefon rast. Endlich muß ich aufstehen.

In der Muschel die scharfe und doch chinesisch höfliche Stimme Wedekinds. Er tut überaus verwundert:

„Ist es möglich – sollten Sie am Ende schon schlafen? Ich würde unendlich bedauern, Sie gestört zu haben. Herr Girardi möchte Sie sehen. Wollen Sie nicht so freundlich sein, in den Bayerischen Hof zu kommen?"

Ein Berliner Impresario hatte das Ehepaar Wedekind und mich auf eine gemeinsame Vortragsreise geschickt. Unser erster Abend sollte zu Frankfurt am Main stattfinden, in einem Vereinshaus.

Eine halbe Stunde vor Beginn kommt der Vorstand des Vereins uns begrüßen.

„Herr Wedekind", sagt er, „der Saal ist übervoll; wir konnten nicht verhindern, daß auch junge Mädchen sehr zahlreich erschienen... Gott, es sei selbstverständlich fern von mir, Ihnen Vorschriften zu machen – doch Sie verstehen, nicht wahr? Ich bin in großer Verlegenheit... Wenn Sie gütigst Rücksicht auf die jungen Mädchen nähmen...?"

Wedekind zeigte seine Vorderzähne (das bedeutete bei ihm niemals Gutes) und schnarrte chinesisch höflich:

„Herrr Vorrstand, Sie werrden zufrrieden sein..."
– Ob er wirklich zufrieden war, der Herr Vorstand, weiß ich nicht. Die Mädchen waren es keineswegs; denn sie wurden schon nach Wedekinds erstem Bänkelsang von ihren bestürzten Müttern stumm zum Aufbruch gezwungen. Leis raschelnd, auf den Zehenspitzen, sickerten zuerst und strömten bald die Huldinnen nach den Türen.

In der Pause erschien der Vorstand mit düsterer Miene.

Wedekind – unschuldsvoll:

„O, hätten Ihre Damen doch nur ein kleines Weilchen überdauert. Jetzt kommt nichts Schlimmes mehr."

Ich saß nach dem Vortrag langelang mit ihm im historischen „Schwan". Die arme schöne Frau Wedekind hielt wie eine Märtyrerin aus. („Tilly, du bist schläfrig – Kellner, noch eine Flasche Roten!")

Da sprach Wedekind von seinem damals so schweren Kampf ums Dasein.

Ich warf flüchtig hin: „Gehen Sie dem Publikum einmal, nur einmal entgegen! Machen Sie ein lustiges Stück – Sie werden reich werden und von nun an immerzu schreiben können, was Ihnen gefällt."

Wedekind lächelte nachsichtig. „Das wäre unökonomisch. Ich müßte mich überwinden, um Geld zu verdienen, und dann erst dürfte ich das Geld wieder in Freude umsetzen. Diese doppelte Umsetzung wäre Kraftverlust. Lieber schreibe ich gleich, was mir gefällt, und habe meine Freude daran."

Unsre gemeinsame Vortragsreise endete in München. Seit Menschengedenken hatte das Polizeipräsidium niemals Zensur an Vorträgen geübt – weder an Wedekinds noch an meinen Texten.

Mir strich die Polizei nichts; Frank Wedekind strich sie so manches.

Sonst pflegte ich den Abend zu eröffnen und zu schließen – diesmal wollte Wedekind es tun.

Er trat auf und sprach (mit gebleckten Zähnen):

„Meine Damen und Herren! Mein Vorrtrrag wirrd sich in zwei Teile gliederrn: errstens die von der Polizei genehmigten, zweitens die von der Polizei verbotenen Liederr." Und er hielt pünktlich Wort. Er sang alle verbotenen Lieder ab.

Zur Ehre der Münchner Polizei sei es gesagt: kein Hahn hat danach gekräht.

Was aber unsern Frank nicht verhinderte, dem Polizeipräsidenten später eines seiner allerboshaftesten Bänkel zu weihen:

„... Wofür läßt sich
Von der Heydte bezahlen?
Für den Weltrekord
In Kulturskandalen!

Verendet an ihm
Auch München, die Kunststadt –
Berlin lacht heiter:
Schadet det uns wat?"

Ich weiß nicht, ob die Verse in Wedekinds Gesammelte Werke aufgenommen sind; in meinem Exemplar stehen sie nicht.

Lange vor dem Krieg pflegte Wedekind wahrzusagen:

„Der Militarismus Europas – vierzig Jahre Probe und keine Aufführung... Schrecklich, schrecklich, wie das Stück einst durchfallen wird!"

Einmal saßen in einem Wiener Nachtlokal in drei benachbarten Logen Girardi, der ungarische Minister Baron Banffy und Wedekind.

Ein Fremder umfaßte die drei Logen mit einer Gebärde und rief:

„Die drei größten Komiker von Europa."

Girardi nickte – der Minister lachte – Wedekind aber ... zeigte seine Zähne.

Der Maler Mopp erzählt: Er wollte einstmals Wedekind malen.

Wedekind sagte unwirsch:

„Malen Sie doch Steinrück – der verträgt es. Wenn ich ein Bild von mir will, gehe ich zum Photographen. Der ist mein Freund. Der Maler ist mein Kritiker."

Felix Holländer traf im Jahr seines Todes Wedekind in Zürich. W: In diesem Jahr werde ich sterben. Wie kommen Sie auf den sonderbaren Gedanken? Ich fühle mich krank, und ich habe mein Lebenswerk erfüllt. Es war sehr schwer, hier Wohnung zu finden. Endlich fand ich ein möbliertes Zimmer. Die Knie wankten mir, als ich merke, es ist das Zimmer, in dem ich „Frühlings Erwachen" geschrieben habe. Da sah ich, daß mein Kreis vollendet ist.

BAL NU

Man kann nicht vorsichtig und diskret genug sein in der Darlegung des folgenden Ereignisses – wiewohl beide Grafengeschlechter längst ausgestorben sind, um deren Abkömmlinge es sich hier handelt ...

Vor etwa hundert Jahren, 1826, in München – eben war Ludwig I. auf den Thron gelangt – da regte sich mächtig das neue Kunstleben: Oberbaurat Gärtner war Inspektor der Bayrischen Denkmäler, Cornelius – Akademiedirektor, Stieler – Königlicher Hofmaler, der junge Schwanthaler kehrte, Schaffensdranges voll, aus Rom zurück... Ohlmüller und Ziebland – ich weiß nicht: waren sie schon auf der Bildfläche erschienen? – Kaulbach bestimmt noch nicht – er studierte erst, und Spitzweg gar, der war noch Apothekerlehrling.

Na, um jene Zeit also gab es in München einen jungen Grafen Kapperl. Er konnte selbst zwar nicht malen, trieb sich aber in den Ateliers um und hielt innige Freundschaft mit den Künstlern, ein lieber, gescheiter, lustiger Kerl, herzlicher Kamerad.

Eines Tages nun trifft sich Kapperl mit dem Grafen Neudeck. – Man weiß von Neudeck nur mehr, daß er um zehn Jahre älter war als Kapperl, zur Zeit der Begebenheit also 35, und man wird sich ihn, ohne fehlzugehen, als etwas primitiven Denker vorstellen dürfen.

„Kapperl", sagte Neudeck, „ich hör so viel von die interessanten Bals nus in die Künstlerateliers... Und du bist doch da quasi gern gesehen... Könntst du mich nicht auf an Modellball bringen?"

„Gern. Natürlich. Es sein sehr unterhaltliche Bälle. Aber – nit wahr, Neudeck? – so was gibt's nit alle Tag."

„Ich weiß, ich weiß'. Will schon gern warten. Nur vergiß mich nicht!"

„Sei ruhig – bei der ersten Gelegenheit laß ich dich einladen."

Drei Monate darauf treffen die beiden wieder zusammen. „No, Kapperl – was is?"

„Ah, wegen an Bal nu? Nur Geduld!"

„Schön, Kapperl, ich wart ja. Wann ich nur weiß, daß du mich nit vergißt."

„Sei ruhig – bei der ersten Gelegenheit laß ich dich einladen."

„Ich dank dir sehr."

Nach sechs Monaten:

„Kapperl – hast du mich also doch vergessen?"

„Keine Spur, grad bin ich unterwegs zu dir. Hoffentlich bist du Montag um zehn Uhr frei?"

„Furchtbar gern. Oh, das ist ja prachtvoll! – Und wo, Kapperl?"

„Bei mir selbst."

„Herrlich. Just wie gewunschen. Denn zu an ixbeliebigen Maler – du verstehst? –: so kolossal ich mich auf die nackerten Modelle gfreu – zu an ixbeliebigen Maler... Man hat Standesrücksichten zu nehmen. Montag also?"

„Zehn Uhr abends."

„Bei dir, Kapperl?"

„Bei mir."

Als Neudeck Montag um zehn Uhr bei Kapperl erschien, wurde er im Flur nicht von der Dienerschaft empfangen, sondern vom Hausherrn selbst.

„Grüß dich Gott, Neudeck! Oben is schon lebhaftes Treiben. Mach also rasch!"

„Was denn?" fragte Neudeck verblüfft.

„Ablegen! Ausziehen!"

„Ich??"

„Na, wolltest du nich auf den Bal nu?"

„Gewiß."

„Also! Und wo alle nackert sind –? Schau dich doch um!"

Da hingen die Haken, Knaggen, da lagen Tisch und Bänke voll der dicken, zarten, bunten, weißen, äußeren und inneren, oberen und unteren Bekleidung – das Treppengeländer der Diele bis hinan zum ersten Stock wies Dutzende, Hunderte von Dessous auf von Mann und Frau.

„Neudeck! Also?"

„Du aber, Kapperl, bist doch im Frack?"

„Weil ich halt die Gäst zum empfangen hab. – Zier dich nit länger! Willst oder nicht?"

Da legte Neudeck aufseufzend und verschämt seine Hüllen ab ...

Eine Minute später fühlte er sich in den großen Saal gestoßen – die Tür schnappte zu – und er splitterfasernackt vor einer gänzlich unvorbereiteten, ordnungsgemäß gekleideten Gesellschaft.

Die Gesellschaft bestand aus Künstlern und Künstlerinnen.

Sie waren sehr verblüfft.

Dann krümmten sie sich, heulten sie vor Lachen. Man war augenscheinlich vor hundert Jahren nicht sehr prüd.

– Der Zweikampf zwischen Kapperl und Neudeck verlief unblutig.

VÄTERCHEN RÖSSLER

Väterchen Rössler hat den achtundsechzigsten Geburtstag längst hinter sich. Er erlebte dies traurige Ereignis in Berlin, Essenerstraße 31. Beileidsbezeugungen in Gestalt einer Freundesfeier hat er abgelehnt.

Er wurde in Wien geboren – gleich mit seinem jovialen Greisengesichtchen. Die Eltern nannten ihn Karl. Er bestand eine Zeitlang hartnäckig darauf, sich Franz zu nennen, und zwar Franz Ressner.

Auf dem Gymnasium erwarb er jene Lücken der Bildung, die er später nie mehr hat ausfüllen können. Darauf tut er sich was zugute und verweist auf Newton und Liebig, die in der Schule auch nicht fortkamen.

Er wandte sich dann der Bühne zu, zunächst in Oberösterreich. Heute noch ist dort unter den Landleuten ausgesprochene Theatermüdigkeit zu bemerken.

In Schärding, als Erster Liebhaber, wohnte er in einer Mansarde. Eines Tages kündigte ihm der Wirt. Väterchen war ungehalten. Er hatte doch seine Miete pünktlich bezahlt? Hatte nicht gelärmt, keine Besuche empfangen, hatte sich überhaupt gesittet und rücksichtsvoll benommen? – „Ja, aber sehen S', Herr Ressner", meinte der Wirt, „Mittwoch is Markt. I brauch mei Zimmer. Die Hur kommt."

Zu Teplitz in Böhmen wirkte Ressner auf jener berühmten Bühne, deren Direktor in nervösen Momenten zu grollen pflegte: „I verbitt mir a solches öffentliches Benehmen, meine Damen! Mei Freudenhaus ist kein Theater."

Aus Ressners Dessauer Tagen ist nur bekannt, daß er dort den Wallenstein spielte. Am Schluß der Szene mit Seni und Gordon sprach er:

„Gute Nacht!
Ich denke einen langen Schlaf zu tun,
Denn dieser letzten Tage Qual war groß.
Sorgt, daß sie nicht zu zeitig mich erwecken."

Dann ging er ab. Gordon blieb im Dunkel stehen.

Nach einem Augenblickchen öffnete Wallenstein wieder und stellte seine mächtigen Pappenheimer Stiefel zum Putzen vor die Tür. Das gefiel den Dessauern nicht. – Desto besser gefiel Väterchen Rössler im Detmolder Volkstheater. Eines Abends betrat der Oberhofmeister die Bühne, klopfte dem geschätzten Darsteller wohlwollend auf die Schulter und sprach: „Lieber Freund! Ich habe Sie nun als Macbeth gesehen. Als Kalman Zsupan. Als Böhm in Amerika. Als Marquis Posa. Immer derselbe, mein lieber Freund Ressner! Immer derselbe!"

Kein Wunder, daß man eine so tüchtige Kraft nach Amerika berief.

In New York (bei Conried) rasierte er sich eben für

eine Rolle, die er zum hundertsiebzehntenmal geben sollte, als ein Kollege ihm ein Los zu fünf Dollar anbot. Am nächsten Abend rasierte er sich zum hundertachtzehntenmal; da kam bleich der Kollege herein und schluchzte: „Ressner, dein Los hat fünfzigtausend Dollar gewonnen."

Vom Fleck weg, halb rasiert und ohne ein Wort, fuhr Väterchen nach Paris.

Er spricht noch heute entzückt von den folgenden drei Monaten seines Lebens.

Zur zweihundertzehnten Aufführung war er pünktlich wieder da: rasierte sich wortlos, und Conried verzieh.

Wenn der Theaterdirektor Dorn, Rösslers Altersgenosse, mir recht berichtet hat, war es zu Holzhausen in Oberbayern, wo Rössler als alter Moor nach Schluß des Aktes vor dem Vorhang liegen blieb. Das war sein vorletztes Auftreten. Zum letztenmal spielte er im Münchner Schauspielhaus zugleich mit mir. Er gab den alten Huhn, ich den Tagliazoni in „Und Pippa tanzt". Hierauf beschloß er, sich der Dichtkunst zuzuwenden. Und zog sich zu diesem Zweck nach Dachau bei München zurück. Dort lebte er mit seiner Familie. Doch man kann sich zum Dichten nicht zwingen, wenn man dazu nicht gestimmt ist.

Um Stimmung zu sammeln, fuhr Väterchen eines Tages eine halbe Stunde weit nach München.

Hier versäumte er den letzten Dachauer Zug.

Am nächsten Abend versäumte er abermals den letzten Zug nach Dachau. Und so noch wochenlang. Er sah endlich ein, daß man den letzten Zug immer versäumt, und wählte einen früheren.

So kam er hellen Tags nach Dachau. Sein Töchterchen, die kleine Lotte, sah ihn von weitem kommen und rief jubelnd: „Mamma! Mamma! Sieh nur – Herr Rössler kommt."

Ferner ward er um diese Zeit vom Spielteufel besessen. Glücklich gespielt hat er nie. Er wurde in einem Klub blankgeputzt und ließ mich eines Nachts durch einen Boy aus dem Schlaf wecken. Der Boy hatte einen Zettel mit:

„Roda, pump mir sofort hundert Mark. Zu Neujahr hast Du sie wieder – mein Ehrenwort."

Nun, ich brauche wohl nicht erst zu versichern, daß mir Väterchen diesmal nicht zu Neujahr gratulierte. Es verging der März, der Juli – ohne Gruß von ihm.

Erst Ende September – wiederum eines Nachts, und Väterchen mußte diesmals ausnahmsweise glücklich gespielt haben – weckte mich wiederum der Boy mit einem Zettel „Roda, hier hast Du Deine hundert Mark. Ich sollte Dir sie schon zu Neujahr bezahlen, auf Ehrenwort. Ich hatte das Geld auch. Aber ich wollte keinen Präzedenzfall schaffen."

Einmal, als Väterchen Rössler noch Schauspieler war in Pilsen, unternahm er mit seinem Kollegen einen Streifzug durch die Nacht.

Sie sahen eine rote Laterne brennen und steuerten darauf zu.

Es war die Wachstube der Polizei.

Der Schutzmann sagte freundlich:

„Wollen wahrscheinlich in Puff, die Herrschaften? Wer' ich Ihnen führen."

Jemand wußte zu erzählen: das große Schauspielhaus in X. habe einen neuen Direktor bekommen.

Carl Rössler darauf:

„Im besten Fall auch wieder nur ein Vorgänger."

STASI

Fünf Jahre sind es her. Ich sehe Stasi noch, wie sie ankam.

In kühler, erster Dämmerung war ich vor dem Bahnhof vorgefahren – das kleine Gebäude lag noch abgesperrt und finster. Nach endlosem Pochen öffnete mir ein schlaftrunkener Mann.

Dann fröstelte ich auf dem Steig umher, kämpfte mit Ungeduld und Müdigkeit und ärgerte mich, daß ich zu früh gekommen war.

Endlich, endlich erschien ein Beamter, dem man ansah, daß er sich eben ungern erhoben hatte

Ein Klingelsignal – wieder nichts. Weit draußen tauchten zwei glutrote Augen auf, treten im Nähern immer mehr auseinander – ein verhallender Pfiff – man hört's pusten, brausen, rollen – und zischend hält der Zug.

Ein unentschlossenes, schmächtiges Kind steht auf der Wagenrampe. Das muß wohl Stasi sein?

Ja, sie ist es.

So hatte ich mir sie nicht vorgestellt. Sie ist noch wenig entwickelt für ihre dreizehn Jahre.

Beim Schein der Bahnhoflaternen sehe ich ihr einen Augenblick musternd ins Gesicht. Sie hält ängstlich stand. Ich merke, daß sich das Kind all die Tage seit dem Tod des Vaters ein Bild von mir gemacht hat, von mir, der ich ihr Schicksal sein soll – und daß ich dem Bild nicht entspreche.

Als mein Wagen ins Dunkel der Landstraße rollt, meine ich bei jedem Wort, das ich freundlich an sie richte, ihre Augen aufleuchten zu sehen.

Zögernd und spähend öffnet sich das kleine Herz und überlegt, ob es mich einlassen soll.

Zuletzt beginnt sie: nicht vom Sterben des Vaters, an das sie noch nicht denken mag – auch nicht von der letzten Unterredung am Totenbett, wo sie ermahnt worden ist, sich mir zu vertrauen. Diese Dinge stecken im innersten Knäuel ihrer wirren Erlebnisse – sie aber spinnt nur die äußeren Fäden ab und berichtet mir das Jüngste.

Wie bang ihr vor mir, vor der Zukunft war, möchte sie gern verschweigen, aber gerade das redet eine zitternde Sprache aus ihr.

Dann lebt sie sich ein. Sie wird voller, stärker, rot – die Landluft tut ihr gut. Die Heiterkeit ihrer Jahre bricht durch, sie möchte eine Zeitlang noch, wenigstens, wenn ich dabei bin, die Ernste spielen, und gibt auch das bald auf.

Einmal, an einem regnerischen Frühlingsnachmittag, kommen wir ins Schwatzen – unmerklich immer tiefer –, da fällt sie mir um den Hals und weint sich die letzten Sorgen weg. Von nun an duckt sie sich nicht mehr vor mir, dem Vormund, sie wirft die Zöpfe in den Nacken, den Kopf höher und beginnt unbefangen, kleine, schmeichelnde Wünsche zu äußern, kleine, selbstverständliche Rechte im Haus auszuüben: wir sind Kameraden.

Gute Kameraden – fünf Jahre.

Seit fünf Wochen sind wir es nicht mehr.

So manches mal, wenn mir Stasi gegenübersaß und geschwätzig wie eine Taschenuhr das Hundertste und Tausendste erzählte – jetzt aufsprang, um mir eine Serviette zu reichen, jetzt wieder um eine Zigarre – wenn sie mich so zutunlich bediente und verwöhnte, da pries ich still ihren seligen Vater, der mir diesen Sonnenschein ins Haus geschickt hat. Doch immer war mir gegenwärtig, daß die hübsche Kameradschaft einmal enden wird. Stasi wird einen Mann heiraten, der ihr und mir gefällt.

Heiraten – einen Mann, der ihr gefällt... Solang

er gestaltlos der Erwartung angehörte, schien es mir der natürliche Lauf der Dinge. Sie dazu herangewachsen zu sehen, war mir eine wehmütige Freude.

Als dann der junge Trönner erschien, um sich an Stelle meines alten Verwalters mit mir in die Bewirtschaftung des Gutes zu teilen – wer hätte denken sollen, daß gerade er – er der Mann sein wird? Nichts im Verkehr Stasis mit Trönner ließ darauf schließen. Erst damals, nach der gemeinsamen Fahrt über Land, als sie mit mir allein war – da merkte ich zu meiner Bestürzung: sie hat ihre alte Unbefangenheit nicht mehr.

Ich begann sie zu beobachten, nicht mit dem wohlwollenden Auge des Vaters – nein, mit dem geschärften der Eifersucht. Ich sah, daß ihr ein Unglück drohte, vor dem ich sie bewahren mußte.

Nun beobachte ich sie also fünf Wochen lang. – Ich weiß genug. – Stasi ist nicht, wie sie war, noch mehr: sie wird auch nie wieder so werden. Sie macht ein großes Erlebnis durch, dessen Spuren kein Bossel je aus ihrer Seele meißeln kann: die erste Liebe.

Ich aber leide und zucke unter der letzten.

Die Himmelsdecke ist heute nacht mit einer dunkleren Tapete ausgeschlagen, und die goldenen Nägel, die sie halten, leuchten nicht wie sonst. Die Wolke dort, das ist die Prinzessin von Sternenreich. Sie liegt, angetan in federleichte Nachtgewänder, auf ihrem seidenen Himmelbett, und der Mond, der alte Wüstling, beschleicht sie auf lüsterner Pfaden.

Eine garstige, eine schöne Nacht. Manche Leute werden neunzig Jahre alt und sterben und haben nie solch eine Nacht erlebt.

Es ist auch meine erste. Ich muß immer früh auf, mit dem Morgengrauen schon – so will es mein Geschäft; da haben der Mond und ich einander vergessen gehabt. Als ich damals Stasi vom Bahnhof holte, war ich das letztemal so spät wie heute wach.

Ist das wirklich schon so lange her?

Da glauben die Leute, die Welt ruhe von Sonnenuntergang bis Aufgang. Welche Täuschung! Es zirpen die Grillen, es quaken die Frösche, surrende, geheimnisvolle Falter fliegen um, und Träume und Gedanken schaffen und hämmern – ganz wie wir Menschen bei Tag – gehen und kommen – horcht man ans Gras, so hört man ihre knisternden Tritte.

Das sind die bösen, die schmerzlichen Gedanken, sie scheuen das Licht.

Das ist meine Liebe. Wie Scheherezade raunt mir die Falsche süße Märchen zu und betrügt mich schadenfroh um meine Nächte.

Oft kann ich nicht anders und male mir die Zukunft Stasis aus. Das Kind hat mich lieb. Sie ist achtzehn Jahre alt, ich vierzig. Aber bin ich nicht gesünder, stärker, frischer als manches Herrchen in der Stadt, das leblos sein Vierteljahrhundert trägt? – Man ist so alt, wie man sich fühlt. Ist nicht eben die Liebe zu Stasi der stärkste Beweis meiner Jugendfröhlichkeit und meines Idealismus?

Trönner? Oh, es wird mich einen Federstrich kosten, und er geht, wie er gekommen ist. Er wird vielleicht noch ein-, zweimal mit Stasi Briefe zu wechseln suchen, meiner Wachsamkeit begegnen und – sich schon anderswo mit einem kleinen Ding getröstet haben. Stasi wird ihn vergessen – die Liebe ist noch zu neu, um tief zu sein.

Es ist mir so leicht gemacht...

Warum greife ich nicht zu? Heute noch, in dieser Nacht – sonst ist's zu spät. Denn morgen wird Trönner mit mir sprechen wollen...

Ehe Stasi sich erhoben hat, muß die Sache klipp und klar sein.

Ich werde mich mit Trönner gar nicht erst auseinandersetzen. Ich zahle ihm einfach sein Gehalt aus – nicht für sechs Monate, wie es im Vertrag steht –

nein, für zwei Jahre. Noch besser: ich schicke ihn sofort nach Wien, Maschinen kaufen. In Wien findet er dann mein Telegramm: er sei entlassen und könne sein Gepäck dort und dort beheben... So löst sich die leidige Geschichte für mich am bequemsten.

Dann steht Stasi nichtsahnend auf.

Es werden Stunden, vielleicht Tage vergehen, sie wird mich endlich nach Trönner fragen. Ich antworte ihr. Ein Wort wird das andere geben und...

Zum Teufel, ist denn meine Liebe zu Stasi ein Verbrechen – eine Tat, die erst beschönigt werden muß?

Geschehe, was da wolle – ich greife zu.

Ihr Vater hat keine bessere Wahl treffen können als eben mich.

Oh, ich werde das Kind sehr glücklich machen, sehr glücklich.

EINE PARISER HAUSFRAU

Die Geschichte der Tormaschys ist mit jener von Dunawar eng verknüpft. Ein Desiderius Tormaschy hat den Drachen auf dem Wurmhügel getötet, ein Bela von Tormaschy wird anno 1713 als Stadtrichter von Dunawar genannt. Jetzt ist einer, mit dem Taufnamen Antal, Vizebürgermeister.

„Extra Hungariam non est vita – si est vita, non est ita." – Herr Antal von Tormaschy hat den Kreis der bewohnbaren Erde noch bedeutend verengt: er denkt sich die Wüste Gobi mit der Sahara zusammenhängend, und in dem weiten Sand nur zwei Oasen: Dunawar und... Paris. Dort ist nämlich sein Sohn, allen Traditionen der Familie zuwider, Dritter Botschaftssekretär.

Als ich nach Dunawar kam, durfte ich natürlich

nicht versäumen, bei Tormaschys vorzusprechen. Denn mit dem jungen Sekretär hatte ich in Paris so manchen Abend verbummelt.

Die Dame des Hauses geleitete mich in den Salon der Urväter und überraschte mich gleich mit der Frage:

„Wissen Sie schon, daß unser Antal in Paris geheiratet hat? Ja, denken Sie sich! Eine Pariserin. Aber keine von denen, die auf Vergnügen und anderes sinnen – denn dazu hätten wir nie die Einwilligung gegeben..."

„Wie ist das geschehen?"

„Oh, sehr einfach. Ich hatte unserem Jungen so lange zugesetzt, bis er sich endlich bereit erklärte, einen eigenen Herd zu gründen, wie man so sagt. Dann hielt ich Umschau. Zunächst dachte ich an die Irma Soltan, die Sie ja kennen müssen. Aber sie ist eine Schneegans und putzsüchtig. Ihre jüngere Schwester – die hat den Kopf voll Leutnants und glaubt, die Strümpfe wüchsen auf den Bäumen. Etel Limbacher ist weniger hübsch, dafür aber vorzüglich erzogen. Da steht wieder die Mutter im Weg, die getrennt von ihrem Mann lebt. – Antal riß uns aus der Verlegenheit, er schrieb: er habe selbst gewählt. Ich hätte dem Jungen so viel Umsicht gar nicht zugetraut. Seine Zukünftige, schrieb er, sei von altem Adel, im Sacré-Coeur aufgewachsen, einundzwanzig Jahre alt und bildhübsch. Nach einer Tante des Vaters erwartet sie einen Besitz in der Bretagne, und die Tante steht mit einem Fuß..."

„Ich verstehe. – Sie haben natürlich sofort eingewilligt?"

„Wo denken Sie hin? Wir sind alte Leute und möchten dereinst ruhig sterben. Da schrieb Papa an Antal: ‚Lieber Sohn', schrieb er ihm, ‚wir nehmen Deine Absicht, zu heiraten, mit Rührung und Freude auf. Du wirst Deine alten Eltern glücklich machen, wenn Du ihnen Deine Erwählte vor der Verlobung vorstellst ...'"

„Und was antwortet Antal?"

„Er und sie waren einverstanden."

„Sie fuhren also nach Paris, gnädige Frau?"

„So alte Leute wie Papa und ich!! – Die Dame kam zu uns."

„Und gefiel Ihnen?"

„Mehr als das: sie entzückte uns und alle Welt. Ich versichere Ihnen: alles Böse, was man den Pariserinnen nachsagt, ist einfach erlogen. Wir lernten da in vier Wochen ein Frauenzimmerchen kennen, das mit dem höchsten Schick einen Wirtschaftseifer verband, ein Überallumtun, ein Allesverstehen, wie man's selten findet. Vicomtesse kann frisieren, bügeln, reinmachen und stricken wie keine – und zirpt dabei so lieb und raschelt durchs Haus wie eine Eidechse."

„Wo hat denn der Teufelsmensch, Antal, dieses Juwel aufgestöbert?"

„Er kannte sie schon lang. Vicomtesse St. Clair ..."

Die Geschichte von der häuslichen Vicomtesse St. Clair ging mir nicht aus dem Kopf. Als ich wieder in Paris war, galt mein erster Weg den Tormaschys, besonders Cecile.

Ich fand sie gar nicht verändert – mit Ausnahme der Haarfarbe. Als ich ihr von meinem Besuch in Dunawar erzählte, biß sie vor Lachen ihre Zigarette entzwei.

„Ja, ja, ich bin Frau – legitim und dauernd. Gott sei Dank! Trouville, Nizza, die Tante – alles war mir sterbensfad geworden. Da kam Entale Tormachie, das hübsche Kaninchen, und wollte mich heiraten. – Wie gewöhnlich! Wie langweilig! Ich wies ihn natürlich rundweg ab. Tritt der Mensch nicht drei Tage später noch einmal bei mir ein!? Diesmal mit einem

Brief seiner Mama, die ihm ihre Einwilligung zu unsrer Ehe schickt und das Verlangen stellt, ich müsse einen Probemonat bei ihr abdienen. Einen Probemonat. Genau wie ein Kutscher oder Portier. Das amüsierte mich."

„Gut. Nur das eine erklären Sie mir, Vicomtesse, das eine Unbegreifliche, Unfaßbare: wo und wie, warum und wann haben Sie kochen, stricken, putzen gelernt?"

„Sehr einfach, mein Freund. Ich nahm zu diesem Zweck zwei Monate Urlaub von Entale. Und fuhr nach Ostende."

„Und?"

„Ah, dort machte ich unter anderem die Bekanntschaft des Herzogs von Veris und trieb mit ihm und seinen beiden Schwestern Jachtsport. Er sagt, er habe noch nie eine Dame gekannt, die so viel Talent zum Segeln hat. – Dann waren die zwei Monate um, und ich schrieb Entale, ich sei nun bereit, in das unaussprechliche Zigeunernest probedienen zu gehen."

„Und?"

„Und dann erwog ich die Entfernung Paris–Südungarn, die seßhafte Lebensführung der alten Tormaschys ..."

„Kurz, Sie gingen, vom Herzog de Veris im Jachtsport gründlich vorbereitet, nach Dunawar haushalten?"

„Welcher Gedanke! Ich schickte meine Kammerzofe hin."

DIE MOSCHEE

Die Zeitschrift der bosnischen Muhammedaner, „Nowi Behar" („Neue Blüte") berichtet:

In Gromile bei Sarajevo gab es von alters eine kleine Moschee von Stein. Mosleme aber gab es in Gromile längst keine mehr – sie waren ausgestorben oder fortgezogen. – Im Nachbardorf hingegen leben viele Mosleme – ohne Moschee. Da wandten sich, 1927, diese Mosleme, Bauern, an die Direktion der Stiftungen in Sarajevo: man möchte ihnen erlauben, die verlassene Moschee von Gromile zu sich übertragen. Die Direktion war einverstanden – und die frommen Bauern trugen Stein um Stein auf ihren Schultern aus Gromile nach ihrem Dorf. – Auf Gromile lastete seither der Unsegen: ein Wettersturz folgte dem andern – Überschwemmung, Hagelschauer, Feuersbrunst, Mißernte und Not. Die griechisch-orthodoxen Christen von Gromile führten es auf den Verlust der Moschee zurück; entschlossen sich kurz und... erbauten – in diesem Sommer – eine neue Moschee.

(Aus dem Südslawischen, Volksmund)

HAFIS-EFFENDI

Ibrahim, Kaffeesieder und zugleich Barbier, hatte seinen Laden eben erst gefegt, das Feuer unterm Kessel noch nicht angefacht – da schlug Hafis-Effendi schon mit seinem Stab an die Tür und rief das gewohnte, langgedehnte:

„Ssabach hair olssun – Guten Morgen!"

Hafis-Effendi war an die fünfzig, klein von Wuchs

und wohlgenährt; der Kopf struppig, breiter als hoch, von einem kurzen, angegrauten Bart umrahmt. Er trug einen gewaltigen Turban, daraus sah oben ein roter Fes hervor, die dicke Troddel schlug ihm an die Schläfen.

Hafis-Effendi war bei seinesgleichen nicht sonderlich beliebt. War anders als die andern Mosleme, ein wenig überspannt – verrückt, wie sie sagten. Er kleidete sich auch sorgsamer als sie. Der Anzug immer neu und rein; er gab acht, daß nicht ein Härchen daran hafte; rauchte nur den feinsten Tabak aus wunderschönen, perlbesetzten Pfeifen und trank den allerduftigsten Kaffee. Sein Haus war anders, kunstvoll gemauert, mit allerhand Schnitzereien geschmückt – so herrlich, wie man sie hierzulande noch nie gesehen hatte; die Teppiche, die Kissen, die Diwans kostbar und geschmackvoll. Man lachte ihn dafür aus – Aug in Aug und hinterm Rücken. Als er einst einen Araberhengst kaufte – von einem bosnischen Beg für Unsummen Geldes – da gab es Ganzgescheite, die vorschlugen, ihn unter Vormundschaft zu setzen, sonst werde er noch all sein Gut verpulvern.

Ein schlechter Reiter, weiß sich kaum im Sattel zu halten und kauft sich solch ein Pferd ... Nur, um es jeden Tag betrachten und streicheln zu können – –

Und sie regten sich nicht weniger auf, als er seinen Garten mit seltenen Blumen bebauen ließ: ausländischen Rosen, Oleandern, Georginen und Zitronen – statt, wie vernünftige Menschen, Gemüse zu pflanzen, von dem man doch was hat.

Eines Tages schaffte er sich gar von irgendwo, weit her, Kanarienvögel an, Pfauen, Seevögel aller Arten.

Da ging nur eine Stimme: „Er ist ein Narr“ – und man wich ihm nun schon aus.

Er lief den Leuten durchaus nicht nach; scherte sich den Teufel um sie. Fütterte seine Vögel, streichelte seinen Hengst und freute sich der Pfauen und des Weihrauchs seiner vollen Rosen. Morgens vor Sonnenaufgang, eh Ibrahim seinen Laden noch geöffnet hatte, durchschritt der Hafis seinen Garten kreuz und quer – und erst wenn die Gebetrufer zur Frühandacht riefen, fuhr er auf, betete – und ging zu Ibrahim.

Das Café selbst betrat er nie. Er hatte seinen Stammsitz, einen Stuhl mit bunten, goldgestickten Tüchern – den trug er sich vor die Tür, stellte ihn sorglich an die Mauer, um niemand im Weg zu sein – kreuzte seine Beine – zündete die Pfeife an und rief nach dem Kaffee.

Dem Laden Ibrahims gegenüber erhob sich ein großes zweistöckiges Haus. Schwere Vorhänge hingen hinter den Fensterscheiben, Blumen in teuern Töpfen standen davor. Da mußte wohl ein hoher Beamter wohnen.

Ibrahim, der Kaffeesieder, als erster Nachbar, wußte, daß der Beamte Müller hieß.

Hafis-Effendi fragte nicht danach. Zwei, drei volle Stunden und noch länger blickte er das bunte Haus an, ohne seine Augen abzuwenden. Er trank Kaffee – rauchte seine Pfeife – still, als schlummere er, und schaute nur. Die Pfeife ging mehr als einmal aus – Ibrahim mußte mit der Feuerzange glühende Kohlen bringen. Die Kaffeetassen, zwei- und dreimal geleert, reihten sich vor ihm: der Hafis harrte ruhig bis Mittag – niemand sah ihm Ungeduld an und Langeweile – bis endlich doch geschah, was er erwartete ...

Die Vorhänge spalteten sich – ein nackter Frauenarm, weiß wie ein Schwanenflügel, streckte sich hinter ihnen vor. Dann auch ein Kopf – Frau Müller selbst – mit Augen, blauer als Veilchen – und schlanke Brauen spannten sich darüber.

In leichtem Gewand, ohne Sorge, daß jemand die entblößte Brust erblicke, begann sie ihre Blumen zu begießen – langsam und behutsam, mit einem sonderbaren Lächeln auf den Lippen. Sie schmiegte sich an etwas, was nicht da war – neigte das Köpfchen auf die eine, auf die andre Schulter – als wünschte sie, den Leuten des Basars ihrer Reize Vielgestalt zu zeigen.

Hafis-Effendi sah verzaubert hin: auf ihre Hand, den Hals, das goldne Haar – mit erstaunten Augen – wunschlos, oh, völlig wunschlos. Öffnete den Mund, um so viel Luft wie möglich einzuatmen – die Luft, die frisch von ihrer Frische war. Die Hand war vom Pfeifenrohr geglitten; ein dünnes, blaues, duftiges Rauchsäulchen stieg empor.

Er saß da – wunschlos und verzaubert.

Erst wenn die Schöne innehielt und ihm, eh sie im Vorhang untertauchte, wie einem alten Freund zunickte – da riß es ihn aus seinen Träumen. Er sprang flink auf und bot ihr den türkischen Gruß; verneigte sich so tief, wie Zinsbauern sich vor ihrer Herrschaft neigen – dann rief er nach Ibrahim, zahlte und schritt langsam, mit gesenktem Kopf heim zu seinen Blumen.

Hafis-Effendi war einst, vor einem Jahr, durch den Basar gegangen.

Da war sie ihm zum erstenmal begegnet. Wie angewurzelt stand er damals vor dem Wunder still.

Und begann von nun an, Ibrahims Café alltäglich zu besuchen; achtete noch sorgsamer auf sein Gewand und kämmte dreimal öfter seinen Bart.

Nie hatte er ein Wort mit ihr gesprochen, nicht einmal versucht, sich ihr zu nähern. Vielleicht hätte sie mit dem ersten Wort, das sie sprach, sein Traumgebild zerstört.

Dafür machte er sich mit ihrem Diener und ihrer Köchin bekannt und half ihnen auf dem Markt wohlfeil einkaufen. Er führte sie in seinen Garten, pflückte Blumen und trug den Leuten auf, die Blumen ja nicht zu verschenken, sondern geraden Weges heimzutragen.

Einmal schnitt er seine schönsten Rosen ab und bat, sie sollten sie der Frau bringen.

Sonst sprach er mit den Leuten nicht von der Frau. Er wollte nichts Häßliches über sie hören.

Endlich lernte er auch Müllern kennen. Herr Müller stand einmal vor Hafis-Effendis Fenster und horchte auf die Kanarienvögel, die hinter dem Gitter sangen. Hafis-Effendi besann sich nicht lang und lud den Mann ins Haus – er werde ihm die lieben Vögel zeigen. Der Deutsche war überrascht, konnte nicht ablehnen und trat ein.

Hafis-Effendi führte ihn von Käfig zu Käfig und fragte plötzlich:

„Welcher Vogel singt nach deinem Urteil am schönsten?"

„Welcher?" – Müller lachte. – „Dieser da."

„Effendim, den mußt du von mir zum Andenken nehmen. Er soll dir am Morgen und am Abend singen."

„Ooh, wie meine Frau sich freuen wird!"

„He, he – mag sich deine Frau an ihm erfreuen. Sie muß ihn auch füttern. Sie soll ihn ans Fenster zu ihren Blumen stellen und dort füttern."

Er faßte Müllern an der Hand, führte ihn durch das Haus und zeigte ihm, was da zu zeigen war. Führte ihn auch in den Garten, schmückte ihn mit Oleanderblüten und Georginen und schwelgte im Vergnügen, wenn der Deutsche bei jedem Schritt sein langgedehntes „Ooh" rief.

Zuletzt führte er ihn zu seinem Araber – und mit dem Stolz einer Mutter, die ihr jüngstes Kind vorführt, zeigte er ihm den Hengst.

„Fabelhaft!" rief Müller. „Das schönste Pferd, das ich je gesehn habe. Ist es teuer gewesen?"

„Bei Gott – teuer genug."

„Willst du es wieder verkaufen?"

„Verkaufen??" – schon im Ton des Wortes wies Hafis-Effendi den Gedanken weit von sich. – Er klopfte dem Hengst die Gamaschen. „Der ist mir lieber als eine Schwinge Dukaten."

Müller atmete tief auf.

„Herrgott, wär das ein Pferd für meine Frau!"

Hafis-Effendi stutzte.

„Liebt denn deine Frau Pferde?"

„Ja. Sehr."

„Und sie würde es reiten?"

Hafis-Effendi betrachtete seinen Hengst; da war ihm, als sähe er ihn springen und tanzen – sah die Mähne flattern, weißen Schaum vor dem Maul – und die schöne Deutsche saß im Sattel – ihre Augen leuchteten, ihr goldnes Haar flog wie eine Abendwolke hinter ihr.

Und er wandte sich rasch an Müller.

„Gerade sie, sie selbst würde mein Pferd reiten? Dann mußt du auch das Pferd nehmen – und sie soll es gleich reiten."

Müller ließ die Arme fallen und glotzte.

„Mitnehmen? Als Geschenk?"

„Als Geschenk", sprach Hafis-Effendi streng. „Wunder dich nicht und denk nicht nach. Ich schenke dir das Pferd – und du führ es nach Hause."

Müller hatte nicht Worte genug, zu danken; er verbeugte sich nur immerzu, zäppelte wie ein Weberschiffchen und schnitt ein so demütiges Gesicht, daß Hafis-Effendi nicht hinsehen konnte. – Der Mann da war ihm zuwider.

Nun träumte der Hafis nur mehr von seinem Bild und wartete Tag um Tag, daß es ihm erscheine. – Eines Morgens sah er seinen Hengst vor den Wagen gespannt – und im Wagen saß ... Müller. Die einzige Belohnung: daß die Deutsche ihn lächelnd grüßte, ihren alten Freund.

Es gab immer noch Leute, die da meinten, Hafis-Effendi werde des langen Sitzens bei Ibrahim einmal überdrüssig werden. Sie täuschten sich. Man munkelte, er wolle Ibrahims Laden kaufen und hier selbst ein Haus erbauen, um Tag und Nacht in die Fenster der schönen Deutschen starren zu können. – Ibrahim erzählte, Hafis-Effendi hätte ihm einen ansehnlichen Preis geboten.

„Aber", sagte er, „verrückt, wie der Hafis ist, werde ich das Doppelte herauspressen."

Zu Ibrahims Leidwesen wurde nichts aus dem Handel. Eines Morgens ging das Gerücht, Müller sei nach Sarajevo versetzt worden, der Landeshauptstadt. Ibrahim war vom Schicksal bestimmt, die Botschaft als erster dem Hafis beizubringen.

Der Alte erbleichte.

„Warum versetzt?" fragte er, und die eine Gesichtshälfte zitterte ihm leise.

„Sie wollen ihm eine höhere Pfründe geben, oder wie sie das sonst nennen."

„Und er wird gleich gehen? Noch heute?"

„In zehn Tagen."

Hafis-Effendi verstummte; er rief nicht nach Kaffee und rauchte nicht. Er kehrte nicht einmal zum Mittagessen heim. Kaufte sich nur ein Stückchen Brot und aß es hier vor Ibrahims Café.

Zehn volle Tage blieb er fast ununterbrochen da, von früh bis abends da, und schaute.

Als Müller weggezogen war, ließ sich der Hafis eine Zeitlang nicht sehen. Man begann nach ihm zu fragen: er sei krank, sagten die einen – andre wollten ihn gesehen haben, wie er nachdenklich im Garten auf und ab ging, Rosen pflückte und zerrissen hinwarf.

Plötzlich erschien er wieder im Basar. Suchte Laden um Laden auf und sprach mit den Maklern.

Er hatte sein Haus verkauft – den Garten und die Vögel... alles...

„Was nun, Effendim?"

„Hier gefällt es mir nicht mehr", sprach er leise. „Ich ziehe... ich ziehe... ein wenig nach Sarajevo..."

(Aus dem Südslawischen, nach Swetosar Zorowitsch)

SCHWÄNKE

Ein Bauer kam zum Pfarrer und sprach zu ihm:

„Effendim, du weißt, ich habe einen Sohn in Stambul. Schreibe ihm, ich bitte dich, einen Brief in meinem Namen – und ich will dir bezahlen, was du dafür verlangst."

Darauf der Pfarrer:

„Bauer, ich habe feste Preise für Briefe. Ich schreibe wohlfeile, teure und ganz teure Briefe – je nach Wunsch."

Der Bauer kratzte sich hinterm Ohr.

„Herr, ich bin ein armer Mann. Wie wär es mit der wohlfeilsten Gattung?"

„Gut, lieber Glaubensbruder, ich werde einen wohlfeilen Brief für dich schreiben. Doch wisse, daß solch ein Brief sehr flüchtig geschrieben ist. Du wirst am besten tun, den Brief selbst nach Stambul zu tragen und deinem Sohn die Botschaft mündlich zu bestellen. – Wenn ich einen Brief der mittlern Gattung schreibe – auch der ist ziemlich undeutlich: sowie die Tinte getrocknet ist, kann ich ihn selbst nicht lesen. – Die allerteuerste Gattung Briefe, die trage ich persönlich nach Stambul und lese sie selbst deinem Sohn vor. Denn wenn sich alle Ulemas von Stambul versammeln und der Schejch-ül-Islam dazu – meine Handschrift können sie nicht enträtseln."

Einst hielt der Wali feierlichen Einzug in die Stadt, ohne daß der übliche Geschützsalut erfolgte. Verwundert und beleidigt hielt er dem Stadthauptmann die Unterlassung vor.

„Herr", erwiderte der Stadthauptmann, „wir hätten gern geschossen, mußten aber aus hundert Gründen davon abstehen."

„Und welche Gründe sind das?"

„Erstens: wir haben keine Kanonen ..."

„Genug, Stadthauptmann! Die übrigen neunundneunzig Gründe können unmöglich überzeugender sein."

Zu Ali Pascha, dem Wali von Mostar, kam einst ein Bauer mit der Klage: die Räuber hätten ihm zwei Rinder gestohlen.

„Sicherlich hast du wie ein Mehlsack dagelegen", schrie der Pascha, „hast geschlafen und dich um deine Herde nicht gekümmert."

„Hochgeehrter Herr", erwiderte der Bauer, „ich habe gedacht, du wachst über die Provinz – da habe ich geschlafen."

Die Antwort traf den Wali so tief, daß er allsogleich Befehl gab zur umfassenden Verfolgung der Räuber.

Wenn das fromme Ehepaar der Liebe pflegt, müssen Mann und Frau am Morgen baden – und mit dem Peschtemalj von blauem Zeug wischen sie sich ab.

– – Lebten da zwei Nachbarn, ein Reicher und ein Armer, die hatten im selben Frühling geheiratet.

Der Reiche führte allerhand Geschäfte, wollte Goldes immer mehr erringen. – Der Arme lebte fröhlich in den Tag, zehrte von dem bißchen Erbe und ließ sich's nicht viel verdrießen.

Täglich sah des Kaufherrn Frau am Zaun der armen Nachbarin den Peschtemalj zum Trocknen hängen; neidete ihr's und weinte. Als der Gatte sie fragte: „Warum weinst du, Liebe?" – da beichtete sie ihm...

Er antwortete keine Silbe. Ging hinüber zum Armen und schenkte ihm tausend Dukaten.

„Ha", rief der arme Nachbar, „Gottes Gabe! Nun fang ich den längst geplanten Pferdehandel an."

Kaum jemals von nun an erschien am Gartenzaun der Peschtemalj.

Einst schlief ein Kind am Brunnenrand. Die Schicksalstücke sah es liegen – verwandelte sich in eine alte Frau – und weckte das Kind.

„Warum läßt du mich nicht schlafen?" fragte das Kind.

„Damit du nicht in den Brunnen fällst: denn wenn es geschähe, würden die Leute wieder mir die Schuld geben, statt deine Dummheit anzuklagen."

Ein Dummkopf hatte zehn Esel nach der Stadt zu führen; setzte sich auf einen davon und trieb die neun übrigen vor sich her.

Unterwegs fiel ihm ein, zu zählen, ob er noch alle habe. Er zählte und zählte – immer waren es neun; denn er hatte den einen nicht mitgerechnet, auf dem er saß.

Plötzlich kam er seinem Irrtum auf den Grund – sprang ab, zählte wieder – und nun waren es zehn.

„Bei Gott", sagte er, „wiewohl es heiß ist: besser zu Fuß gehen und einen Esel mehr haben – als reiten und immer in Sorge sein, wo der zehnte Esel bleibt."

Ein vornehmer Mann hatte einen Sohn, dessen mangelhafte Begabung machte ihm viel Sorgen. Er gab ihn zu einem berühmten Wahrsager in die Lehre.

Nach drei Jahren ging der Vater sich von den Fortschritten des Sohnes überzeugen.

„Herr", sprach der Meister, „ich habe dem Jungen meine ganze Kunst beigebracht, die verborgenen Eigenschaften der Dinge zu erraten. Wenn er nun die Dinge doch nicht zu nennen weiß, liegt es nicht an meinem geringen Eifer, sondern an der Schwäche seines Verstandes."

Der Vater nahm heimlich einen Ring in die geballte Faust und rief:

„Kind, was halte ich hier in meiner Hand?"

Der Knabe ging seine Regeln durch und antworte:

„Einen Gegenstand aus dem Reich der Steine und Erze."

„Gut, mein Sohn. Nun weiter!"

„Er ist rund."

„Erraten – und nun weiter!"

„Innen hohl, durchlöchert."

„Richtig. Und was ist das Ganze?"

„Ein Ding aus Stein oder Erz, rund und innen durchlöchert – nach dieser Beschreibung muß es wohl ein Mühlstein sein."

Da war von einem Mann die Rede, der werde nun einmal vom Unglück verfolgt – und niemand könne ihm helfen.

Ein Reicher in der Runde beschloß, die Probe auf das Exempel zu machen; ging auf eine Brücke, über die der Unglückliche kommen mußte, und warf eine Börse Gold hin.

Der Pechvogel kam des Wegs – doch eh er die Brücke betrat, sprach er zu sich:

„Nun bin ich schon so viel hundertmal hinübergegangen – ich muß doch einmal sehen, ob ich es auch mit geschlossenen Augen zustande bringe."

Und er ging mit geschlossenen Augen an der Börse Gold vorüber.

Der Bauer trug eine Leiter über den Markt und rief mit lauter Stimme:

„Ausweichen! Ausweichen, ihr Leute!"

Ein Türke meinte, es zieme sich eher dem andern, Platz zu machen ... Die Leiter streifte und verletzte ihn. Der Türke schlug Lärm und brachte den Bauern vor den Kadi.

Aus dem Bauern war kein Wort herauszubringen. Er deutete eifrig mit Händen und Armen, redete aber keine Silbe.

Der Kadi sprach:

„Was nun? Der Mann ist offenbar taubstumm."

„Taubstumm?" rief der Kläger höhnisch. „Vorhin auf dem Markt hat er ‚ausweichen' gebrüllt, daß es die ganze Stadt hören konnte."

„Warum bist du dann nicht ausgewichen?" fragte der Bauer.

Ein Mann in Mostar hatte eine Oka Salz gestohlen – und der Kadi ließ ihm die Wahl unter drei Strafen: er sollte entweder das Salz aufessen – oder fünfzig Hiebe auf die Fußsohlen aushalten – oder zehn Dukaten Buße zahlen.

„Die Wahl ist nicht schwer", sagte der Dieb, „ich esse das Salz."

Kaum aber hatte er einige Löffel hinabgewürgt, da traten ihm die Augen aus den Höhlen – das Antlitz wurde ihm blau und grün – und er stöhnte:

„Herr! Ich will lieber die Schläge empfangen."

Der Kadi lächelte vergnüglich. Ein Wink – die Wächter walteten ihres Amtes.

Doch soviel sich der Sünder auch bemühte, den Schmerz zu verbeißen – nach dem zwölften Hieb er hob er ein furchtbares Jammergeschrei:

„Gnade! Gnade! Ich zahle die Buße."

Lejssi Galib Hasreti Ali ibni Ebu Talib, der vierte Kalif, ritt auf einer elenden Mähre des Weges.

„Wie", rief ein Araber, „du, der Löwe Gottes und tapferste Held unter den Menschen, reitest solch einen Klepper statt eines Streitrosses von edelstem Blut?"

Hasreti Ali antwortete:

„Ich brauche das Pferd weder, um darauf zu fliehen, noch um flüchtige Feinde von hinten zu durchbohren."

In Bagdad war ein Mann aufgetaucht – der behauptete, die Gedanken der Menschen lesen zu können. Bald sammelte sich die Menge zu Tausenden um ihn.

Der Kalif Memun hörte davon, ließ den Mann herbeiführen und herrschte ihn an:

„Du willst Prophet sein? – Gut. Weißt du, was ich jetzt denke?"

„Erhabener Herr", antwortete der Mann, „du denkst, daß ich lüge und kein Prophet bin."

„Geh deiner Wege", sagte der Kalif, „und strafe die Dummen weiter für ihre Torheit."

Einst trieb ein Jüngling eine Herde Kamele vor sich her – alle krumm und bresthaft.

Der fromme Imam'i Schafi sah es und rief:

„Warum verschaffst du dir nicht ein Mittel, deine Kamele zu heilen?"

„Ich habe eine gottesfürchtige alte Mutter und vertraue darauf, daß ihr Gebet und Segen den Tieren helfen wird."

Der Imam erwiderte:

„Lieber Sohn, misch in die Gebete deiner Mutter immerhin etwas Salbe und Kräuter und leg sie auf die Wunden – glaube mir, es wird nicht von Übel sein."

Ein Mann hatte immerzu Streit mit seiner Frau und schwor eines Tages: er werde kein Wort mehr mit ihr reden, wenn sie nicht begänne.

Darauf die Frau: „Und ich – bei allem, was mir heilig ist – beginne nicht."

So lebten sie Wochen um Wochen dahin, und keines sprach ein Wort.

Deß wurde der Mann überdrüssig. Da er aber bei Gott geschworen hatte, konnte er den Eid nicht brechen.

In seiner Not ging er zum frommen Ebu-Hanifa und bat ihn um Rat.

Ebu-Hanifa entschied: der Mann habe das erste Wort zu sprechen, und es sei keine Sünde.

Von dieser Entscheidung hörte ein andrer berühmter Theologe, Sufjani-Sweri, und machte Ebu-Hanifa Vorwürfe: er habe den Mann leichtfertig seines Eides entbunden.

„Nein", sprach Ebu-Hanifa, „ich hab das Gesetz wohl vor Augen gehabt. Nachdem der Mann geschworen hatte, er werde kein Wort mehr reden, ehe nicht die Frau zu sprechen begonnen hat – sagte nicht die Frau das erste Wort, indem sie ihr trotziges Gelöbnis tat?"

DIE BLUTMESSE

Schauplatz der Blutmesse war Cattaro.

Wer die Stadt noch nicht gesehen hat, wird sich schwer eine Vorstellung von ihr machen. Sie kauert am südlichsten Ende Dalmatiens, im hintersten Winkel der Buchten, auf dem Boden eines tiefen Fjordes – dicht geklebt an den Fuß des Felsens, dicht am Meer. Der Fels heißt Lowtschen; er ist steilrecht, beinah zweitausend Meter hoch. Auf dem Lowtschen Cattaros Erbfeind von gestern, der Montenegriner: er konnte hoch von oben nach Cattaro spucken; sah jeden Menschen, der in den Gassen ging, winzig wie eine Ameise. ‚Wenn der Cattariner nach dem Wetter ausblickt, sieht er nicht den Himmel, sondern Montenegro.'

Sommers ist in Cattaro Tag von elf bis zwölf... Zwölf Monate im Jahr regnet es. ‚Selbst der Cattariner Regen kommt steilrecht: aus Montenegro.' Hält der Regen aber je für Stunden inne, dann lastet die Schwüle bleischwer auf den Buchten.

Es sollen fünf- oder sechstausend Menschen in Cattaro leben – ich glaub es nicht. Nein, so viele können es nicht sein; die Stadt liegt tot, die Palazzi sind verfallen, aus ihren Fenstern sprießen Glockenblumen.

Düster wie der Cattariner Tag ist die Vergangenheit:

Die Römer wollten den Hafen besitzen; die Byzanziner, Goten, Serben; die Ungarn, Bosnier, Türken. Immer wieder wurde die Stadt erobert – niemals gehörte Cattaro sich selbst.

Am 23. April 1420 fiel es endlich an Venedig und blieb venezianisch bis 1797. Das war die große Zeit. In Zara herrschte der Proveditore Generale des Dogen, ihm war der Rettore von Cattaro unterstellt. Doch man denke ja nicht, die Cattariner wären fügsame Untertanen gewesen. Nein, die einundachtzig Patrizier spielten adlige Republik. Sie hielten einen eignen Gesandten in Venedig, den Oratore. Sie siegelten ihre Urkunden mit grünem Wachs. Sie wählten einen Sopracomito für ihre Galeere und gaben ihm auf, wenn er sich der Heimat nähere, die Flagge von San Marco einzuziehen und jene des Heiligen Trifon zu hissen.

Der Senat von Venedig aber schickte seine Verbannten nach Cattaro, damit sie dort stürben.

Um diese Zeit nahmen die Kirchen ein Dritteil des Bodens von Cattaro ein, es gab drei Nonnenklöster in dem winzigen, bedrückten Städtchen, vier Mönchsklöster, fünf geistliche Brüderschaften.

Nun wissen Sie ungefähr Bescheid um Cattaro. Hören Sie die Geschichte von der Blutmesse an. Sie hat sich Ende 1720 zugetragen und ist von Wuk Ritter von Wertschewitsch aufgezeichnet. Zwar hat Wuk viel, viel später gelebt; doch er stützt sich auf getreue Überlieferungen.

Das Jahr war besonders freundlich gewesen und der Herbst schön wie noch nie.

An Martini, 11. November, gegen Mittag dröhnten auf der Marina, im Westen der Stadt, Freudenschüsse. Alles strömte nach dem Hafen, um zu sehen, was es gebe.

Um die Landzunge kommen fünf oder sechs Boote, reich geschmückt und besetzt von einer festlichen Gesellschaft. Im ersten Boot flattert eine Hochzeitsfahne. Die Ruderer greifen mächtig aus und wetteifern, den Kai als erste zu erreichen, um ihr Trinkgeld zu verdienen.

Manch ein Patrizier möchte lebendig aus der Haut springen vor Ärger, als er sieht, wer da Hochzeit feiert: Tripo Milatowitsch, ein Bürger – und seine

Braut ist Kata Smijitsch aus Perasto, einer Nachbargemeinde. Die Smijitsch sind dort die reichsten Leute, ebenfalls bürgerlich.

„Seit wann darf das gemeine Volk mit solchem Gepränge heiraten?" murrten die Patrizier. Und ein Bürger antwortete ihnen: „Ihr Herren, dreimal im Leben wird unsereins genannt: am Tag der Geburt, am Hochzeitstag und bei der Beerdigung. Von der Wiege bis zum Grab ist des Volkes Leben schwer. Die Hochgeborenen werden nur schwer geboren – doch das Leben macht man ihnen leicht."

Tripo Milatowitsch war ein angesehener junger Kaufmann, gescheit, glücklich im Handel, frommer Christ, jedermanns Freund und niemands Sklave. Er erwies den Cattariner Edlen die gebührende Achtung, doch er wehrte sich ernstlich gegen jeden, der sich etwa unterfing, einem Bürgerlichen nahzutreten. Seine Gegner fletschten gegen ihn die Zähne – das wußte er – doch die Bürgerschaft und die ehrbaren Patrizier liebten ihn umsomehr. Waren ihm manche Adlige neidig gewesen um Tugenden und Reichtum: nun hatte er doppelte Eifersucht auf sich geladen; denn seine Braut stammte aus einem tapfern, berühmten Geschlecht und stellte so manche Edelfrau in Schatten durch Kleiderpracht, Schönheit und vornehme Gestalt.

Am lateinischen Niklastag 1720, 6. Dezember, bereitete man die übliche Feier in der Kirche zu Sankt Nikola. Da hatten natürlich die adligen Familien die ersten Bänke inne, und die Bürger durften sich erst setzen, soweit Platz blieb. Die Glocken läuteten zum drittenmal. Alles strömte in festlichem Staat in die Kirche. Auch Tripo führte seine junge Frau daher – unter all den Andächtigen hatte sie nicht ihresgleichen. Er erklärte ihr:

„In die ersten drei Bänke setz dich nicht – weiter hinten setz dich, wo du willst."

Sie ließ vier Bänke vor sich frei. Die Kirche füllte sich im Nu. Eben sollte die Heilige Messe beginnen. Eine adlige junge Dame, Frau Pasquali, hatte sich etwas verspätet, blickte sich in den vordern Reihen um, nach rechts und links, fand aber keinen Platz mehr. Die vierte Bank war noch leer. Sie aber trat in die fünfte ein, geradewegs auf Tripos Frau Kata zu, die allein dort saß, und rief so laut, daß man es in der ganzen Kirche hören konnte:

„Pack dich, hier ist kein Raum für dich!"

Die Triponische erblaßte. Im nächsten Herzschlag sprang ihr das stolze Blut in die Wangen, und perlende Tränen brachen aus den Augen. Das war kein Spaß, den man ihr da angetan hatte – im dichtgefüllten Dom, vor all den Damen und Herren. Tripo, im Hintergrund der Kirche, hatte es gesehen und gehört. Todesschweiß trat ihm auf die Stirn – er so wenig wie die andern konnt im Augenblick ermessen, wie ihm die Beleidigung zu Kopfe stieg und die Brust zusammenkrampfte.

Er lief vor, faßte seine junge Frau am Arm und ging mit ihr schnurstracks heim. Kata kämpfte mit Wut und Tränen. Ihr Puls war erstickt, die Zunge gelähmt. Tripo tröstete sie, doch er wußte selbst keinen Balsam für die ihm geschlagene Wunde.

Schuldlos war er, hatte keinen Anlaß gegeben. Und man ging ihm an die Ehre? Er wird sich rächen – furchtbar, ohne Schonung – auf der Stelle – heute – und morgen spätestens. Nichts und niemand soll ihn hindern – er will nicht sehen, nicht hören, noch weniger verschieben, überlegen. Sein und Habe gelten ihm nichts. Die Ehre alles.

Die Erregung an diesem Niklastag war ungeheuer. Die Bürgerschaft fühlte sich mitbeschimpft, das ist klar – selbst die besonnenen Patrizier tadelten die Unart der Pasquali. Doch was eine Närrin beschmutzt, können hundert Weise nicht abwaschen.

Die einen also wie die andern hielten Tripos Stange. Er war taub für alle und blieb stumm. Er brütete Vergeltung und wartete nur seine Stunde ab: morgen früh.

Der 7. Dezember war ein Sonntag, und Tripo wollte wieder in die Kirche. In der Dämmerung hatte er heimlich mit den Bürgern verabredet, daß sie sich alle wieder bei Sankt Nikola sammeln, wohlbewaffnet mit verborgenen Messern und Taschenpistolen – und was auch immer geschehe: sie werden wagen und sich schlagen wie ein Mann.

Seiner Frau trug er auf:

„Du wirst dich in die Bank setzen genau wie gestern. Hier hast du einen scharfen Dolch. Steck ihn in die Ärmel! Und wenn dich die Adlige etwa wiederum vertreiben will, dann darfst du dich ohne meinen Ingrimm nicht von der Stelle rühren. Sollte sie aber Hand an dich legen, erhebst du dich und fährst ihr mit dem Dolch quer durch das Gesicht. Tust du nicht, was ich dir befehle, dann töte ich dich noch heute in der Messe. Willst du, daß ich Blutschuld auf mich lade als Mörder meiner Gattin? – vor dem Altar?"

Die Kirche war voll und übervoll mit Andächtigen. Nur Tripo und seine Frau hatten andere Gedanken als an Gott – und Kata ahnte nicht, daß sie diesen Tag sollte Witwe werden.

Die Heilige Messe hatte begonnen, kaum ein Verspäteter trat noch ein – darunter auch jene dreiste Frau de Pasquali. Sie hatte Platz genug in den ersten Bänken unter den Adligen. Als sie aber, zu unglückseliger Stunde, Tripos Kata in der fünften Bank erblickte, schritt sie herausfordernd auf sie zu und schmälte:

„Bist du wiederum da – mir zum Trotz? Troll dich nach hinten!"

Kata tat, als ob sie nicht hörte – und die Edelfrau schlug – mir nichts, dir nichts – nach der Bürgerin.

Die Triponische wurde glutrot. Und, nicht faul, sprang sie auf, zückte den Dolch und zog ihn der Gegnerin grausam durch das Gesicht.

Der adlige Ehegatte sah es, ergriff sofort seinen Degen und eilte herzu, um Kata zu durchbohren.

Doch Tripo war ihm auf den Fersen, mit dem Dolch in der Faust, und schrie:

„Sind wir drauß deine Vasallen – in der Kirche gehört Gott uns allen."

Stach ihn mitten zwischen die Schulterblätter – und der Edelmann fiel ohne Hauch, ohne ‚Jesus!' auf den Scheitel.

Die Patrizier sahen den Ihrigen tot, den Mörder vor sich – umringten Tripo – er aber brüllte:

„Schließt das Tor! Wer für mich ist, tue wie ich! Mitsammen geboren, mitsammen gestorben!"

Furchtbares Handgemenge. Bürger und Adel zu allem Schlimmen bereit, die einen wie die andern übertrieben kühn. Da blinkte und klirrte der weiße Stahl, da rauchten die Pistolen, da kreischen die Weiber, plärrten die Kinder, da jaulten und jammerten die Greise, die Verwundeten stöhnten. Der Zelebrant und die anderen Mönche baten, flehten um Einhalt. Vergebens. Wer will den Donner hemmen, wenn das Wetter braust?

Nach einer Viertelstunde war alles geschehen: der Freund konnte den Freund nicht erkennen, Tote waren über Verwundete gefallen, die Verwundeten wälzten sich im Blut, und manche Mutter wird zu klagen haben.

Eh noch das Getümmel beendet war, hatte sich vor der Kirche eine Menge entsetzten Volks gesammelt, mit ihnen der Bischof. Der Lärm aus der Kirche sagte nur zu deutlich, was darinnen vorging – doch sehen konnte man es nicht, und helfen konnte niemand, denn das schwere Tor war verschlossen und verrammelt. – Als keiner der Streiter es mehr wehren konnte – denn alle waren tot oder verwundet – da schleppte sich eine Frau an das Kirchentor, sie hörte das Volk draußen rufen und toben und Einlaß verlangen, und schob endlich die Riegel zurück.

Als erster trat der Bischof ein und mit ihm der Rettore Gregurina. Schon von der Schwelle aus sahen sie den Boden der Kirche bedeckt mit Leichen und erschraken vor diesem Unglück, der Ermordung einer Stadt. Der Bischof wandte sich auf den Hacken um, zurück nach der Menge:

„Adel und Bürgerschaft! Brüder in Gott und im Geist geliebte Söhne! Ich beschwöre euch bei der Heiligen Kirche, dem Kreuz, das ich auf der Brust trage: haltet Gottesfrieden, bis wir eure Brüder und Schwestern bestattet haben und eine versöhnliche Genugtuung ersinnen!"

Ob sie wollten oder nicht – da mußt jeder den Arm heben zum feierlichen Eid.

Als man die Leute dann in die Kirche einließ, hatten sie Entsetzen zu schauen: über 140 Tote – und zahllose Verwundete waren in ihrem Blut wie ertrunken. Zu Dutzenden lagen sie da, schief wie ein Wald von Bäumen, die man allesamt gefällt hat – und im Gemetzel nicht ein Greis, nicht ein Krüppel, kein Lahmer und Buckel, blind oder taub – sondern alles auserwählte, stramme, junge Leute. Da suchte jeder seine Angehörigen im Blut, packte sie auf den Rücken und schleppte sie wehklagend heim. – Eine hochmütige Patrizierin hatte zugeschlagen, die Blüte einer Stadt getroffen und getilgt. Starrsinn hatte das Unheil gestiftet, Ehrgefühl die Trübsal vollbracht.

Man schaffte Verband, Elixier und Salben für die Verwundeten, und anderen Tags beerdigte man in voller Ordnung die Toten.

Die Häupter der Gemeinden, soweit sie noch lebten, im Verein mit dem Bischof und den Brüdern Dominikanern, sahen aber voraus, daß damit der Streit noch lange nicht geschlichtet war, daß noch viele, viele Racheopfer fallen würden, weit mehr als gestern in der Kirche, wenn man nicht ohne Säumen, um jeden Preis ausglich und paktierte.

Bischof und Rettore beriefen die Ältesten der Familien und drängten und warben so inständig, so lange, bis Patrizier und Bürger die Urfehde bis Weihnachten verlängerten und versprechen mußten, inner und außer der Kirche, bei Tag und Nacht, im Angesicht des Volkes und im geheimen sich jeglicher Feindseligkeit zu enthalten.

Wer seinen Bruder oder Sohn der schwarzen Erde hat übergeben müssen, kann sich wohl einige Tage gedulden – doch bis zum Grab vergißt er es nicht. Den Bürgern mochte die Mäßigung ein wenig schwerer ankommen als den Patriziern. Doch die Bürger waren auch in der Minderzahl gegen die Adligen; darum verbissen sie ihren Schmerz, so tief er ihnen ins Herz biß, und trugen ihn in der Furcht vor heißerm Leide.

Einstweilen also meinte man Ruhe zu haben – und zu Weihnachten würde sich schon ein Ausweg finden lassen aus der Schreckenslage.

Nein. Die Familie Smijitsch in Perasto hatte nichts beschworen. Von altersher Kauffahrer, im Ringen mit Seeräubern aufgewachsen – eine Schlangenbrut, wie schon ihr Name sagt – sie dachten nicht daran, Frieden zu halten. Als sie hörten, was sich in Cattaro zugetragen hatte, welche Schmach ihrer Schwester widerfahren war, da kamen zehn Brüder Smijitsch mit Säbeln und Büchsen in einem Boot daher; täuten im Hafen an, schritten pfeilgrad nach Tripos Haus und bemächtigten sich der jungen Witwe. Tranken kein Glas Wasser im Haus, sprachen kein Wort auf dem Weg nach dem Hafen, sondern schweigend entführten sie die Schwester, und jeden Cattariner Edelmann, dem sie begegneten, maßen sie frechverächtlich vom Kopf bis zu den Füßen. – Tags darauf kam aus Perasto ein Brief nach Cattaro, worin die Smijitsch sämtliche überlebenden Pasquali zum Kampf forderten und auch gleich Ort und Zeit des Zweikampfs bestimmten: morgen auf der Markower Spitze.

Die Buchten von Cattaro sind nicht sehr weitläufig, sind eine nahe Nachbarschaft. Das schreckliche Begebnis am Nikolo hatte sich rasch in den Gemeinden umgesprochen. Wie im Unglück, muß sich Freundschaft auch in der Güte zeigen. Die Sprecher und Vorstände beider Bekenntnisse, der Katholiken und der Altglauber, vereinigten sich und beschlossen einstimmig, daß man zwischen Cattaro und Perasto Frieden machen muß – kost es, was es koste – doch geschickt und klug, ohne den Cattariner Leu zu reizen und der Perastiner Schlange auf den Schwanz zu treten. Aus allen Städten und Flecken der Bucht machten sich die Oberhäupter auf, sammelten sich am festgesetzten Tag in Perasto und verlangten auf die höflichste Art den Friedenseid bis Weihnachten. – Die Perastiner konnten die Bitte nicht abschlagen.

Von hier fuhren die Vornehmen nach Cattaro. Sie meldeten sich beim Senat und verhandelten im Namen von Perasto. Und fügten hinzu:

„Wisset, daß wir alle uns von euch abwenden, wenn ihr nicht in den Frieden willigt."

Der Cattariner Adel streckte nicht nur beide Arme nach den Vermittlern aus, sondern dankte ihnen noch und bat, sie möchten ihr edles Beginnen auf das uneinige Cattaro selbst ausdehnen und den Einwohnern Recht sprechen – der Adel wolle gern alles auf sich nehmen, was die Aldermänner der Bucht verfügen werden.

Am zweiten Christtag traten die Schöffen in die

Schranken, erwählte, ausgezeichnete Männer. Die Zahl der Richter wuchs über die übliche weit hinaus. Ihr Streben, ihr einziger Gedanke war: den Einklang mit Cattaro zu stimmen.

Und nach einem Tag Erwägens und Beratens setzte man folgende Schrift auf:

Brüderliches Urteil

Ehre dem Herrn im Himmel immerdar!

Im Namen der Heiligen Dreieinigkeit und der Mutter Gottes haben wir Schöffen zu Gericht gesessen vor der Kirche Sankt Nikola zu Cattaro.

Wir haben einander angesehen und abgezählt und haben gesagt:

‚Hier stehen wir vierundzwanzig im Namen Gottes, und das bedeutet, daß Toten und Lebendigen genuggeschehen soll nach Gesetz und Billigkeit.'

Und als wir auf Kreuz, Evangelium und Schwert geschworen hatten, daß wir wahrsprechen werden nach bestem menschlichem Können und beim Heil unsrer Seelen und ganz und gar kein Unrecht begehen, beriefen wir alle Mann aus beiden Lagern, jeden, der die Büchse trägt, und sprachen zu ihnen:

‚Redet zuerst ihr, Herr Antun Pasquali, für den Adel, ehrlich und grad, auf euer Gewissen – ihr Bürger aber schweigt!'

Wir lauschten ihm, bis er geendet hatte, und erteilten das Wort dem greisen Vincenzo Milatowitsch, Tripos Vater, ihm allein.

Ließen dann beide im Wechsel antworten, bis sie selbst innehielten und reifen:

‚Wir haben alles gesagt.'

Hierauf ließen wir die Zeugen vortreten – wer da wollte und berufen ward. Die Zeugen aber vermahnten wir zur Treue, denn wer falsch schwört, hat sein Paradies zerstört.

Wir haben all und jeden gehört, den wir verhören mußten, haben Ursachen und Folgen aufs Quentchen gewogen, den Faden der Begebenheiten dünn durch die Finger gezogen.

Wir haben uns überzeugt, daß der Zank zwischen Cattariner Adel und Bürgerschaft herkam zuerst von der einen, dann von der andern Frau mit langem Haar und kurzem Verstand. Doch Frauen kann man weder mit Gefängnis noch mit dem Tod bestrafen.

Der erste Frevel geschah von seiten der adligen Frau, denn sie war Urheberin des Haders und hat die Leidenschaften der Bürger zur Brunst entzündet. Jedermann liebt seine Ehre, wie des Kaisers Ehre dem Kaiser lieb ist, und gibt alles hin für seine Ehre, die Ehre aber nicht für alle Erdengüter.

Doch wir haben auch befunden, daß die Bürger zum Streich bereit waren ohne Kenntnis des Adels – ansonsten hätte das Verhängnis bloß die Gatten jener beiden Frauen getroffen, die da begonnen hatten, und es wäre kein so grauenvolles Schlachten geworden.

Wir haben uns vor Augen gehalten, daß kein Tod kommt vor dem Tag, der da geschrieben steht. Und kein Zweifel ist, daß sich der schreckliche Fall nach Gottes unerforschlichem Ratschluß zutrug.

Wir haben die Schatten gezählt und keinen Fremden unter ihnen gefunden, sondern lauter beklagenswerte Brüder sind in dem unlieben Zwist gefallen, beim Rachewerk der Helden. Wir haben gedacht: Wer ist gefallen? – Cattariner Christen. – Und wer hat sie getötet? – Wiederum Cattariner Christen.

So urteilen wir denn heute für immer:

Kopf gelte für Kopf, und Blut sei für Blut gemessen. Wir haben erkannt, daß keiner keinem einen schlechten Heller schuldet, denn alle zahlten mit gleicher Münze, und die Greuel, die sie den andern vermeinten, haben sie sich selbst zugefügt.

So ordneten wir Adel und Bürgerschaft, daß die einen rechts standen und die andern zur Linken. Dann nahm jeder von uns zwei Steinchen auf und warf ein Steinchen über die einen wie über die andern mit den Worten:

‚Die Schuld ist halb und halb aufgeteilt, eine Sünde auf die andre geschlagen. Von Heut an bis zum Jüngsten Tag soll keiner dem andern mit Laut oder Blicken Vorwürfe machen, sondern ihr müßt einander brüderlich küssen und verzeihen und den Toten ewigen Frieden geben. Amen.'

Ferner entscheiden wir:

Für die Beleidigung, die eine Frau adliger Herkunft antat der Kata Tripos von Peraster Herkunft, wird Herr Antun Pasquali die erste Taufgevatterschaft, die sich in seinem Haus ergibt, Katas jüngstem Bruder übertragen – und an jenem Tag, wo dieser Pate stehen wird, muß Krile Smijitsch, Katas erster Bruder, zwei Cattariner Edelleute zur Blutsbrüderschaft erwählen.

Kata wird in schwarzem Gewand fünfhundert Tage bei ihrem Bruder in Perasto bleiben, wird ihres Kindes genesen und es säugen. Nach fünfhundert Tagen aber soll Krile sie nach Cattaro begleiten, immer noch in schwarzem Gewand, und sie wird in Tripos Haus einziehen und einem zweiten Mann folgen nach ihrer Wahl.

Das Kind, das Kata unter dem Herzen trägt, wird auf Kosten des Cattariner Adels erzogen werden. An Herrn Antun Pasquali muß die Bürgerschaft 184 goldne Zechinen zahlen. Diese gehören aber nicht dem Haus Pasquali, sondern bleiben nur in dessen sicherer Hand, bis Katas Kind für die Heirat herangewachsen ist. Und wenn es etwa wollte einen Adligen oder eine Adlige aus Cattaro heiraten, wird man ihm nicht die Hand verweigern dürfen, und für die 184 goldnen Zechinen soll die Hochzeit ausgerichtet werden.

Und wir haben bestimmt:

Jede Cattariner Familie muß am Tage des Heiligen Nikola einen Scheffel Weizen und eine Tasche Mais hergeben, damit sie verteilt werden an jene Waisen, die ohne Ernährer geblieben sind.

Endlich verfügen wir, daß in keinem Haus der Cattariner Kommunität von nun an ein Brot gebacken werden darf anders denn mit dem Sinnbild eines Lamms versehen – als ewige Mahnung an das traurige Geschehnis.

So haben wir es erdacht und beschlossen mit Genehmigung des Hochwürdigsten Bischofs und des erlauchten Rettore Gregurina.

Diese Urkunde hat niedergeschrieben Bruder Cyrill vom Orden des Heiligen Dominicus in Gegenwart aller Edlen und Bürger, und wir zeichneten sie eigenhändig mit unsern Namen und drückten unsre Petschafte bei, und als er die Rolle allem Volk vorgelesen hatte, übergaben wir sie dem erlauchten Rettore Grafen Ludovico Gregurina, damit er sie für alle Zeiten aufbewahre.

Und Gott schenke uns in Gnaden gute Zeiten und schicke seinen Friedensengel unter die Cattariner. Amen.

Nachdem unser Urteil verlesen war, führten wir beide Lager zusammen und küßten sie und gaben ihnen auf, daß sie einander die Hände reichen und einander küssen sollten.

Dann sagten wir ihnen noch:

Wer von dem gewesenen Zerwürfnis zu reden beginnt, soll fünf Wachskerzen von Ellenlänge der Kirche stiften.

Wer aber den Bruderkrieg erneut, sei verdammt

und geächtet, und er fliehe, von Gott verflucht, auf die Felsenhöhen, die kein Vogel im Flug erreichen kann, in wüste Klüfte und eisige Grüfte, in die tiefsten Tiefen, wo Gottes Glocken nicht riefen, wohin Menschen nicht spähen, wo Hähne nicht krähen, wo kein zweibeiniges Wesen sich bekreuzigt und kein vierbeiniges gedeiht.

Uns Schöffen aber, die wir das Beste wollen, grollet nicht! Wir haben euch verstanden und euern Unmut und uns um keinen Deut frommer zu sein gedünkt, als ihr gewesen. Wir verzeihen allen – dem Wild in den Bergen, der Natter unter dem Stein – und suchen Verzeihung von jedem Geschöpf Gottes für uns und unsre mangelhafte Einsicht.

Amen. Amen. Amen.

(Aus Dalmatien)

EINE NACHRICHT VOM MARS

Vorgestern abend brachte „Lavera", die größte aller Marszeitungen, folgenden Aufsatz von Roda Roda:

Urbs, am 2. Blühmonds 190024

Bald, in zwanzig Jahren, wird sich wieder ein Weltuntergang abspielen – diesmal interessanter für uns als sonst, weil er die Erde trifft, unsern Nachbarplaneten. Der Halleysche Komet, alle 40 Marsjahre (oder 75 Erdenjahre) Gast des Sonnensystems, fegt am 2. Blühmonds 19004 mit seinem Zyanbesen über die Erde und vernichtet alles Leben.

Bekanntlich forderten humanitätsduselige Frauenvereine: der Bund zur Erhaltung von Naturdenkmälern sollte die Katastrophe von der Erde abwenden – etwa durch Neutralisierung des Halleyschen Schweifes oder mittels unseres kosmischen Staubsaugers. Mit Recht hat der Bundesvorstand die Zumutung der Frauenvereine abgelehnt. Der Gesamtwert des rettbaren Materials betrüge nach Ausweis unsres Statistischen Amtes eine Billion Dollar und wäre mit Rettungsspesen in der gleichen Höhe belastet. Umsonst aber ist nur der Tod. Darum muß die Erde ihn erleiden.

Den weichen Gemütern gereiche übrigens zum Trost, daß die Erdbewohner ihrem Untergang guten Mutes und ohne Kenntnis ihres Schicksals entgegensehen. Die irdischen Gelehrten (so nennen die Erdleute ja ihre Medizinmänner) haben sich zwar das öftern mit dem Kometen beschäftigt, seine Bahn ziemlich richtig errechnet und Hypothesen über seine Natur aufgestellt. Allerdings falsche Hypothesen; sie verkünden, der Komet bedrohe die Erde nicht ernstlich, der Schweif werde nur die äußerste Lufthülle treffen, sein Gift mit dem Regen als salpetrige Säure abgehen. Und das Erdenvolk glaubt den Gelehrten, wie es ihnen all die krausen Sätze der irdischen Philosophie, Ethik, Anthropologie glaubt. Wir brauchen kein Mitleid mit Wesen zu empfinden, die ahnungslos einer raschen, schmerzlosen Vernichtung zulaufen.

Das Erdenvolk glaubt seinen Gelehrten alles: die Masse des Kometen sei gasförmig und so gering, daß sie kaum eine Nußschale füllen würde, wenn man sie komprimierte; gerät der Komet aber in die Nähe eines Planeten, so löse er sich in Schwärme von Meteoriten auf; solche Meteoriten seien dann oft viele Zentner schwer ... Und was die Gelehrten sonst zu faseln wissen.

Als unser Statistisches Amt jene Bilanz der irdischen Werte veröffentlichte, regte sich da und dort Widerspruch. Die Erde könne immerhin – allerdings nach Tausenden von Jahren – gerade vermögens des dort hausenden Lebens zu einem Faktor der Marswirtschaft werden. Unsinnige Zukunftsträume. Mit ebensoviel Recht könnten die Erdenmenschen beschließen, ihre Raubtiere zu schonen, weil die Raubtiere sich durch jahrmillionenlange Auslese zu Helfern der Menschen entwickeln würden.

Die Schwerkraft der Erde ist riesig, doppelt so groß wie jene des Mars. Dieser Schwerkraft entspricht ein schwerer, träger Gang der Menschheitsbildung. Die Erdenmenschen sind unheimlich langlebig; der Greis ragt in die dritte Generation, behält auch in den Jahren jenseits seines Kräftescheitels Ansehen und Macht, mißversteht seine Zeit und beherrscht sie, bremst das fortrollende Rad der Zivilisation, und seine Langlebigkeit wird ihm als Verdienst angerechnet.

Der verderbliche Einfluß der Langlebigkeit äußert sich auf allen Teilgebieten des Menschengefüges. Man schleppt Irrtümer von Geschlecht zu Geschlecht: was der Großvater gutheißt, müssen die Enkel glauben. Die irdische Gesellschaftsordnung stammt in direkter Linie von der Organisation der Nomadenhorden ab. Also nährte man sich immer noch vom Ertrag des Viehs, machen die Völker einander Weideplätze streitig, und obwohl es keine Sklaverei mehr gibt, sucht ein Stamm den andern zu unterjochen. Die Erziehung der Kinder geschieht an Hand der ältesten, von der Menschheit verfaßten Bücher, und diese Bücher (Konfutse, die Veden, die Bibel, Koran) gelten als heilig; auch wenn sie nicht als heilig gelten – die Ilias z.B. – bläut man sie den Kindern ein. Die Literaturgeschichte der Menschen enthält durchwegs die Namen von Greisen oder von Leuten, die im Sinn der Greise gedichtet haben. Die Gesetze der Menschen sind von Greisen, für Greise gemacht. Die Sittenlehre der Menschen verpönt

Handlungen, die dem Greis unangemessen sind. Die Religionslehre folgt nicht dem höhern Verstand des Enkels, sondern der Überlieferung des Greises. Das Verhältnis der einzelnen Menschengruppen (Staaten) zueinander wird nicht von wirtschaftlichen Rücksichten bestimmt – weil die Wirtschaftslehre eine auf Erden noch junge, den Greisen fremde Wissenschaft ist. Der Verkehr der Staaten spielt sich in altertümlichen Formen ab, man verficht Interessen, die niemandes Interessen sind.

Nein, wir haben keine Verwendung für die Bewohner der Erde – nicht einmal zu den niedrigsten Handlangerdiensten. Wüßten wir mit den ekeln, ungeschickten, abergläubischen Barbaren auch etwas Vernünftiges zu beginnen: ein kostspieliges Rettungsunternehmen verlohnte sich erst recht nicht: die zwei- oder dreihundert Menschenexemplare in unserm Zoologischen Garten vermehren sich in der Gefangenschaft so gut, daß wir ihre Zahl jederzeit binnen einiger Jahre vertausendfachen und abermals vertausendfachen können, um dann über ein Heer von Heloten zu verfügen, das auf unserm wasser-, luft- und masseärmern Planeten akklimatisiert ist.

In grauer Vergangenheit, als der Mars noch in Republiken zerfiel, tauchte des öftern der Vorschlag auf, die Zivilisierung der Erdenmenschheit zu beschleunigen. Warum? Wozu? Als wir uns kolonisatorisch betätigen wollten, bot uns die junge heiße Venus unendlich fruchtbareren Boden und bessern Dank. Die kargen Metall- und Kohlevorräte der Erde wieder werden von den unangetasteten Schätzen des Saturn um ein vielfaches übertroffen. Darum haben wir recht daran getan, als wir die Erde im Urzustand erhielten, ihre Bewohner der gegenseitigen Zerfleischung und schließlich dem Verderben überließen.

Dennoch – dennoch – gar manchen von uns wird die Wehmut beschleichen, wenn er die Erde bar des Lebens weiß. So manche Sommernacht haben wir als Jünglinge am Teleskop gesessen und uns des bunten, zwecklosen Treibens auf Erden erfreut. Neuerde, wie stehst du rotumloht im Sonnenglast! Dann formst du dein zartes, purpurnes Sichelchen, irdisches Festland und Ozeane erneuern sich und versinken täglich in dir, blinkender Morgen- und Abendstern! Wie leuchten deine eisstarrenden Pole, die Steppen Sibiriens wechslen dunkel und hell – Kontinente bewölken und entschleiern sich... bis du, Vollerde, abermals langsam, täglich näher ... endlich ganz in die Sonne zu versinken scheinst – Jahr um Jahr.

Als wir Kinder waren, unkundig der Vorgänge drüben, schien uns, was wir in unsern Spielzeugfernrohren sahen, schon der wirkliche Erdentrubel zu sein: auf den glitzernden Doppelfäden eines vielfach verwebten, feinen Spinnennetzes krochen und fauchten lange, schwarze Würmer, bohrten sich in die Erde und kamen wieder hervor, hielten und krochen weiter – von einem Ameisenhaufen zum andern, hin und wieder. Blanke, schlanke Fischchen streiften langsam und rauchend über die blauen Ebenen. Unsre Jüngsten gar, als sie weiße, geflügelte und flügellose Möwen gleiten sahen – dort, wo sonst nur die schwarzen Würmer krochen – wie haben sie sich gefreut! Wir werden unsern Kindern nicht mehr zu erklären haben: daß diese Würmer, Fische und Möwen gar nicht die wahren Bewohner der Erde sind.

Wir alle werden uns der Erde gern erinnern. Unsre Schulausflüge haben wir mit Vorliebe dahin gerichtet – in Tarnkappen, jugendlich stolz auf unsre Überlegenheit. Als Lehrmittel für unsre Knaben wird die Erde denn auch unersetzlich sein. Friede, Friede ihrer Asche!

Eine wahrhaft göttliche Satire: in dem Augenblick, wo die Menschen ihre älteste Sehnsucht erfüllt sehen, indem sie das Fliegen erlernten, in dem Augenblick, wo sie sich am höchsten dünken und ihre bescheidenen Einblicke für wertvolle Erkenntnis halten – eben da kommt der Komet, bringt die liebe, bunte Seifenblase menschlichen Hochmuts zum Platzen und löst die Erwartung der Erde in Nichts auf.

Kosmische Satire, Welthumor. Wir werden noch Jahrtausende darüber lachen.

DAS BEISPIEL

Man wirft mir vor, ich produziere zu viel, zu wahllos, und schade dadurch meinem Ruf.

Unsinn. Ich halte mich an das Beispiel Gottes: was hat Gott nicht alles geschaffen – wieviel Mist ist darunter – und was hat Gott für einen Namen.

Nachwort

DER MANN, DER RODA RODA WAR

»Er hat der deutschen Anekdote Gestalt und Gehalt gegeben ... Roda Roda hat mit seltenster Sprachkraft den Ausdruck, die Pointe, das Wort für eine Situation, für Personen und Zustände gefunden und geformt.« (Kurt Tucholsky)

Wer war Roda Roda? Seit mehreren Jahrzehnten sind Generationen von Lesern aller Schichten und vieler Herren Länder dieser rätselhaften Frage auf der Spur.

Alles begann, wie alles beginnt, mit einem ersten Schrei. Am 13. April 1872 stieß ihn Alexander Friedrich Rosenfeld aus, drittes Kind von Rosalie und Leopold Rosenfeld. In Drnowitz in Mähren. Wenig später hob seine lebenslange Reisetätigkeit in den Grenzen der k. u. k. Monarchie an — die Familie übersiedelte nach Zdenoi in Slawonien, der Vater wurde Gutsverwalter. Die weiteren Reisestationen: 1878 Esseg (Eintritt in die Volksschule), 1882 Kremsier (Eintritt ins Piaristengymnasium), 1889 Ungarisch Hradisch (Gymnasium), 1890 endlich: Wien. Von der Peripherie ins Zentrum, von der Flügelspitze ins Herz des Doppeladlers. Matura (für die Österreichisch-unkundigen Leser: Abitur), Beginn des Jus(Jura)studiums, 1893 Abbruch desselben und Eintritt in das k.u.k. Korpsartillerieregiment Graf von Lobkowitz Nr. 13. 1894 Übertritt zum römisch-katholischen Glauben. 1899 erste Publikationen — es ging um Pferde und militärische Einrichtungen.

1899: Amtlicher Familienname: Roda.

1900: Ein ereignisreiches Jahr. Seine um drei Jahre jüngere Schwester Maria, genannt Mi, von Kindesbeinen an Gefährtin zahlloser Schreib- und Dichtversuche, gar Schwurgenossin — »Wir werden gemeinsam dichten und schaffen, keinen Unterschied kennen zwischen Dein und Mein. Was Du schreibst, ist von mir — was ich erdenke , von Dir. Über allem soll Name des Verfassers stehen: A. M. Roda Roda — zum Zeichen, daß wir ein Doppelwesen sind.« — hatte einen Roman geschrieben, der nun in Rodas Bearbeitung als *Milan reitet durch die Nacht* erschien. Im selben Jahr wurde er vom Dienst als Reitlehrer suspendiert, da er einen Hauptmann an der Ausübung der Ehrennotwehr gehindert hatte — in Wahrheit also daran, einen Unschuldigen zu erschlagen. Im Januar 1901 wurde er zwar noch zum Oberleutnant befördert, wenig später aber endgültig in die Reserve versetzt.

Ab nun ging's mit dem Publizieren Schlag auf Schlag. »Simplicissimus« und »Danzer's Armee-Zeitung« sind zwei von vielen Blättern, die er mit zahlreichen Artikeln, Splittern, großen und kleinen Bemerkungen zum Leben und den Menschen durchaus bereicherte, mehrere Bühnen spielten sein Drama *Dana Petrowitsch*. 1904 erschienen die ersten Bücher *(Die Sonnenkönigin, Soldaten)*, und Roda übersiedelte nach Berlin. Rasch avancierte er zu einem der Stars im »Poetenbänkl zum siebten Himmel«, schuf sich mit dem Cabaret neue Heimstatt wie einträgliche Erwerbsquelle. Bald lernte er seine große Liebe kennen: Elisabeth Freifrau von Zeppelin. 1907 schließlich konnten sie endlich heiraten — eine Liebe, die währte bis zum Tod.

1907 reichte es der österreichisch-ungarischen Armee: Der Ehrenrat der 47. Infanterietruppendivision schmiß den gefeierten Vortragskünstler ebenso wegen seiner Artikel über das Militär wie wegen seiner jahrelangen freien Ehe und überhaupt wegen seiner »unstandesgemäßen« Lebensführung aus der Armee. Die Oberleutnantscharge wurde ihm auch aberkannt. Roda trug's mit Würde. Ab nun besuchte er die Manöver als Berichterstatter für die »Neue Freie Presse«. Seit dem 2. Januar 1906 hieß er übrigens nicht mehr Roda, sondern Roda Roda. Das jugendliche Pseudonym hatte sich endgültig zum Lebensnamen gemausert, amtlich bescheinigt von der königlich kroatisch-slawonisch-dalmatischen Landesregierung. Zugleich war er übrigens nach München übersiedelt, wo er in Carl Rößler einen wichtigen Freund und Schreibpartner fand. Zusammen verfaßten sie den »Feldherrnhügel«, jene unsterbliche Militärsatire, auf dem Theaterzettel als Schnurre ausgewiesen, in der österreichisch-ungarischer und preußischer Militarismus friedlich zu gemeinsamem Blödsinn verschmolzen. In Deutschland war's allerorten ein Riesenerfolg, in Österreich nach der 9. ausverkauften Vorstellung bis 1918 verboten.

Roda Roda schrieb und schrieb. Aus vielen Journalen kam er den Lesern entgegen, war ein Meister der Mehr- und Vielfachverwertung. Bücher erschienen (darunter 1910 *Die Streiche des Junkers Marius* und der fünfbändige *Welthumor*, zusammen mit Theodor Etzel), Stücke (u.a. *Der Sanitätsrat* zusammen mit Gustav Meyrink) und die Operette *Majestät Mimi* mit der Musik von Bruno Granichstaedten — von heute gesehen und gehört kein großes Werk, damals nicht schlechter als andere Operetten auch.

Den Ersten Weltkrieg machte Roda Roda als Kriegsberichterstatter mit. 1919 kehrte er nach München zurück. Bald erschien wieder Buch um Buch, er hielt seine große, vom Publikum ebenso heftig verlangte wie honorierte Produktivität durch.

1925 kam ein Hauptwerk heraus, *Roda Rodas Roman*. Stumm- und Tonfilm boten ihm vor wie hinter der Kamera ein reiches Betätigungsfeld. 1933 übersiedelte er nach Graz — im selben Jahr heiratete seine Tochter Dana den jungen Autor Ulrich Becher. Im November wurde *O du mein Österreich* uraufgeführt, eine revüeige Neubearbeitung des *Feldherrnhügels*, und *Die Majorische* — ein Radetzkystück — im Wiener Akademietheater, dem kleineren Haus des Burgtheaters!

Der Rest ist rasch erzählt.

9. März 1938: Aufbruch in die Schweizer Emigration.

11. Dezember 1940: Aufbruch in die amerikanische Emigration.

28. Januar 1941: Ankunft in New York.

21. Oktober 1941 Geburt seines Enkels Martin.

Am 20. August 1945 starb Roda Roda.

1948 wurde seine Urne nach Wien überführt und in einem Ehrengrab bestattet.

(Ausführliche Information bietet *Einen Handkuß der Gnädigsten* von Rotraut Hackermüller, Wien 1986. Ein wichtiges Buch für Roda Roda-Freunde. Also für viele.)

Der Ritt auf dem Doppeladler. Diese Auswahl setzt sich zusammen aus Bewährtem, Begehrtem, lange Entbehrtem und Beachtenswertem. Ein leitender Gedanke ist es aber auch, die Menschen einer Region in den Vordergrund zu holen, die Roda Roda wie kaum eine andere Material für zahllose große und kleine Geschichten bot — der Balkan, die Militärgrenze, das türkische Grenzgebiet.

Roda Roda führt durch das ganze kaiserlich und königliche Vielvölker-, Vielsprachen-, Vielländer-

und Vielreligionenreich, das zusammengehalten wurde vom Glauben an einen Kaiser, eine Armee und eine Fahne. Ein Reich, das auseinanderflog unter dem Druck der Nationalitäten, die glaubten, anderswo ihr Heil zu finden, in anderen Staaten, anderer Politik, anderer Gesellschaftsform.

Er erzählt in den hier vorgestellten Geschichten von den Menschen. Sie sind sein ewiges, sein immer wiederkehrendes, sein sich nie wiederholendes Thema. Ihre Liebe, ihre Freude, ihre Schlauheit, aber auch ihre Torheit, ihre Wut, ihr tödlicher Haß über Generationen.

Vieles von dem, was heute die Nachrichten vom Balkan füllt, erscheint uns fremd, unbegreiflich, wurzellos. In manchen von Roda Rodas Geschichten lodert bereits der Schrecken, der blutige Rausch, der nicht Sühne will, sondern Rache, nicht Recht fordert, sondern Vergeltung. Viele Namen, die in diesen Geschichten auftauchen, erscheinen seltsam vertraut. Aber nicht aus historischem Zusammenhang allein, sondern aus heutigem, aus aktuellem Anlaß. Serbien, Slawonien, Dalmatien, Kroatien, Galizien, Bosnien, die Herzegowina — teils alte österreichische Kernlande, Wiedergänger der Geschichte, deren historische Grenzen durch scheinbar neu gezogene Koordinatengeflechte durchschimmern, alte ethnische Zusammenhänge und Gegensätze wieder sichtbar machen. Das Völkermorden, vor dem Roda Roda sich über den Atlantik in Sicherheit hatte bringen müssen, es ist wiedergekehrt und hat das Reich »seines« Doppeladlers eingeholt. Aus der Zeit der Jahrhundertwende, da Roda Roda sie in leuchtenden Farben in die Literatur und damit ins Bewußtsein hob, sind manche Stätten bis heute erhalten geblieben, ehe sie gegen Ende dieses Jahrhunderts in Schutt und Asche sanken, ehe aus dem in so vielen dieser Geschichten humorvoll beschriebenen Zusammenleben der Völker ein blutsäuferisches Gegeneinander wurde. So ist mancher Text dieses Bandes erstmals nicht nur als unterhaltsame Reminiszenz an eine versunkene Zeit zu lesen, sondern auch als memento mori.

Die Volksschule, die der kleine Roda Roda ab 1878 in Esseg besuchte — sie steht nicht mehr. Denn Esseg — das ist Ossijek ... Und plötzlich ist das weite Land des Roda Roda nah, ganz nah. So nah, wie die Fernsehbilder von einem Krieg mitten in Europa.

Was hätte Roda Roda dazu geschrieben? Müßige Spekulation. Keineswegs Spekulation aber war die Grundlage so vieler seiner Texte. Er schrieb aus eigener Kenntnis. Als Junge hatte er zugehört, wenn erzählt worden war, als Kavallerist lernte er Land und Leute kennen, als Autor reiste, las und sammelte er beständig. Seine Schwester Gisel wirkte als Amtsärztin in Banja Luka, als zweite Frau der Monarchie zum Doktor der gesamten Heilkunde promoviert. Die mohammedanischen Frauen sahen in ihr eine merkwürdige Zauberin und verehrten sie — Roda erfuhr bei einem Besuch bei ihr vieles, was später immer wieder in seinem Werk auftauchte.

Und dann gibt es da noch einen nicht so bekannten Roda Roda — den Förderer, Übersetzer und Vermittler balkanischer Dichter. Manche Stücke sind in dieses Buch aufgenommen, die er ihnen nacherzählte, nachdichtete, die er dank seiner Kenntnis ihrer Sprachen, aber mehr noch ihrer Länder, ihrer Lebensform für uns herüberholte, damit um Verständnis warb für den damals noch so unbekannten Balkan, Klischees zerstörte und aus Schemen Menschen machte. Roda Roda selbst hat dieser Dichter in einem Nachwort zu einem vor sechzig Jahren erstmals erschienenen, längst verschollenen Band dankbar gedacht.

»... slawische Dichtungen, frei wiedergegeben. Die Strecke vom fremden Dichter bis zum deutschen Leser ist überaus lang. Oft scheut sich, wer fremde Literatur übertragen soll, so weit zu wandern, hält keuchend halben Wegs und stammelt wirre Berichte, die durchsetzt sind von Brocken fremden Sprach- und Gedankengutes. Ich bin die Strecke vollends gegangen, nach Hause, um, ferner Eindrücke voll, daheim zu erzählen, was jenseits der Berge ich Würdiges und Merkwürdiges hörte und sah.

Ich habe die slawischen Geschichten und Schwänke bis ins Deutsche übertragen. Heißen Atems — im Eifer des Erzählens: manchmal mag ich ausgeschmückt, zugespitzt haben oder Belangloses ungeduldig übersprungen. — Wenn ich den deutschen Leser nur zu fesseln verstand, ihm die slawische Seele nahebrachte: darauf kam es mir nur an; und der slawische Dichter verzeihe mir alle Sünden; und danke mir: ich habe ihm deutschen Lesers Liebe gewonnen.«

In demselben Nachwort fand Roda Roda noble Worte über die, denen er nachdichtete. Auch daraus sei hier zitiert.

»*Xaver Schandor-Gjailski* (1854—1935)... einer der besten kroatischen Autoren... Besitzer eines Landguts, Reichstagsabgeordneter, Obergespan, Deputierter in der Skuptschina zu Belgrad — hochangesehener Mann. Der kroatische Turgenjew, Fontane.

Smei Jowan Jowanowitsch (1833—1904)... der erste große Lyriker der Serben, ihr volkstümlichster Dichter.

Branislaw Nuschitsch (1864—1938)... der einzige Serbe, den seine Feder nährte. Seine Boulevardstücke, seine Romane warfen Geld ab. Konsul, Theaterdirektor, Zeitungsherausgeber, Vorsitzender der serbischen Nationalliga. Minister. Der bedeutendste südslawische Humorist.

Wuk Stefan Karadjitsch (1787—1864)... Er leistete für die Südslawen die Arbeit der Gebrüder Grimm und einiges darüber.

Mitschun Pawiischewitsch (1879—1934)... Hochbegabter, überaus fruchtbarer Dichter.

Swetosar Zorowitsch (1875—1919)... Seine Heimatstadt Mostar ist eine Stadt des Islams. Zorowitsch hat uns das Leben der Mosleme besser gemalt, als die Mosleme selbst es vermochten.

Luben Karaweloff (1837—1879) war ein Vorkämpfer für die bulgarische Freiheit.

Iwan Wasoff (1850—1921)... der Gustav Freytag, Dickens, Victor Hugo der Bulgaren. Unermeßlich der Reichtum, die Bezirke seines Schaffens.

Elin Pelin (1878—1941)... entzückender Erzähler, der bulgarische Tschechow.

Tola Fürstin Meschtscherski... ehemals Hofdame bei Zar Alexander II.

Die Schwänke und Schnurren der christlichen und muhammedanischen Südslawen habe ich vom Saum des Morgenlandes geholt — aus Bosnien, Serbien, Dalmatien. Das meiste unmittelbar aus dem Volksmund. ... Die Mosleme Bosniens, der Herzegowina — strenggläubig wie alle Konvertiten — sind Slawen. — Mosleme wie Christen, Serben, Kroaten, Montenegriner — das muß Unkundigen ausdrücklich gesagt sein — sie alle sind *ein* Volk. Südslawen.«

Ach Väterchen Roda Roda, wenn du wüßtest...
Mit den zahlreichen Humoristen, die ihr Mütchen an der österreichisch-ungarischen Monarchie, an den Mißständen des zerbröckelnden Kaiserreiches und an den panoptischen Erscheinungsformen seines Völkergemisches kühlten, verbindet Roda Roda nichts als eine zeitliche Parallelität. Es ist kein Zufall, daß einzig seine Texte fernab ihrer aktuellen Gegenstände lebendig geblieben sind bis zum heutigen

Tag, daß Bühne und Fernsehen ebenso immer wieder danach greifen wie immer neue Lesergenerationen. Die Frage, wer Roda Roda wirklich war, dieser Mann mit der ewigen roten Weste, bleibt ohne endgültige Antwort — ein glänzender Satiriker — ein unerschöpflicher Literat, ein fürsorglicher Familienmensch, ein streitbarer Freund der Wahrheit, einer der wenigen wirklichen Humoristen der deutschen Dichtung, oder ... Oder einfach einer, der die Menschen liebte. Und über sie schrieb.

Reinhard Deutsch